I0632108

LES

VIEILLERIES LYONNAISES

Tiré sur papier de Hollande à 300 exemplaires numérotés,
dont 250 mis dans le commerce.

Pièce d'imprimerie

N° ....

Sans numéro ———————————

MACON, PROTAT FRÈRES, IMPRIMEURS

LES
VIEILLERIES
LYONNAISES

DE

Nizier du Puitspelu

SECONDE ÉDITION
revue, corrigée et considérablement augmentée.

LYONNAIS SVIS

LYON

BERNOUX ET CUMIN, ÉDITEURS

6, Rue de la République.

—

MDCCCXCI

L'AUTEUR

UE si tu t'enquières, ami lecteur, de la raison pourquoi cette seconde édition, je te dirai apertement que c'est parce que, la première étant épuisée, et montant dans les encans à des prix ridiculement forcés, des éditeurs m'ont requis et prié d'en mettre au jour une nouvelle. Ceci est la raison externe, pour le commun peuple, mais à toi je te confesserai privément dans le canal auditif, que la raison occulte et interne, c'est que *j'avais fait maint bousillage dans la première édition à l'endroit de nos bons vieux mots lyonnais, et que j'ai toujours ouï-dire à feu mon grand, qu'il fallait toujours se dire bête à soi-même avant que les autres vous le disent.*

Adonc lorsque j'écrivais lesdites Vieilleries *dont plusieurs chapitres sont fort jeunes sans doute, car ils n'ont guère que vingt ans d'âge, je me laissais aller après une curiosité passionnée de tracer la lignée des mots de notre parler populaire. Je farfouillai pour cela en quelques ouvrages communs de philologie, qui eux-mêmes étaient nés quelque quinze ou vingt années auparavant, ne me doutant naïvement que « la science », comme cela se dit au jour d'aujourd'hui, avait été remise à la fonte, et que sous peu elle le serait derechef. Hélas, ainsi que l'écrit le sage Salomon au livre de Patience (la langue m'a fourché, je voulais dire Sapience, mais cela revient au même, la souveraine sagesse étant d'être patient) :*

Qui ne sait rien, de rien ne doute.

Je ne tardai guère à m'apercevoir, quoique tardivement, que même il ne suffit pas de se tenir au fait des travaux des doctes, mais encore qu'il y faut ce que les anciens appelaient μέθοδος, c'est pour dire qu'il faut aller « selon la voie » ; et qu'icelle μέθοδος, on la doit étudier opiniatrément, encore que ce soit moins délectable que de se chauffer le ventre au soleil. — « On a tâché moyen d'y faire, » comme disait modestement feu mon maître d'apprentissage, que Dieu ait son âme.

Chemin faisant, j'ai pris envie de refondre force choses. J'ai écrit maint nouveau chapitre, dont l'un en la bonne compagnie de ce pauvre Duroquet le veloutier, de l'Académie du Gourguillon, mort récemment, hélas ! J'ai corrigé de ci, corrigé de là. Enfin j'ai tant dépassé et repassé de trame, tant tissé de nouvelles façures, tant pinceté d'ouvrage, tant et si bien remondé mes longueurs, tant passé le polissoir, que c'est quasiment une pièce nouvelle que je te présente, ami lecteur, en te priant la visiter d'un œil bénin et la recevoir, ainsi qu'elle t'est offerte, cordialement.

LE VIEUX CANUT

IEN sûr qu'il y a encore des canuts vieux, mais y a-t-il encore de vieux canuts ? A savoir. Ce canut, qui était déjà bien âgé quand j'étais tout jeune, il avait quelque chose de particulièrement bonhomme, naïf, et, par dessus tout, patriarcal. L'atelier : compagnon, compagnonne [1], apprenti, apprentisse, c'était sa famille. On me dit qu'aujourd'hui l'on ne forme plus d'apprentis ; la profession ne se perpétue pas, elle émigre à la campagne, ou bien l'atelier disparaît et l'usine le remplace. Si cela se réalise jamais, Lyon ne sera plus Lyon.

---

[1]. Le compagnon, la compagnonne sont des ouvriers qui ne possèdent pas leur métier, mais travaillent sur le métier du maître, en lui abandonnant la moitié de la façon.

Les Vieilleries lyonnaises.

*
* *

C'était « drôle », ces ateliers. J'ai parlé des apprentis, des apprentisses. Il me semble qu'à ces membres de la famille il faut joindre le coucou. Il y a si longtemps qu'il sonne pour elle ! Il avait sonné pour l'arrière-grand-père. C'est un membre de la famille qui ne meurt pas, voilà tout.

Et de fait, ce n'était pas seulement dans les ateliers de canuts qu'il sonnait. Voire dans toutes les honnêtes salles à manger bourgeoises. Le nôtre figure encore, avec sa haute caisse de noyer noirci par l'âge, à moulures contournées, du commencement du XVIIIᵉ siècle. Depuis deux cents ans bientôt, on ne l'a jamais réparé, et il sonne toujours ! A telles enseignes que les voisins de l'autre côté du mur mitoyen se plaignent d'être réveillés la nuit. Et il sonnera encore quand nous n'y serons plus pour l'entendre.

*
* *

Continuant mon propos, n'est-ce point chose pour surprendre le Parisien que l'art de la soie, suivant l'expression de nos pères, entendant dire par là que l'ouvrier en soie était un artiste ? Là, point de ces réunions d'ouvriers dans de vastes usines, sortant et rentrant à la cloche, qu'on paie le samedi soir, et qui aussitôt encombrent les comptoirs, les zincs, les manne-zincs, que sais-je, avec tous leurs noms ! Et en avant l'alcool, le fil-en-quatre, le paf, le tord-boyaux, que sais-je encore ! Et pendant ce temps, la femme crève de faim à la maison avec les enfants. Chez nous, du moins, la femme n'est point isolée de son mari ; la fille, de son père. Lorsque, en 1869, je crois,

M. Jules Vallès vint à Lyon; soi-disant à celle fin « d'étudier la question ouvrière », il visita la Croix-Rousse. Il y cherchait le sujet de ces peintures d'un « socialisme réaliste » qui, dans les journaux, rapportent si gros à leurs auteurs. C'est véritablement ceux-là qui s'engraissent de la sueur du peuple ! Il fut révolté de ces mœurs honnêtes, de ces ateliers où chacun travaillait tranquillement, sans déclamation ni emphase. Or l'avait-on convié le soir à festoyer chez Antoine, rue de l'Impératrice, avec Pierre Dupont. Il y vint, fit attendre deux heures, naturellement; fut grossier, « poseur », et comme on lui demandait ses impressions sur la visite du matin : « Rien à faire, dit-il, ça PUE la famille. » — La famille, c'était l'ennemi.

Pas moins, ces bons vieux ateliers de canut, ça vaut mieux que ces caravansérails d'usine où l'ouvrier n'est plus qu'un numéro matricule. Dans ces ateliers la vie m'y a paru douce. Voire que, parfois, il y avait des apprentisses qui jetaient une lueur de printemps. Non que, d'ordinaire, elles fussent jolies. Nos pauvres canuses sont volontiers étiolées, peu soignées de leur personne, et font mince figure au prix d'une belle bôye de Condrieu, charpentée en Vénus antique. Mais jeunesse est toujours friande. Pour qui a seize ans, toutes les femmes sont jolies, voire en dépit des pantoufles acculées et des bas en craquelins. Ce n'est qu'une affaire du plus au moins.

Il n'y a qu'une chose que je ne goûtais pas. L'hiver, dans notre atelier, par rapport au froid, l'apprentisse, sous ses cotillons, portait des pantalons de velours noir descendant jusqu'aux talons. Elle semblait un pigeon pattu. Cela, c'eût été pour dépoétiser Lamartine lui-même ! Je veux bien que ce fût plus convenable pour monter sur la suspente. Mais enfin j'aurais mieux aimé de vraies jambes, même pour monter sur la suspente.

*
* *

En ces temps préhistoriques où la hiérarchie existait et où les enfants ne disaient pas encore : « Grand'maman, tu m'embêtes ! » le chef d'atelier avait une autorité morale, quelque chose d'un patriarche, mais d'un patriarche en tricot et en bonnet de coton. En ma jeunesse on ne disait déjà plus : « Not'maître », mais les autres fois, c'était le terme accepté en parlant au chef d'atelier. Nous avions en rue Neyret, voilà plus de cinquante ans, le père Burland, un bon « bargeois », entouré du respect de tous, et le méritant. Je le vois encore quand il venait à la maison, rasé, propre, avec un chapeau monté [1], une vagnote [2] noire, linge éblouissant. En ce temps-là il n'y avait quasi point de régisseurs (on les appelait des regrettiers) et d'être propriétaire, c'était un titre à une amitié déférente, mais sincère. Le père du père Burland était déjà dans la maison, aussi canut. Ce bonhomme, après six journées de seize heures, s'offrait un petit divertissement le dimanche. En sortant de vêpres, il achetait une petite miche, et allait boire une chopine, en devisant du temps qu'il fait avec quelques voisins, car le voisinage est aussi un degré inférieur de l'amitié. Quel ouvrier

1. Un chapeau monté, tout un chacun sait que c'est un bugne.
2. Tout un chacun sait que la vagnote, c'est la redingote : vagnote est une expression figurée. Au propre, c'est une espèce de bât pour les ânes, qui n'est plus guère usité que dans le fond de nos montagnes.

d'usine se contenterait de cette part de budget accordée aux plaisirs ?

*
* *

J'ai dit journées de seize heures, hélas. Déjà de même au XVIIIe siècle, comme en témoigne ce fragment d'un vieux noël que me chantait ma mère :

> Je pinsavo mon còtèro
> Intre onz'hure et la minuit,
> Comme un brave satinairo [1]
> Ayant sa jorna fini.

Dont appert deux choses : 1° que la journée se terminait bien tard ; 2° que quasi tout le monde avait des cautères, puisque même les satinaires ne se les plaignaient pas. J'ai vu, en effet, la mode des cautères et des lavements, comme j'ai vu la mode des manches à gigot et des ceintures sous les aisselles. Les lavements ! on les prenait comme apéritifs ! c'était le bitter de cette époque vertueuse. Comme tout change, bonnes gens !

*
* *

Nous disions voire que, à l'exemple du père Burland, le canut a en horreur le bourgeron, la casquette plate, le débraillé où se complaît l'ouvrier parisien. Il parle lyonnais, comme bien s'accorde, mais parce que c'est sa langue maternelle. Il gausse beaucoup, quasi toujours, mais sans y paraître, sans gestes, sans insister, sans élever la voix, sans y toucher. Vous ne savez jamais s'il le faut prendre de droit ou de feintise. Même, sous

---

1. *Satinairo*, ouvrier qui fabrique le satin.

les narquoiseries, un fond triste. Il se raille de la vie. Mais ce genre de raillerie ferait rire d'un œil et pleurer de l'autre.

*
* *

Adonc, le canut a de la « tenue ». Il faut justifier le nom de « bourgeois ». Même qu'il tient en réserve pour les grands rencontres, les noces, les visites de souverains, de chefs d'état à son atelier, un panneau [1], excusez du peu, qui n'est sans doute pas à la dernière mode, mais qu'importe. J'ai toujours ouï dire qu'il faut suivre la mode, mais de loin. Du loin au très loin il n'y a pas si loin.

Lorsque l'on inventa ce restaurant-caveau, tristement célèbre par l'ignoble attentat de Cyvoct, j'eus la curiosité d'y aller dîner. Dans un « box », un homme politique avait invité quatre canuts, il faut croire quatre électeurs influents. L'amphitryon, mis avec élégance, la raie au milieu du front, pérorait, élevant la voix de manière à être entendu de la salle : un flux perpétuel. D'évidence il voulait, comme on dit, épater ses convives, et jusqu'aux garçons avec. Dix minutes lui suffirent pour « résoudre » toutes les « questions » sociales, politiques, religieuses, etc.

Les bons canuts, en vêtements bourgeois, propres, un peu surannés, redingotes flottantes, à manches plissées en haut, écoutaient, méditatifs, avec le respect que l'on doit à quelqu'un pourvu de tant de salive. Ils n'osaient seulement tousser, eussent-ils avalé quinze livres de plume. Leur respectabilité, comme disent les Anglais, faisait un bizarre contraste avec

---

1. Un panneau, c'est une queue de morue, naturellement.

l'exubérance et l'assurance du politicien. Or me semblait-il que les canuts c'étaient les vrais démocrates, qui connaissaient, pour les avoir senties, les misères du pauvre monde, et que l'autre, c'était un acteur sur un théâtre, faisant le rôle du « peuple », comme Talma celui des rois.

*
* *

Qui a vécu avec le canut, qui l'a vu dans ses joies et dans ses tristesses, au lieu de le trouver lourd et ridicule, comme le font les beaux esprits, ressent pour lui de la sympathie, et, hélas ! souvent de la commisération.

Il m'est avis que celui qui représente le mieux le type (peut-être parce que je le connais davantage) c'est le « taffetaquier », et avec lui le « veloutquier ».

Et d'abord songez combien son travail est peu varié ! Toujours les mêmes mouvements : une régularité navrante ! Si du moins on pouvait se déroidir les jointures de l'esprit en le laissant vaguer un peu ! Mais quoi ! la contrée où sa pensée se promène est limitée du côté de vent par son battant et du côté de bise par les pieds de son métier. Malheur à lui s'il avait l'imagination vagabonde. Au retour de voyage il trouverait sa façure[1] sursemée de crapauds[2], constellée d'arba-

---

1. Partie de l'étoffe qui est en voie de s'exécuter. Mot tiré du radical qui a fait *façon* (*factiönem*), avec le suffixe *ure*, comme dans *armure*, etc. La *façure* est la partie de l'étoffe que l'ouvrier est en train de *façonner*.

2. Défaut qui se produit lorsque quelque maille du remisse est cassée, et que, le fil n'obéissant plus à la lève ou à la baisse des lisses, la trame passe par dessus ou par dessous, ou par quelque autre raison de ce genre. Avec une très grande bonne volonté, complétée par une très grande imagination, on peut y voir l'image d'un crapaud.

lètes[1], jonchée de trames tirantes[2]. Il faut défaire, refaire.
Or bien plus pour le pauvre canut que pour l'Anglais *time
is monnaie.* Sa journée n'est pas pour supporter à l'aise une
grosse brèche.

Ne croyez mie que ce travail abrutissant suppose manque
d'intellect. Il y faut au contraire beaucoup de savoir-faire et de
coup d'œil. Le canut a en moyenne huit ou dix mille fils à surveiller. Si un seul de ces fils casse, il doit le voir. Sinon, défaut.
Si c'est sur le rouleau que le fil casse, c'est presque impossible
de le voir : il doit le voir quand même. Si un fil, sans être
cassé, est mal passé au remisse ou au peigne, c'est encore très
difficile à distinguer, mais il doit le voir encore, car c'est aussi
un défaut, et les défauts, nous en connaissons les suites.

Au moins, pour cette surveillance, faudrait-il du jour à dis-
crétion. Mais quoi ! vous est-il jamais arrivé de visiter un atelier
de canut ?

Chut sur la montée d'escalier. En y passant tous les Lyonnais diraient, comme le Marseillais : « Ne vous intriguez pas,
je sais ce que c'est. » Seulement ce n'est pas la même chose.
— A la longue on s'y fait. Les fosses nasales se cautérisent.

1. Défaut qui se produit lorsque quelque gros bouchon se trouvant à un
fil de la chaîne, la trame s'y accroche, ne joint pas l'étoffe, et tire ainsi
comme la corde d'une arbalète dont le bouchon est la flèche.

2. C'est lorsque quelque obstacle empêchant la canette de se dévider à
la tension voulue, la trame, en tirant, fait se contracter l'étoffe.

Entrons. Forte odeur de faganat [1]. Le canut se donne garde d'ouvrir les fenêtres : « Ça fait entrer le froid, et alors ça casse attenant, et après quelques coups de battant, la medée [2] est toute en bavasse. » Et sais-tu, lecteur, ce que c'est qu'une medée en bavasse ?...

L'atelier, ou mieux ateyer, a trois fenêtres. Au long de cette façade, deux métiers dits en première vue. Parallèlement, un ou deux métiers en seconde vue. Le tout serré comme des brignolles. Dans un coin, un dévidoir pour la trame, un rouet pour les canettes.

Les métiers en seconde vue sont mal éclairés. Que sera-ce aux étages inférieurs ? Aussi à la Croix-Rousse, c'est le rebours d'ailleurs, le prix du loyer enchérit à mesure que l'on grimpe. Le moindre prix est celui du premier étage ; le plus élevé celui du cinquième.

*
* *

Comment les pauvres canuts pouvaient-ils travailler, alors que, au lieu de vitres, on n'usait que de papier huilé, collé sur des châssis, montants et descendants, comme ceux qu'on voit encore, mais vitrés, dans les vieilles maisons, en Suisse et en Angleterre ? Il n'y a pas si longtemps de cela. Dans le premier quart du siècle, Cochard pouvait encore écrire : « On ne con-

---

1. Tout le monde connaît l'odeur de faganat. Le nom vient de l'odeur de la fouine qui, en provençal, se nomme *faguina*.

2. La medée est la portion de la chaîne comprise entre le remisse et l'étoffe déjà fabriquée. C'est dans cette portion que passe la navette. Mot bizarre, dont l'origine m'est inconnue. On songe tout de suite à *mediata*, de *medium* (parce que cette partie est intermédiaire), mais l'étymologie est inadmissible comme forme.

serve plus les châssis que dans les ateliers où l'on manufacture les étoffes de soye, soit pour ne pas blesser la vue des ouvriers, soit aussi pour ne pas altérer la finesse des teintes par un jour trop éclatant. » Et le bon Étienne Blanc, dans sa *Chaste Suzanne :*

> Deux minutes plus tard, hélas! c'était fini,
> Et de cete vartu i pochiont le châssi.

Il est vrai que ce n'est ici qu'une métaphore, mais pour employer le figuré il fallait que le propre existât.

L'auteur de la *Pétition des canuts de Lyon à M. de Saint-Criq* [1] leur fait dire :

> Le châssis déchiré laisse le plus souvent
> Entrer par la catole [2] et la pluie et le vent.

Dans mon enfance, les échoppes des pejus [3] qui « meublaient » en file la place des Cordeliers étaient toutes fermées de châssis. C'était plaisir céleste, le soir, pour les petits gônes, de passer la tête au travers du papier, en disant : « Quelle heure est-t-y, siouplaît ? » — Puis de tirer pays dare dare. Des fois qu'il y a, on y gagnait quelque bon coup de tire-pied, mais c'était canant tout de même.

1. Je trouve le nom de M. de Saint-Criq comme directeur général des douanes en 1820.

2. Les rimes sont riches, mais la phrase est une ineptie. La *catole* (du latin vulgaire *catabula*) est le birloir qui tient le châssis fermé, et par conséquent le vent ne peut pas plus passer par la catole qu'aujourd'hui au travers de l'espagnolette.

3. Un peju, manquablement, c'est un regrolleur. Mot fait sur *pège* (poix), de *pica*, pour *picem*.

*
* *

Jugez de la difficulté du travail à la lumière, qui compose cependant la plus grande partie des journées d'hiver. Alors le canut pend au dessus de sa façure, à une ficelle tendue d'une estase[1] à l'autre, son chelu[2]. C'est une petite lampe qui a conservé très exactement la forme de la *lucerna* romaine, mais qui, au lieu d'être en terre cuite, est en fer-blanc, et à laquelle on a ajouté un réflecteur vertical, terminé en voussure dans sa partie supérieure. On ne brûle que de l'huile d'olive, à seule fin d'éviter fumerons et mâchurages. Dans la *Pétition à M. de Saint-Criq*, déjà citée, on lit :

> Le chelu dégarni, sans chapiteau, ni douille,
> Faute d'huile et de feu se voit jaune de rouille.

Au figuré, dans la poésie lyrique, chelu s'emploie pour soleil :

> Du grand chelu du jour la brillante lumière
> Avait déjà fourni trois quarts de sa carrière[2].

C'est aussi image très poétique pour l'œil. « Mes chelus tout en n'huilés de larmes, » dit le pauvre Jirôme Roquet.

Mais, poésie à part, on voit les dangers de cette lampe à

---

1. Les estases sont les pièces de bois horizontales qui maintiennent le métier dans le sens de la longueur. Le mot a dû être importé d'Italie sous la forme *stazia*, de *statia*, de *stare*, parce que les estases maintiennent le métier en équilibre.

2. *Chelu* est, avec changement de suffixe, le vieux français *chaleil*, de *caliculus*.

3. Ét. Blanc, *La Chaste Suzanne*.

huile, suspendue au dessus de l'étoffe. Qu'un verre éclate, que la ficelle casse, qu'une secousse fasse vaciller le chelu !...

*
* *

Logis. Il se compose presque invariablement de deux pièces : l'atelier susdécrit, avec sa suspente, sur laquelle couchent les apprentis, souventefois le fils ou la fille de la maison :

> Daudon, descends de la suspente,
> C'est un parti que se présente !.

Plus un poêle en fonte, avec son four et son « dôme ». Là-dessus mitonnait la soupe. Aujourd'hui l'usage s'est introduit de pratiquer dans l'atelier, au moyen d'un galandage à mi-hauteur, une petite pièce séparée formant cuisine. Ainsi petit à petit, en dépit des rigueurs de la fortune, un peu de bien-être s'introduit.

Mais à côté de l'atelier, le sanctuaire domestique, le *lare :* la chambre à coucher du bourgeois et de la bourgeoise. Celle-ci (pas la bourgeoise, la chambre) « tapissée », le carrelage souvent ciré. Le lit conjugal, sans rideaux, avec sa courte-pointe d'indienne à fleurs. Une commode en noyer, bien frottée, sur laquelle est placée sous globe une relique, le bouquet de noces de la bourgeoise : usage touchant que je voudrais voir partout. Tout cela ne respire nullement la misère, mais l'ordre et un parfum familial.

Le canut moins à l'aise n'a qu'une seule pièce, l'atelier. Mon bourgeois et ma bourgeoise couchaient sous la suspente. De l'endroit on en faisait la chambre nuptiale, à l'aide de rideaux.

*
* *

Le rêve du canut, c'est d'être propriétaire de son logement. Songez! N'avoir plus le souci de la Saint-Jean ni de la Noël! Sans doute qu'il ne peut acheter de maison, mais il achète deux pièces. Je crois que ce n'est qu'à Grenoble et à Lyon que l'on voit ces divisions. Mon père possédait, en rue de l'Hôpital, le rez-de-chaussée d'une maison et le cinquième. Je connais au Bon-Pasteur une maison qui a quatorze propriétaires : quatorze canuts, comme bien s'accorde. Chose qui prouve bien en faveur de nos bons canuts, les règlements compliqués des réparations ne donnent lieu à aucun litige.

*
* *

La méchante nourriture du canut était jadis l'objet d'éternelles plaisanteries, bien mal placées. Se gausser de la misère est d'une âme basse. Mais cela prouve que la misère existait. En 1723, Laurès, dans un noël satirique, fait figurer les taffetatiers :

> Tretous los arts de metis
> Coront per tot veire ;
> Surtout los taffetatis,
> Lo pouros riclairos.

« Les corporations de tous les métiers, — courent pour tout voir ; — surtout les taffetatiers, — les pauvres..... »

Ici, je renonce à traduire. Les médecins seuls ont le droit de tout nommer. L'idée de l'auteur est que les pauvres taffetiers, étant mal nourris, ne peuvent livrer à l'exportation autre chose que ce qu'ils reçoivent à l'importation. C'est, plus crûment, l'application du vieux proverbe : « On ne peut mâcher amer et cracher doux… »

La pâleur des pauvres canuts leur avait fait donner, au XVIIIᵉ siècle, le sobriquet de *navets*, qui avait l'avantage de jouer en même temps sur le mot *navette*. Une chanson politique, qui remonte à 1786, dit :

> Quand celos puros navets
> N'ant gin de liards au gosset,
> Y ne payant pas follietta [1];
> Y n'ant gin de quai mingi.

Une locution canuse montre encore aujourd'hui combien était maigre la pitance du canut. En manière de gandoise, le panneau se nomme « l'habit que mange de viande », entendant dire par là que l'on ne mange de la viande que dans les festins qui exigent l'habit de cérémonie.

Mais un sujet intarissable de facéties, c'est le claqueret [2], *alias* fromage blanc, *alias* mâle blanc, sorte de fromage mou qui constitue encore un des mets favoris du canut. Voici la recette qui m'a été donnée par l'un d'eux : « On bat le claqueret comme si c'était sa femme ; on y met de sel, de poivre, de chaliotes, de fines herbes, et on le pique d'ail à regonfle, à celle fin de se tenir la bouche fraîche toute la journée. » — Le fait est que, l'ail en moins, c'est exquis.

1. Mesure de vin, d'environ une chopine : *phialetta*.
2. Ce mot doit avoir été forgé au XVIIIᵉ siècle, lors du développement de l'argot canut ; probablement de *clac*, onomatopée, parce que le fromage se bat fortement. A *claque-r-et* comparez *rouge-r-et*, petit fromage.

Or prétendait-on que le canut ne se nourrissait que de claqueret :

> « Dis-moi, Champavert, quelle est ta canuse, »
> Lui dit à son tour le fils du bargeois.
> — « Ah ! de tout l'état, c'est la moins gouluse,
> Quatre claquerets lui fant tout son mois [1]. »

On le nomme mâle blanc de la trousse qu'on ne manque
jamais de bailler aux nouvelles bonnes qui arrivent de leur
pays. On les envoie acheter un fromage blanc, en leur recom-
mandant expressément de choisir un mâle, parce qu'ils sont
meilleurs. A quoi la bonne qui ne veut pas paraître ignorante,
de répondre infailliblement d'un air capable : « J'y ferai attention. »

Aujourd'hui, le canut se nourrit beaucoup mieux, et les
plaisanteries sur le fromage blanc seraient un peu surannées.

*
* *

Mais le canut a parfois ses jours de fête. Il n'est pas
« noceur », ne va pas au restaurant. Cela se passe en famille,
une fois l'an peut-être.

C'est à la bourgeoise que revient tout le fardeau. La veille,
on prépare tout ce qui peut se manger froid, généralement des
bugnes à l'éperon, bien lourdes, bourratives. Menu : le bouilli,
assaisonné suivant les conseils de Raspail. — J'ai vu le temps
que vous n'eussiez pas rencontré un ménage de canut sans le

---

1. *Champavert*, pièce un peu trop anacréontique, qui doit dater des premières années de la Restauration. *Ta canuse* reporte au temps antérieur à
l'usage de la Jacquard, où chaque métier de façonné exigeait un ouvrier et
une tireuse.

Manuel, l'alcool camphré, l'eau sédative. Encore un socialiste qui a tiré des millions du pauv' peup' ! — Au bouilli se joint le gigot à l'ail? Vin : un petit beaujolais qui ne coûtait que cinquante à septante francs la pièce. Il est vrai qu'il était fait avec du raisin. Dessert : fromage, bugnes, marrons rissolés.

J'assistais à l'un de ces festins, chez le brave père V... Toute la famille était là. On en avait parlé un mois d'avance, on en parlerait deux mois après.

C'est qu'il devait y avoir le cousin B..., de Saint-Just. Quel cousin, et quel appétit ! mais aussi quelle voix à peindre ! Il vous fallait voir ce creux ! Au dessert, toute l'assemblée était sous le charme. Il commençait par tirer de son accordéon quelques sons asthmatiques et discords : on sentait un frisson parcourir les convives. — Enfin il commençait :

> D'où viens-tu, beau nuage ?

Ou :

> Ce qu'il me faut à moi, quand la brise du soir !...

Les convives ressemblaient à la poule qui tient le bec sur une bague d'or. La bague d'or, c'était la nappe (il y en avait une). Les mains restant libres, chacun roulait une grosse boulette de mie de pain, à celle fin de cacher son émotion.

Sa qualité de cuisinière lui permettant de quitter la table, personne ne voyait pleurer la bourgeoise. Les larmes ne l'empêchaient pas d'aller ouvrir discrètement la fenêtre sur cour, pour que les voisins pussent dire : « Sont-ils heureux, ces V..., d'avoir un cousin qui chante si bien ! »

Il n'est bonne fête qui ne finisse. Les convives loin, la mère V..., brisée de fatigue et d'émotion, mettait tout en ordre.

Elle se couchait à deux heures, et le lendemain matin, à la première aube, comme s'il n'eût été de rien, l'atelier retentissait des bistanclacpan coutumiers. On avait les cheveux un peu sensibles. A midi, il n'y paraissait plus.

*
* *

Je ne voudrais pas attrister ces pages par le tableau du canut malheureux, infirme ou malade, arrivé à ce point de manquer même de médecin et de remèdes.

Mais ce qu'il serait impardonnable de ne pas noter, c'est cet élan de cœur de tout canut pour son voisin dans la peine. Du haut en bas de la maison, la femme n'a que l'embarras du choix : tous offrent leurs services avec la même accortise et la même sincérité. On veille le pauvre malade, on l'assiste, « on fait ses commissions ; » on fait au besoin le travail à sa place. Et tout cela simplement, avec bonhomie, sans l'idée qu'il y ait là quelque chose de louable ou qu'il y ait lieu de « s'en reconnaître » plus tard. Lorsque, guéri, le canut pouvait remonter sur sa banquette, il allait serrer la main à son voisin, remercier la femme de celui-ci, qui avait passé bien des nuits.

— Battandier, je viens te dire merci, ma vieille.

— Et de quoi, ganache [1] ! Quand je serai malade, t'aideras un brin la bourgeoise.

Et l'on trinquait avec un verre de ginguet, disparu, hélas ! comme les vieux canuts, et l'on n'en parlait plus.

Il est regrettable que M. Zola n'ait pas vécu au milieu de nos vieux canuts. Il y eût rencontré un aliment sain pour son

---

1. *Ganache* est chez nos canuts un terme de particulière amitié.

estomac de naturaliste. Au lieu des scènes écœurantes et si souvent fausses de *Germinal*, il aurait pu peindre des scènes honnêtes et vraies, dans un bon livre, où aurait pu revivre mon vieux canut. Oublié de tous les écrivains, celui-ci n'aura pas d'histoire, et le temps emportera les derniers vestiges d'une corporation si curieuse. M. Édouard Aynard l'écrivait naguère dans son admirable introduction au rapport de la Section d'économie sociale, à propos de l'Exposition de 1889 : « Au train rapide des choses, il ne serait point surprenant qu'avant vingt ans, la fabrication d'un beau lampas, d'un velours ciselé, ou d'un drap d'or, devînt une curiosité historique entretenue coûteusement par l'État, comme celle des Gobelins. Et alors Lyon ne serait plus que le centre banal d'une industrie découronnée. »

*
* *

Je me plais à penser que, même aujourd'hui, il y a encore des idylles chez les canuts; du moins, de mon temps, il y avait des idylles.

Notre apprentisse Louison venait de finir son apprentissage. Elle avait son métier pour maîtresse. Qui ne sait qu'avoir son métier pour maître [1] c'est le rêve de tout apprenti et de tout compagnon. Une vieille chanson canuse, la *Chanson du Compagnon,* commence ainsi :

> Je veux mon métier pour maître;
> J'ai les marches, les ponteaux,

1. Avoir son métier pour maître, c'est, à la différence du compagnon, posséder en propre le métier sur lequel on travaille.

Le remisse et le carête,
La cheville et les rouleaux [1].
Je veux mon métier pour maître,
Puis ensuite me marier.
Je veux que ma femm' sach' remettre [2],
Pour pouvoir joindr' nos deux métiers.

Donc, la Louison avait son métier pour maîtresse, et, comme bien s'accorde, elle était courtisée (pour le bon motif) par le Glaudius, à savoir le compagnon. Un lundi, par un beau soir d'été, je me promenais sur les Tapis. En ce temps-là, le vieux rempart n'était point démoli. Il était longé par le vaste fossé qui servait assez volontiers de Buen-Retiro aux promeneurs attardés. Or sus, je rencontre la Louison et le Glaudius. Ils se promenaient, le cœur gonflé d'espoirs et de désirs. Une sorte de buée lourde et chaude obscurcissait l'atmosphère.

1. Les *marches* sont des barres de bois sur lesquelles l'ouvrier appuie alternativement le pied ; les *ponteaux* sont de petits étançons qui sont fixés, d'une part au plancher supérieur, de l'autre aux poteaux du métier pour empêcher celui-ci de vaciller. Dans les nouveaux métiers, cet accessoire est supprimé. L'étymologie est *punctum* (l'étai étant un objet en *pointe*), comme l'indiquent les formes italiennes et provençales. Le remisse est l'ensemble des lisses qui lèvent ou baissent les fils de la chaîne au moyen de mailles dans lesquelles ils passent. Le carête (*quadratum*) est un bâtis en bois, placé au dessus du métier et qui porte l'appareil destiné à faire mouvoir les lisses. La cheville est un levier avec lequel on fait tourner le rouleau de devant, comme avec la barre on fait virer un cabestan. Il y a deux rouleaux, celui de *derrière* sur lequel la chaîne est enroulée, et celui de *devant* sur lequel l'étoffe s'enroule au fur et à mesure de sa fabrication.

2. *Remettre*, c'est passer les fils de la chaîne dans les mailles du remisse. Ce travail est fait communément par des spécialistes, qu'on nomme *remetteuses*. Une femme qui sait remettre est un auxiliaire précieux pour un mari canut.

Il faut croire que les grandes émotions sont muettes, car ils ne sonnaient mot. A force de marcher on se lasse, même quand on est amoureux. Ils s'arrêtent, et sans s'inquiéter le moindrement de l'endroit, ils s'asseyent sur le talus. La Louison tricote un bas. Le Glaudius, perdu dans ses rêves de bonheur, trace sur l'herbe desséchée quelques dessins à l'aide d'un morceau de bois.

Tout d'un coup, la Louison rompt le silence.

— Glaudius! fait-elle doucement, et avec cette inflexion que seule savent trouver les amoureux.

La voix tendre du Glaudius de répondre aussitôt :

— Hein ?

La Louison, *con morbidezza :*

— Viens donc plus près de moi. Y *en* a pas tant !

*
* *

Mais c'est trop s'attarder.

La pièce est finie. Il la faut aller rendre. Le canut la nettoie, la pincette [1], passe le polissoir [2], coupe les fils flottants, fait glisser les trames tirantes. Grandes inquiétudes souvent. En retournant sa pièce, voici quelques tares qui lui avaient échappé, en dépit de toute son attention. Or, les commis qui reçoivent les pièces ont l'œil exercé, et à bonnes enseignes. Celui qui visitera la sienne voit-il les défauts : reproches. Et les reproches, le canut ne les aime pas. Il est sensible, a de

---

1. Pinceter, c'est, avec de petites pinces analogues aux pinces à épiler, enlever les bouchons.

2. Lame de corne qu'on passe sur la façure pour faire briller l'étoffe et égaliser les coups de trame.

l'amour-propre. S'il y a un rabais, souvent, hélas! inévitable, il sera « marqué sur son livre », et son livre, ce sont ses états de service. De même le militaire n'aime pas à voir quelques jours de salle de police consignés sur son livret.

*
* *

Enfin la pièce est reçue. Regardez le visage de mon canut : inquiet toujours. C'est qu'il attend. Lui en donnera-t-on une autre à tisser? — Sa figure s'illumine. Il a entendu le chef de service : « Revenez ce soir. »

Sa joie peut se traduire ainsi : « Voilà du pain pour un mois. »

Et si, en sortant, il allait boire pot [1] avec un ami, qui donc aurait le cœur de lui en faire un reproche? Je vous assure que le jour où il rend sa pièce est un jour pénible! Et que sera-ce si on lui dit : « Nous n'avons point de pièce à vous donner! » ou même : « Rien pour aujourd'hui; repassez dans quinze jours. Nous verrons. »

Puisse mon pauvre canut s'entendre toujours dire :

« Revenez ce soir. »

PUITSPELU-DUROQUET.

1. Le pot était la mesure de vin en usage à Lyon avant la Révolution. Le mot est encore usité pour litre. En 1789 il y avait « l'ancien pot » qui était de 1 litre 4 centil., et le « pot actuel », qui était de 1 litre 13 centil. et demi. En 1564, d'après M. de Valous (j'ignore à quelle source il a puisé), le pot était de 2 litres 8 centil. Décidément nos pères avaient l'estomac plus dilatable que nous. — Remarquer qu'on ne dit pas : « boire un pot, » mais « boire pot ».

LA MANGEAILLE LYONNAISE

AU TEMPS JADIS.

E parcours les pages que j'ai écrites, il n'y a que peu d'années, sous ce titre : *Propos de gueule lyonnais*, et je consigne, non sans quelque mélancolie, que je ne les pourrais plus écrire. Pour l'artifice et excellence de la peinture amoureuse, il faut que le cœur batte à l'écrivain rien qu'au prononcer du nom de l'amour; pour parler congrûment d'un pâté de bécasses de chez Payet, il faut que, rien qu'à la remembrance, on le voie devant soi, le dôme enlevé, tout fumant, et que la salive envahisse la bouche comme une grande marée à l'équinoxe. Or, maintenant que je ne vis quasi que de lait, vainement évoqué-je encore cette vision, vainement vois-je la tour de pâte, corps tiède enveloppant

l'âme odorante, vainement je la vois me regarder de ses
yeux d'or, me tendre des bras imaginaires, vainement je l'entends me solliciter d'une voix alanguie, rien ne me dit, non
plus que la beauté de Phèdre au chaste Hippolyte. Est-il
possible qu'il fut un temps où la simple pronostication d'un
symposium pour le soir jetât sur toute une journée de brouillards un voile rose ? Sans doute, ce qui réjouissait le plus,
c'était la pensée des amis avec qui manger, mais le pâté de
bécasses, et les truffes à la crême et les quenelles à la Nantua,
et le râble de lièvre d'Alsace, n'étaient-ce donc point des amis
aussi, d'autres amis ajoutés aux premiers ?

Est-ce un si grand mal qu'il n'en soit plus ainsi ? A mesure
que l'on a besoin de moins de choses, on se rapproche davantage des dieux, qui n'ont besoin de rien.

Voici quinze années que je n'ai dîné en ville. Je ne sais s'il
y a eu des changements à cet égard comme en tout le reste.
A-t-on inventé de nouveaux plats ? Maintenant que l'électricité
fait des choses si extraordinaires, je suppose que l'on doit dîner
à l'électricité. Peut-être y a-t-il des plats de torpilles. En toute
occurrence, ce qui m'a le plus étonné, c'est que j'ai vainement
cherché dans la série des récompenses de l'Exposition : grands
prix, médailles, décorations, palmes académiques, etc., la mention d'un seul cuisinier. Est-ce que, par hasard, il n'y aurait
point eu de classe sous cette rubrique : « Réfection de dessous
le nez ? » S'il en est ainsi, cette exposition était bien incomplète,
et je n'ai plus de regrets de ne l'avoir point visitée.

Mais quoi ! puisque j'ai jadis parlé de la cuisine de mon âge mûr, puisque je ne puis parler de la cuisine de ma vieillesse, ne la connaissant point, parlons un peu voire de la cuisine de notre enfance.

*
* *

De cette cuisine, ce qui m'a laissé les plus beaux souvenirs, ce ne sont ni les entrées ni les rôts, ce sont les desserts. Le jeune âge ne sait point priser les mets solides et plantureux, que goûte l'âge viril. Pour apprécier les huîtres, les homards, les truffes, il y faut de la civilisation, de la science, je n'ose dire de la corruption. Je diviserais volontiers la vie en trois âges : celui où l'on aime les cerises; celui où l'on aime les fraises; celui où l'on aime les poires. De même, en littérature, la poire ne se peut comprendre que tard. La première fois que je lus Montaigne, j'avais vingt ans et n'y compris rien. Il me souvient encore d'être resté tout ébaubi lorsqu'un jour, interrogeant notre Socrate lyonnais, l'abbé Noirot, sur les mérites respectifs de Montaigne et de La Bruyère, il me répondit que le premier était incomparablement supérieur au second.

Et, dans ces desserts, ce qu'il y avait de plus beau, c'était la tourte. Je crois qu'à Paris ils appellent cela la tarte, mais ce n'est point exactement fait de même, et, selon mon humble estime, la tarte est bien moins bonne que la tourte. Celle-ci était un disque de pâte, à bords formant muraille, et posé sur une planche plate. Chez nous elles étaient grandes comme le bouclier d'Ajax. Le plancher de pâte est recouvert d'une couche de confiture. Sur cette strate un treillis en bâtonnets de pâte dorée, luisante, bien craquante. La tourte se découpe en secteurs convergeant au centre comme la grande Exposition de 1867. Cette tourte, les enfants l'adorent, et aussi les femmes, qui sont une autre espèce d'enfants, à cette différence près que, tandis que les enfants n'aiment que la confiture, les femmes aiment à la fois la confiture et le vinaigre, symbole poétique de leur caractère.

Encore aujourd'hui, que je suis un peu revenu à l'âge des cerises, si l'on me servait les truffes et les mets civilisés à côté d'un secteur de tourte, je prendrais le secteur avec délices.

Dans les mets la bonté ne suffit pas : il y faut le plaisir de la vue. Le beau et le bon ne sont qu'un, dans ce qui se mange comme dans la métaphysique. Les deux attributs éternels sont tellement dans une liaison intime, que, toute vanité mise à part, je me flatte de reconnaître, à la simple vue, un bon rôti d'un mauvais, un mauvais vol-au-vent d'un bon. Voire au simple parfum, à moins pourtant que je ne fusse enrhumé du cerveau.

Aussi, l'une des grandes suggestions de la tourte, une chose qui semblait en relever la saveur, c'était l'usage où l'on était d'y piquer, à intervalles réguliers, des espèces de fleurs allongées ou plutôt de calices terminés par cinq pétales, d'une composition analogue à du plâtre durci, dont le pédoncule était fiché dans la tourte. Ces fleurs étaient, l'une blanche, l'autre rose, l'autre violet pâle. Au centre de la tourte, sur une fleur plus grande, s'élevait une spirale de fil de laiton, et, attachée par le ventre au bout du fil, une colombe blanche, les ailes déployées, un vrai petit Saint-Esprit. Lorsque l'on portait la tourte ou même lorsqu'on la remuait tant soit peu, la colombe palpitait comme si elle eût voulu prendre son essor. Je ne puis dire l'impression de poésie que me causait cette petite colombe flottante. Mangée la tourte, on me donnait la colombe ; mais, éloignée de son support naturel, couchée mélancoliquement sur le flanc, elle avait comme la nostalgie de la tourte natale, et perdait tout son charme. Puis on la voyait de trop près ; plus d'illusions. Enfants devenus hommes, ne contemplez jamais vos colombes que de loin.

Ce nom de tourte est fort singulier. Il vient de *torta*, qu'on trouve dans saint Jérôme, au sens de gâteau plat. Mais *torta*, gâteau, se rapporte d'évidence à *torta*, chose tressée, et comme la tourte n'a jamais été faite en forme de corde, je serais disposé à voir l'idée dans le treillis à jour dont la confiture est recouverte, et qui peut rappeler une natte tressée. Cette disposition ne remonterait donc à rien de moins qu'à l'antiquité latine, et il serait curieux de manger encore aujourd'hui la même pâtisserie que mangeaient nos ancêtres au IVe siècle.

Quoi qu'il en soit, au moyen âge, à Lyon, on donnait un nom analogue à d'autres pièces de pâtisserie. On les appelait des *torches*, sans doute de *tortica*, diminutif de *torta*, et ces pièces étaient assez fines pour qu'on les offrît aux grands sei- . gneurs lorsqu'ils étaient de passage dans notre ville.

Je lis dans les pièces de comptabilité de la ville qu'en 1464-65 on paya un salaire à « cellos qui porterion la symazi.[1]

---

[1]. La *symaise* était une grande pièce de vin, dont la contenance, à l'origine devait être de six mesures (*sex mensus*). Au XIVe siècle, la « grande symaise » de la ville contenait vingt « carterons », à huit louis le carteron. On en offrait une aux grands personnages à leur passage.

de la villa et les *torches*, pour donar ou conte de Pezenas ».

Ces pièces étaient monumentales, car je vois encore que, à la même époque, « fut servy ou gouverneur ou Darphinal[1] por VI *torches* que pesieront XXII livres. » Chaque gâteau pesait donc près de quatre livres.

Les torches n'étaient pas la même chose que les tourtes. Le huitième jour de janvier 1378, Monsieur de Genève étant de passage, on lui offrit douze torches en même temps que « douze l. de *tourtez* et 12 l. de confitures ».

Ces torches m'ont détourné de mon propos. Je disais donc que, dans mon enfance, nos dîners lyonnais étaient beaucoup moins recherchés qu'aujourd'hui, mais comprenaient infiniment plus de plats.

Parlons d'abord du poisson. C'était quasi toujours du poisson de rivière et des étangs de Bresse, et les maîtresses de maison mettaient leur gloire à d'énormes brochets, que l'on servait au bleu. Grimod de la Reynière raconte qu'ayant dix-sept fois dîné en ville pendant le temps d'un carnaval qu'il passa à Lyon, il se trouva face à face avec dix-sept brochets. De loin en loin, de mon temps, on rencontrait un carpeau ou une truite du lac de Genève.

Pour les à tous les jours, ou plutôt pour tous les vendredis, c'était la carpe. La laitance en était fort recherchée, et, de fait, c'était un mets très friand et très fin, et je ne sais pourquoi il a

---

1. Le gouverneur du Dauphiné, je suppose. *Darphinal* répond à *Delphinalis*. L'*homo delphinalis* était un vassal du dauphin.

été à peu près abandonné. De plus il était particulièrement réjouissant parce qu'avec la laitance il y avait deux grosses gonfles en manière de vessies soudées ensemble, et que c'était plaisir divin de les faire éclater d'un coup de talon, avec un pet comme une boîte de vogue.

Pourtant on n'était point à Lyon sans connaître la marée, mais je suppose qu'il n'y avait que les gros riches chez qui elle parût. Un aimable vieillard, M. Rey, ancien agent de change, me contait que lorsque, dans tout un hiver (et Dieu sait si l'on dînait souvent alors), on avait rencontré deux turbots, c'était considéré comme excessif. Pour moi, toute mon enfance s'est passée sans voir un homard. En retour, de l'écrevisse, en buisson seulement (on ignorait l'écrevisse à la Nantua ou à la bordelaise), était fort de mise. Les huîtres n'étaient pas, comme on dit, entrées dans le courant. On n'en mangeait qu'au restaurant, pour les fêtes carillonnées.

Tout cela s'explique surtout par les difficultés de transport. La marée ne nous arrive pas toujours de la plus entière fraîcheur. Jugez un peu voire alors, en ces temps où, pour aller à Paris, on commençait par prendre le coche de Trévoux. En 1819 des progrès immenses, il est vrai, avaient déjà été accomplis; le courrier ne mettait plus que septante-deux heures pour aller à Paris. Il ne portait, avec le conducteur, qu'un seul voyageur, au prix de 105 francs, qui en valent 250 d'aujourd'hui. Le véhicule, pour plus de légèreté, était une maringotte à deux roues, couverte d'une simple toile cirée. La voiture n'était pas suspendue, mais le siège était suspendu sur deux courroies. Cela remplaçait les ressorts. On acculait la voiture pendant qu'on allait changer de chevaux et, en attendant qu'elle fût réattelée, le voyageur était jambes en l'air, tête en bas. Ce véhicule, qui ne paraît pas valoir les sleeping-cars, s'appelait « la brouette du courrier ».

Dans mon enfance, le service du courrier était déjà fait par une chaise à quatre chevaux, mais elle ne prenait toujours qu'un seul voyageur. C'était ce courrier qui apportait la marée. On voit quelle petite quantité devait en être consommée, et à quel prix. Il me souvient qu'au printemps, il lui était véhémentement recommandé de ne point s'arrêter près d'un buisson en fleurs. J'ignore si c'est que le poisson n'aimerait point les fleurs, mais on prétendait que leur voisinage faisait immédiatement tourner la marée. Au relais de Limonest, l'écurie était en face d'un buisson de prunelliers. Au temps de la floraison, le courrier faisait quelques pas de plus pour ne point se trouver au devant.

Je ne sais si cette croyance était beaucoup plus fondée que celle qui attribuait aux femmes, à de certaines époques, la propriété de faire tourner le vin par leur seule présence. De cela, personne ne doutait. A la maison si, d'infortune, une pièce de vin tournait, c'était un haro sur la bonne, qui avait dû violer la consigne, en descendant à la cave en temps prohibé. J'imagine que cette croyance devait reposer au fond sur l'antique tradition juive de l'impureté de la femme à de certains moments. On se rappelle que, chez les Juifs, après ce temps, la femme était tenue à des purifications particulières. Pauvres femmes, n'est-ce pas assez de leur reprocher de faire aigrir le caractère sans leur reprocher encore de faire aigrir le vin ?

*
* *

Il ne faudrait point conclure de ces difficultés de transport
que, depuis plusieurs siècles, la marée ne fût connue à Lyon.
Le poisson frais ou soi-disant frais venait des côtes de la Méditerranée, et le Consulat en encourageait même le transport,
sinon par des subventions, au moins par des avances de fonds.
Songez, une ville qui avait de la marée était une ville qui ne se
mouchait point du pied ! En 1507 ou 1508, le Consulat fit une
avance de 27 livres tournois à Rollet Auber, du Mans, « pour-
voyeur, » comme qui dirait commissionnaire en comestibles :
« Pour ce que Rollet Auber, du lieu du Mans, nous a fait dire
et remonstrer, qu'il est délibéré doresenavant faire sa demeu-
rance en ceste ville et y faire et continuer son train, qui est
d'aller quérir, amasser et amener marée fresche, tellement que
toute l'année (!) il amesnera en ceste dicte ville, chacune
sepmaine, bonne quantité de poissons frais de mer..., pour-
quoy nous avons considéré que quant ladite marée fresche se
trouvera toutes les sepmaines en ceste dite ville, ce sera
l'onneur de ceste dite ville... »

On faisait aussi remarquer que « plusieurs grans princes et
seigneurs et autres notables personnes de ce royaume sont
souventefois séjournans et passans par ceste dite ville ». Il
fallait leur faire faire chère lie. Enfin, par une considération
que n'eût point dédaignée la Société d'économie politique qui
siège aujourd'hui au café Casati, on faisait valoir que les
arrivages de marée tendraient à faire baisser le prix du poisson
de pays.

C'est égal, à une époque où l'on mettait dix jours pour venir de Marseille à Lyon, et où l'on ne connaissait pas l'emploi de la glace, on frémit à la pensée de l'état dans lequel devait arriver parfois la marée de Rollet Auber ! ! !

*
* *

Au XIIIe et au XIVe siècle on voit figurer dans les leydes ou tarifs d'octroi, dans les taxes de péage, des poissons provenant de la Méditerranée, dont la détermination est même parfois obscure, par exemple le *pogal*, le *rigo*, etc. Le *pogal* doit être la même chose que ce qu'on appelle aujourd'hui à Palavas *la Pougau*, sorte de grosse anguille, de qualité fine. J'ignore ce qu'était le *rigo ;* mais, en tout cas, il ne s'agissait point ici de marée, mais de salaisons, encore qu'il nous parût extraordinaire aujourd'hui de saler l'anguille. Dans le tarif de la ville, de 1358, on lit : « Un millier d'areng et de rigoz corans paiera un gros ; et pogal, anguilles et atres gros peissons *salas* paiera per cent peissons, un gros. »

*
* *

Revenant à nos moutons, ce qui me frappe surtout dans les repas de ce temps-là, c'est leur caractère pantagruélique. Je me demande où l'on pouvait bien mettre tout ce que l'on mangeait, sans compter ce que l'on buvait. Après le relevé de potage, qui était le plus souvent une énorme volaille bouillie, il y avait quatre hors d'œuvre et quatre entrées. Là se voyaient et la belle tête de veau à la Déduit, et le beau vol-au-vent d'Orcières, pâtissier en rue Clermont, et les beaux ris de veau et les beaux rognons et la belle murette et le bel aloyau sur sa belle sauce brune, et les belles crêtes de coq nageant dans la crême, et le beau pain de côtelettes de Charbonnier, au *Cochon paisible,* et les bartavelles du Bugey, et d'autres mets dont la fumée seule faisait palpiter le cœur.

Ce Déduit, célèbre par sa tête de veau, était un grand artiste. Dans les maisons de haut parage on le faisait venir pour préparer le repas. Son établissement était en haut de la rue Romarin ; puis il vint tenir l'hôtel de l'Écu de France, à la Platière. Le plat de crêtes de coq, pour lequel on dévastait toutes les poulaillères de la Fromagerie, a disparu de nos mœurs. Dommage ; c'était un mets fin, lénitif, et qui, mélangé avec des champignons, ne manquait point d'onction.

Après quoi venait « le coup du milieu ». Il se composait de toutes les liqueurs possibles et impossibles, dont on absorbait beaucoup de petits verres, à celle fin de pousser le premier service pour faire place au second.

Le second service se composait du rôti, généralement une monstrueuse dinde de Saint-Chamond. Je dis de Saint-Chamond, pour autant que celles-ci sont engraissées avec des châtaignes, tandis que celles de Crémieux sont engraissées avec des noix qu'on leur fait avaler tout entières. Par quoi la noix leur donne un relent d'huile. Le rôti était flanqué de dignes compagnons, plusieurs sortes de pâtés, des jambons, quatre légumes, l'immense brochet au bleu, sursemé de quelques branches de persil, des salades de céleri, de chicorée, des macédoines de haricots, de pommes de terre, avec des pastonades, et entremêlées de tranches de carottes rouges. Et enfin l'entremets. Il était de vacherains, de crême dans des petits pots, de beignets de pommes ou d'artichauts ou de scorsonères (je n'emploie pas l'expression lyonnaise de doigts-de-mort, pour ne pas choquer mes lectrices), suivant les cas ; parfois l'omelette au rhum. Très rarement quelque chose de glacé. Je ne doute pas qu'à Lyon, au XVIIIe siècle et peut-être au XIXe, il ne fût arrivé à plus d'une honnête mère de famille ce qui arriva à la mère de Gœthe, à Francfort-sur-le-Mein, en 1759.

Les Français occupaient alors Francfort, et le comte de Thorane, lieutenant du roi et le type du parfait gentilhomme, était logé chez le père de Gœthe. Non seulement les gens du comte avaient reçu l'ordre sévère de ne pas occasionner au maître de maison la plus légère dépense [1], mais encore envoyait-il toujours aux enfants une large part de son dessert. Or, un jour la mère de Gœthe affligea fort les enfants en jetant aux équevilles la glace [2] qu'on envoyait de la table du comte, ne pensant pas que l'estomac pût supporter chose aussi froide.

J'imagine que les glaces durent être introduites à Lyon dans la deuxième moitié du XVIIIe siècle, probablement par l'Italien Spreafico, sans doute Napolitain, et le grand-père de Charles Grand, que nous avons tous connu, et qui doit exister encore. Dans ma jeunesse les limonadiers mettaient volontiers sur leurs enseignes : « Glacier napolitain. » Ce Spreafico était en réputation et fit fortune. Il avait, aux Brotteaux, une belle maison avec jardin à l'italienne où se débitaient force glaces.

L'usage des glaces ne se perdit point, malgré la Révolution, et je me souviens que, durant toute mon enfance, c'était le

---

1. M. de Thorane avait poussé le scrupule jusqu'à ne pas piquer aux murs de sa chambre ses cartes de géographie, pour ne point endommager, si peu que ce fût, les tapisseries.

2. Porchat traduit par *les glaces*, mais le texte dit bien *la glace* (*das Gefrorene*). Il s'agit sans doute d'un entremets glacé.

suprême « bon genre » d'en aller prendre ; mais la glace sous
forme d'entremets était extrêmement rare, et dans ce cas elle
se présentait toujours sous les espèces d'une bombe à la vanille,
dure comme du choin de Villebois.

Ensuite venait le dessert, dont la tourte formait le nombril.
Aux deux extrémités de la table s'élevaient deux tours Eiffel,
l'une en nougats d'amandes, l'autre en choux à la crème cuite ;
puis des plats à l'infini. A l'un de ces dîners, j'eus la fantaisie
de compter les plats du dessert. Il y en avait vingt-sept. Il est
vrai que la table était fort grande et qu'il s'agissait d'un « rendement de noces ».

Ces vastes tables, chargées de victuailles, avaient quelque
chose de beau et de solennel. On montait à table comme à une
sorte d'autel et l'on y officiait religieusement, observant le pré-
cepte givordin : « Au travail on fait ce qu'on peut, mais à table
on se force. »

Certains usages étaient différents des nôtres. On ne décou-
pait jamais à l'office. C'était le maître de maison qui prenait
cette peine. Sur la table figuraient toujours des noix muscades
avec une râpe d'argent. Le faisan, le chevreuil, le sanglier
étaient aussi inconnus que le homard.

Nos pères avaient des capacités d'absorption que nous ne
connaissons plus. A quoi tient cette délicatesse mélancolique
de l'estomac ? On dira : à des habitudes différentes, à un

développement du système nerveux au détriment des facultés de nutrition, etc. Mais cela n'explique rien. Je crois que cette différence tient surtout à un état psychique différent. L'estomac est un état d'âme.

Ce qui m'étonne aussi, c'est la rapidité de la digestion. Chez le père Thierry, à Sainte-Foy, on allait à une heure faire un repas de Gargantua. On sortait de table sur le coup de quatre heures, la peau du ventre tendue comme un tambour. On allait faire cinq ou six parties de boules, et vers six heures et demie, on se remettait à table pour boire le vin blanc et manger le restant du repas. La règle générale, lorsqu'on allait dîner à la campagne, à deux heures, l'heure habituelle, c'était de rester pour souper à sept heures avec le gigot, la salade, les pommes de terre et les restes du dîner, qui eussent suffi à alimenter un escadron.

Cependant ces facultés d'absorption étaient encore bien minces au prix de celles de nos aïeux. Je lis un « Estat de dépenses faites en l'hostel de Michel d'Allis par six seigneurs du Dauphiné, venus pour deliberer et adviser sus les reparations et garde de la ville à l'encontre du duc de Bourgogne, le 16e de febvrier 1473 ».

Voici la carte du souper de ces pauvres gentilshommes :

vi espaulles de mouton à v blans.......	x gros
Un cartier de veau......	vi gros
viii chappons à vi blans...	xvii gros
viii perdris à v blans.................	xiii gros i blant
viii connis¹ à iiii blans..............	x gros ij blans

1. Lapins.

Demy livre de sucre...................	III gros
IIII chappons pour mestre en pasté......	VIII gros
Une carte [1] d'upocras [2]................	VIII gros
IIII tartes..........................	VIII gros
Oranges............................	III gros
Une carpe et un brochet............	XVI gros
Pain...............................	XIII gros II blans
Vin................................	XVI gros
Item, plus pour la belle chiere, pour sel, huile, chandelles, vergeurs (verjus), vinaigre, amandes, bois, gastement de linge et de vesselle................	VI flor (florins)
Item, plus au paticier................	XXXII gros
Et à l'apothicaire pour un pain de sucre	IIII flor

Ces seigneurs de bel appétit étaient : « M. le Maréchal, M. de Chauteau-Vilain (pour Château-Vilain), M. d'Ellins, M. de la Paleu (pour de la Palud), M. de Saire et le capitaine du Pont-de-Beauvoisin. »

*
**

Il faut que la postérité retienne les noms de quelques artistes en cuisine, de ce temps-là, comme en peinture elle a retenu les noms de Grobon, de Berjon, de Fleury Richard, de Bonnefond. Un des plus en vogue était Berger, en haut du Chemin-Neuf, en belle vue, avec l'enseigne-calembour : *Au fidèle Berger*.

---

1. La quarte ordinaire valait deux pintes, mais il doit s'agir ici d'une mesure beaucoup plus considérable.

2. L'hypocras était une infusion de cannelle, d'amandes douces, d'ambre et de vin sucré. On l'offrait aux jeunes mariés la nuit de leurs noces.

Lorsque, en 1818, les alliés quittèrent enfin le territoire lyonnais, les notables de la ville y firent un grand dîner de réjouis-
sance, où le docteur Morel, le charmant chansonnier, chanta
une chanson de circonstance, de sa composition. Chez Berger,
le service était un peu primitif; les plats étaient recouverts par
des couvercles de fer-blanc. Le maître était un original; grand
joueur à la loterie, où il lui arriva de gagner. Une de ses parti-
cularités, c'est qu'il faisait toujours payer comptant. Du reste,
en ces temps préhistoriques, les prix étaient d'une douceur
angélique. Un jour, un Lyonnais de ma connaissance, montant le Chemin-Neuf, rencontre deux de ses amis qui sortaient
de chez Berger : — « Eh bien, êtes-vous contents? — Ah! le
b... nous a écorchés! Il nous a fait payer cinquante sous! Mais
on ne regrette pas son argent. »

   J'ai parlé de Déduit. On citait encore Rivière, place
Louis XVI[1], sur l'emplacement aujourd'hui occupé par le pâté
de maisons à la famille Saint-Olive; Maire, si connu. Où
demeurait-il déjà? — J'y suis. C'était en rue de la Limace, une
petite ruelle étroite, borgne, boueuse, coudue, mal odorante,
près de Saint-Nizier. Suffit qu'on y dînait bien! On faisait là,
lorsque l'on voulait s'offrir une ribotte, des dîners à trois francs,
sans le vin, exquis. Service très simple, mais de la plus extrême
propreté. Il fut bien là quelque trente ou quarante ans. Chassé
de sa ruelle par les démolisseurs, Maire était allé, je crois, s'établir place de la Platière, où je l'ai perdu de vue.

   Qui ne se souvient de Caillot, lequel, en 1834 ou 1835, était
dans la galerie de l'Argue, puis fut à Pilata, où il était encore

---

1. Il y était déjà en 1817.

il n'y a que seize ans. J'ai souvent envié de festoyer à ce restaurant dont on voyait la galerie si gracieusement suspendue en belle vue sur le coteau. Mais personne ne m'y a jamais invité.

Qui ne porte dans son cœur la mère Brigousse, aux Charpennes, qui dut tenir de 1830 à 1850 ? Et Abel, à la Mulatière, à côté de *la Cloche d'argent* ? On y buvait du vin de la Galée. Un divertissement, c'était de partir en bateau du faubourg de Bresse et de faire une décise jusque chez Abel. On prétend qu'il y en a qui la faisaient à la nage. Mais je n'y étais point. Enfin, la mère Guy, dont le restaurant existe encore, et son incomparable matelote. Mais mes plus lointains souvenirs à l'égard de la mère Guy ne vont pas au delà de 1847. Ce n'est pas vieux.

Puisse cette nomenclature incomplète[1] réveiller des souvenirs agréables dans l'estomac de quelques vieux Lyonnais.

La société lyonnaise, au temps du premier Empire et de la Restauration, était une société forte, morale, très simple de

---

1. Assurément, l'on m'en voudrait de ne pas citer encore Victor, rue Pizay, puis place Tolozan, dans l'allée des Fiacres. Victor était déjà en rue Pizay en 1826. Quelques Lyonnais, des richards, y avaient institué un dîner mensuel à cinq francs par bouche, qui en coûterait bien trente au jour d'aujourd'hui. M. Rey y offrit à dîner aux Saint-Simoniens, qui lui avaient été adressés par le père Enfantin, lorsqu'ils vinrent à Lyon, en 1831, je crois. La mère Victor alla finir place Louis XVI. N'oublions pas non plus le Pavillon Nicolas, à Fourvières, qui existait déjà en 1809, et où j'ai dîné, vers 1855, avec Pierre Dupont, et force autres bons zigs. Là se réunissait la Société des Bonnets de coton, puis des Intelligences, dont faisaient partie la plupart des artistes lyonnais. Ajoutons Lucotte, passage Couderc, Ramier, montée de la Glacière, et nombre d'autres que j'oublie, car Lyon fut toujours la patrie des braves gens et des bons morceaux.

mœurs, où le luxe était inconnu. Le luxe, un luxe effréné avait
été le propre de la noblesse. L'habit de gala de M. de Grignan
coûtait deux mille écus, qui en vaudraient aujourd'hui dix
mille, soit trente mille francs. Le frac du bourgeois après la
Révolution coûtait cent vingt francs. Mais, à côté de mœurs
solides, puisées dans les traditions oratoriennes et même jansé-
nistes, cette société avait la gaîté, la gaîté de toutes les époques
où l'on sent un grand danger évanoui, où l'on respire. Elle
aimait à traiter largement, soit parce qu'elle avait affaire à des
appétits robustes, soit parce que l'exercice d'une hospitalité
large était une tradition. Mais nous serions renversés en voyant
la simplicité du mobilier et des réceptions de nos pères. Chez
beaucoup d'honnêtes commerçants le mobilier du salon com-
prenait des chaises et des fauteuils d'acajou, rembourrés de
paille. Dans les bals bourgeois, l'éclairage se composait de
quinquets et de bougies isolées, qui coûtaient, il est vrai, trois
francs dix sous la livre, plus de sept francs d'aujourd'hui. Dans
les à tous les jours on ne brûlait que de la chandelle, qui avait,
d'ailleurs, l'avantage d'éclairer beaucoup mieux, sans compter
que l'on y pouvait recourir pour s'enduire le nez lorsque l'on
était enrhumé du cerveau.

Les rafraîchissements de ces bals consistaient en sirops et en
pommes d'api. Le bal commençait sur le coup de sept heures
ou sept heures et demie. A minuit, souper. Il était simple :
volaille bouillie, pâté froid, jambon, saucisson, « salade
cuite, » *id est* macédoine, et menus suffrages. Avant de rentrer,
à six heures du matin, on servait une soupe de riz au lait. Et
les invités se retiraient enfin, avec la douce satisfaction du
devoir accompli.

Nul étalage, nulle disproportion entre la fortune et l'établissement. Suivant notre expression vulgaire, nul ne cherchait à siffler plus haut que la bouche.

Pour donner une idée de la simplicité de ces réceptions où l'on s'amusait tant, je rappellerai que Mme Desgeorge, d'une si vieille et si honorable famille lyonnaise (c'était la mère de l'abbé Desgeorge, mort il y a peu d'années, à plus de quatre-vingts ans, qui fut supérieur des missionnaires diocésains), je rappellerai que Mme Desgeorge, qui jouait très agréablement du violon, montait debout sur une chaise, ou en plein air sur un tonneau si on était à la campagne, et faisait danser elle-même ses invités. Sa sœur, Mme Soret, jouait en même temps de la vielle organisée, comme le touchant Pierroto dans *Linda di Chamouni*.

Pourquoi ce peu de temps qui nous est donné à vivre nous a-t-il été assigné à ce point du temps plutôt qu'à un autre de toute l'éternité qui nous a précédés et de toute celle qui nous suit ? Pourquoi avons-nous été attachés à ce point géographique nommé France, plutôt qu'à celui-là nommé Chine, ou à cet autre nommé Dahomey ? Pascal, je crois, fait une question de même genre, à laquelle il ne répond pas mieux que moi. Ce n'est pas la peine de s'appeler Pascal. — Ce qui est certain, c'est que, dans la grande distribution de la nature, nous avons été avantagés. Ceux qui ont pu voir à la fois, en Europe, le premier tiers de ce siècle et sa fin, ont été certainement ceux auxquels il a été offert le plus curieux spectacle que peut-être l'humanité ait jamais contemplé. La transformation a été plus grande dans ce court espace de temps que dans les dix siècles qui nous ont précédés. Sans doute il y a plus loin, socialement parlant, d'un contemporain de Charlemagne à un contemporain de Charles X, que de celui-ci à un contemporain de M. Carnot; mais la domination de l'homme sur la nature a fait cent fois plus de progrès de 1830 à 1890, que de 800 à 1830. Il y a moins loin du char à bœufs carlovingien à la brouette du courrier de 1819, que de celle-ci à un train rapide; et même les feux servant de signaux de transmission au temps d'Agamemnon sont moins loin du télégraphe Chappe, encore en usage en 1850, que celui-ci ne l'est du téléphone. Habitués que nous sommes aux conditions de la vie moderne, nous ne songeons pas aux conditions même de la vie que nous avons vécue naguère. On ne songe pas, par exemple, combien sont différentes deux sociétés, dont l'une possède les allumettes chimiques et dont l'autre ne possède que le briquet.

Je ne sais même si la transformation politique a été moindre que celle de la vie matérielle, et s'il y a beaucoup plus loin des États-Généraux de 1614 à la Chambre des députés présidée par Royer-Collard, que de celle-ci à l'assemblée que préside aujourd'hui M. Floquet.

Par tant de changements, l'on comprend que le tableau que nous avons essayé de faire d'un tout petit coin de l'ancienne société lyonnaise ait un peu quelque chose du rêve.

24 janvier 1890.

LA VOGUE DES CHOUX

'ÉTAIT hier la vogue de Perrache, sur le cours du Midi. L'Empire la faisait célébrer le 15 août, pour coïncider avec la fête de l'empereur, mais en réalité la vogue se doit tenir le dimanche qui suit la Notre-Dame.

Dans mon jeune temps, cette vogue, qui avait encore un caractère un peu champêtre, se nommait la *vogue des choux*, parcé qu'elle était la fête des jardiniers de la presqu'île Perrache, où l'on cultivait en effet beaucoup de choux. Aujourd'hui l'on n'y cultive que le charbon.

Si quelque chicanier me cherchait noise sur cette figure : « cultiver le charbon, » je répondrais qu'à Lyon nous avons accoutumé de dire, parlant de ceux à qui le bon Dieu a refusé un teint de lys, qu'ils « sont venus au monde quand le charbon était en fleur ». Si le charbon est quelquefois en fleur, c'est donc qu'on le peut cultiver.

*
* *

Un chacun a vu les promenades des vogueurs. Le rit traditionnel veut qu'elles se fassent avec un beau tambour-major « tout galonné d'or », une belle cantinière fortement capitonnée en avant et en arrière, des tambours et « une musique de vogue, » ce qui vaut autant à dire comme musique d'enragés. Derrière la musique, un drapeau et une bande de jeunes gens, vêtus communément de pantalons blancs à bande d'or, et de vestes galonnées. Deux d'entre eux portent une balle à lessive recouverte d'un linge blanc sous lequel se blottissent une foison de brioches, qu'on va offrir aux habitants du village ou du quartier, lesquels « se fendent » en retour d'un petit écu ou d'une pièce de cinq francs, moyennant quoi on leur joue, en manière d'aubade, quatre mesures de bastringue.

Ce spectacle poétique a inspiré un poète patois, « le papa Dubost, de Lentilly, » qui l'a chanté dans un grand nombre de couplets, dont je détache les suivants, non sans quelque sel campagnard :

> Lous vêtia que s'alignont
> Devant le gens que guignont ;
> Tia veni Grand Robarjôt
> Et sa canna, et sa canna ;
> Tia veni Grand Robarjôt,
> Que semble un tambor majô ;

Pus sa dzoulia cantiniri,
Qu'apond à sa botoniri ;
Et à son commindament,
Tot s'ébranle, tot s'ébranle ;
Et à son commindament,
Lo tambor fait roulement.

Robarjôt crië : « Moda ! »
Dit Chôtelus : « Tsapota ! »
Vêtia Joanny Chôtelus
Que tsapote, que tsapote,
Vêtia Joanny Chôtelus
Que tsapote tant qu'i put [1].

Ces promenades existent à peine pour la forme dans les villes, mais dans les campagnes elles sont restées une pièce essentielle de la fête. Jadis à la vogue des choux on promenait,

---

1. Je traduis pour ceux qui ne seraient pas bien familiers avec le patois : « Les voilà qui s'alignent devant les gens qui les guignent. Voici venir le grand Roberjot, et sa canne, et sa canne ; voici venir le grand Roberjot qui ressemble à un tambour-major ;

« Puis sa jolie cantinière, qui atteint à sa boutonnière. Et à son commandement, tout s'ébranle, tout s'ébranle ; et à son commandement, le tambour fait un roulement.

« Roberjot crie : « Pars ! » Chatelus (je suppose que c'est Chatelus aîné) dit : « Chapote (bats du tambour) ! » Voilà Joanny Chatelus (je suppose que c'est le cadet) qui chapote, qui chapote, voilà Joanny Chatelus qui chapote tant qu'il peut. »

Je fais remarquer qu'à chaque couplet il y a un vers sans rime, ce qui est du dernier modernisme, et que dans ce vers le second hémistiche répète le premier, ce qui est encore une invention de la jeune école. Je regrette de n'avoir pu noter l'air. Les autres chansons du même auteur respectent malheureusement trop peu la mesure.

avec les brioches, des choux gigantesques. Encore à Vaise, à la Saint-Fiacre, la fête des jardiniers, on porte un trophée des plus beaux légumes du crû.

*
* *

Depuis quelques années on a inventé de ressusciter le nom de *vogue des Choux*, en faisant, huit jours après celle de Perrache, une seconde vogue au milieu de la presqu'île, par delà les voûtes. C'est la petite pièce après la grande. Affaire des cabaretiers du quartier.

· Le cabaretier, au fond, est la raison première et dernière de nos vogues urbaines. Dans nos campagnes, la vogue [1] répond à quelque chose : à la fête patronale de la paroisse. C'est à ce propos que l'on se réjouit et que l'on danse. Aussi, c'est le plaisir de la danse qui se va chercher dans nos villages, tandis que ce qu'on va faire dans nos quartiers, c'est voir les géantes, les boutiques de faïence, les théâtres forains, et, par dessus tout, rencontrer bonne occasion de prévenir la pépie, laquelle, on sait, ne se prend que par faute de boire.

1. Breghot du Lut et M. Onofrio font venir le mot *vogue* du latin *votum*. M. Onofrio s'appuie sur le nom de *vota* que porte la vogue en Languedoc et en Limousin et sur cette citation du *Dictionnaire des expressions vicieuses des Hautes-Alpes* : « *Vogue* ou *vœu* ne peuvent se dire pour fête communale. »

Vogue et *vota* sont deux mots très différents. Le second répond en effet au français *vœu*, latin *votum*, mais le premier est simplement le même que le français *vogue*, pris au sens d'affluence, réunion, foule; du vieux haut allemand *wogon*, « moveri ». A Fribourg, en Suisse, le mot joint au sens de fête patronale celui de multitude, affluence. Sur le sens, comparez *assemblée*, synonyme de vogue dans beaucoup de pays.

*
* *

Dans nos campagnes, le dernier soir de la vogue (elle commence le samedi pour finir le mardi), on fait un grand feu sur la grande place pour la « finition » de la fête, et garçons et filles dansent autour en chantant une chanson appropriée :

> Le filles n'ant gin de solôrs ;
> Los garçons n'ant gin de liôrds ;
> Adiu don la vogua [1] !

Ce dernier vers, qui se répète éternellement sur la phrase musicale de « les coucous sont gras », a quelque chose de profondément mélancolique. Ainsi passent les joies comme les gloires de ce monde sublunaire.

*
* *

Vogue est un mot très ancien. « On fut contraint de dresser des feuillées par les rues comme on fait aux vogues de village, » écrivait Rubys en 1504, dans son *Histoire de Lyon*. Le concile de Vienne, en 1554, avait défendu les divertissements des vogues : *Inhibuit hoc concilium ne deinceps in hujusmodi celebritatibus festorum quas vulgo* VOGUES *vocant, chorae, saltationes, etc.* Prescriptions qui restèrent lettres mortes. Pour supprimer les vogues, il aurait fallu commencer par supprimer les garçons, les filles et les cabaretiers.

Du Cange définit ainsi les vogues : « On appelle de la sorte,

---

1. « Les filles n'ont plus de souliers (elles les ont usés à force de danser) ; les garçons n'ont plus de liards (ils les ont dépensés à force de boire) ; Adieu donc la vogue ! »

dans la province de Vienne, les fêtes des villes et des bourgs, lesquelles sont celles du patron ou de la dédicace de l'Église, et où il vient un concours de monde des paroisses voisines, afin de se réjouir par des danses et des chants : *ad quas concursus fit ex vicinis parochiis...* » On voit que pour lui le mot de vogue comporte l'idée étymologique de voyage, de déplacement.

*
* *

Autrefois il n'y avait à Lyon que deux vogues, celle des Choux et celle de la Quarantaine. L'adjonction des communes suburbaines sous l'Empire en augmenta tout de suite le nombre. On s'est mis maintenant à en inventer pour les moindres quartiers. Les plus courues sont toujours celles de la Croix-Rousse et de Perrache. Hier, dans toute la partie du cours du Midi la plus rapprochée de la gare jusqu'à mi-chemin des deux fleuves, la foule était si pressée qu'on avait peine à avancer. Les pas de tout ce monde soulevaient une poussière fine, impalpable qui, mêlée aux émanations corpusculaires, aux buées des respirations, à l'évaporation des sueurs, faisait à cette partie de la promenade une atmosphère épaisse, chaude, fétide, particulière, qu'on voyait flotter de loin comme les vapeurs sur les marais. Au travers de cette atmosphère lourde et plus dense, la lune, en se levant, avait des dimensions encore plus énormes que celles données à ce moment par la réfraction des couches inférieures de l'atmosphère ordinaire, dont la puissance réfractive augmente en se rapprochant du sol. Elle était monstrueuse, et l'on peut dire littéralement qu'on avait fait une lune exprès pour la vogue de Perrache.

*
* *

La décoration ne varie guère : Quelques mâts auxquels on accroche une grande étoile de veilleuses en verres de couleur, des guirlandes de lampions suspendues aux platanes. En dessous, s'étalent de longues séries de boutiques, entremêlées de tirs à la carabine, « système Flobert, » disent les affiches, au pistolet, à l'arbalète, etc. Des rangées de pipes, de petites poupées en plâtre, attendent avec patience qu'on les casse.

Sur le sommet d'un jet d'eau danse la coquille d'un œuf vidé. Deux autres tournent rapidement comme sur un tran-canoir. Au milieu d'une grande plaque d'ardoise est un petit rond blanc. Si, par adresse insigne, vous l'atteignez, il va se lever soudain un zouave de carton, terrible, ou partir un artifice. Les boutiques d'à côté, éclairées par des quinquets à pétrole, éclatent de mille feux à cause de la réflexion des innombrables cristaux dont elles sont combles. Vous mirez dans de grosses boules d'argent votre figure, devenue tout en largeur, horrible. Voici des carafes, des verres, des huiliers, des salières, des moutardiers ; tout étincelle ; des petits pots pour le lait, couleur d'or, d'opale, d'argent bruni ; force vases à fleurs où resplendissent l'outremer, l'émeraude, l'améthyste ; de blanches soupières à coqueluchon rouge ou noir ; des théières, de mignons coquetiers, des bols, des assiettes à filets d'azur, de carmin, de vert-mitis, d'orpin, de vermillon ; de modestes dubelloys (à Lyon, dubelloires), sombres, en grès verni, en terre de pipe ; enfin ces vases intimes, avec un œil tout grand ouvert au fond, et la légende consacrée : *Ah ! petit coquin, je te vois !*

Sous l'Empire, célèbre par sa chasteté, la police prit ombrage de l'inscription, et ne toléra que des yeux qui ne parlaient pas. M. Ducros, plus rigoureux, ne tolère plus d'yeux, même fermés.

Mais hâtez-vous donc !... Faites tourner le cadran magique sur lequel l'aiguille du destin semble prononcer cra... cra..., et vous courez fortune de ne pas gagner pour deux sous la pièce de porcelaine qui vaut vingt-cinq francs.

De mélancoliques somnambules, devineresses, chiromanciennes, tireuses de cartes, etc., attendent au fond de leur voiture que vous alliez vous faire raconter votre destinée, décrire la femme que vous épouserez, ou annoncer la grande fortune qui vous adviendra. Une, entre autres, qui s'évertuait à crier que « chez elle on ne disait rien qui ne pût être entendu des oreilles les plus chastes », n'avait personne.

De ce côté, à deux coups pour un sou, on lance une grosse paume sur des marionnettes, en tas positivement. Pour ne rien toucher, il faudrait le vouloir ; et l'on gagne un cornet de pastilles à la menthe. « Tapez ! tapez sur Bismark, le roi Guillaume, Badinguet ! » crie de tous ses poumons l'industriel, pour enflammer les tireurs.

Voici des billards anglais, russes, japonais ; des billards à cheminée ; des billes, des queues ; vingt loteries à billets, des jeux de dés, une table ronde à aiguille centrale, divisée en compartiments jaunes, rouges et noirs, à la façon d'une roulette de Bade ou de Monaco.

Bref, partout on peut, à bon marché, se gorger de tous les plaisirs qui existent sous la calotte du ciel.... Ici un physicien pile votre montre dans un mortier, puis vous la rend intacte.

Là, par une série de verres alignés à la file, vous voyez (triste souvenir de la fanfaronnade bonapartiste) « les Prussiens précipités dans les carrières de Jaumont ! » le pauvre mineur « à cinq cents pieds sous terre ! » l'enterrement de Geneviève de Brabant, « avec la confrérie de l'Immaculée-Conception ! » « Tropmann et la famille Kinck ! » Au théâtre d'en face, des automates, mus par l'électricité, jouent de toutes sortes d'instruments, et font une concurrence acharnée à la musique de la vogue.

Un vendeur d'orviétan, pour démontrer à l'évidence l'excellence de son remède, se donne, « à tenant », de grands coups de couteau dans l'avant-bras. A chaque fois le sang jaillit, mais à l'instant une goutte du précieux baume guérit la plaie ! — Et puis ne croyez pas aux miracles !

Cependant, à la lueur des lampes à huile minérale, un trapèze, accroché à un portique, se balance à vingt ou trente pieds au dessus du sol. Deux acrobates y montent. Ils s'y pendent par les coudes, par les genoux, par les pieds, par le bout du nez. Ils font semblant de tomber et vous causent des frayeurs à faire avorter une ogresse. — Et dire qu'il y a des gens qui aiment mieux ce métier que celui de canut !

Jusqu'ici nous avons vu ce qui se peut rencontrer dans toutes les fêtes baladoires des grandes villes, mais il y a aussi des choses qui ont leur petit caractère lyonnais. Dans ce coin, éclairé par une chandelle dans un cornet de papier, des vapeurs huileuses qui vous prennent aux poumons annoncent une cuisine de bugnes en plein vent. Le mince anneau de pâte, un peu plus grand qu'une bague, jeté dans la friture, grandit, se gonfle, se gonfle encore et devient une grosse bugne dorée, craquante. A côté, on fabrique, dans un moule de fonte en forme de mâchoire, des gaufres recreusées comme le visage de M. Veuillot. Là, des matefaims, minces comme du papier, roussis, grillottés, piqués de brun, appétissants. Plus loin, transparent comme l'ambre, du sucre d'orge que l'on tire du poêlon de cuivre ; à côté, un autre est rose, un autre vert : pour tous les goûts. Sur la serviette blanche on étale en longs tire-bouchons de la pâte de guimauve toute fraîche, d'une blancheur d'amiante. Voici des berlingots à la rose, « bons pour le rrrrhûme ! » qui font venir l'eau à la bouche ; des bâtons de sucre de pommes, dorés comme un ambassadeur chinois, larges, longs, immenses, et qui ramènent involontairement le souvenir du maréchal de Castellane. Jouez, on les gagne « pour cinque centimes ! » Et enfin, voici les *pâtés de vogue !*

Les pâtés de vogue ! cela mérite une place à part. C'est ça qui était pour épargner le pain ! Par défiance je n'ai jamais goûté de ceux qu'on fabrique à Lyon. Cela ne doit pas s'acheter. Il faut les manger dans nos campagnes du Lyonnais, là où la ménagère choisit le beurre le plus frais, la fleur de farine pour faire cette pâte, non feuilletée, Dieu merci ! mais ferme, sade, épaisse, parfumée, dans laquelle on enferme une couche de poires beurré blanc, qu'on a préalablement fait mariner pendant vingt-quatre heures dans de l'eau-de-vie avec du sucre. Je ne sais pourquoi la tradition veut qu'on donne toujours à ces pâtés la forme d'un chapeau de gendarme. On les dore par dessus avec un jaune d'œuf. Ah! ces pâtés, c'est le plus beau souvenir que j'aie gardé de la vogue du bourg où nous passions l'été! C'est à eux, évidemment, que songeait mon cousin Charmion, de Mornant, lorsque, Pâques approchant, et son père lui représentant la nécessité de songer à « ses devoirs », il répondait d'un ton mélancolique : « Tojors Pôques, tojors Pôques, et jamais la voga de Mornant! »

*
* *

Arrachez-vous aux sollicitations de la gourmandise. Sur une table, voici des boules de verre pour essayer « la force du sang et la chaleur des poumons », un sou l'essai. Dans votre main serrée, le liquide rougi entre en ébullition comme le sang de saint Janvier. Le marchand vous dit que votre sang marque trente-trois, trente-quatre degrés : — C'est un beau sang, monsieur! — Vient un autre après vous, qui a aussi trente-trois, trente-quatre degrés, et un beau sang! Le marchand juge ça à l'ême. Mais vous courez voir pour deux sous, dans le « miroir magique », le portrait de la demoiselle qui vous aime. C'est la même pour tout le monde, mais cela n'y fait rien, il y a bien des demoiselles qui aiment plusieurs personnes. Et puis vous allez, d'un fort coup de « mayet », comme dit l'inscription (les Lyonnais mouillent les *ll* comme dans *escayer*), faire monter l'indice qui doit inscrire votre force herculéenne le long d'une sorte d'immense baromètre gradué. — Bing! ça sonne, vous avez atteint le mille!

*
* *

Enfin, des ballons s'élèvent, on monte des lanternes véni-
tiennes à des mâts. La fête est dans sa splendeur.

Mais, qu'est-ce que tout cela auprès des spectacles! Un pitre,
aux sons d'un brillant orchestre de cuivre, avale de la rite
enflammée (ceux qui ne sont pas Lyonnais prononceront
étoupes); puis, sous ses dents, transforme cette rite en spirales
de papier blanc et rose qu'il tire de son estomac, et qui s'al-
longent à la longueur d'une souche de l'autel de la cathédrale.
Tout y est, jusqu'à la mèche au bout. Il ne manque que le
chandelier; le pitre le rendra la prochaine fois.

Un peu plus loin, ce sont les hercules, les vaillants, les
hommes de fer. Dans l'enceinte de toile on fait des armes, de
la savate, du bâton. Y a-t-il dans l'assemblée un amateur pour
la pointe? pour le sabre? pour le chausson? pour la lutte? —
En voici qui affluent. Entrez, les dames sont admises! L'étoile
de la troupe, en jupon court et en maillot rose, un cœur brodé
sous le sein gauche, remporte la victoire sur un brillant militaire. — Applaudissez!

Cependant, sous une tente champêtre, au son de deux ou
trois instruments qui vous font dresser les cheveux sur la tête,
comme la trompette de l'Apocalypse, les jeunes gens des deux
sexes dansent des quadrilles. Cela manque un peu de duchesses.
Pour le surplus, assez froid. La danse ne tourne nullement
aux clodoches, et l'autorité n'a pas besoin d'intervenir.

*
* *

Mais la foule envahit peu à peu les brasseries, et, laissant les danseurs suer à leur aise, va se rafraîchir. On se fait traverser chez Georges ou chez Jacob, les braves Alsaciens, par des quantités incommensurables de bière. Impossible de comprendre que l'exportation puisse faire équilibre à l'importation.

Enfin tout se calme petit à petit. Vers minuit et demi, sur le cours, il ne reste plus que des exagérés des partis extrêmes qui, à force d'avoir trop bu de bière ou de vin, sont contraints d'appuyer un peu leur front mouillé de sueur contre la fraîche écorce des platanes. La masse dort déjà en rêvant aux plaisirs de la veille.

*
* *

A cette vogue si belle il manquait cependant deux choses : les sauvages et les géantes. Hélas ! le progrès de l'impiété est tel, que les sauvages ne sont plus possibles ! C'était cependant bien beau, le sauvage chargé de chaînes dans sa cage de fer ; qui faisait hou ! hou ! d'une façon épouvantable, à qui le cornac, un pauvre marin naufragé dans un voyage autour du monde, ordonnait de faire sa prière dans sa langue maternelle : — Ki ki ra pa pa té ri ko kou ! dit le cornac. Cela veut dire : « Fais ta prière ! » — Et le sauvage obéissant commence : — Ra mi ko cé ti fa kou kou ra pa pa pé ti té rim... — C'est ça, la prière. — Puis le sauvage, avec sa massue, roulant des yeux terribles, poussant des cris inarticulés, exécute la danse nationale. Heureusement que les barreaux de la cage sont solides et les chaînes fortes, sans quoi l'on se sauverait de terreur !

Le dernier des Mohicans ou le dernier des Patagons était l'an dernier à la vogue de la Guillotière. Des mécréants, gangrenés d'esprit révolutionnaire, le voulurent à toute force frotter d'un mouchoir, qui emporta le cirage. Les spectateurs, de vulgaires démocrates, au lieu d'avoir l'esprit d'être dupes, se fâchèrent et mirent la baraque à bas. Que ne vont-ils aussi frotter la forte chanteuse dans l'*Africaine*?

C'était à Perrache que, pour la dernière fois, sans doute, je vis un sauvage, qui était une sauvagesse des Pierres-Plantées présentée par un marin de la rue de Chartres. C'était un admirable type de canuse de la mer du Sud. Elle accomplit les rites traditionnels, qui sont réglés absolument comme le répertoire classique au Théâtre-Français. Elle mangea le lapin vivant, poil, tripes et le reste, les bouts de cigare de l'aimable société, le tabac de toutes les blagues, ouvrant une bouche toute rouge et grande comme un four à ban, pour montrer qu'il n'y avait pas de tricherie. Un sceptique voulut, lui aussi, frotter le mouchoir, et en demanda la permission au cornac, qui fut admirable : — Frottez, monsieur, mais si elle vous tue d'un coup de massue, ne m'en faites pas de reproches !

Puis, à cette vogue si belle, il manquait encore des géantes. Oh! les belles géantes qui ont six pieds de hauteur au dessus du niveau de la mer! qui pèsent trois cents! qui ont quatre-vingt-quinze centimètres de tour de mollet! qu'on peut tâter pour s'assurer que tout est bien naturel! O géantes de mes rêves, qui avez inspiré de si beaux vers à Charles Baudelaire, il ne manquait que vous, il ne manquait que vous!

12 août 1873.

LES JEUX DES GONES

C HAQUE printemps, les bons journaux lyonnais se font un devoir d'écrire quelques lignes de « chronique », comme disent les journalistes, à celle fin de signaler les dangers du jeu de quinet sur nos places et sur nos quais. Voire qu'hier encore l'un d'eux réclamait un arrêté pour l'interdire. Eh quoi! Pensez-vous donc qu'il y ait faute au monde d'un seul bon règlement! La France en est pavée, comme l'enfer de bonnes intentions! C'est absolument comme la morale : ce ne sont pas les préceptes qui manquent! ce n'est que de les mettre en pratique, voilà tout.

La proscription du jeu de quinet date du temps du roi Louis-Philippe. C'était, je crois, M. Terme étant maire. L'arrêté fut affiché, et les *Romains*, qui étaient les *Bleus* de ce temps-là, les Romains, paternels, le firent mettre à exécution au moins pendant quinze jours. Depuis lors, de loin en loin, lorsqu'il y a eu trop de gens éborgnés, on replacarde l'arrêté... et les choses vont comme devant. D'ailleurs, le plus souvent, l'arrêté arrive quand la saison du quinet est déjà close. En voilà pour une année. On le rereplacardera lorsque quelques autres personnes ne verront plus la République que d'un bon œil, c'est-à-dire à la fin de la saison prochaine.

*
* *

Vous n'ignorez pas, en effet, que tous nos jeux lyonnais ont leur saison, tout comme les prunes et les coriaux[1]. Depuis

1. Le Lyonnais a toujours été chaste : il dit *coriau* où les autres disent *gratte* (*chut!*).

Coriau est de Lyon seul. Dans nos campagnes on dit *camber*, dans le Dauphiné *quinarodon*. Celui-ci est le grec κυνόρροδον, sans l'intermédiaire du latin *cynorrhodon*, qui aurait donné *c* doux à l'initiale. Le transport de l'accent, aussi bien que le décalque exact du mot grec, la persistance de *d*, tout indique un mot de formation savante qui aura pénétré dans le peuple, sans que je puisse trop m'expliquer comment. Le mot est allé loin, car dans le bas Limousin, le *quinarodou* est une confiture faite avec le fruit de l'églantier. Quant à *camber*, il est en relation avec l'espagnol *cambron*, le portugais *cambrdo*, nerprun, mais l'origine m'est inconnue. *Coriau* est le latin *corallium*, français *corail*. Le singulier est aussi *coriau*. De même nous disons *marichau*, *chiviau* pour *maréchal*, *cheval*, témoin la vieille chanson qui me divertissait quand j'étais petit :

> Ma more
> N'ayet qu'ina dint,
> Que lui branlôve
> Quand fesié lo vint.
> Mon pore,
> Qu'équiet marichau,
> La lui cognôve
> A grands cops de martiau.

qu'il y a des cocus jusqu'à ce qu'il n'y ait plus de bardoires, vous n'entendez qu'un cri sur toutes nos places : — *Quinet, point de pas de chien !* — Viennent les cigales, le quinet est mort jusqu'à l'an qui vient.

*
* *

Mais quoi ! *ut rerum omnium, sic linguarum instabilis conditio !* dit l'illustre du Cange en tête de ses œuvres. Tout se corrompt, même la sublime langue lyonnaise ! La police défend le quinet, tandis qu'il y a beau temps qu'on ne le joue plus sur nos places. Bon, quand ces places étaient à peu près désertes ! La police ne sait même pas que ce qu'elle appelle *quinet,* c'est le *canichet,* son vulgaire diminutif.

L'origine du noble jeu de quinet, purement lyonnais (la Provence elle-même ne le connaît pas), « se perd dans la nuit des temps ». C'est le plus beau jeu qui existe : jeu d'adresse, de combinaisons, d'un intérêt émouvant. Les engins en sont gros : un demi-pied de long pour le quinet; dix-huit pouces pour le bâton. Les gones recommandent de prendre un bâton à deux bouts. Le quinet a cela d'agréable qu'il n'est dangereux que pour les spectateurs. Pour le canichet, beaucoup plus petit, il est inoffensif, et ne peut guère faire plus de mal que de vous tirer un œil.

*
* *

Quid, quinet ? — C'est un morceau de bois taillé en coin par les deux extrémités. Faut croire qu'au temps des Romains il se jouait déjà et par des gones qui étaient grecs, puisque *gone* vient probablement du grec, et que *quinet* vient certainement du latin. C'est *cunea*, qui a donné le vieux français *cuigne*, coin, d'où *cuignet*, avec le suffixe diminutif *et*, et *cuinet*, *quinet*, par le « démouillement », rare d'ailleurs, de *n*. En Picardie on appelait *cuignet* un pain qui affectait la forme d'un coin. Dans un texte de l'année 1467, on lit que : « Le dimanche d'après Noël... iceulx compagnons vindrent soupper et menger leur *cuignet* avec leur curé... »

*
* *

Le quinet, le vrai quinet veut beaucoup de joueurs divisés en deux camps : à tour de rôle l'un dehors, l'autre dedans. Ses règles sont compliquées et demanderaient un traité spécial, oublié dans *l'Académie des jeux*. Si vous les voulez connaître, adressez-vous à mon ami, le sieur des Guénardes, qui y était très fort de 1822 à 1828 : pensionnat Delorme, rue Sala; camarades : Paul Bruyas, Fleury Gaillard, Maupetit, Bayard, Bonnard, Lacroix-Laval, et tant d'autres, morts ou dispersés.

On fait un rond. Au bord, un socle de pierre. On y pose le quinet, le bec en avant. Un coup vigoureux du bâton le fait sauter, et durant qu'il est en l'air on le frappe violemment, tantôt en le faisant bondir, tantôt au contraire en lui faisant raser le sol, pour tromper les soldats du camp en dehors, qui cherchent à le repousser à la volée.

Le quinet tombé se ramasse, et le joueur qui s'en est emparé le lance avec la main, en tâchant de le faire entrer dans le rond, à quoi parent les joueurs du premier camp. Selon d'autres règles, il s'agit de toucher le bâton placé au bas du socle. Pour lancer le quinet avec plus de facilité, on fait, comme aux boules, deux ou trois pas en avant, ou mieux trois immenses bonds.

C'est contre cet abus que se précautionne le premier joueur en criant la phrase sacrée, dont le son frappe son adversaire d'immobilité :

> Quinet ! point de pas de chien !

Il n'est pas défendu d'y ajouter une épithète à la façon des héros d'Homère. Je constate que celle de « vermine » a toujours été la plus en vogue.

*
* *

Canichet, c'est le petit du *quinet*. Celui-ci étant déja un diminutif de *cuigne*, on a créé un suffixe diminutif du diminutif : c'est *ichet*. Tant plus les suffixes sont allongés, tant plus ils sont diminutifs. De même de *cadet* nous avons fait *cadichet*. On devrait avoir *quinichet*, mais celui-ci a été facilement corrompu en *canichet*, sous l'influence de *caniche*.

Le canichet se joue à deux seulement, comme on en peut juger partout sur nos quais. Il n'y a plus de socle en pierre. Un des gones fait un rond. Savoir qui commencera. On met le bâton à dix ou quinze pas et on jette le quinet, à qui approchera le plus près du manche. Le gone favorisé met le canichet au bord du rond, et le lance comme il a été dit plus haut, mais à trois reprises. La partie se joue en un certain nombre de points, qui se mesurent par le nombre de longueurs du manche entre le rond et le canichet. Pour le surplus, c'est comme au quinet.

On peut, ainsi qu'à la guerre entre grandes personnes, user de ruses pour se donner des avantages. Au moment de lancer le quinet à celui qui défend le rond : « Un bleu ! » crie-t-on soudain ; le gone de se retourner pour fuir, et canichet de tomber dans le rond. Attrape !

« Ta mère qui vient ! » est encore un coup de jarnac connu, mais qui manque rarement son effet :

De même en duel, l'usage admet le « coup du gendarme », comme on le voit dans *Barbe-bleue* d'Offenbach.

Un ami qui lit ces lignes par dessus mon épaule, me demande pourquoi, à Lyon, sous tous les régimes, un sergent de ville s'appelle un *bleu*.

C'est un exemple assez singulier de la façon dont une minime circonstance, qui frappe le populaire, peut engendrer un terme persistant.

En 1852, l'empereur Napoléon III éprouva le besoin d'augmenter l'affection des Lyonnais à l'aide d'un grand nombre de sergents de ville. Jusque-là on avait eu des « gardes municipaux », que personne n'a jamais connus que sous le nom de *Romains*, braves pères de famille non casernés, à la façon de nos pompiers, et qui faisaient une police affectueuse sous la direction du maire. C'était comme qui dirait les gardes champêtres de la ville. La mairie supprimée, l'Empire créa les sergents de ville, au nombre de trois cents, qui furent casernés en Serin, en rue de Sully et en rue de la Reine.

A celle fin, on tria d'anciens soldats, que, pour leur faire connaître les êtres, on promena par les rues de Lyon, en escouades de dix ou douze. N'ayant pas encore leur uniforme, et vêtus, qui d'une veste, qui d'une jaquette, on leur avait attaché au bras gauche, en signe de ralliement, un brassard bleu. Le populaire regardait curieusement défiler ces inconnus avec leur brassard. Cela ne dura que peu de jours. Ils prirent bientôt leur service avec des uniformes et des noms qui ont varié depuis, mais sergents de ville, gardes urbains ou gardiens de la paix, on les connaîtra toujours sous le nom de *bleus*.

Quand arrivent les abricots, le canichet s'en va pour laisser la place au noble jeu des noyaux, que l'on jette dans l'embouchure du « cornet de descente », laquelle nous appelons *dauphin*. — Et pourquoi *dauphin* ? — Ah ! j'y suis ! c'est parce que l'usage avait pris, à la Renaissance, de décorer de têtes de dauphin les orifices qui jetaient de l'eau sur la voie publique. Voyez ces dauphins énormes qui sont encore à l'Hôtel-de-Ville, sur la rue Puits-Gaillot, au ras du trottoir.

Le noyau, lancé avec force dans le dauphin, monte, puis redescend en bondissant sur la cadette. Tout noyau lancé reste au jeu, jusqu'à ce que l'un deux, en descendant, en roque un autre. Le gone chanceux qui a fait ce coup empoche tout le tas. Ne jouait pas qui voulait à ce jeu. Il y fallait, comme aux banquiers, un gros fonds de roulement, que l'on formait au moyen d'indigestions successives d'abricots. Seulement, quand on avait gagné beaucoup de noyaux, mais beaucoup, à quoi cela servait-il ? — ce que sert, à peu près, tout ce que nous amassons en ce monde.

Il y a un autre jeu, avec ces noyaux. On fait un creux en terre, qui s'appelle pot ou potet, au choix. On place un noyau à quelque distance, et d'une chiquenaude, on l'envoie dans le pot, disant : *biche, boche... dans ma poche*, si l'on a gagné. Rien ne plaît aux enfants comme les consonnances. Il y a bien des hommes faits qui font des rimes !

*
* *

En même temps que les noyaux dans le cornet, arrive *la classe* (quelle drôle d'idée les Parisiens ont-ils d'appeler ce jeu *marelle*, au lieu de *classe* ?). Alors vous verrez sur tous les trottoirs des manières de figures de géométrie tracées à la craie. C'est l'œuvre des gones. Gones et polygones, cela se tient, à part que nos gones ne sont pas toujours polis. Les voilà donc, avec un morceau de brique à terre, sautant à la jamberotte (admirez, par parenthèse, ce mot lyonnais *jamberotte*, du latin *gamba rupta*, et trouvez-m'en un semblable, ô Parisiens !).

Donc nos gones, à la jamberotte, vont poussant du pied qui saute le tesson de brique. Ils l'envoient à hue et à diah, jusque-là qu'il arrive dans le dernier recoin ; et malheur si le tesson s'arrête sur une raie, ou si le gone, en sautant d'un compartiment dans l'autre, retombe, lui aussi, sur la raie fatale : il a perdu !

*
* *

Ah ! que les journaux monarchistes ont raison de prétendre que tout s'en va, tout change, tout périclite ! Pas plus tard qu'hier j'aborde dans la rue de Lyon [1] trois gones en avance, qui déjà jouaient à la classe. — A quoi que tu joues, dis-je à l'un ? — A *caniche*, qu'il me répond. Ainsi, depuis le temps où « j'avais des culottes de fromage blanc », comme dit la chanson,

1. Aujourd'hui rue de la République.

déjà *caniche* a remplacé *classe !* Exemple de cette création incessante du langage, à laquelle nous ne portons pas attention.
Eh quoi! soixante ou septante ans, si courts, si vite passés,
amènent-ils de tels changements, et me trouverais-je incompris
de ceux qui me suivent, comme je l'étais peut-être de ceux qui
m'ont précédé !

Cependant, il faut être de son temps et savoir accepter le
progrès : *classe* avait une raison ; *caniche* en a
une autre. Ainsi la monarchie avait sa raison ;
la république a la sienne. Dans le dessin à la
gone que je fais ici avec la légende et qui
pourrait figurer assez bien un plan d'église
romano-byzantine, on voit qu'il y a trois passages nommés *classes*. Et moi aussi, puis-je
dire avec orgueil, quoique je n'aie jamais été
au collège, j'ai fait mes classes ! — Et les gones
aussi. Et de là le nom.

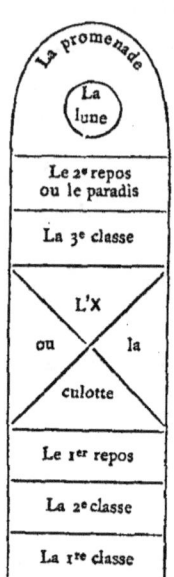

Caniche est la chose envisagée par un autre
côté. Ce qui a frappé le gone qui le premier
a inventé le nom de caniche, c'est la jambe
qu'il faut tenir pliée, comme celle d'un cabot
de dévideuse. Les gones de ce temps-ci, déjà,
ne disent plus guère *jamberotte*, mais *jambecroche*. Là encore, au lieu d'être frappé par l'idée d'une jambe
cassée, l'inventeur a été frappé par l'idée d'une jambe en forme
de crochet. Le français n'a-t-il pas *bancroche* pour exprimer la
même chose ?

*
* *

Quand se sentiront les premières froidures, que la feuille jaunira aux vignes de Sainte-Foy, et que notre hôte le brouillard reviendra faire à ses amis les Lyonnais sa visite accoutumée, alors vous verrez les gones en rond. On va passer à d'autres jeux, et il s'agit de savoir qui sera le *chat*, ou comme on formera les camps, ou qui jouera le premier. Cela s'appelle *déguiller* [1]. Du plat de la main droite (les gauchers exceptés), la jambe repliée, les gones s'appliquent deux coups secs sur ce qu'ils ont de plus chair, puis ils tendent vivement au milieu du rond cette main ouverte, en dessus ou en dessous. Trois temps, trois mouvements : *Zi, zin, zou!* ce sont les paroles dont la claque est l'accompagnement. S'il en est un qui n'ait pas la main tournée comme les autres, le sort l'a désigné.

Les petites filles pour qui la claque serait une « immodestie », se comptent du doigt à la ronde pour déguiller, en chantant d'une voix de catéchisme :

Uni,	Du pied,
Unin,	Du jonc,
Gazin,	Çoquille,
Gazelle,	Bourdon,

1. Le mot vient de la Suisse romande, où *guille* signifie pointe, sommet. D'où, avec une légère extension de sens, déguiller des noix, un nid, les faire tomber [d'un endroit élevé] ; d'où encore, en Lorraine, guiller des sous, les lancer en l'air pour savoir si c'est pile ou face qui retombera. De tirer au sort en jetant des sous en l'air, à tirer au sort en général il n'y a qu'un pas. Sur l'idée, comparez *tomber* au sort. Quant à *guille*, c'est le vieux haut allemand *chekil*, *chegil*, objet allongé en forme conique, d'où notre lyonnais *guille*, fausset d'une bareille.

Un loup,	Leva
Passant	La queue,
Par un	Fit un
Désert,	Gros, etc.

Ah ! j'oubliais la fin :

Pour qui ?
Pour toi [1].

« Retire-toi — dans ta cabane de bois, » dit-on, en la poussant hors du rond, à la mignonne désignée.

D'autres fois, on emploie une façon encore plus naïve de déguiller. On se compte en disant : « Para-un, para-deux, para-trois, para-quatre..... » Celui qui a *paradis* est sacré par le destin.

*
* *

C'est à l'automne aussi que vous rencontrez les échasses. Heureux celui qui est fils de menuisier ! Plus heureux le fils du tourneur en chaises ! Deux bâtons, deux taquets bien cloués, la paire d'échasses est tôt faite. Et les gones, glorieux, de faire des enjambées de sept lieues, absolument comme la France dans la voie du progrès, et quelquefois, comme la France aussi, ils font « patapouf ! », sauf à se relever ensuite, merci à Dieu !

---

1. Je donne la formule de mon temps. On me dit qu'elle s'est modifiée et allongée. Elle est, du reste, variable selon les lieux, car dans toute la France les enfants ont l'habitude de déguiller à l'aide d'une série de mots plus ou moins en consonnance, qui n'ont souvent aucun rapport avec les nôtres.

*
* *

De l'automne sont encore les fiardes : un beau jeu aussi. On fait un rond encore. Le rond est l'alpha et l'oméga des choses, le symbole de l'éternité. On ficelle sa fiarde avec un bon galan, bien retors, et on la lance dans le rond. Rien de gracieux comme la fiarde tournant et balançant son coquet coqueluchon, en faisant le z z z z z z d'une abeille. Si tu as plusieurs fiardes à ton arc, choisis une vivandière (de vive, agile), peu redoutable à l'attaque, mais ayant beaucoup de vent, c'est-à-dire qui court tout en tournant, comme des valseurs. Faute de quoi, ta fiarde « crevée », c'est-à-dire couchée sur le flanc, et restée dans le rond, il te faudra attendre qu'on te « délivre ». Un gone viendra, qui prendra une grosse fiarde à fer aiguisé et la lancera comme un obus sur ta vivandière, qui sera chassée au loin, mais au prix de quel poron, Dieu sait !

*
* *

Le lecteur étranger à Lyon serait curieusement frappé de tous ces mots bizarres, dont on est bien tenté de chercher l'origine. Et d'abord qu'est-ce qu'un gone ? Est-ce le *môme*, le *gosse* des Parisiens ? — Que non pas. Gone, le plus répandu de ceux, nombreux, qui existent chez nous, signifie l'enfant, depuis le moment où il a quitté la robe, où il commence à faire la polisse, jusqu'à celui où il a tiré à la conscription. Encore un père de famille dira-t-il volontiers : « J'ai marié mon gone la semaine passée. » Le mot n'a absolument rien du caractère injurieux de *gosse*, *môme*, etc. Une remarquable particularité du mot gone, c'est qu'il est confiné dans la ville même. A deux kilomètres au delà, on ne sait plus ce que c'est qu'un gone. Le mot ne se retrouve dans aucune langue romane, dans aucun patois d'oc ou d'oïl. Je l'ai pourtant rencontré une seule fois, c'est, sous la forme *gonet*, dans le *Dialoguo de le quatro comare*, pièce en patois dauphinois du XVIIIe siècle. Il existe dans une charmante ariette lyonnaise de la même époque. Il s'agit d'une dame du monde qui, dans une fête publique, prie un tout jeune homme, placé devant elle, de la prendre sur ses épaules pour mieux voir le feu d'artifice :

Pe - tit gon', veux-tu m'haus-ser pour voir la fu-sée vo-
lan - te; Pe - tit gon', veux - tu m'haus - ser pour voir
la fu - sée vo - ler.

(*Questo pezzo si dove trattare con grande delicatezza e morbidezza.*)

Gone est peut-être un des très rares mots venus du grec : γόνος, fils, enfant. Le sens et la forme s'y prêtent. Des écrivains lyonnais l'ont rapporté au vieux français *gonne*, robe; *gone*, enfant qui porte la robe, mais la formation est inadmissible; on aurait eu *gonne* plus suffixe, par exemple *gonard*, *gonaud*. Ne pas oublier que Lyon avait une colonie grecque si considérable que l'on y prêchait en grec, et qu'il y avait des

écoles grecques. L'extraordinaire est que cette colonie n'ait pas
semé dans le peuple un plus grand nombre de mots. Je n'en
connais que deux, *gone* et *arton*, pain. Peut-être faut-il y joindre
poron, blessure que reçoit la fiarde prisonnière, et qui du premier abord paraît venir de *porum*; mais *porum* n'a donné que
des mots savants dans les langues romanes; et, de même que
pour *gone*, on ne retrouve nulle part *poron* en dehors de l'enceinte de Lyon. On serait donc disposé à croire qu'il a été
formé sur πόρος. Quant à *fiarde*, c'est probablement un substantif verbal de *fierdre*, frapper, de *ferire*, parce que la toupie
se frappait avec un fouet pour la faire tourner. Cela se fait
encore pour une sorte de toupie qu'à Lyon nous nommons
diable. Dans le vieux patois lyonnais, comme en témoigne *la
Bernarde buyandière*, pièce du XVIIe siècle, *faire la fiarda*, en
parlant d'une personne du sexe, avait un sens trop folâtre pour
qu'il soit séant de l'indiquer ici.

Mais l'hiver est venu. Adieu les jeux d'automne. Dans le ciel
gris, lourd, capitonné, on entrevoit quelquefois un gros pain à
cacheter moisi. C'est le soleil. Les fumées se tiennent sur les
toits, tout blancs de neige. Les chevaux d'omnibus marchent
lentement, en faisant de grandes glissades. Le nez coule, que
c'en est une fontaine. Feutrez-vous l'estomac d'une de ces
bonnes « bavaroises, chauffées, sucrées, un sou le verre, »
qu'on ne trouve qu'à Lyon. De mon temps, j'allais de préférence les chercher sur la place des Jacobins, alors que toutes
ces soi-disant belles rues, qui ne font que des courants d'air,
n'étaient pas encore percées. Il y avait là une rangée de beaux

comptoirs d'étain en plein air, brillants comme des casques de
cuirassiers à la parade. Les soirs, lorsque le verglas craquait
sous les pieds, que le brouillard enveloppait votre nez de son
ouate glacée, que la sentinelle dans sa grande roupe battait la
semelle devant le haut mur de la préfecture, le cœur se réjouissait en voyant sortir du cornet de poêle, au dessus du couvert
de bois du comptoir, une bonne fumée chaude qui se détachait
en clair dans la brume, comme l'haleine des chevaux quand il
gèle. C'était celle du foyer où reposait la vaste bouilloire aux
reflets d'argent qui renfermait dans ses flancs cette bavaroise
au sirop de capillaire, que vous servait une bonne femme
engoncée jusqu'aux yeux dans son fichu de tricot. Et tout ça
pour un sol, et la bonne grâce en plus !

Encore avait-on la joie, en buvant, de voir son image réflé-
chie dans les faces multipliées des miroirs qui décoraient ce
qu'on pourrait appeler sans profanation le retable du comptoir ! Cette délicieuse bavaroise, mêlée de lait bouillant, —
sans augmentation de prix, — rendait tous les services : elle
réchauffait le corps, elle guérissait le rhume, car à Lyon, c'est
vrai, nous avons des rhumes, des catarrhes. Au moins n'allons-
nous pas *ad patres* en quarante-huit heures, d'une fluxion de
poitrine, gagnée à coups de mistral, comme dans ces pays du
Midi où les médecins envoient les poitrinaires se guérir de
cette façon radicale. Et nos catarrhes, après tout, il n'en faut
pas tant dire de mal, ils sont surtout désagréables pour les
autres. — Enfin, cette bavaroise, elle vous purgeait légèrement ! Tout était bénéfice.

Mais quoi! il y avait bien mieux que la bavaroise pour se réchauffer! il y avait la glissière. C'est ça qui était bon pour le froid aux pieds! On court, on s'élance en frappant du talon, puis l'on passe comme un trait d'arbalète en se mettant « à cacaboson (ce mot composé serait délicat à expliquer) ». On dit encore « à croupeton ». Il faut se lancer bien fort pour « donner du beurre » à ceux qui sont devant et ne sont pas assez vites à votre gré. Des fois, il y a quelques huit ou dix gones en route sur la glissière. Arrive un fort par derrière, qui donne trop de beurre. Pouf! voilà toute la « ranche » de gones par terre, comme des capucins de carte. Qui tombe doit « baiser le babouin », c'est à savoir l'effigie du souverain régnant imprimée dans la glace à l'aide d'un sou. Babouin, en vieux français, veut dire singe. Même aux plus beaux temps de la monarchie, le gone a toujours été irrespectueux.

Encore de l'hiver, les gobilles. On y joue de diverses façons; au « carré », avec des gobilles au coin et au milieu, qu'il s'agit de poquer. Toute gobille poquée est empochée. Mais ne « bombez » pas, c'est-à-dire n'avancez pas la main en manière d'élan, quand du pouce vous lancez votre gobille : « ce n'est pas de jeu. »

Nous jouions aussi au « carré pointu ». A l'École polytechnique on disait : « au triangle ». Que voulez-vous, nous autres gones, nous ne pouvions pas être aussi forts que cela en mathématiques.

Puis, « au pot » ou « aux potets ». Il faut poquer la gobille
de l'adversaire, toujours ; puis faire son pot, avant ou après.
Le pot fait d'un seul coup gagnait la partie. Mais avant que
l'ennemi fût revenu de sa surprise, il fallait crier : *Sale tout !*
qu'empoche a tout ! Sans quoi, coup nul.

La même formule magique de *Sale tout* empêchait aussi les
trois « arpans » qui, faits avec la main étendue, de l'extrémité
de *longue-dame* (pour les savants, le médius), rapprochaient
autant du but, comme au quinet les trois sauts. Cette formule
n'est point composée de vains sons frappant l'air, et les petits
gones romains l'employaient lorsqu'ils jouaient aux dés sur les
marches de notre temple d'Auguste. C'est *salvo tottum* (pour
totum). Quant à *arpan*, c'est le vieux français *espan*, du germanique *spanna*, mesure de la main étendue.

Ces avantages accordés aux grandes jambes et aux grandes
mains me paraissaient toujours injustes, à moi qui étais petit.
Comment voulez-vous que la monarchie subsiste dans un pays
où les gones eux-mêmes se mêlent de raisonner de l'égalité !

Mais, par exemple, si vous jouez aux gobilles et que vous
ne soyez pas sûr de gagner, je ne vous conseille pas de jouer les
« oignes » pour enjeu, que vous prononcerez *ognes*, comme
poigne se prononce *pogne ;* moigne, *mogne*, etc. Autant de fois
votre adversaire fera le pot, ou poquera sans interruption la
gobille placée sur le bord, autant de fois, d'une distance fixée
à l'avance, recevrez-vous les oignes. Il vous faudra placer votre
main la pointe en bas et le dessus en dehors, une gobille serrée
entre longue-dame et Jean-du-siau (pour les savants entre l'an-
nulaire et le médius). Le gagnant tire censément à la gobille,
mais il vous attrape toujours les phalanges. Chaque fois l'on

fait : oh ! — Quand il gèle très rude, le charme en est accru. — Que de fois, dans ma vie, la France ne m'a-t-elle pas produit l'effet d'un vaste jeu de gobilles, où c'est la raison et le bon sens qui reçoivent les oignes ! Espérons que c'est fini, et qu'enfin nous pourrons reposer nos doigts meurtris !

Oigne est en relation avec le genevois *ognon*, tape, coup, contusion. C'est *onio*, ou plutôt le substantif verbal d'un verbe supposé *oniare*, d'où *oigner*, meurtrir.

A vous conter tous nos jeux, j'en aurais jusqu'à la semaine des quatre jeudis. Connaissez-vous la « bauche caminante » ? Cela se joue à deux : chacun son palet ou son tesson, chacun son tour. Qui attrape le palet de l'autre a le droit de se faire « caminer », c'est-à-dire porter à « bon vinaigre » jusqu'au sien. *Caminer* est emprunté au provençal *camina*, qui répond au français *cheminer*. Quand on est de force égale, la bauche caminante n'est point trop pour déplaire, mais lorsqu'il y en a un des deux qui est le double plus lourd, le pauvre petit a de quoi « chiner ! »

Le jeu s'appelle *bauche* parce que, pour gagner, il faut baucher le tesson de son adversaire. Baucher a déjà été expliqué à propos des boules. Quant à *chiner*, c'est le vieux français *eschiner*, réduit à *chiner* suivant une règle très particulière au dialecte lyonnais, qui donne de même à *l'eschinée* du porc le nom de *chinard*.

Le « diable boîteux » demande plus de monde. Nous voilà vingt ou trente gones, des bons, de ceux qu'on appelle « gones mouvants (un mouvant est un jeune moineau) ». Nous prenons chacun le nom d'un saint : saint Fiacre, saint Pacôme, saint Polycarpe, saint Cloud, saint Loup, saint Càrpion, saint Paschase Radbert, etc. Je ne sais pourquoi j'avais affectionné de prendre « le grand saint Lâche, patron des fainéants ». Nous tirons chacun notre mouchenez (les gones mal élevés prononcent tire-jus). On déguille. Le condamné du sort passe à la course entre les deux rangs, criant : « Je passe pour (ici le nom d'un des patrons choisis). ». Celui qui a le nom du saint doit taper au passage. S'il manque, s'il oublie, tant pis pour lui, il prend la place du patient. On peut passer pour « le bon Dieu », alors personne ne tape. Mais ceci est affaire aux capons. Est-ce une pointe ignorée d'esprit philosophique qui me poussait à passer pour « le diable » ? Alors tout le monde tape, et quel dos bleu ! Mais aussi on a fait son dur !

Ne dédaignons point le « cochon salé ». Je suis au désespoir d'employer ce mot vulgaire, mais notre terme plus distingué de « cayon », qui peut au moins, lui, se prononcer dans un salon, ne trouverait point ici sa place. Cochon salé est le mot technique, et force est de l'employer.

Donc le « cochon salé », c'est un gone au milieu d'un rond (toujours !), assez grand pour que les joueurs qui l'entourent soient obligés de mettre un pied dedans si, de leur mouchoir tordu en façon d'anguille et noué par le bout, ils veulent atteindre le cochon.

Celui-ci, penché, le dos courbé en demi-cercle, attend patiemment les coups. Cependant les cochons eux-mêmes ont des « avocats ». Avocat et prévenu se tiennent par un mouchoir, mais, dans la main droite, l'avocat serre son argument, qui est aussi en façon d'anguille. L'avocat crie de tous ses poumons : « Je sale mon cochon une fois ! Je sale mon cochon deux fois ! Je sale mon cochon trois fois ! » — Et la bataille s'engage. Le gardien a fort à faire. Tandis qu'il défend le dos de son cochon d'un côté, les joueurs tâchent à taper de l'autre. Pourtant, s'il est adroit et preste, il ne tarde guère d'atteindre un assaillant, alors obligé d'échanger sa position avec celle du cochon, qui se hâte de lui rendre, avec un intérêt plus élevé que celui des banques de dépôt, les coups qu'il en a reçus.

Pas n'est besoin de faire observer que « je sale » a ici, comme tout à l'heure, la signification de *salvo*. De même encore « se saler », c'est se retirer d'un jeu quelconque. « Je me sale, » je cesse le jeu, je me repose. *Saler* a dû être précédé par une forme *sauler*, qui existe encore en Limousin, et indique parfaitement le sens primitif. L'expression se dit, par exemple, d'une place qu'on veut conserver et qu'on *saule*, c'est-à-dire qu'on marque pour qu'un autre ne s'en empare pas en votre absence.

De *sauler* à *saler*, il n'y a qu'un pas, surtout quand il s'agit de cochon.

*
* *

Y en avait-il, de ces jeux ! Dire qu'il n'y a qu'une manière d'apprendre, et tant de s'amuser ! Et *la balle empoisonnée*, et *le cheval fondu*, et *le roi détrôné* et *les brigands !* — Les brigands, c'est cela qui était merveilleux dans cet ancien Jardin des Plantes, qu'on eût dit fait pour la chose ; ce coin doux, tranquille, isolé, ombreux, avec son buste de l'abbé Rozier, placide

sur son terme à la façon antique; « cet asile champêtre, » que
l'on trouvait au cœur même de la ville, et que M. Vaïsse, barbare, a détruit de fond en comble. Seulement, le difficile était
de trouver des gendarmes. Tout le monde voulait être brigand, personne gendarme. Le brigand, c'était la poésie; le
gendarme, la prose. Plus tard, on en vient à apprécier davantage la prose.

Pour la « balle empoisonnée » (nous appelons *balle* ce
qu'ailleurs ils appellent *paume*), on fait en terre autant de pots
qu'il y a de joueurs; à chaque pot son propriétaire. La balle
court sur le sol. Arrive-t-elle dans un pot, c'est le cas de
jouer de l'épée à deux jambes, et vite, car de toutes ses forces
le propriétaire du pot lance la balle dans le dos du traînard.
— Jeu très agréable pour celui qui lance la balle.

Le « cheval fondu » ou « la semelle », tout le monde le
connaît. De mon temps, il y avait des forts qui « bombaient »
sept semelles, c'est-à-dire qui franchissaient le cheval en prenant leur élan de la distance de sept semelles en avant de celui-
ci. Encore chaque semelle doit-elle compter pour une et demie,
en bonne foi, car elle se compose d'un pied en long et d'un
pied en travers, vous vous rappelez?

Au « roi détrôné », le malheureux gone que le hasard du
déguillage, au lieu de celui de la naissance, a fait roi, juché
sur quelque tas d'équevilles dans l'encoignure d'un mur, résiste
à sept ou huit prétendants. C'est un jeu que les mamans ne
goûtent pas, vu les raccommodages de culottes. Enfin, arraché
de son trône, les vêtements dessempillés, le roi devient préten-
dant à son tour, et c'est à lui de dessempiller l'autre. — Image
réduite de la politique. — Fasse le ciel qu'enfin un jour nous

n'ayons plus de prétendants, car c'est nous France, hélas! qui payons les fonds de culottes!

Mais les petits, les timides, les modestes, ceux qui seront un jour notaires, ceux qui sont sages, les bons élèves, ceux qu'on appelle des filles (comble de l'humiliation!), ceux-là jouent à des jeux plus tranquilles : *la cachette, la grenouille, les osselets* (heureux les enfants dont les parents aiment trop le gigot!). Ceux qui ont l'âme prédisposée à la musique prennent un goulot de bouteille cassée et y collent un morceau de parchemin arraché au dos d'un livre de classe, et percé de quatre trous. L'instrument est attaché à un bâton par un crin tiré de la queue de l'âne (non consulté) d'une laitière. En faisant rapidement le moulinet avec le bâton, cela produit une sorte de musique, délicieuse. On dirait du Wagner.

Il en reste encore : et *ronquille*, et *la balle du camp*, et la *balle contre le mur*, et *mouche mouche caramouche*, et tant d'autres ; mais il me souvient aussi d'un proverbe approprié : « Jeu qui trop dure ne vaut rien. »

15 avril 1873.

LES BOULES

N ami qui a lu le chapitre précédent me fait observer que, dans les jeux des gones de Lyon, je n'ai point parlé des boules. C'est que le jeu de boules n'est point proprement des gones. Voire, c'est le jeu non pas même du jeune homme, de l'étourdi et de l'écervelé, mais bien de l'homme mûr, qui a de la prud'homie et l'entendement rassis, ayant déjà chaussé besicles, et, pour se défendre des glaces de l'âge qui approche, a sagement fait de bâtir sur le devant, comme nous le disons, nous autres Lyonnais, de ces personnages respectables qui se font précéder de leur ventre, ainsi que les grands de leurs gros bagages.

Le jeu de boules est le jeu des boulangers retirés, des pâtissiers, des notaires, c'est-à-dire de tout ce qui constitue la partie sérieuse et solide de la société. Celui-là seul peut vraiment comprendre le jeu de boules, qui a l'âme pure, qui n'a point connu les passions ou en est revenu, qui a le cœur simple. Jusque-là même qu'à la campagne les dames, souvent, ne dédaignent point de prendre part à ce modeste amusement. Leur aimable gaucherie, leur faiblesse, leur charmante maladresse à lancer la boule, qu'elles sont obligées de tenir en dessus de leur petite main délicate, au lieu de la happer solidement, comme les hommes, dans la main renversée, donnent une grâce, une fraîcheur que l'on n'eût point soupçonnées à ce jeu prosaïque. A la fin de la partie, leurs bras retombent comme lassés ; leurs cheveux sont légèrement dénoués sur le cou ; leur front est un peu rose de fatigue, et, si c'est l'été, quelquefois il y brille comme une perle de tiède rosée.

Ami lecteur de mon âge, si, quand tu avais vingt ans et même quinze, tu n'as pas compris le monde de poésie que peut renfermer une vulgaire partie de boules, c'est qu'alors tu n'avais personne d'un peu ressemblant à ce portrait, à qui ramasser ses boules pour lui en éviter la peine : plaisir infini, sans cesse renaissant, car chaque coup en fournit l'occasion, et toujours aussi douce..., ou bien si, ayant à ramasser ces bienheureuses boules, ces boules bénies, tu ne l'as pas fait avec délices ; si tu n'as pas compté les heures jusqu'au dimanche ; si tu n'as pas frémi en pensant qu'il pourrait pleuvoir, si tu n'as pas vu avec terreur les minutes s'écouler à cette partie, c'est qu'alors tu n'es qu'un imbécile ! A cette époque, il est vrai, tu n'étais pas ce qu'on appelle un joueur de boules ; tu n'aimais pas le jeu de boules pour le jeu de boules, l'art pour l'art. Celui-ci n'était que l'accessoire, qu'à l'inverse de l'axiome juridique, suivait le principal. Tu n'avais pas, comme dirait un Allemand, la notion du jeu de boules en soi, du jeu de boules dans l'absolu. Tu l'as sans doute aujourd'hui cette notion, joueur, mon ami, mais vrai, n'est-ce pas, il faisait meilleur de ne l'avoir point ?

*
* *

Les boules sont lyonnaises, tout ce qu'il y a de plus lyonnais. Le goût de ce jeu, il est vrai, nous le partageons avec tout le Midi. Il n'y a guère de temps même qu'il y eut à Toulon un « concours de boules ferrées », disaient les journaux de Provence. Je n'en ai pas su le résultat, mais je ne doute pas que les amateurs lyonnais n'y aient dignement représenté ma ville. S'ils n'ont pas remporté la palme, ils l'ont méritée.

La terre classique du jeu de boules, ce sont les Brotteaux. Quand, dans une partie chez un ami, à la campagne, un de ces amis chez qui l'on porte un melon, quand un des joueurs, voulant faire le brillant, lance sa boule en lui faisant décrire quelque immense parabole en hauteur, c'est une plaisanterie qui ne manque jamais son effet, de lui dire : « Tu te crois aux Brotteaux! » Comme au tireur qui s'apprête : « Allons, tire... tes chaussettes! »

C'est à quelque huit ou neuf pieds en contrebas de la chaussée, dans un bas-fond enclos le plus souvent de planches noircies par la pluie et la suie, sur un fond mi-parti de sable et de limon, bien uni, que se trouvent les arènes de nos athlètes. Ils ont conscience de la solennité de leurs actes, car ils jouent sous les yeux d'une galerie nombreuse, experte, impartiale, qui ne ménage ni la critique au maladroit ni au grand artiste l'enthousiasme. Le jeu de boules a ses Tamberlick. Mais vienne une crue du Rhône, et voilà les virtuoses forcés de faire relâche.

Hélas! en ce siècle de fer et de communards, tout dégénère. On va de Napoléon Ier à Napoléon III, de Danton à Vermesch. Notre ancien jeu de boules chez Mélinon, vers la Part-Dieu, où l'on pouvait faire sept, huit, dix parties à la fois, n'existe plus. On y a bâti, et il a été remplacé plus au loin par quelque menue monnaie de jeux de boules, qu'il faut aller chercher rue Bugeaud ou ailleurs. Avec cette manie de bâtir partout, il faudra bientôt jouer aux boules en chambre.

La plupart des cabarets des faubourgs ont leurs jeux de boules. Ceux de la Quarantaine, sur deux terrasses superposées, sont connus de vieille date. J'ai oublié le nom du restaurateur d'aujourd'hui (la mémoire des anciens n'est que pour les choses anciennes), mais jadis c'était Morangier, *au Grand Ballon*. En 1840, aux inondations, la maison partit sous un éboulement. On me dit qu'encore aujourd'hui on y joue beaucoup, et que les échos cachés dans les broussailles du vert coteau de Saint-Just retentissent souvent du choc des boules lancées par la bazoche lyonnaise, qui ne brille pas moins par la force et l'adresse que par l'éloquence. Ainsi le Mercure grec présidait à la fois aux jeux de la palestre et aux beaux discours.

Il paraît qu'il existe aussi un jeu de boules renommé à la Croix-Rousse. Je ne le connais que par une grande caricature qu'avait faite, vers 1865, le dessinateur Labbé, et qui était exposée chez un marchand de papiers peints de la rue Impériale. Labbé excellait à ces sortes de représentations. Une grande gaucherie d'exécution ajoutait au naïf de la scène. On dit que le personnel habituel des joueurs y était tiré au vif. J'ai gardé

souvenir d'un grand, gros, à moustache, air de militaire en
retraite, qui se curait l'oreille avec son petit doigt, et je devine
qu'en effet cela devait être d'une ressemblance extraordinaire.
Le même dessinateur avait fait les agents de change dans la
salle de la Bourse. Les types étaient admirablement saisis, à ce
point précis où l'on ne sait trop s'il s'agit d'une charge ou bien
d'un portrait sérieux. Du même auteur, le bouillon Gailleton,
de la place Impériale, les bêches de Germain, la salle des Pas-
Perdus, au Palais de Justice. J'ignore ce que l'artiste est
devenu.

Montrez-moi des joueurs de boules, et, sans être un grand
clerc, je vous dirai leur caractère, leurs habitudes et jusqu'à
leurs opinions politiques. Ce tireur, là-bas, qui fait son fendant, c'est un politique ne doutant de rien. Monarchiste ou
républicain, soyez sûr que c'est un extrême. Avec cela, beau
parleur. Mais de grand tireur petit faiseur. Il ne veut entendre
qu'à baucher toutes les boules en place, comme certains radicaux à transformer la société tout d'un bloc. Mais souvent le
tireur manque et vous fait perdre tout à trac, et le violent vous
fait sauter de cent ans en arrière, comme en 1851.

Ce premier pointeur, à coup d'œil juste, qui va droit au but
et joue simplement, sans phrases, c'est un esprit sage, modéré,
honnête. Il sera libéral, il ne sacrifiera pas la France à son parti.
Il nous faudrait, en ce moment, beaucoup de bons pointeurs.
Cet autre qui attache soigneusement sur son abdomen en proue
de galère un mouchoir de Chollet, à carreaux couleur de tabac,
est un conservateur un peu craintif, qui veut ménager la

France en même temps que son pantalon. Peut-être bien préférerait-il à tout régime un bon sabre.

Méfiez-vous de celui-ci qui balme toujours. Le balmeur est cauteleux, un peu tortueux. On ne saura guère pour qui son vote. C'est un radical avec les radicaux, ultramontain avec les ultramontains. Mais sa manière de jouer ne vaut rien. Il n'est tel que de prendre le droit chemin, ni trop lentement, ni trop vite.

Mais voilà, la France est un pays où tout le monde veut tirer et où personne ne veut pointer. Puis, entre le tireur fendant, le conservateur à mouchoir de Chollet sur le ventre, et le balmeur, que voulez-vous que fasse l'honnête pointeur qui leur est associé? Qu'il perde la partie? C'est bien ce qu'il fait. Malheureusement, nous l'avons vu en 1870, c'est la France qui la perd avec lui.

Expliquer ce que c'est que *baucher*, que *balmer*, que *barmayer* à des Lyonnais, c'est, à proprement parler, vouloir apprendre à son père à faire des enfants. Mais il faut compatir à l'ignorance de ceux à qui Dieu n'a pas fait la grâce, comme à nous, de venir au monde à Lyon. Compatissons :

Baucher une boule, c'est la tirer. Mais, au fait, « tirer une boule, » est-ce que, par hasard, ce ne serait pas encore du lyonnais? — Peut-être. — La poquer, donc? Encore plus. Sincèrement, je ne sais comment m'y prendre pour me faire entendre en français. J'ouvre mon oracle, l'excellent M. Molard, maître d'école, qui, de 1792 à 1810, publia, sous divers titres, un recueil d'expressions lyonnaises qu'il considérait comme

vicieuses, et je lis dans *le Mauvais langage corrigé* (1810) :
« BAUCHER une boule, la déplacer au moyen d'une autre. C'est
le mot *débuter* qui doit remplacer cette expression. » C'est à
mon tour de n'y rien comprendre. J'ai bien vu quelquefois des
acteurs débuter au théâtre des Célestins, mais des boules,
jamais ! Paraît cependant que c'est le terme, suivant le dictionnaire de l'Académie ; mais quelle drôle de langue ! Allez donc
aux Brotteaux dire à un tireur de débuter une boule ! Les
enfants eux-mêmes vous riront au nez. — Le premier français,
n'est-ce pas d'être intelligible ?

Le digne M. Molard ne s'en tient pas là et il nous gratifie de
l'étymologie : « Peut-être le mot *baucher* vient-il de *bacchari*,
debacchari, qui signifient *faire comme les bacchantes*, et dont on
fait *débaucher*, *débauche* au sens figuré. »

Peut-être qu'il dit vrai, mais c'est un grand peut-être.

Le fait est qu'il est impossible de ne pas être frappé avec
M. Molard, de la ressemblance frappante entre une bacchante
qui fait la débauche et un tireur qui tire une boule.

Je crois que baucher est un verbe formé sur *bauche*, boule à
jouer, mot qui a dû exister jadis en lyonnais, comme il existe
encore dans la Suisse romande sous la forme *baudschi*. Baucher
une boule vaudrait donc autant comme à dire « bouler une
boule ».

Le mot *bauche*, boule, n'est lui-même que le vieux français
balc, *bauch*, poutre, bardeau pour couvrir les toitures, qui vient
du vieux haut allemand *balco*, poutre. Le sens s'est étendu à

boule fabriquée avec du bois, comme il s'est étendu à bardeau fabriqué avec du bois. Le nom de la matière a été substitué à l'objet. De même nos pères disaient-ils « rouler le bois » pour jouer aux boules.

« Baucher en place, » c'est tirer en place, c'est lorsque la boule du tireur est lancée si juste et de telle façon qu'elle prend la place même de la boule tirée. Fins tireurs, ceux qui bauchent en place !

Au figuré, baucher en place s'emploie bien souvent. Toutes et quantes fois j'entends à l'Assemblée les bonapartistes parler de lois violées, de droits méconnus, de libertés foulées aux pieds, je suis bauché en place.

Poquer se dit non seulement d'une boule, mais en général de tout objet qu'on heurte. « Les deux moutons ont poqué leurs têtes. » Une dame dira très bien : « En tombant, parlant par respect, je me suis poqué le bas du dos. » En Suisse on dit *poka*, jeter lourdement un fardeau. C'est l'onomatopée *poc*, le bruit du heurt, qui a formé le mot.

*
* *

Balmer, aux boules, c'est prendre un chemin détourné, monter sur une éminence (balme), à droite ou à gauche, pour de là redescendre sur le but. Extensivement, c'est roquer une planche, un mur, un arbre, pour arriver au but par un angle de réflexion égal à celui d'incidence. *Barmayer*, cela se comprend tout seul, c'est un diminutif de balmer. C'est comme si l'on disait balmayer.

Une balme, une barme, chez nous, c'est un coteau. Dans ce sens, le mot est purement lyonnais. Par un singulier contre-biais, le vieux provençal *balma*, dont il vient, devenu *baume* dans le provençal moderne, signifie grotte. Témoin la Sainte-Baume. La définition : *baulma, crypta montis*, tirée par du Cange d'un glossaire provençal-latin, explique le passage du sens de grotte à celui de l'escarpement dans lequel la grotte est creusée. A Lyon nous disons les balmes de Saint-Clair, les Balmes viennoises, les balmes des Étroits, etc.

Souventefois, au jeu de boules, il arrive qu'on ne sait pas, à simple vue de nez, discerner la boule « qui tient ». Qui tient quoi ? Je n'en sais rien. Suffit que celle qui tient, c'est la plus près. Pour en bien juger, il faut se placer, le but entre les deux talons, au sommet de l'angle idéal que feraient des droites tirées des boules au but. De tout autre place, la perspective vous met dedans. Si vous avez le compas dans l'œil, vous discernez d'assez petites différences, mais on comprend qu'il n'est pas donné à tout le monde d'avoir le compas dans l'œil. Alors il faut bider, c'est-à-dire proprement mesurer en mettant un pied l'un devant l'autre. *Bider*, de *pedem* [1]. Puis bider s'est étendu au sens de mesurer avec une canne, une ficelle, un mouchenez, avec ce que vous voudrez, pourvu que cela s'étende en longueur.

1. La transformation de *p* initial en *b* est pour étonner. Aussi est-il nécessaire que l'étymologie soit étayée de la comparaison avec le mot *peder*, usité à Mâcon, et celui de *pider*, usité dans le canton de Vaud, pour mesurer avec le pied au jeu de boules; avec le mot *pida*, usité dans le patois des mêmes montagnes pour mesurer avec le pied ou avec la main, et enfin avec le mot de la Seine-Inférieure, que je n'enregistre qu'à mon corps défendant, à cause des bienséances, je veux dire le mot de *péter*, qui signifie mesurer en général.

Et tâchez bien d'en faire au moins un dans la partie, de point, sinon il vous faudra « baiser — aïe ! que cela est difficile à dire ! — baiser le... (de plus en plus difficile) le... fond de la vieille. » — *Dura lex sed lex!* Dans le beau monde, on se contente de la plaisanterie en paroles. Mais à Saint-Symphorien-le-Château, on réalise la chose. Il y a au cabaret un beau tableau représentant en profil une horrible vieille, avec trois poils sur le nez et une roupie au tabac par dessous. La partie idoine du cotillon est formé d'une « pièce de retombe », comme disent les architectes. On lève la pièce de retombe, et il n'y a pas à dire, perdants, mes amis : *O faut bicô la reliqua !*

*
* *

Heureux qui, bien portant encore, dans quelque modeste · « campagne », pas trop loin du brave Lyon, peut passer ses vieux jours en paix, lisaillant un peu, causaillant avec des amis, et roulant chaque jour le bois pour salutaire exercice corporel. Il me souvient de tous ces bons vieux qui, chaque semaine, venant chacun de sa chacunière, se réunissaient chez mon père, à Sainte-Foy, pour faire la partie de boules. Après la partie, où les lazzis et les quolibets ne « décessaient » pas, on allait prendre une menue collation, se lavant le cou par dedans avec quelque friand vin blanc clairet, à seule fin que les bons mots pussent mieux sortir et mieux entrer les bons morceaux. Un jour de la semaine, on allait chez celui-ci ; un autre jour chez celui-là. Quels braves gens tous ! Et quels légitimistes ! Je me rappelle cet excellent père Thierry, possesseur d'une belle propriété, avec une sorte de château à la Louis XVI, bonnement enduit à la chaux, mais qui simple, d'une silhouette

franche et noble, valait cent fois mieux que ces horribles jou-
joux avec des manières de seringues aux quatre coins en guise
de tourelles, dont on empoisonne tous nos environs. A la fin du
repas, le vin clairet aidant, les yeux apetissés et brillants, il ne
faillait jamais à porter un toast qui se terminait invariablement
par « Dieu-z-et le Roi ! » — Hélas ! à tous ceux-là leurs fils
eux-mêmes ne sont plus !

Mais malheureux à qui l'âge pesant défend de se baisser, à
qui la vue affaiblie ne permet plus de mesurer les distances, que
le moindre mouvement essouffle et fait palpiter et tomber en
sueur. Malheureux quand il faut quitter les boules aux jeunes
pour ne garder d'autres ressources que le mol lit et l'écuelle
profonde. Ainsi meurt-on déjà avant de mourir.

24 juin 1873.

LES LUTTES

N relisant, dans la première édition des *Vieilleries lyonnaises*, le chapitre des *Luttes*, je vois que j'ai, à proprement parler, retracé le tableau d'une séance académique donnée à l'Alcazar par Rossignol-Rollin en 1862, mais que je n'ai point fait l'histoire des luttes chez nous, et de ce temps où elles avaient une physionomie particulièrement lyonnaise. Rossignol était un affreux hâbleur parisien, un entrepreneur de plaisirs, voyageant de ville en ville avec une troupe à gages, exactement comme ces directeurs de troupes de passage qui viennent représenter à Lyon quelque comédie en vogue, dont ils ont acheté le privilège. A l'Alcazar comme à Marseille, comme à Paris, même spectacle. Il y avait, à l'occasion, des Lyonnais dans la compagnie de Rossignol, ce n'était point une institution lyonnaise.

Il me semble donc qu'il y aurait lieu de compléter ma rado-
terie par quelques remembrances de ce vieux temps dont il a
été déjà parlé dans *la Mangeaille*, et qui va s'effaçant à mesure
que la terre noire recouvre peu à peu ceux qui en furent les
témoins.

Ces souvenirs auront plus d'à propos aujourd'hui que l'on
tend à donner aux exercices physiques, dans l'éducation, une
place que nous réclamions vainement. On avouera ici qu'on ne
se doutait point, en se plaignant déjà en 1864 que les exercices
physiques fussent bannis de l'éducation, on ne se doutait point,
dis-je, qu'un certain nombre d'années après, on verrait créer
des concours d'exercices du corps parmi les élèves des lycées de
Paris. Il ne faut désespérer de rien, on ne sait jamais ce qui
peut arriver, disait Guignol en allant voir s'il avait gagné à la
loterie, où il n'avait pas mis.

Dans mon orgueil de Lyonnais, si justifiable à tant d'égards,
je m'imaginais que les luttes pouvaient s'être directement trans-
mises chez nous des Latins ou des colonies grecques établies à
Lyon. Ma loyauté me force à confesser que les luttes, encore
bien que les Lyonnais s'y soient acquis une gloire inclyte, ne
sont point de tradition lyonnaise. Dans nul registre de l'histoire
je ne trouve trace des luttes antérieurement à 1826 ou 1827,
époque à laquelle quatre athlètes venus de Nîmes, le fameux
Bouzon, dit Quiquine, Machizeau, dit Sans-Pareil, Turin, dit
l'Aimable, et le Parisien, dont le surnom seul m'est resté dans

la mémoire, parurent aux Brotteaux. Furent-ils demandés par Exbrayat lorsqu'il fonda les *Arènes lyonnaises*, ou l'avaient-ils précédé (de fort peu en toute occurrence), je ne le saurais dire. Tant y a qu'ils formèrent le noyau de la troupe d'Exbrayat, dont le nom restera éternellement attaché à celui des Arènes lyonnaises, c'est-à-dire à ce qu'on peut appeler l'âge héroïque de la lutte, à ce temps dont les vieillards lyonnais ne peuvent aujourd'hui parler sans que des larmes ne leur en viennent aux yeux.

*
* *

Le nom d'Exbrayat (Broyat pour les peuples) était illustre. Ce n'était point un lutteur, mais un professeur de boxe et de savate. Il se délassait de l'aridité du professorat en « posant l'académie », soit chez les peintres, soit surtout à Saint-Pierre où, en 1827, le pauvre baron Raverat, mort récemment, s'appliquait à dessiner son torse. La voix publique lui attribuait des exploits comparables à ceux des demi-dieux.

Sa gloire, sur les ailes de la renommée aux cent voix, avait franchi les espaces, et il fut convié en Angleterre, où la boxe était alors officiellement admise, pour se mesurer avec les plus fameux boxeurs du Royaume-Uni et de l'Amérique. Il triompha, et il paraît même qu'il eut le malheur de casser du premier coup de poing un nègre, un énorme colosse, qui lui avait été opposé. Cela mit le sceau à sa faveur.

Un de ses thèmes favoris était de faire l'exercice avec une pièce de canon en guise de fusil. On prétendait qu'avant lui, dans des temps très anciens, Hercule seul l'avait pu faire. Et après Exbrayat, *nemo*.

· C'était donc en toute justice que, dans cet âge d'or où l'on fêtait Carnaval, il figurait en tête de la fameuse bande de Bourgneuf, vêtu d'une peau de lion, et portant sur l'épaule la véritable massue qui avait écrasé l'hydre de Lerne, ainsi qu'en justifiaient les archéologues compétents. Ce n'était pas sans quelque terreur que l'on contemplait le fils·d'Alcmène et de Jupiter, descendu tout exprès de l'Olympe pour la bande de Bourgneuf.

Il habitait une petite maison sur la place de la Trinité, au bas du Gourguillon.

Le sûr, c'est qu'il avait accompli, et en quantité, les sauvetages les plus extraordinaires, soit dans les incendies, soit dans les eaux du Rhône et de la Saône, et qu'il apparaissait toujours la poitrine littéralement couverte de médailles. Il n'y a pas quarante ans qu'on le voyait encore, tiré au daguerréotype, dans la vitrine d'un daguerréotypeur de la rue Saint-Dominique. Il fut non seulement médaillé pour ses sauvetages héroïques, mais finalement décoré[1], ce qui est, je crois, dans les conjonctures données, un fait absolument exceptionnel.

Dans les derniers temps de sa vie (il mourut en 1860) il se promenait volontiers sous les tilleuls de Bellecour, qui étaient déjà des marronniers, aux mêmes heures que le maréchal de Castellane, et comme il attirait la vue par son médaillier, le maréchal, dit-on, se montra froissé de cette concurrence. Le certain, c'est que vers cette époque parut une note officielle

---

1. Je ne me souviens pas personnellement de lui avoir vu autre chose que des médailles, mais le fait de sa décoration m'a été attesté par deux vieux et bons Lyonnais authentiqués, Aimé Vingtrinier et le baron Raverat.

pour rappeler à ceux qui avaient reçu des médailles de sauve-
tage qu'il leur était interdit de les porter en manière de décoration. Au fait, c'est peut-être de cela que le bonhomme est
mort.

Vers 1851, c'était une digne et bienveillante figure de vieillard ; fortement râblé, mais d'une taille ordinaire ; chevelure
fine, un peu rare, pommettes roses, yeux clairs ; rasé, sauf de
petits favoris courts ; un peu voûté, l'air très doux, mis avec
une grande propreté, tout en noir, avec une redingote, comme
un vieux canut. Au Jardin-d'hiver, où Rossignol-Rollin donnait alors ses premières luttes, on lui réservait la première
place à droite, au banc le plus voisin des lutteurs. On ne lui
parlait qu'avec déférence, et s'il se présentait un coup douteux,
Rossignol le soumettait respectueusement à sa décision. Plus
tard, la démocratie coulant à pleins bords, Rollin Rossignol, à
l'exemple de Rollin Ledru, substitua au suffrage de l'élite, le
suffrage passionné et souvent injuste des foules.

Au temps des Arènes lyonnaises, au contraire, on en était
encore à l'âge des sociétés aristocratiques. Là se voyaient trois
« juges du camp », vénérables Nestors, pleins d'expérience et
de sagesse. Tels, chez les Grecs, les vieillards diserts apaisaient
les discords au son de leurs voix, mélodieuses comme celles
des cigales. Nos juges du camp étaient assis sur une planche,
et sous la planche, il y avait un verre, abouché sur une bouteille de vin, que l'on consultait souvent, parce qu'on sait que

la vérité, loin de se trouver au fond d'un puits, comme on l'a cru trop légèrement, se trouve au fond d'une bouteille.

Le bonhomme Exbrayat avait quelque chose de patriarcal. Bien loin de la « blague » parisienne de Rossignol, il avait le simple et le naïf du bon Lyonnais, ce que, pour mon compte, je préfère infiniment. Le sévère mais juste Molard aurait pu recueillir dans ses allocutions paternelles de quoi faire un nouveau traité de « Lyonnaisismes corrigés ». C'est lui (pas Molard, Exbrayat) qui disait un jour au public : « Messieurs, M. Patte ne peut pas venir faire sa partie, parce que ses caneçons ne sont pas lavés. » De lui encore cette autre parole non moins authentique : « Messieurs, M. Vulpillat s'oyant fait mal aux... (ici un terme que, en dépit de toute ma bonne volonté, je cherche vainement à me rappeler ; je sais seulement qu'il commençait par une *r*), M. Vulpillat vous propose de remettre son revenge à dimanche prochain. » Malgré ma familiarité avec les lyonnaisismes, je ne pus comprendre celui-ci ; heureusement le docteur Diday se trouvait par hasard à mes côtés, qui voulut bien m'expliquer ce que cela voulait dire.

Une autre fois, devant un public un peu irritable : « Messieurs, veuillez faire patience un petit moment, M. Tape-à-l'œil est allé s'habiller. » S'habiller, en style héroïque, veut dire se déshabiller. Mais Exbrayat avait-il si tort, et cela veut-il dire autre chose pour les dames qui vont au bal ?

Ayant à donner un jour le programme de la lutte, comme la liste des champions était un peu longue, et que chacun de ceux-ci tenait à ce qu'on « l'annonçât » avec son *cognomen*, son titre de gloire, la mémoire fit défaut au pauvre Exbrayat, qui avait peut-être trop recherché la vérité dans son asile, et il annonça : « M. Machizeau, dit le Sans-Pareil, contre M. Jean, de Vaise, dit le... le... le..., ma foi, ils sont tous deux sans pareils[1] ! » Je trouve ceci plus fin que l'énorme humbug de Rossignol-Rollin.

*
* *

Les Arènes lyonnaises étaient formées d'une enceinte en planches brutes, dans les terrains des Brotteaux, entre l'emplacement sur lequel s'élève aujourd'hui l'église de Saint-Pothin et le Monument des victimes du siège.

Les artistes lyonnais, les Bonnefond, les Genod, les Trimolet, accoururent à ces luttes qui excitaient très fort l'enthousiasme, et où l'on voyait les plus beaux modèles du monde. Les Lyonnais se formèrent rapidement à l'école des lutteurs méridionaux, et ceux-ci, qui d'abord avaient surtout lutté entre eux ou bien remporté des victoires faciles sur des amateurs présomptueux, trouvèrent bientôt dans les Lyonnais des rivaux et même des maîtres. Là, parurent, dans la fleur de leur force et de leur beauté, et Pichat, dit l'Aimable, toujours un sourire enchanteur sur les lèvres, et l'audacieux et galant Vulpillat, dit Flambard, et Plantier, dit Bel-Arbre, au torse rigide comme le tronc d'une yeuse, et Clergeaud, dit l'Inversable, tout

---

1. Notre mémoire nous sert mieux que celle d'Exbrayat. Jean de Vaise était surnommé le Papillon. Très inférieur à Bouzon, dit Quiquine, il le renversa un jour d'un coup félon, sévèrement condamné par les juges du camp, et qu'Exbrayat exposa au public dans un langage imagé, mais gaulois, qui fit sensation.

comme les diligences qu'on venait d'inventer sous ce nom, et je ne sais plus quel autre qui, pour varier, s'appellait l'Intombable, et le Petit Rousset, dit le Premier Bras de France, enlevé trop tôt aux arts par une alliance patricienne, raconte quelque part Buffard. Un jour, le Premier Bras de France se trouvait au café, où il lisait le journal, mais en le tenant à l'envers, il est vrai. Survient le garçon : « Monsieur, le journal, s'il vous plaît ? » Rousset, avec une dignité simple : « Tu vois bien que je le lis ! — Mais, monsieur, vous le tenez à l'envers. — Imbécile ! puisque je suis gaucher ! »

Il y en avait bien d'autres ! Et le Petit Morel, et Batia, l'orgueil de Givors ; et Peillon, le Colosse de l'Arbresle ; et Hugues le Meunier, et l'Homme à poil, et enfin notre gloire la plus pure : monsieur le Petit Blanchard. Il n'avait pas de surnom : *Monsieur le Petit Blanchard*, cela disait tout, et Exbrayat, encore qu'il appelât souvent les autres athlètes par leur nom tout court, faisait toujours précéder le sien de *monsieur*, en vertu de ce respect involontaire qu'inspire toujours la haute supériorité, et peut-être aussi parce que monsieur le Petit Blanchard appartenait un peu moins que les autres à la classe du rude populaire.

Monsieur le Petit Blanchard fut plus qu'un athlète : il fut une « idée ». Il ne représente rien de moins que le triomphe de la pensée sur la matière. C'est en songeant à lui que Platon avait écrit dans sa *République* : « Ce n'est pas pour cultiver l'âme et le corps, mais pour cultiver l'âme seule et perfectionner en elle le courage et l'esprit philosophique, que les dieux ont fait présent aux hommes de la musique et de la gymnastique. »

*
* *

Petit, fluet, de constitution délicate, quoique bien musclé, le Petit Blanchard ne pouvait soulever plus de deux quintaux. Bouzon, dit Quiquine, en soulevait six. Il avait débuté modestement dans les luttes de demi-hommes, comme on dit « du côté d'en bas » pour les luttes des gones qui ne peuvent encore rivaliser avec les héros. Mais dans ce corps chétif par comparaison, Blanchard nourrissait une âme indomptable. Par son adresse, son étude persévérante, tranchons le mot, à force de génie, il en vint à suppléer à ce qui lui manquait à l'égard de la masse. Il créa de nouveaux coups, joignit la perfection de l'exécution à la puissance de l'invention, et enfin un maître nous fut révélé. Ses débuts furent assez brillants, raconte Buffard, pour réveiller dans sa retraite le fameux Sans-Pareil, l'invincible Sans-Pareil, que des revers de fortune et une liquidation embarrassée avaient exilé sous les chaudières des bateaux à vapeur. Sans-Pareil défia Blanchard. Blanchard vainquit, et Sans-Pareil se retira en pleurant, *rediit mœrens*. Après ce triomphe, la renommée de Blanchard, comme celle de Bonaparte après Toulon, commença à fixer sur lui les regards de l'Europe.

Et monsieur le Petit Blanchard osa défier Bouzon, dit Quiquine...

Les athlètes se ceignent, dit un auteur, et, descendus au milieu de l'arène, s'embrassent de leurs fortes mains, serrés comme les solives qu'un habile artisan assemble au haut d'un édifice pour le défendre des vents. Leurs dos bruissent, comprimés par des bras robustes; d'épaisses tumeurs rouges de sang courent sur leurs flancs et sur leurs épaules. Tous les deux sont

enflammés du désir de vaincre et de remporter la couronne
olympique sous la forme du superbe caleçon d'honneur. Longtemps un souffle bruyant s'échappe en longs sifflements de leurs
fortes poitrines. Tout à coup, au moment où Quiquine reprend
haleine, l'artificieux Petit Blanchard, prompt comme l'éclair,
lui porte « le coup d'hanche ». La lourde masse est ébranlée,
le puissant héros chancelle en invoquant vainement les dieux.
Semblable à un chêne déraciné par les orages, il s'affaisse avec
un bruit de tonnerre, et ses deux épaules ont touché le sol.

Monsieur le Petit Blanchard avait opéré une révolution dans la
science. Il avait découvert une voie nouvelle dans laquelle s'en-
gageaient enthousiasmés, fiévreux, de jeunes disciples. Nîmes
s'émut; Nîmes délibéra pour savoir quel Goliath on enverrait
contre ce nouveau David. Au lieu d'un Goliath, Nîmes en
envoya deux : Mazard et Meissonnier. Blanchard devait choisir.
Il choisit le plus redoutable : Meissonnier.

　L'anxiété était vive, les cœurs palpitaient. A peine si l'on
prit garde aux luttes préliminaires; à peine si l'on s'aperçut de
la méprise du directeur qui, cédant à une émotion bien naturelle, et voulant annoncer M. Turc, dit le Crâne, annonça
M. l'Ours, dit l'Animau[1], méprise qui, dans les circonstances
ordinaires, aurait excité la sensation la plus profonde.

　« Après quelques feintes habiles, nous conte Buffard, les
combattants s'attaquèrent avec une énergie surhumaine, et
l'angoisse des Lyonnais devint inexprimable quand ils virent

　1. En faisant ce lapsus, Exbrayat confondait sans doute Turc avec Biben-
gard, dit l'Ours des Basses-Alpes.

Blanchard plier comme l'osier sous les horribles embrassements de son adversaire. Des secousses à briser un chêne compromettaient son équilibre, et souvent on dut craindre de voir sa tête, cédant à une traction effroyable, se détacher dans les serres de Meissonnier. Toujours ses nerfs d'acier, sa merveilleuse haleine le relevaient debout et menaçant :

> At non tardatus casu neque territus heros,
> Acrior ad pugnam redit, et vim suscitat ira.

« La lutte fut longue et savante, son résultat incertain jusqu'à la dernière péripétie. A la fin, alors que Blanchard, à demi terrassé, semblait perdu sans ressource, alors que son robuste ennemi l'écrasait de sa masse, *immani pondere*, alors on vit tout à coup Meissonnier, la tête vigoureusement ramenée vers la terre, battre l'air de ses jambes désespérées, et tomber de toute sa hauteur sur le sol ébranlé par sa chute.

« Lyon n'avait plus de rival. »

Je relis ce que je viens d'écrire et je songe soudainement à ceci, qui ne m'était point venu en idée, c'est que, sur cent lecteurs, il n'y en aura peut-être pas plus de deux à qui ce nom de monsieur le Petit Blanchard dira quelque chose. Ainsi passent les gloires du monde. Avoir été le Petit Blanchard et être oublié ! C'est bien la peine, n'est-ce pas, de se donner tant de mal pour conquérir la renommée ? « On ne se souvient plus de ce qui a précédé, dit l'Ecclésiaste, et de même les choses qui doivent arriver après nous seront oubliées de ceux qui viendront ensuite. » Sans doute, mais ce n'est point une consolation.

Un des chagrins de la vieillesse (je ne veux pas dire qu'elle n'ait aussi ses charmes), c'est de sentir qu'en réalité on ne fait plus partie des générations présentes. On devient peu à peu un étranger parmi les hommes. Ceux-ci ne s'intéressent plus à ce qui vous a intéressé. Vous ne vous intéressez plus guère à ce qui les intéresse :

> Ce que nous avons cru n'est plus leur vérité,
> Ce que nous chérissions n'est plus leur volupté.

Comment voulez-vous qu'on ne se sente pas de glace, lorsque quelqu'un vient vous dire dédaigneusement : « Le Petit Blanchard, qu'est-ce que c'est ? »

Mais ces lignes mêmes, peut-être tomberont-elles sous les yeux de quelque vieux Lyonnais qui aura aimé les luttes. Cela me suffit : *Cano ei et Musis*.

Blanchard eut le malheur de se briser un bras. Toujours indomptable, il luttait d'un seul bras et faisait encore des prodiges. Enfin, en 1842, il abandonna le stade [1]. Il est mort une

---

1. Mon très aimable et très docte imprimeur m'écrit à ce propos : « Un vieux correcteur de nos ateliers a connu Blanchard. Il eut le poignet gauche broyé par un fusil qui éclata. En 1850, Blanchard était encore à Lyon; dans un sanctuaire de la Guillotière, il présidait, paraît-il, à de certaines luttes, moins austères que celles des Arènes lyonnaises, mais souvent plus périlleuses. De même qu'à la lutte, Blanchard n'avait pas de rival comme tireur au jeu de boules. Toujours correct dans sa mise, il poussait la tenue jusqu'à ne jamais quitter son habit en jouant, quelle que fût la chaleur. »

vingtaine d'années plus tard, et, m'a-t-on assuré, à Bordeaux, où il était garçon de recette.

Après son départ, les Arènes lyonnaises n'avaient plus de raison d'être. Et il n'y eut plus à Lyon d'institution fixe, à caractère lyonnais, mais seulement des troupes nomades.

En 1849 et 1850, nous eûmes un pâle reflet des Arènes lyonnaises. C'était l'*Arène française*, aussi aux Brotteaux, mais près du cours Lafayette. L'affiche annonçait que *la décence y serait sévèrement maintenue*, ce qui voulait dire, sans doute, qu'au gré de l'autorité, elle n'avait point été assez sévèrement maintenue aux Arènes lyonnaises. On vivait alors sous le régime de l'état de siège, et la police était devenue prude. Les femmes furent proscrites. C'était un attrait de moins, car la présence de la grâce et de la beauté ajoute au prix des nobles actions. Cependant, je dois confesser qu'aux Arènes lyonnaises les duchesses étaient communément en petit nombre. En leur qualité de beaux hommes, et bien que mis sans recherche, les lutteurs, comme en Espagne les toréadors, recueillaient plus d'un aimable sourire, mais c'était souvent celui d'une *Venus trivio commissa*.

Ce qui était pour exaspérer les artistes, c'est la singulière défense qui fut faite aux athlètes de paraître autrement qu'en caleçons descendant jusqu'aux talons ! Cela les faisait tous ressembler à des mitrons allant pétrir leur pain.

De ces arènes, je ne saurais guère qu'en dire, non plus qu'Homère de la foule des soldats obscurs tombés dans la mêlée. Qu'importe à l'histoire que là parurent Charles et

Leclerc et Augros et Morizot? Sur ces noms, la nuit de l'oubli est depuis longtemps descendue.

Ce dut être vers 1851, 1852 ou 1853, — je laisse les dates aux notaires et aux huissiers; d'ailleurs les dates ne sont pas littéraires, — ce dut être vers 1853, 1852 ou 1851, plus tôt ou plus tard, que je vis Rossignol avec sa troupe donner des représentations au Jardin-d'hiver. Le Jardin-d'hiver était une vaste rotonde vitrée, dont l'entrée était sur ce qui est aujourd'hui la place du Consulat. Il avait été bâti vers 1845 ou 1846, par Horeau, un architecte parisien dans les moelles, qui dressait des projets de fête et paraissait avoir la spécialité des constructions pour plaisirs publics. Ce pauvre Couchaud, mort si jeune, fut son inspecteur. On avait pensé que, l'hiver, cette immense salle vitrée, chauffée, avec des fleurs rares, des jets d'eau, servirait volontiers de lieu de réunion; que les mamans, au lieu d'envoyer les mamis avec leurs nourrices croquer des bronchites dans les brouillards de la place Bellecour, préfèreraient les envoyer remplir leurs petits seaux avec leurs petites pelles dans ce joli jardin, où il n'y avait ni grossiers petits gones, ni vilains chiens. Donc, on délivrait des abonnements. On comptait donner des bals, faire de l'établissement une sorte de cercle. Il y avait des annexes; une buvette. Dans le vestibule, la belle Mme Renard, célèbre comme nageuse aux bèches pour dames, sur le Rhône, tenait une boutique de fleurs. Plus tard, en 1851, Mme Renard tint le restaurant des bâteaux à vapeur, les *Express*, qui, par une innovation hardie, faisaient un service de nuit entre Lyon et Chalon. Le Jardin-d'hiver avait, comme

complément, un jardin extérieur au cas où il ferait assez
beau pour que l'on préférât se promener ou s'asseoir au
dehors. Bref, c'eût été un lieu fort agréable, mais soit que les
Lyonnais ne goûtassent point de ce genre de plaisirs, soit peut-
être par économie, ils n'y allèrent mie. On y donna alors dans
le jour des concerts un peu dans le goût des cafés-chantants,
quoique plus décents, et c'est là que, dans la fleur de sa nouveauté, j'entendis :

> C'est le jardin de Jenny l'ouvrière,
> Au cœur content, content de peu.
> Elle pourrait être riche, et préfère .
> Ce qui lui vient de Dieu,
> Ce qui lui vient de Dieu !

Cela vous attendrissait, et on eût voulu épouser Jenny. Pas
moins, le Jardin-d'hiver était abandonné, et on en vint à le
louer pour les séances de Rossignol-Rollin.

*
* *

Celui-ci n'avait pas encore développé, ce me semble, cette
hâblerie énorme, au moyen de laquelle il « épatait » dans le
jour le public des luttes, et le soir les habitués du café Ber-
thoud. Court, mais fortement râblé, il avait une véritable voix
de centaure, comme nous disons à Lyon. Ce fut le plus incom
parable Barnum qui ait paru sous le soleil. On prétend (mais
peut-on s'en rapporter aux on-dit ?) qu'enfant de Paris, il avait
été élevé dans le cabotinage et joué quelques bouts de rôle sur
les scènes de la banlieue. En toute occurrence, s'il n'avait été
lutteur, il avait poussé très loin l'étude de la boxe, car ce

pauvre La Cottière, un jour qu'il était à Biarritz, vit le gros Rossignol descendre dans l'arène qu'il dirigeait, pour se livrer à un assaut de boxe et de savate, où il étonna tout le monde par son agilité.

Lui seul, du reste, pouvait mâter des lutteurs chez lesquels l'esprit d'indiscipline s'était développé comme partout. Je me rappelle qu'un jour le public se plaignant de je ne sais quel accroc au programme : « Messieurs, cria-t-il, pensez-vous donc qu'une troupe de lutteurs, ça se mène comme un pensionnat de demoiselles ! »

*
* *

Les caleçons courts avaient reparu, mais non les dames. Rossignol prit sur lui une autre innovation, mais cette fois économique ; ce fut de supprimer la musique, qu'il remplaça par son éloquence. J'avoue que la musique de vogue, qui fait prendre patience dans les entr'actes, qui salue de quatre mesures en six-huit le triomphe du vainqueur, ajoute au charme du spectacle. Qu'eussent dit nos ancêtres les Grecs, qui luttaient, que dis-je, qui combattaient avec des mouvements réglés par la lyre !

Eh bien, il fit accepter la suppression de la musique, et encore bien qu'il n'y eût plus l'enthousiasme attendri des Arènes lyonnaises, on vit, dans ce court passage au Jardin-d'hiver, de beaux exploits. Là se montrèrent Batia, de Givors, dont le front se dégarnissait déjà ; Dumortier, beau lutteur, agile, superbe académie ; Deschamps, dit l'Ours de la Savoie (il saluait, en effet, exactement comme l'ours Martin), Peillon, le colosse de l'Arbresle ; le grand Lacroix ; Ambroise ; Marseille, dit le Meunier de la Palud, lutteur merveilleux d'adresse, et même de force, mais dont le système pileux, trop développé, n'était pas agréable à voir et estompait les formes, d'ailleurs un peu anguleuses. Il eut, à Paris, un grand succès. Courbet l'a peint de grandeur naturelle dans son tableau *Les Lutteurs*[1].

Mais, par dessus tout, il y avait l'Espagnol Blas, la plus noble académie d'homme que j'aie vue de ma vie. C'était un antique, un Apollon, très exactement. Même perfection dans les formes, même finesse. Les attitudes les plus simplement belles. Joignez un ton local, comme disent les peintres, qui devraient au contraire dire général : uni, chaud, sans aucune de ces rugosités, de ces relevés bleus, roses ou bruns, qui peuvent faire la joie d'un coloriste, mais qui, pour un amant du beau, enlèvent aux formes leur pure sévérité. Deux ou trois ans plus tard, le malheureux mourait en quelques heures du choléra, à Toulon.

Le Jardin-d'hiver ayant été démoli, Rossignol porta ses pénates à l'Alcazar où, pendant seize ou dix-huit ans, il vint au moins une fois par an, souvent deux, donner un mois ou deux de représentations.

Le lyrisme du directeur n'était pas l'un des moindres attraits du spectacle. Un amateur écrivait : « Nous craignons bien que si M. Rossignol se retire jamais, nul ne le puisse remplacer. Ce

---

1. Il existe, dans les fêtes foraines de Paris, une baraque célèbre de lutteurs sous la direction d'un nommé Marseille. S'agit-il du Meunier de la Palud ? Pour le savoir, j'ai écrit à un spirituel chroniqueur parisien, auteur d'un gros livre sur *les Jeux du cirque*. Je n'ai pas reçu de réponse. Pourtant j'avais mis un timbre. Ah ! ces Parisiens !

sera la fin des luttes à Lyon : *finis Poloniae !* » Et l'évènement a prouvé que l'amateur voyait juste. A la seule lecture des affiches, on sentait déjà tout le génie du directeur. Il vous avait des artifices de style, une richesse de vocabulaire, qui eussent fait pendre de dépit jusqu'au grand Barnum. Tantôt c'étaient des *luttes héroïques*, tantôt des *luttes spartiates*, tantôt des *luttes romaines*, tantôt des *luttes de géants*, tantôt des *luttes de Titans*, ou, pour rentrer dans la vie moderne, des *luttes express*, que sais-je encore. Le bonhomme Exbrayat lui-même avait ouvert cette voie, et l'on avait pu lire un jour sur les affiches, en lettres énormes : « Lyonnais, le célèbre Titon, de Rognonas, est dans nos murs ! » Et une autre fois : « Lyonnais, le fameux Bouzon, dit Quiquine, vous est enfin rendu ! » Mais il y avait cette différence que la poésie d'Exbrayat était « vécue » ; il la sentait, tandis que celle de Rossignol était un procédé.

Que serait-ce si l'on pouvait redire ici les *speeches* de Rossignol, ses reparties, sa façon de réchauffer l'enthousiasme ? J'ai raconté dans *les Vieilleries* quelques-uns de ces traits. On me pardonnera d'y revenir.

Un jour, spectacle en retard. On siffle et tempête depuis une demi-heure. Rossignol arrive, calme et digne comme le Zeus panhellénien. On fait silence ; on croit qu'il va expliquer les causes du retard :

— Messieurs, dit-il d'une voix semblable à la trompette de Jéricho, j'aime ces cris ! Le bruit, c'est la vie ! le silence, c'est la mort ! (Tonnerre de bravos. Personne ne demande pourquoi le spectacle est en retard.)

Une autre fois il débute ainsi :

— Messieurs, j'ai deux mauvaises nouvelles à vous annoncer : la première, c'est que la recette n'est pas bonne (tonnerre d'éclats de rire); la seconde, c'est que M. X. (j'ai oublié le nom), annoncé sur l'affiche, ne peut pas lutter ! — Le public a ri, il est désarmé, et accepte avec des bravos la suppression de X...

Un jour, à Saint-Étienne, j'étais allé tuer ma soirée aux luttes, car Rossignol, durant la semaine, menait sa troupe dans les villes environnantes. Deux athlètes luttaient. Un silence profond, religieux. On aurait entendu voler non pas même une mouche, mais un mouchoir. Tout à coup, les flancs comprimés sous deux mains de fer, un lutteur fit comme le Priape de l'Esquilin :

Nam, displosa sonat quantum vesica, pepedi,
Diffissa nate.

Rossignol, lentement et d'une voix grave :
« Luttons en silence ! »

Une autre fois encore, c'était en 1872, à l'Eldorado, l'Alcazar ayant été démoli pour faire place à l'église de la Rédemption, que la chose se passait. L'Eldorado était une salle de café-concert, sur l'emplacement où s'élève aujourd'hui le Théâtre-Bellecour. Rossignol s'avance pour faire une annonce :

— Messieurs...

— Dites citoyens ! interrompt un pur.

Rossignol fait deux pas en avant, d'un air digne, jette un regard tout autour de la salle, puis reprend :

— Messieurs les citoyens !

Le public applaudit à tout rompre.

Du reste, comédien consommé. On le voit arriver : il tourne

la tête de côté et d'autre, aspire fortement comme quelqu'un qui sentirait une odeur. On se dit : « Sans doute une fuite de gaz ! » Il s'écrie :

— Messieurs, il y a du muscle dans l'air !

Il ne dédaignait point de toucher des cordes qu'on ne se serait guère attendu à entendre vibrer à l'Alcazar. — Messieurs, criait-il un jour, qu'est-ce que la lutte ?... Eh bien, Messieurs, la lutte, c'est la vertu ! — Je crois fort qu'il tirait cela par à peu près d'une citation grecque reproduite la veille dans un feuilleton sur les luttes. Mais ce n'en était pas moins drôle, surtout dans sa bouche.

*
* *

Dans *les Vieilleries* on a dépeint la physionomie des luttes en 1862. On n'y reviendra pas autrement que pour citer les noms des principaux athlètes. Le premier de tous était le Pâtre Étienne, du Pont-Saint-Esprit, si timide pourtant que « le jour de ses débuts, il n'osait pas seulement tomber un dragon », disait Rossignol. Puis Marseille jeune, dit le Lion de la Palud, qui ne fut point inférieur à son frère ; Vincent, dit l'Homme de fer, de Lyon ; Charles l'Arabe, ainsi nommé parce qu'il était d'Avignon ; Alphonse, dit le Rempart de la Croix-Rousse, lutteur bedonnant ; Armand, venu des Cévennes ; Vimard, le Savonnier de Rouen, qui fut presque rival du Pâtre ; Alfred, dit le Joli modèle parisien, assez mal nommé ; et parmi les *dii minores*, Barraud, le Sablonnier de Givors, Guérin, long comme un Vendredi saint, etc., etc.

*
* *

Omnia tempus habent, et suis spatiis transeunt universa sub cœlo, dit l'Ecclésiaste ; tout a son temps mesuré, et tout passe sous le ciel, même les héros. Peu d'années après, je revis la lutte. Le magnifique Pâtre (bien moins pur de formes que Blas, cependant) s'était alourdi. Ayant perdu son agilité, sa promptitude à l'attaque et à la riposte, il succomba assez facilement sous les coups d'un lutteur presque de second ordre. Retiré de l'arène, le Pâtre était, il y a peu d'années, cafetier au Bourg-Saint-Andéol. Ainsi l'ancien fort ténor de l'Opéra, Mirapelli, était-il naguère cafetier au petit village des Arcs, dans le Var.

Le Lion de la Palud devint, du moins si j'en crois une chronique du *Courrier de Lyon*, alors dirigé par l'excellent et spirituel Barthens, un pauvre facteur supplémentaire à Lozanne, dans le Lyonnais, et il n'était point insensible au souvenir du temps de ses exploits.

*
* *

Presque au moment où disparaissait le Pâtre, apparaissaient Faouet, dit le Lutteur fauve, et Richoux, le cuirassier. Faouet, venu du Nord, fut un des grands lutteurs, et aussi Richoux. Celui-ci était un superbe colosse, mais admirablement proportionné, d'une impétuosité non moins admirable. Il était, m'a-t-on assuré, ordonnance du maréchal de Castellane, et l'on prétend que ce fut sur les conseils de celui-ci qu'il débuta, bien timidement d'abord. Mais il se forma vite et devint un maître. Rossignol l'emmena à Paris, où il « tomba » tout le monde. On lui reprochait de s'emporter un peu facilement à la lutte, et de ne pas aimer à avoir tort. Ce qui est sûr, c'est que c'était un homme intrépide, et qui ne marchandait pas sa vie quand il s'agissait de sauver son semblable. Il ne voulut pas faire métier de la lutte. Je le crois Bugiste, c'est-à-dire du pays des marchands de bois. Tant y a qu'il fit commerce des bois, et que, riverain du Rhône, à Lyon, il eut occasion d'opérer plusieurs sauvetages très dangereux, qui lui ont valu une médaille d'or de première classe. Richoux, sobre, rangé, laborieux, n'ayant pas les mœurs coutumières aux lutteurs, a fait une petite fortune, et vit aujourd'hui retiré dans le département de l'Ain, cultivant ses vignes, comme Dioclétien à Salone.

Rossignol, en ce temps, fit aussi venir Creste, dit le Taureau de la Provence. Jamais surnom mieux mérité. Il était lourd, énorme ; un torse bestial, et la tête, très petite par comparaison et pointue, un peu répulsive. Il fut peu goûté. Je me rappelle qu'un jour Richoux, agenouillé, ayant Creste sur son dos, qui cherchait à l'écraser, Richoux, dis-je, le saisit de ses deux mains derrière la tête, et tira avec une telle force qu'il lui fit faire ainsi le trébuchet ; par quoi Creste tomba magnifiquement sur les deux épaules. C'est un coup connu, mais qui, à l'égard de pareille masse, semblait impossible à une force humaine. J'ai toujours été étonné que la tête ne lui fût pas restée dans les mains.

Ce Creste fut plus tard mêlé à la politique, et il était de ceux qu'on emmena d'Avignon, en 1876, pour faire un mauvais parti à Gambetta, lequel avait réuni ses adhérents en un banquet à Cavaillon.

En 1872, Faouet reparut à l'Eldorado, où il tint toujours le premier rôle. Il y « tomba » Rovelin, un colosse inexpérimenté. Là on vit Mordon et Pernet, lutteurs fins, agiles, adroits, lutter un jour, — fait inouï dans l'histoire de la lutte, — trente minutes ·bien comptées, avant que l'un des deux succombât.

Ce fut peu après que Rossignol se retira des fonctions d'impresario. Il aimait Lyon, théâtre de ses succès, et acheta une petite maison de campagne à Villeurbanne. Ce robuste corps, sans doute, était déjà miné. Il mourut subitement à Villeurbanne, le 25 janvier 1873, en prononçant, dit la légende, ces mots : *Luttes ! Arènes !* On me dit que ce fut chez le traiteur Amblard (excellent traiteur, par parenthèse), où il avait pris pension, qu'il fut frappé.

En 1874 arriva don Ramon, dont le nom me paraît indiquer une origine catalane. Il tint, avec sa troupe, des séances au Casino, que je n'ai pas suivies. C'était, je suppose, un ancien lutteur. Très grand, assez gros, en simple rondin, au lieu de l'habit et des gants paille de Rossignol, il avait aussi peu de prétention que Rossignol avait de bagout. Je ne me souviens pas s'il reparut avant 1878, mais en cette année son principal sujet était le Géant Lepy, que j'avais vu un an ou deux auparavant à la vogue de la Croix-Rousse. Les hommes les plus hauts venaient à sa poitrine. Gros et membru à proportion, il semblait appartenir à la race des Titans, soudain ressuscitée. Sa manière de lutter n'offrait pas un intérêt en rapport avec sa taille, car son adversaire, si fort et si habile qu'il pût être, ne pouvait parvenir seulement à le soulever, et lui n'ayant pas de son côté l'agilité suffisante, il arrivait souvent que la lutte se passait sans coups brillants, encore bien que, grâce à sa force et à son poids, il finît toujours par avoir raison de son adversaire.

Depuis lors je ne sache pas que les luttes aient reparu à Lyon. Là où l'éloquence de Rossignol n'avait qu'à demi réussi, rien ne pouvait réussir.

Mais, de même qu'il n'y a qu'un amour, le premier, de même, pour les vieux Lyonnais, il n'y eut que les Arènes lyonnaises. Vainement, depuis, il parut d'autres héros, non moins grands peut-être. Et de même qu'Ossian, dans les vapeurs flottant sur les bruyères d'Armor, voyait passer les ombres de Fingal et de Cuchullin, de même dans les brouillards flottant sur les vourgines de Saint-Fons et dans les nuages blafards que, sur Fourvières, perce un rayon de lune, les vieux Lyonnais attendris voient encore passer, vagues et mélancoliques, les ombres de Bouzon, dit Quiquine, et de monsieur le Petit Blanchard.

1er juillet 1890.

LES JOUTES

’ÉTAIT hier la vogue de la Quarantaine. Je vis sur l’affiche qu’il y aurait joute en face du port Saint-Georges. Je résolus d’y aller.

C’est que la joute est un vieil ébattement lyonnais, dans lequel, jadis, nous excellions entre toutes les villes riveraines.

D’infortune, mille raisons font abandonner nos anciennes traditions. Nous voulons de robustes soldats et nous faisons tout ce qu’il faut pour n’avoir que des jeunes gens chétifs, énervés. Dans nos collèges nous oublions la première des éducations, l’éducation physique[1]. Loin de là, l’Université adopte le régime le plus foncièrement contraire à la bonne hygiène. On surcharge les cerveaux de mille fragments de connais-

---

1. Depuis que ces lignes ont été écrites l’on semble vouloir porter plus d’attention aux exercices du corps, témoins des concours institués récemment entre les élèves des lycées de Paris. Mais cela semble plutôt une mode passagère que l’application d’un système général et raisonné.

sances, je dis fragments, et on ne donne rien, rien aux exercices du corps. La mode est même venue aux jeunes gens, m'assure-t-on, de ne plus s'amuser. Ils restent tranquilles à causer pendant les récréations! Pour Dieu, rappelons-nous donc que, pour la saine santé du cerveau, il faut d'abord la saine santé des nerfs et des muscles. Les Anglais, qui le savent, appellent cette éducation physique le *christianisme musculaire.*

Voilà pour la bourgeoisie. Pour le peuple, outre que notre esprit français ne nous porte guère aux exercices du corps, l'autorité fait tout ce qu'elle peut pour empêcher les amusements publics, nationaux, capables de former des hommes agiles et robustes[1]. Dans le Gard, M. Guigues de Champvans interdit les courses de taureaux, s'imaginant peut-être que la course du Languedoc est une course sanguinaire comme celle d'Espagne. On prête à M. le préfet Ducros l'intention d'interdire l'année prochaine les joutes de notre ville, parce qu'elles sont l'accessoire de nos vogues, et qu'on veut détruire les vogues. Nous espérons bien que cette désastreuse interdiction d'un divertissement lyonnais, où se montraient la force et l'énergie de nos hommes de rivière, ne se réalisera pas.

Hélas! où sont nos vieux et braves jouteurs? Où ils sont, je le sais bien : ils sont à Loyasse, couchés côte à côte, dans un vaste emplacement que M. le baron Fay de Sathonay, qui

---

1. Ici encore nous sommes heureux de constater de grandes améliorations. Les nombreuses sociétés de tir, de gymnastique, les sociétés de touristes, d'alpinistes, qui n'existaient pas ou eussent été interdites lorsqu'on écrivait ce chapitre, sont d'excellentes institutions, que le gouvernement encourage à juste titre.

n'avait pas sur les joutes l'opinion que l'on prête trop généreusement, espérons-le, à M. Ducros, leur avait fait concéder gratuitement en 1811. Ils sont là tous, les trente-trois qui, en 1807, formèrent la célèbre Société des jouteurs, laquelle si longtemps fit, sur nos fleuves, ses prodiges de force et d'adresse, et nous amusa tant, nous et nos pères, par ses comiques parades nautiques.

Pour moi, vieux Lyonnais, je suis toujours ému, lorsqu'à Loyasse je rencontre cet emplacement, au milieu duquel est une grande croix de fonte avec ces mots en grosses lettres : LES JOUTEURS. Ces braves gens étaient chrétiens, comme l'étaient tous les Lyonnais alors. Je ne sais qui a rédigé leur épitaphe. Elle est extrêmement touchante :

LES JOUTEURS

AUTOUR DE CETTE
CROIX
SIGNE DU SALUT
REPOSENT
EN ATTENDANT LA RÉSURRECTION
LES CORPS
DE TRENTE-TROIS ENFANTS
DE LA VILLE DE LYON
QUI S'ÉTANT SOUVENT RÉUNIS
POUR LEURS PEINES
ET ·POUR LEURS PLAISIRS
ONT VOULU
N'ÊTRE PAS SÉPARÉS PAR LA MORT
ESPÉRANT PARTAGER
LA BIENHEUREUSE ÉTERNITÉ

L'AN 1811

En sautoir, sur la croix, on a mis les lances et les rames des jouteurs, avec un fallot suspendu que, sans doute suivant la vieille tradition des cimetières du moyen âge, on allumait jadis durant la nuit, mais qui est aujourd'hui brisé.

Dites s'il se peut voir quelque chose de plus beau que cette pensée de vie éternelle chez ces robustes *nautes*, qui formaient comme une association d'hercules, faits en apparence pour la vie purement physique ? S'il se peut trouver quelque chose de meilleur que cette amitié qui leur faisait laisser jusqu'à la fosse de famille pour ne pas se séparer ? Et enfin quelque chose de plus brave que cet amour de la patrie lyonnaise : ils étaient « trente-trois enfants de Lyon ».

Tenez pour assuré que si cette épitaphe était à refaire aujourd'hui pour quelques ouvriers de quelques cercles catholiques, la nouvelle ne ressemblerait guère à l'ancienne. Vous y verriez l'immaculée conception, saint Joseph, le sacré-cœur, tout, excepté ces simples mots : la croix ! Possible qu'on y parlât de Rome ; sûr que Lyon n'y serait pas nommé.

Lorsque l'inscription fut écrite, en 1811, les jouteurs vivaient tous. Tous sont maintenant réunis, comme ils l'avaient désiré, à l'ombre de la croix. Si ma mémoire est fidèle, le capitaine et un lieutenant y étaient déjà lorsque j'étais petit enfant. Le dernier de tous est venu les rejoindre il y a quatre ou cinq années. Il s'appelait Aubert. Il a laissé à son fils le drapeau de la Société. Ce drapeau en soie, tout fané, tout effiloché, était encore attaché hier au bateau de la joute, laquelle était commandée par le petit-fils d'Aubert. L'étendard porte, en lettres dorées, la date de 1807. On conserve aussi les lances des anciens jouteurs.

La Société des jouteurs ne devait durer qu'autant que ceux qui la fondèrent. Mais une autre s'était formée pour lui succéder. Cette Société ne pouvait se recruter que dans cette pépinière de vigoureux mariniers que nous fournissait la navigation fluviale. Cette navigation, grâce aux chemins de fer, est, on le sait, aujourd'hui à peu près détruite, et il est vraiment inouï que, tant dans l'intérêt du commerce que dans celui de la population riveraine, le gouvernement ne songe pas à faire le nécessaire pour la relever. Cette Société tomba donc avec la batellerie. Aujourd'hui, l'on n'a plus que des joutes d'amateurs. Ce printemps, il y en eut à l'Ile-Barbe. C'était, je crois, la première depuis 1870.

La joute d'hier avait amené une affluence considérable. Le pont d'Ainay, le quai Fulchiron, le quai Tilsitt et leurs basports étaient garnis de monde. Les bateaux qui entouraient l'emplacement réservé pour la joute sur deux côtés et où l'on payait cinq sous d'entrée, étaient combles.

Tout le monde à Lyon sait comment se fait la joute, dont l'origine remonte très certainement à des temps fort reculés. On doit croire que les célèbres corporations des *nautes*, dont on retrouve les traces dans nombre d'inscriptions antiques à Lyon, durent donner plus d'une joute dans le même bassin que celle d'hier, et sans doute il dut s'exécuter à la naumachie du Jardin-des-Plantes beaucoup de jeux de ce genre. Qu'est-ce qu'auraient pu être en effet des jeux nautiques, si ce n'est des joutes, avec peut-être quelque simulacre de combat naval ?

*
* *

Deux bateaux, des barquots ordinaires, sont aux extrémités de la lice, laquelle est fermée, en amont et du côté de la rive, par deux penelles quelconques, sur lesquelles on a improvisé un pont pour les spectateurs. Le rectangle est limité sur les deux autres côtés par des poutres de radeau attachées bout à bout.

Au cul de chaque barquot (pardon, c'est l'expression consacrée pour dire poupe) on attache un plateau sur lequel le jouteur se tiendra debout[1]. Ce plateau est incliné en avant, pour augmenter la solidité du jouteur. Il est entouré d'un rebord dans le but de retenir le pied, qui glisserait trop facilement. Ce rebord se prolonge en dessous du plateau, formant ainsi une bande verticale, destinée à rendre celui-ci plus rigide. Sur cette bande sont écrites les devises traditionnelles des jouteurs. L'un des côtés porte : *L'union fait la force*, l'autre : *Fait ton devoir*. De tout temps les jouteurs, à Lyon, ont mis *fait* avec un *t*. C'est notre orthographe, et je ne vois pas ce qu'on pourrait trouver à y redire. Nous n'avons fait qu'un sacrifice à la mode. Les trente-trois écrivaient : « *Fayt* ton devoir. » Nous avons, par condescendance, remplacé l'*y* par un *i*. Du reste *fay* par *y* n'était que de la bonne et vieille langue : « Doresnavant que tu deviens homme et te *fays* grand », dit le bon Gargantua à Pantagruel. Notre *t* au lieu de l'*s* était pour l'ornement.

---

1. J'ai lu dans le compte rendu d'une joute par un journal que « la partie surélevée de la poupe du canot et sur laquelle se tient le jouteur » se nomme *siaupe*. Je regrette que mon éloignement de Lyon ne m'ait pas permis de vérifier sur place cette expression, que je ne sais à quoi rattacher.

Chaque barque est montée, savoir : par un lieutenant à la proue ; par douze rameurs vêtus de pantalons blancs et vestes blanches, avec bonnets de police blancs ; par deux pilotes en costume tenant chacun une arpaillette, sorte d'aviron qui remplace le gouvernail ; enfin par le jouteur debout à la poupe. Chaque bateau est donc monté par seize hommes. Seize et seize, trente-deux, et le capitaine de la joute, trente-trois ; et voilà comme les anciens jouteurs étaient trente-trois.

Les rames d'un bateau sont peintes en rouge ; les rames de l'autre, en bleu.

On se sert pour les joutes d'une rame particulière, celle que les matelots appellent pagaye. Au commandement du capitaine, les rameurs, d'un mouvement simultané, élèvent tous leur rame debout au dessus de leur tête en manière de salut. A un second commandement, ils pagayent en cadence, c'est-à-dire qu'ils rament, étant debout, sans appuyer la rame sur le bord du barquot, la tenant des deux mains, l'une au sommet, l'autre vers le milieu du manche, et poussant l'eau derrière eux.

Les quatre pilotes, qui sont toujours de vrais mariniers, veillent, attentifs, et dirigent les barquots de manière qu'ils puissent se raser sans se rencontrer. A l'arrière, le jouteur a revêtu un plastron de bois, recouvrant la poitrine et formant deux renflements pour bien abriter les épaules. Ce plastron est divisé, comme une sorte de damier, en neuf compartiments carrés, formés de rebords de bois. C'est à seule fin que la lance ne puisse pas glisser sur le plastron. Le vrai jouteur, l'artiste, frappe dans le carré central.

La lance est longue de quatre mètres, quelquefois de cinq. Au bout sont trois courtes pointes de fer pour pénétrer dans le plastron; l'autre extrémité est arrondie pour ne pas blesser la cuisse sur laquelle on l'appuie.

*
* *

Cependant les bateaux vont se croiser. Le jouteur, quelque robuste marinier en manière d'Hercule Farnèse, roidit avec force son jarret tendu presque horizontalement. A la façon d'un chevalier dans un tournoi, il fixe sur sa cuisse, ordinairement entourée d'un mouchoir pour amortir le choc, le bout émoussé de sa lance. — Mais c'est égal, quels bleus ils doivent avoir le soir sur le muscle couturier !

Voilà que les bateaux vont se raser. Les rameurs cessent de ramer et se baissent pour que les longues lances puissent passer par dessus leurs échines courbées. Les barquots sont livrés à la force acquise. Mais les deux lances ont rencontré les plastrons, étayés de deux poitrines de fer. Malgré leur vitesse, les bateaux semblent s'arrêter comme hésitants. Les spectateurs retiennent leur souffle.

Les lances se courbent en arches de pont. Souvent, quand on a affaire à de vigoureux champions, beaux jouteurs, les hampes volent en éclats. Mais plus souvent encore, les bateaux ont raison de l'homme. L'un des jouteurs chancelle. Bientôt, comme désarçonné, il est projeté violemment en arrière, au sein de la nappe liquide, et des applaudissements enthousiastes saluent le vainqueur !

Pour chaque paire de jouteurs, la partie se joue en trois coups, le plus tôt deux. Un coup a-t-il décidé la victoire en jetant à l'eau le même champion pour la seconde fois, le vainqueur, suivant notre vieil usage, dépouille quand et quand son plastron, pique une tête, et va embrasser son camarade entre deux battues d'agottiaux. Cet usage est tout uniment charmant. Non moins celui qui veut que le jouteur venant de gagner une première manche ne tienne point sa lance debout, à seule fin de ne point avoir l'attitude, peu séante entre amis, d'un vulgaire triomphateur.

Après l'embrassade à l'eau, vainqueur et vaincu, tout saucés, viennent reprendre leur place sur les bancs des rameurs.

C'est ainsi que les choses se passent lorsqu'il s'agit de vieux mariniers expérimentés, de ces rudes jouteurs qui ne manquent jamais leur coup. Mais on ne saurait en exiger autant de jeunes gens qui débutent. Il arrive alors que parfois les lances n'atteignent pas au centre le plastron, qui vire sous le choc; l'homme est précipité maladroitement par dessus le côté du bateau, au lieu de l'être en arrière, etc., etc. Et de rire. C'est le grain de sel, le condiment de la scène.

Comme on le voit, la joute nautique est exactement la joute du moyen âge, le tournoi transporté sur l'eau. Ce sont, dans les deux cas, deux hommes cuirassés résistant au choc d'un coup de lance. Chez nos mariniers, le jouteur a pour cheval le barquot. Voilà toute la différence.

Tout cela est, du reste, surveillé de très près par le capitaine commandant la joute. Il est défendu, de par les anciens règlements, de donner aucun prix pour ne pas surexciter les concurrents ni pousser à l'envie chez les moins favorisés. On s'abstient de toute distribution de vin avant que la joute ait touché à sa fin; tout jouteur qui ne serait pas dans son sang-froid absolu serait immédiatement renvoyé; enfin les précautions les plus sages sont prises.

*
* *

Avec la joute il y a les divertissements consacrés, qui l'accompagnent toujours. D'abord le tir à l'anguille, que les jeunes gens à la nage tâchent à arracher, comme, dans les vogues de nos villages, les jeunes gens à cheval; puis le mât incliné sur l'eau, avec le drapeau à l'extrémité, qu'il faut aller prendre, tandis que sous vos pieds le mât fouette comme le perpignan dans la main d'un roulier; enfin, la pantomime sur l'eau. Connaissez-vous rien de plus amusant que la pantomime sur l'eau?

Le dénouement, depuis plus de quatre-vingts ans, que dis-je! depuis probablement l'introduction en France de la comédie italienne, le dénouement n'a pas changé, et excite toujours le même rire inextinguible. Quand Pierrot, d'un coup de pied en poupe à chacun, a jeté à l'eau Cassandre, Arlequin, le militaire amoureux, et jusqu'à la charmante Colombine (laquelle se fait toujours des appas, que le coton en doit renchérir), il y envoie tout le mobilier et tous les accessoires : chaises, table, balai, etc. Puis il médite un instant sur l'énormité de son crime, se tord les bras de désespoir, et, finalement, pour se punir, pique à son tour une dernière tête. Ainsi, dans les tragédies, tout le monde se tue respectivement, et quand il ne reste plus que le dernier, il se tue aussi, à seule fin de ne pas être en retard des autres.

Demain, joute des amateurs à la Quarantaine. Ce sera très intéressant. Les Givordins, jouteurs de renom, doivent venir. On prétend que, par exception, il y aura un prix : une belle couronne. Savoir qui l'aura? Je ne vais toujours pas manquer d'y aller voir.

12 juillet 1874.

LES · BÈCHES ·

L ne faut cependant pas laisser finir cet été sans parler un peu voire des bèches. Sinon, nous ne serions pas Lyonnais. D'ailleurs l'été a été si mauvais que ce n'est guère que depuis quelques jours que les amants des bains froids ont pu en goûter les charmes. Les pauvres maîtres de bèches n'ont pas dû être à noces cet été. Hâtons-nous donc d'en parler, avant que les brouillards matineux de septembre aient refroidi l'air; avant que viennent ces temps bourrus et attristés que, dans le Lyonnais, on connaît sous le nom de temps de vendanges; avant que les bèches, naguère pavoisées de guirlandes de peignoirs et de gais caleçons bariolés séchant au soleil, aient mis tristement à l'air leur fond limoneux, attendant, pour s'égayer de nouveau, le soleil de juin prochain, que peut-être ne verrons-nous pas !

*
* *

Je suppose un Parisien lisant ces lignes : les *bêches !* que
diable cela peut-il bien être ?

Mais tous mes lecteurs lyonnais, eussent-ils été élevés au
collège ou à Mongré, savent que les bêches sont tout simplement aujourd'hui de grands bateaux de natation, à la façon de
ceux de Paris, hormis qu'au lieu de l'eau gluante de la Seine,
nous avons l'eau froide, impétueuse, couleur de neige fondue,
qui sort des glaciers du Valais. Remarquer en passant qu'un
bateau de natation n'est pas *une* bêche : ce sont *des* bêches. Le
mot ne s'emploie qu'au pluriel.

Bêche est un singulier exemple de la fortune des mots. Il
montre comment, par tradition d'idées, le même mot peut
s'appliquer à des objets qui n'ont plus de ressemblance extérieure avec ceux qu'il servait à dénommer.

Un immense bateau carré, à fond de bois, s'appelle aujour-
d'hui des bêches parce qu'il y a quelque quarante ans, on allait
se baigner à une école de natation, composée de quatre ou
cinq bêches, qui se trouvaient à la deuxième pile du pont de
Pierre, du côté de l'Empire. Je me rappelle quatre, mais mon
ami, le sieur des Guénardes, qui est ferré, se rappelle cinq. Il
doit avoir raison ; toujours est-il qu'il y en avait plusieurs.
Voilà pourquoi le terme ne s'est conservé qu'au pluriel. On
allait se baigner aux bêches, quoique en réalité les bêches
d'aujourd'hui ne soient plus des bêches.

Une bêche, en effet, c'est, au sens propre, un bateau garni
de cerceaux recouverts par une toile, et qui servait à faire passer la Saône aux Lyonnais, avant qu'il y eût tant de ponts. On

eń avait attaché quelques-unes ensemble, et c'était l'école de natation, d'où sont sortis tant de bons nageurs qui maintenaient notre vieille réputation.

Les bèches pour passer l'eau étaient menées communément par des femmes, les hommes étant employés à des travaux plus nobles, tels que la conduite de ces grands équipages de bateaux qui avaient six cents pieds de long, et que traînaient à la remonte ces énormes et superbes chevaux, que l'on ne peut plus voir aujourd'hui qu'au musée des peintres lyonnais, dans le tableau de ce pauvre Dubuisson.

L'aimable M. de Fortis, ancien avocat-général, membre de beaucoup d'académies, nous faisait encore en 1821 une description enchanteresse de ces batelières. « Leur habillement est blanc, dit-il, et d'une propreté recherchée; il ressemble à peu près à celui des paysannes du Lyonnais, à l'exception de la coiffure, qui est un grand chapeau de paille, orné d'un ruban noué sous le menton.

« Les jours de dimanche et de fête, vous les voyez, assises sur le parapet du quai, à la file les unes des autres, comme autant de sentinelles, cherchant à deviner au costume et à la démarche des passants s'ils arrivent pour faire une promenade sur la Saône; elles les engagent, les pressent par des phrases caressantes et sonores, en leur parlant de la chaleur du jour et des agréments d'un voyage par eau.....

« Les artistes qui désireraient posséder un recueil de costumes lyonnais, n'oublieraient point celui des batelières de Lyon sur la Saône. La position de ces nautonières, assises sur la proue du bateau, le mouvement de leurs beaux bras nus qui déploient deux rames légères, donnent beaucoup de grâce à leur pose.

« Les voyageurs remarquent ordinairement que l'on trouve à Lyon et dans ses environs beaucoup plus de belles femmes dans la classe du peuple que dans les autres provinces de France ; l'on en cite plusieurs parmi les batelières, et l'on a vu quelques-unes de celles-ci passer de leurs modestes gondoles dans de beaux salons, par de riches mariages. »

Le sensible M. Mazade d'Avaize ne le cède point à M. de Fortis, avec cette différence qu'au lieu de dire « les nautonières », il dit « ces dames ».

« Tout le quai de Serin est rempli de ces dames, écrivait-il en 1810, et c'est à elles, ou à la douceur et à la commodité de leurs voitures, que l'on doit souvent le plaisir de traverser agréablement ce vilain faubourg, insupportable à passer par terre.

« C'est aussi dans ce quartier qu'habite l'élite de ce corps, vraiment remarquable par une honnêteté, une probité et une fidélité à toute épreuve. Lyon est la seule ville de l'Empire où les femmes exclusivement se soient livrées à un état aussi peu fait pour leur sexe et leurs forces. Lyon est encore la seule ville où les promenades et voyages sur l'eau aient toujours l'apparence et la réalité d'une partie de plaisir. Dans tous les ports de mer, sur les autres rivières qui coulent dans l'intérieur, l'on a souvent à craindre les dangers de l'élément, et toujours d'être conduit par quelque homme dur, grossier, sale et même brutal ; à Lyon, au contraire, la Saône est un bassin à l'abri de tous les orages, sur lequel on peut voguer sans aucun risque ; la bèche, une agréable gondole dans laquelle toute une famille, une société entière peuvent se réunir et se promener sans crainte sous la conduite d'une femme toujours complaisante, douce et polie, et très souvent aimable et jolie. Les bons observateurs prétendent que, dans ce moment, les batelières de Serin se distinguent sur toutes les autres par l'élégance de leur mise, leur prévenance recherchée et les agréments de leur figure. »

*
* *

Il semble, n'est-ce pas, que ce devait être une heureuse époque celle où écrivaient MM. Mazade et de Fortis. Les batelières étaient des « nautonières » ; leurs rames étaient « légères » ; les bèches étaient « de modestes gondoles » ; l'avant du bateau était une « proue ». Les amies étaient « tendres ». M. de Fortis contemplait-il, aux Étroits, la propriété Périsse, aussitôt il s'écriait : « L'amant qui *soupire* voudrait pour le bonheur de sa *tendre* amie et le sien, partager avec elle les délices de ce séjour. » Regardait-il le château d'Yvours, c'était pour se laisser aller à une douce émotion : « Belle Éliza, que le printemps ramène chaque année dans ce vallon, un troubadour, dont tu inspiras la muse tendre et naïve par ton regard céleste et ton gracieux sourire, grava ses serments sur un de ces arbres.... Il te demandait s'il devait vivre ou mourir !... Heureux époux, les grâces, etc., etc. » C'est moi qui vous fais grâce du reste.

L'artifice du beau style, dans ce temps, n'était pas bien compliqué. Il consistait tout bonnement à ne jamais appeler les choses de leur nom, et à ne jamais écrire un substantif sans y accoler une épithète. Notre M. Fulchiron, l'ancien député, se piquait de littérature. Il a écrit une longue nouvelle, dont les évènements se passent dans un couvent, au milieu de moines, et il est parvenu à ne pas écrire une seule fois le nom de moine ni de couvent. Les uns sont toujours « de pieux cénobites », et l'autre, un « paisible hermitage ».

*
**

Cette façon exécrable d'écrire ne laisse pas de toucher, parce qu'évidemment les gens qui l'employaient devaient être bons, aimables, s'efforçant de plaire. Il est impossible d'écrire de si jolies choses avec un mauvais cœur. Mais il ne faut pas faire trop grand fond sur l'exactitude de leurs jugements:, sur leur esprit scientifique, comme on dit aujourd'hui. Je ne puis céler que ma mère, à qui je dois, avec mon sang lyonnais, mon vieil esprit lyonnais, ne me dépeignait pas sous des couleurs tout à fait aussi tendres les batelières du temps jadis. Il me semble même que, par irrévérence, elle les mettait un peu sur la même ligne que les carpières, du moins s'il en faut croire le dialogue suivant, qu'elle citait volontiers :

LA BATELIÈRE (à un jeune homme blond).
— *Biau blondin, voli-vos passa l'aygui ?*
LE BEAU BLONDIN.
— Non.
LA BATELIÈRE.
— *Alli-vo-z'in don, fotu rossiau !*

Que de fois, dans la vie, n'avons-nous pas entendu la répétition de ce dialogue ? La couleur des gens n'est-elle pas tout entière dans nos yeux ? Quand on les aime, ils sont toujours beaux blondins, fichus rousseaux quand on ne les aime plus !

*
* *

M. Mazade d'Avaize lui-même, si enthousiaste qu'il fût, laisse entrevoir qu'il était prudent de prendre ses précautions avec les batelières, et, à propos du port de la Feuillée, il dit :

« C'est le port le plus fréquenté par les dames conduisant la bêche. On est sûr d'en trouver là à toute heure, et toujours disposées à vous conduire indifféremment sur tous les bords de la Saône, à un prix très modéré, pourvu toutefois qu'attiré par la mise ou les grâces prévenantes de quelques-unes, *on ne s'embarque pas légèrement avec elles sans faire de prix...* »

Et j'ai lu, je ne sais plus où, qu'Horace Walpole, dans une de ses correspondances, se plaint d'avoir été outrageusement exploité par les batelières de la Feuillée. Mais aussi, c'était un Anglais.

*
* *

Il n'est que juste de reconnaître que M. de Fortis n'inventait rien. Les batelières avaient en effet des vêtements de toile blanche constamment lavés, et leurs manches retroussées, retenues par une épingle, laissaient voir des bras qui n'eussent point été indignes du pinceau de Flandrin. Quant aux mariages, il en est au moins un que je pourrais citer. Une gracieuse batelière abandonna sa bêche pour devenir la femme de M. Dumas, riche meunier, dont le moulin aux grands toits aigus, recouverts de bardeaux de châtaigniers moussus, et à la vaste roue trempant dans l'eau bleue, était amarré au cours d'Herbouville.

Les batelières étaient du reste assez renommées pour qu'on les eût mises en romances sentimentales, dans le goût de l'opéra-comique de *Marie*, ou de la *Grâce de Dieu*. En voici une des plus populaires. Je m'en tiens au premier couplet, qui suffira amplement à ne pas amuser le lecteur :

> Gentille batelière,
> Batelière de seize ans,
> Je suis pauvre et sans parents ;
> Heureuse encor, car j'ai l'amour de Pierre.
> Cet amour, c'est mon seul bien ;
> Je le jur', non il n'est rien
> Que mon cœur lui préfère.

REFRAIN.

> Me dira qui voudra :
> « Gentille batelière ! »
> C'est Pierre et toujours Pierre
> Que mon cœur aimera.

Au fait, pourquoi l'aimable M. de Fortis aurait-il eu tort de trouver belles nos batelières ? Elles appartenaient à cette superbe race de mariniers, race d'hercules, que les chemins de fer ont fait disparaître, et en qui l'on retrouvait, non moins que chez le canut, mais sous une tout autre forme, le vieil esprit et le vieux langage lyonnais. Il n'est resté quelques traces de ce type qu'à Givors et à Condrieu, qui vivaient du Rhône et sont morts avec la navigation. On peut raisonnablement croire que nos batelières devaient ressembler aux filles de Condrieu. Or celles-ci sont superbes, vraiment, de port et de taille presque toujours, de visage souvent. Vous en jugerez si, par un soir d'été, vous passez sur la route et dans les rues de Condrieu, toutes garnies de belles filles, assises sur le pas de leurs portes, et occupées à broder des tulles tirant sur de larges rouleaux de carton. C'est l'industrie des femmes du pays.

*
* *

Le bon Molard cite le mot de *bêche*, qu'il proscrit, naturellement, et qu'il veut remplacer par le mot de *batelet*. Mais comme batelet et bèche sont deux, il ajoute loyalement : « Il faut cependant convenir que ce que l'on appelle batelet n'a pas la forme de la bêche ; cette forme particulière pourrait bien autoriser une dénomination différente, d'autant plus que son usage la distingue des autres ; mais pourquoi celle-là ?... ».

Oui, pourquoi celle-là ? Eh, mon Dieu, les mots sont comme les gens, qui ont tous un père, du moins suivant Brid'oison.

Dans le *Dictionnaire du patois lyonnais* « je crois que j'ai fait une fameuse bêtise, Mam'zelle Lise », comme dit la chanson, au sujet du père de bêche. J'ai indiqué le bas latin *bacca*, qui signifie, selon saint Isidore, *vas aquarium*, et qui avait pris le sens de *navis species* (comparez le français *vaisseau*). Ce *bacca*, avec un suffixe diminutif, a bien engendré notre *bachot* et notre *bachu*, mais *vacca* ayant donné *vache*, et *sacca*, *sache*, je crois qu'il faut disjoindre *bèche* de ces mots et le rapporter à *becca* pour *beccum*, rostre, proue en façon de bec. D'où, la partie étant prise pour le tout, bêche, espèce de bateau à la proue relevée. Comparez *bêche*, instrument de jardinage, qui à l'origine était un instrument muni d'un bec[1].

*
* *

A quelle époque remontent les bêches installées au Pont-de-Pierre pour les bains froids ? Comme bien s'accorde, je me suis adressé à ma source habituelle, mon docte ami, le chevalier des Guénardes. Voici ce qu'il m'a répondu :

« Dans la grande vue panoramique du coteau de Fourvières, prise du quay Saint-Antoine par Cléric et gravée par Poilly, et qui est de 1779, d'après les armes du Prévost des Marchands et des échevins, on voit, sous la troisième arche du pont de Pierre, à partir du quay Villeroy, la deuxième après la Mort qui trompe, une espèce d'école de natation assez analogue aux bêches; seulement elle est sous l'arche. Un gone pique une tête du grand bateau, et d'autres gones sont devant, qui prennent leur bain tranquille.

« Dans un autre panorama analogue, de 1789, dessiné par Boissieu et gravé, je crois, à l'eau forte par Bidault, on ne voit

---

1. Il ne faut pas se préoccuper de ce qu'au XVIᵉ siècle on écrivait *besches* : « Au milieu de la rivière de Saône, toute couverte de petits bateaux qu'ils appellent *besches* », dit Benoist Dutroncy, dans son *Discours du grand Triomphe* (1559); et Paradin, dans ses *Mémoires* : « auquel lieu se trouva une grande multitude de gondoles et *besches*, chargées de diverses pièces d'artillerie. » La lettre *s* n'était point étymologique, comme elle l'est dans *mesche*, de *myxa ;* elle avait été introduite dans l'orthographe par pure analogie, comme dans *besche*, outil de jardinage.

pas la moindre bèche, pas le moindre bain, pas le moindre nageur sous le pont. » ,

L'omission, dans lá vue de Boissieu, prouverait simplement, ce me semble, qu'elle fut prise dans la saison où il fait trop froid pour se baigner, et que pendant ce temps-là, sans doute, on utilisait les bèches à d'autres services. Mais, de toute manière, il faut faire remonter l'institution des bèches, bains froids, au moins au commencement du xviiie siècle. En voici un témoignage.

*
* *

Nous possédons une chanson en patois lyonnais, faite par le spirituel chirurgien Pierre Laurès, au sujet de l'ordonnance rendue le 26 juillet 1740, par M. Perrichon, procureur du roi, faisant fonctions de lieutenant de police, et portant défense « de se baigner nud dans l'intérieur de la ville, sous peine de 150 livres d'amende ». Cette ordonnance défendait en outre de « monter nud sur les bateaux et arcades des ponts pour plonger, de suivre nud les bateaux et bèches, lorsqu'il y avoit des passagers et surtout des femmes ».

Voici le commencement de la chanson :

> Ah, que fera chaud ojordi !
> Que fera bon, après midi,
> Se jeta, la tête premire,
> De dessus l'arcada du pont !

Bien convient-il de ne pas dire les autres couplets, qui ont trop de gandoises.

*
* *

En dehors de ces maigres documents, je ne puis guère
qu'invoquer des souvenirs personnels, et ceux plus complets
du sieur des Guénardes, qui prit ses grades vers 1830 à cette
célèbre université, cette *alma mater*, d'où sont sortis tant de
grands hommes.

J'ai dit que les bèches étaient au nombre de quatre ou cinq,
au pied de la troisième pile du Pont-de-Pierre. On y descendait
en enjambant d'abord le parapet, puis en prenant tout bonnement une échelle que, par suite du développement du luxe,
on remplaça plus tard par un escalier en façon de marchepied.

En bas, jouxte les roches, tableau pittoresque. Contre la
pile, le comptoir en planches brutes sur un plancher plus brut
encore. Dessus, formant tente, une grosse toile toute petassée.
Devant le plancher, les bèches, à l'intérieur bordées de cais-
sons, dans lesquels on bourrait chemises et culottes, vestes et
lévites. A côté des bèches, un grand bateau à un étage avec
un mât horizontal sur la proue, à seule fin de piquer brillam-
ment sa tête, en danseur de corde.

A chaque bèche était attaché un professeur, docteur ès
sciences natatoires et agrégé. A la première, le chef de toute la
dynastie des Marmet, le grand-père Marmet le borgne, dit
Bel-Œil, un gouailleur salé s'il en fut, avec son emplâtre de
taffetas noir sur l'orbite. Le 27 novembre 1818, François Marmet, maître de natation, reçut « du Roi une médaille pour
récompense de ses traits de courage et d'humanité ». François
Marmet, c'était Bel-Œil.

Je me le rappelle très bien parce que c'est lui qui m'apprit à nager. Comme d'usage, il me fit d'abord « nager à sec ». Je me vois encore, l'air benêt, assis sur le caisson, le père Marmet me joignant les mains en pointe sous le menton, les tirant droit à sa poitrine, puis les ramenant, dans une arrondie ample et moelleuse, à leur position primitive. C'est ça qui vous ouvrait la poitrine ! — *Item* avec les pieds, la pointe en dehors, comme un danseur, les talons joints : « Ramenez bien les pieds de *chèque côté*, les talons touchant les…. ! » Dieu me le pardonne, j'allais oublier la si bonne compagnie !

Le père Marmet ou plus exactement l'arrière-grand-père Marmet, car son arrière-petit-gendre tient maintenant des bèches sur le Rhône, était célèbre par sa réputation de grand buveur, sa trogne monumentale et sa chanson gauloise : *Allonge la jambe, Jean,* qu'il disait comme pas un. Quand on quittait la sangle (expression technique pour dire qu'on n'attachait plus l'élève), il était d'usage de lui payer « une bouteille de vin ». Mais il faut savoir que sa bouteille à lui était une dame-jeanne d'au moins dix pots, qui ne le quittait jamais. Mami (c'est le petit nom du pauvre Maurice, son petit-fils, mort l'an dernier) a raconté au sieur des Guénardes qu'un jour, en tête à tête avec le curé de Givors, ils avaient à eux deux, le grand-père et le curé, vidé une feuillette en une nuit. — Voilà des hommes ! « Alors le vin n'était pas cher, et on ne le fabriquait pas avec des gratte-culs et de la fuchsine, » me faisait remarquer avec mélancolie mon ami, le sieur des Guénardes.

Une autre bèche avait pour chef Jean-Pierre Marmet, mort il y a peu d'années. La troisième était commandée par Par-

ceint, chargé en outre, quand il y avait foule, de se promener
à l'entour pour surveiller et porter secours en cas de besoin. La
quatrième avait pour capitaine Beau-Fifre. Je n'ai jamais su son
autre nom, et quand, tout jeune alors, je demandais la raison
de son sobriquet, on me riait au nez, sans que j'aie jamais pu
savoir pourquoi. Ce pauvre Beau-Fifre a été déporté, je crois,
après le guet-à-pens du deux décembre.

C'était Mami qui tenait le comptoir et louait aux baigneurs
une sorte de caleçon sommaire, en usage dans le temps, et
qu'on nommait *jaquette*. C'était un triangle de toile exigu,
attaché avec des chevillères. Tel qu'il était, les mœurs du
temps se tenaient pour satisfaites de l'intention. Seulement il
y en avait, des fois, qui se trompaient, et le mettaient sens
devant derrière.

Le nageur qui se jetait en Saône de dessus le parapet du
pont, beaucoup plus élevé que le nouveau, c'était chose encore
commune. Mais mon père m'a raconté qu'il avait vu des gones,
pour deux sous, s'élancer du toit des maisons bâties sur le
pont, et où étaient alors les magasins de nouveautés de Mouth.
C'était une hauteur effrayante. Le gone sur le bord du toit,
disait mon père, faisait le signe de la croix, joignait fortement
ses deux talons, serrait les mains placées en forme de cône renversé entre ses cuisses, et se précipitait dans l'espace. S'il eût
dévié tant soit peu de la verticale, s'il ne fût pas entré dans
l'eau par les pieds, et d'aplomb, il était perdu. Je n'ai jamais
été témoin de cette folie, qui semble absolument incroyable.
Cependant, outre que mon père n'a jamais menti, mon vieil
ami Guichard, le peintre du *Rêve d'Amour*, m'a affirmé qu'il
avait vu Bocacut faire ce même tour.

*
* *

Dis maintenant, ô muse de la Saône, muse aux yeux d'émeraude, à la chevelure emmêlée de vourgines et de cresson vert,
dis quels étaient les princes et les chefs entre les nageurs lyonnais ! car je ne saurais nommer ni compter la foule des soldats,
eussé-je cent langues, cent bouches et une poitrine d'airain !
Et entre les princes et les chefs, je ne dirai que les plus
illustres ! Mortels, prêtez l'oreille à mes accents.

Salut d'abord aux mânes de BOCACUT, dont je ne sais rien,
sinon qu'il fut un héros ; Bocacut, dont j'entendais parler
comme d'un demi-dieu des temps homériques, salut !

Dis ensuite, muse, les deux DIZIER ; on disait les deux
Dizier, comme jadis les deux Ajax ! DIZIER L'AINÉ, entrepreneur de bâtisses, si ma mémoire est fidèle, était le grand Ajax,
que de vils rhumatismes, gagnés, dit-on, aux bèches, ont cloué
dans la tombe ! Son armure, je veux dire son caleçon, était en
tricot blanc, avec deux gros yeux brodés par derrière. Ces yeux
terribles vous donnaient le frisson.

Chaque soir, le grand Ajax ouvrait la séance en pêchant à la
ligne entre les roches. Le public, massé sur le pont, attendait
avec anxiété le moment de sa « tête ». Elle était superbe, et il
remontait toujours à rebours, en regardant ainsi fixement le
public de ses grands yeux sévères, je veux dire de ses yeux
brodés. Puis il tirait de son caleçon de petites pierres ramassées
au fond de l'eau et les jetait aux baigneurs. Ainsi les vaillants se
délassent quelquefois de leurs travaux en jeux enfantins.

Muse, rappelle-nous ce jour où vint aux bèches ce Parisien
blagueur, se vantant d'être le premier des plongeurs, et qui

demandait à Mami, de son ton dédaigneux, s'il se trouvait là quelqu'un digne de se mesurer avec lui. Mami, modestement, indique le grand Dizier comme plongeant assez bien pour un provincial.

Autour des champions, les baigneurs se rangent attentifs. Plus d'un Lyonnais, en face de ce chevalier inconnu, tremble, plein d'anxiété pour l'honneur du pays! Ils plongent enfin! Un long temps s'écoule. Le Parisien reparaît, cherchant des yeux Dizier, qu'il croit déjà remonté. Point de Dizier.

Un quart d'heure se passe : rien toujours. Le Parisien stupéfait, croit son adversaire noyé depuis longtemps. Il crie, s'arrache les cheveux, réclame des secours, des recherches! — Personne ne s'émeut. — Peuh! dit enfin Mami, avec sangfroid, vous ne connaissez guère Dizier! Quand il plonge, il en a toujours pour demi-heure. Vous avez encore le temps de fumer une bonne pipe!...

Effectivement, au bout de la demi-heure, apparaissent à fleur d'eau les gros yeux brodés de Dizier. Le malin avait franchi entre deux eaux et le grand courant et la Mort-qui-trompe, et avait gagné un vide qui se trouvait au pied du quai, entre les pilotis et les assises de revêtement. Là, il avait paisiblement attendu la fin de la demi-heure. Puis il était revenu par le même chemin.

Le Parisien, terrifié, s'avoua vaincu. Il a raconté partout, depuis, qu'il avait rencontré, à Lyon, un nageur qui demeurait demi-heure sous l'eau.

*
* *

Rappelle maintenant, ô muse, le nom de DIZIER CADET, qui

fut, je crois, l'associé de Chevalier, le quincailler, à l'angle de la rue Saint-Côme et de la rue Longue, au temps où ce quartier était le plus beau et le plus riche de la ville. Rappelle aussi celui de LADEVÈZE, le dessinateur de fabrique, établi depuis à Paris. Un jour, aux Bains du Pont-Royal, inconnu au milieu des plus habiles nageurs parisiens, il les épouvanta tous. Il arrive, pique sa tête au milieu du bain, et en trois battues d'agottiau, puissantes, calmes, splendides, lentes et mollement arrondies, il atteint l'extrémité supérieure du bateau ! On n'avait jamais vu cette puissance, cette sérénité que donne la conscience de la Force sous qui tout fléchit, même les éléments !

Dis encore, ô muse, et le célèbre BANCEL, et AUBERT, non moins célèbre, et les deux BILLET, morts tous deux, ainsi que leur frère Claudius, qui a écrit longtemps sous le pseudonyme d'Antony Rénal. Des quatre, un seul survit, qu'on avait surnommé Cambronne, à l'époque où ce nom n'avait pas encore la physionomie particulière que lui a donnée Victor Hugo.

N'oublie pas, ô muse, le robuste Charles Grand, le cafetier, qui, un jour, sans chapeau, l'œil hagard, se précipite soudain, tout habillé, du haut du pont Morand. La foule, qui ne le connaissait pas, crut à un suicide, et se pousse, angoissée, regardant les eaux tumultueuses, lorsqu'on le voit reparaître, faisant paisiblement la planche ;

Et le beau baron de POLINIÈRE, qui, dédaigneux de la foule mêlée des bèches, faisait une décize jusqu'à Ainay ;

Et tant d'autres, ô muse ! que tu as connus et aimés, et dont ma faible mémoire humaine n'a pas retenu les noms. Mais toi, muse céleste, tu les gardes inscrits dans le livre d'or des bèches élyséennes, où, après la mort, les âmes des grands nageurs se réunissent pour piquer encore des têtes.

Mais, avec les baigneurs, n'oublie point ces professeurs et ces agrégés de l'établissement, tous habiles, consommés dans leur art, vrais amphibies : Pied-fin[1], que je n'ai connu que par l'histoire ; Caquille, le père de Caquille, dit le Furet, avec qui je fis ma première communion. Caquille, mon camarade, fut depuis chasseur de Vincennes, puis un lutteur, brillant d'adresse et d'élégance, aux arènes des Brotteaux.

Ne néglige point, ô muse, de jeter une fleur sur la tombe de l'infortuné Quatre-sous, qui allait ordinairement repêcher Mardi-Gras, quand on l'avait jeté au Rhône du haut du pont Lafayette, l'après-midi du mercredi des Cendres. Une année, le Rhône était froid ; Quatre-Sous prit une fluxion de poitrine, dont il mourut. Ce fut la fin de l'enterrement du Mardi gras, la fin de la bande des Souffleurs et de celle de Bourgneuf.

Quand on remplaça le Pont-de-Pierre par le pont de Nemours, fort laid, fort mal placé (il n'est dans l'axe de rien du tout), disparurent les bèches. Les échos durent garder longtemps le souvenir des lazzis sans fin, des plaisanteries au gros sel qui s'étaient échangées si longtemps entre les baigneurs, les mariniers et la galerie accoudée sur le pont, où, je ne sais pourquoi, les jeunes filles avaient toujours la rage de se mêler. Il s'en déclicquetait de la langue en un jour de quoi défrayer six mois les petits journaux parisiens d'aujourd'hui ;

---

1. Souvenir de la locution en usage au XVIIᵉ siècle. Tallemand dit que Bassompierre « avait le pied fin ».

mais c'était de l'esprit populaire, de bon aloi, primesautier, lyonnais, non de celui qui se puise, comme à Paris, dans la littérature de bas étage.

Pour festin d'enterrement, Mami invita à déjeûner le sieur des Guénardes avec l'ingénieur Jordan, le constructeur du pont de Nemours.

Et ce fut fini. Les bèches avaient vécu.

Elles ne furent rétablies nulle part. La police n'en voulait plus. Il fallut donc se contenter avec ces vilaines machines carrées, à la façon de Paris. Les grands nageurs, humiliés, se retirèrent. Au vrai nageur, comme au vrai citoyen, il faut le grand air de la liberté. On ne clôt point ces vaillantes âmes dans des bachus, comme des goujons bons pour la friture. Les professeurs, dégoûtés eux-mêmes, n'en voulurent plus. Quelles leçons donner dans quatre pieds carrés, et quand votre élève, à chaque instant, peut recevoir un plongeur sur la tête, en façon d'aérolithe ? Montrez-moi quel professeur de nos Facultés voudrait faire son cours dans des conditions pareilles ?

La natation, gloire du Lyonnais, est donc maintenant délaissée. Ainsi s'en vont nos vieilles bonnes choses. Croyez-moi, hormis les maris, il n'est encore de bon que ce qui est vieux : vin vieux, vieux livres, vieux amis. Nos vieux nageurs aussi étaient les meilleurs.

Peut-être régénèrerait-on un peu le vieil esprit de la natation si l'on créait sur le Rhône d'immenses piscines en plein air, dont un compartiment serait payant, l'autre gratuit, avec de bons professeurs. Il y a longtemps qu'on le propose et longtemps aussi qu'on ne le fait pas[1]. Mais, quoi qu'on puisse imaginer, cela ne vaudra jamais nos bêches du Pont-de-Pierre.

Ce que je sais bien, c'est que si jamais l'on me nomme président de la République, je déclarerai l'instruction obligatoire.... de la natation. Un citoyen qui ne sait pas nager est un citoyen incomplet. L'éducation doit être un accroissement de la vie aussi bien au physique qu'au moral. Faire un homme n'est pas lui apprendre un peu d'orthographe. Et puis, n'est-ce pas pitié de ne pas donner à vos enfants les moyens de se sauver du danger, et de sauver les autres au besoin ? — Que je dirais de belles choses sur tout cela, si je les savais !

On m'assure qu'au jour d'aujourd'hui la pudeur moderne serait offensée des bains en rivière. Possible ; mais, franchement, je ne pense pas qu'au temps où l'on se baignait tranquillement en pleine Saône, les rôles des assises ou des correctionnelles fussent plus chargés de ces vilaines affaires que vous savez. Je crains bien que toute notre pruderie extérieure ne soit que le badigeon mal collé de l'immoralité.

Terminons l'histoire de la natation à Lyon. Les bêches mortes, on établit un bateau de natation sur la Saône, en face

1. On me dit que, depuis que ces lignes ont été écrites, la ville a fait bâtir deux piscines gratuites sur la rive gauche du Rhône, à deux cents mètres en amont de l'entrée du Parc. L'éloignement doit rendre la chose presque inutile. L'immense avantage des bêches, c'est qu'elles étaient au cœur de la ville. Puis il n'y a pas de professeurs, d'école, etc. Ce sont de simples grenouillères. Il faut quand même en remercier l'administration.

du quai de l'archevêché. Le bateau était à fond de bois incliné au rebours du fil de l'eau, de façon que, dans la partie d'aval, les innocents pouvaient se sansouiller sans danger. Depuis lors, les bateaux de natation ont tous été faits sur ce modèle. Est-ce qu'il y en avait eu d'abord sans fond? Je serais tenté de le croire, car il me souvient d'avoir vu, à Paris, cette enseigne : *Bain à fond de bois*, ce qui semble indiquer que c'était un perfectionnement que n'avaient pas tous les bateaux. Il y a quarante ans, on pouvait lire sur la Seine l'enseigne suivante :

BAIN A FOND DE BOIS
POUR LES DAMES
A TRENTE CENTIMES

Des gens bien intentionnés ayant fait remarquer au propriétaire que la rédaction semblait déprécier la clientèle de son établissement, il se rendit à ces raisons, de sorte que, passant par là quelques jours après, j'eus le plaisir de lire :

BAIN A TRENTE CENTIMES
POUR LES DAMES
A FOND DE BOIS

*
* *

Notre premier bateau sur la Saône, lui, était une transition entre les anciennes bèches et les caisses à grenouilles qu'on a maintenant. En effet, à son extrémité aval, se trouvait une plate-forme extérieure, d'où l'on pouvait faire quelque modeste pleine eau. Il avait aussi, souvenir des vieilles bèches du Pont-de-Pierre, son bateau voisin avec un mât horizontal pour le piquage des têtes.

J'ai oublié le nom du propriétaire de ce bateau, qui ne fut là que peu d'années. D'ailleurs, la police ayant bientôt défendu la pleine eau, le principal intérêt disparaissait, et, boîte pour boîte, on préférait les bains du Rhône, plus vastes, et d'eau plus salubre.

En effet, pendant ce temps-là, Mami, associé, je crois, avec Charles Grand, avait établi un bateau de natation vers le pont Morand. Jean-Baptiste, frère de Mami, se réunit à lui avec sa femme, puis alla fonder un bain pour les dames, quai Saint-Clair, là où est encore le bain de Jean-Baptiste, le dernier survivant mâle de la grande dynastie des Marmet. Le bain de dames eut une année brillante. On citait, parmi les nageuses célèbres, Mme Stolberg, artiste en congé illimité; la belle Mme Renard, qui tenait la buvette du Jardin-d'hiver, alors en sa nouveauté, Mlle L***, sœur d'un de nos architectes, etc.

Mais ces sortes de mode ne vivent qu'un jour à Lyon, où les mœurs sont encore si différentes de celles de Paris. Jean-Baptiste fut bientôt obligé de convertir son bain en bain d'hommes. Sa femme est morte dans de tristes circonstances, et le pauvre Jean-Baptiste est aveugle.

Quant à Mami, il se maria. Sa femme, originaire de Suisse, mourut il y a quelques années, lui laissant une fille, la belle Mélina, mariée à M. Germain, avec lequel elle tient l'établissement depuis la mort de son père [1]. Ce sont d'excellentes gens. Lorsque vous irez prendre un bain, vous pourrez voir, dans l'appartement situé à l'extrémité méridionale du bateau, le por-

---

1. Hélas! au printemps de 1888, une violente et soudaine crue du Rhône emporta, avec le bateau, la fortune des pauvres Germain. On devait ouvrir une souscription pour le reconstruire. Rien ne s'est fait, que je sache.

trait d'une autre Mélina Marmet qui fut, il y a quelque trente
ou trente-cinq ans, danseuse à notre Grand-Théâtre ; puis, de
là, prit son vol au Grand-Opéra, et depuis lors, *nescio*. Chez les
Marmet, toutes les filles s'appellent Mélina. Une autre Mélina,
fille d'une sœur de Mami, était aussi danseuse à notre Grand-
Théâtre, il y a quelques années. Grande, bien faite, grêlée. Je
ne sais où elle est à présent.

Et maintenant, j'en ai fini avec l'histoire des bèches, intime-
ment liée à celle des Marmet. La dynastie est tombée en quenouille, et le sceptre est aux mains du gendre Germain, comme
est dit ci-dessus, lequel appartient à une famille honorable des
environs de Villefranche, et maintient, aussi bien qu'on le peut
faire en chambre, la vieille tradition de nos pères Lyonnais.

Mais qui nous rendra l'âge d'or ? Qui nous rendra Bel-Œil,
Pied-fin, Caquille, Beau-Fifre, Quatre-Sous et tous ces héros
des temps qui ne sont plus ?

2 septembre 1878.

NOEL

Noël, noël est venu,
Avec sa robe de frize [1] ;
Hélas, il est mal vêtu,
Car il n'a point de chemise !

Tel est un couplet d'un vieux noël lyonnais ; sa mélodie
allègre et vieillotte a souvent bercé, dans son enfance, celui qui
écrit ces lignes. Noël ! que ce mot dit de choses ! Qu'il réveille
de vieux souvenirs, les souvenirs de vieux usages, de gaietés
qui ne sont plus ! Noël, ce mot dit tout un monde passé, et
qui ne reviendra pas. Noël, c'est encore aujourd'hui une fête,
un jour férié, mais un jour férié comme les autres jours fériés,

1. *Frize* signifie frimas, froidure. Le patois a de même *frézi*, froid. *Fa in
grand frézi*, il fait un grand froid. L'origine est germanique : saxon *frysan*,
vieux haut allemand *friesen*, geler, avoir froid, trembler de froid. Comparez
φρίσσειν, trembler de froid.

qui ne se distingue de Pâques, sinon en ce que les jours se rapetissent quand l'un vient, et grandissent quand arrive l'autre. Mais cette physionomie particulière de la fête, cette joie particulière et intime attachée à la pensée religieuse de ce jour-là, où sont-elles ?

On ne veut pas dire ici qu'il n'y ait plus de gens religieux, mais ce qui est certain, c'est que leur genre de religion n'est plus le même. Cela fait comme tout le reste : cela se transforme selon le temps et avec les esprits. C'est ainsi que, me reportant aux souvenirs de mon enfance et comparant la sincère et aimable piété de mon père et de ma mère à la dévotion emphatique et farouche d'un lecteur de l'*Univers*, je ne me reconnais plus du tout, mais plus du tout. Je vois d'ici mon pauvre père, un homme juste et craignant Dieu, caissier de la fabrique de Saint-Bonaventure au temps du curé Pascal (cela remonte haut); qui lui eût dit de s'en aller recevoir solennellement, à la façon du moyen âge, une oriflamme pour processionner avec, en tête de ses chevaliers, dans je ne sais plus quel pèlerinage mystico-politique[1], il se fût pris à rire de son bon rire honnête et chrétien. Après cela, peut-être bien ne lui en eût-on point offert du tout, d'oriflamme : il s'appelait Goujon[2], comme son fils.

Il y a trois siècles que le vieil Agrippa d'Aubigné disait déjà :

1. Ceci était écrit en 1872, au moment où l'on avait organisé des manifestations politiques, sous couleur de pèlerinages religieux.

2. Au moment où « Noël » parut dans un journal, Puitspelu signait ses articles du nom d'un de ses arrière-grands pères maternels, Sébastien Goujon, cartier en rue de la Cage, au milieu du XVIIIe siècle.

« Il se faisait peu de choses alors comme aujourd'hui, et il s'en fait peu aujourd'hui comme lors. » Si l'on veut juger combien tout est changé, pensez par exemple à cet usage de chanter dans les églises des noëls populaires, des idylles sacrées, en patois ou en langue vulgaire, au jour de la nativité de Notre-Seigneur, et ce qui marquera plus encore la chose, des noëls particuliers à l'endroit, *locaux*, ainsi qu'on le dit maintenant. Comme on souffrirait aujourd'hui cela, n'est-ce pas ? Tout cela a disparu dans la sévère et dure unité de la liturgie d'outre-monts, comme nos vieilles organisations locales, notre consulat lyonnais dans l'unité politique.

Je regretterai toujours la perte d'un trésor inestimable. C'est un vieux bouquin déchiré que j'ai vu traîner à la maison dans mon enfance, et qui était un recueil de noëls lyonnais, les uns en patois, les autres en langage populaire du XVIIIe siècle. Une vache, dit-on, ne sait le prix de sa queue que lorsqu'elle ne l'a plus. Je n'ai apprécié mon bouquin que longtemps après en avoir déchiré les pages. Ma mémoire en a gardé de courts fragments, non pas reste de mes lectures, mais qui sont demeurés dans mon oreille avec le chant de ma mère. Ces noëls avaient un cadre commun avec tous les noëls du monde. C'était naturellement l'histoire de Lyonnais à qui l'on apprenait la bonne nouvelle de la naissance de Notre-Seigneur, et qui allaient, à la suite des mages et des bergers, l'adorer dans sa crèche. Dans un de ces noëls, les divins habitants de l'étable faisaient fête à mes braves compatriotes. J'ai gardé le souvenir de ces quatre vers :

> Lors le fils de gloire
> En fit mille ris,
> Et puis leur fit boire
> Vin de Millery.

Les bons vieux Lyonnais se rappellent tous la réputation européenne (à Lyon) du vin de la Galée, dont le terroir est sur la paroisse de Millery. Aujourd'hui l'on boit du Bourgogne, du Beaujolais, de tout, excepté des bons vins sincères de chez nous, et du vin de la Galée et de celui de Sainte-Foy, dont les vignes s'étalent au droit midi sur les pentes caillouteuses et ensoleillées qui descendent du château de Bramafan [1] pour baigner leurs pieds dans l'eau de l'Yzeron. Il est vrai que Sainte-Foy, l'ambitieux, a remplacé, dit-on, ses *gamays*, qui produisaient peu et bon, par des *persailles*, féconds comme les auteurs modernes, et donnant du vin de même qualité que les livres de ceux-ci. Mais, jadis, le bon Jésus, en leur faisant boire du vin de la Galée, traitait dignement ses hôtes les Lyonnais.

Les noëls les plus curieux étaient ceux en patois. Dans l'un d'eux, la scène représente l'intérieur d'un atelier de canuts. Au début, c'est l'apprenti qui a la parole. Il raconte les misères de

1. Une tradition de l'endroit veut que le château ait été ainsi nommé à cause de la charité du propriétaire, un M. Arnaud, dans une famine. Les mères y avaient pris, dit-on, l'habitude de dire à leurs enfants : « Va-t-in brama la fan chiz monsu Arnaud ! » Mais comme le nom de Bramafan est très répandu dans les Alpes Cottiennes, où on l'applique aux sols stériles, parce que les troupeaux y brament la faim, il est probable que la légende a été inventée après coup, et que le nom est dû au terrain maigre et caillouteux du coteau.

la nuit passée sur la soupente. Mes aimables lectrices pardonneront la crudité de ce petit tableau, digne du pinceau de Courbet :

> Una bardana de très ans,
> Qu'étiet largi comme la man ;
> Et los pioux que la suivionvont
> Le puces que picotovont !
> De tota la nuit
> Je n'ons rin pochu durmi.

Une traduction semble inutile même pour les lecteurs du dehors, car pour ceux de Lyon, je ne leur fais pas l'injure de penser qu'ils ignorent leur langue. Suffit que les autres sachent que *bardane*[1] vaut autant à dire comme punaise ; que *très* signifie trois, et que *pochu* est le participe passé du verbe pouvoir. Le lecteur intelligent comprendra aisément le piquant du reste.

Les souvenirs des divers noëls se sont un peu mêlés dans ma mémoire. Je sais seulement que c'est au milieu des infortunes ci-dessus décrites que l'on réveille le canut pour lui apprendre la grande nouvelle de la naissance du divin enfant. Dans un autre noël, le canut n'était pas encore couché et pansait son cautère, lorsque tout à coup :

> Notron Michi, l'aprinti,
> Soute à bas de son mêti,
> Et, comme un écervela,
> Laissi son corse à marqua.

1. Le nom de *bardane* vient sans doute de la couleur de cet intéressant aptère. La couleur bardane était noirâtre, tirant sur le rouge. Comparez le terme du Gévaudan *nèra*, puce, de la couleur brune. Quant à bardane, couleur, c'est l'espagnol *badana*, basane.

« Notre Michel[1] l'apprenti, saute à bas de son métier, et comme un écervelé, laisse son cours à marquer[2]. »

C'est que Michel a entendu qu'au dehors on parlait de la nouvelle extraordinaire. En hâte, le canut s'habille, demande son habit cannelle, sa chemise à dentelle, sa cravate de cambrin[3] ; ses souliers de maroquin, sa perruque « à deux talons[4] », son manchon, car il paraît que les hommes en portaient alors :

> Demanda veire à la Finchon
> Onte elle a beta mon minchon ?

Il ordonne, avant de partir, qu'on mette cuire à l'étouffée une corée de mouton, et qu'on mette de côté l'os du chinard, qui sera pour le dîner. Et le canut et sa femme de courir voir l'enfant aux Jacobins.

Dans un autre noël, on fait fête dans l'étable pour adorer l'enfant et cela attire l'attention du diable :

> Lo guiable intindit la fêta ;
> Ol est venu par la vey ;

1. Dans le langage canut, un apprenti s'appelle un *miché*. C'est le nom de Michel, qui sans doute était fort commun dans le peuple, pris péjorativement comme Jeannot, Catin, etc. L'auteur ici joue sur le mot de *miché* et *Michel*, car *Michi* peut être pris dans les deux sens. Aujourd'hui, l'apprenti se nomme de préférence un *borriau* (bourreau), parce qu'en remondant il saigne les fils.

2. Dans les armures, avant l'invention de la Jacquard, le métier avait jusqu'à huit marches ou pédales. Pour savoir à laquelle on en était resté, lorsqu'on suspendait le travail, on glissait un cabelot sous la marche à reprendre. Cela s'appelle marquer le cours (prononcez course).

3. Cambray, sans doute.

4. A deux marteaux, je suppose, suivant le mot technique.

Ol avié passa la têta
Per un trou de la parey [1].

Saint Joset prit sa varlopa,
L'y en fotit una vartoya [2] ;
Ol in avié, la charopa,
Lo gruin tot écramaya [3].

Faut-il traduire, malgré le réalisme ? Peut-être cette fois est-ce nécessaire pour faire comprendre. Va donc pour la traduction en bon français :

Le diable entendit la fête ; il est venu pour la voir. Il avait passé la tête par un trou de la muraille.

Saint Joseph prit sa varlope, lui en ficha une tripotée. Il en avait, la charogne, le groin tout écrabouillé.

*
* *

Si j'en crois un docte auteur, durant le moyen âge, quand venait Noël, on avait l'habitude de reproduire, dans l'intérieur des églises d'Occident, le mystère de la Nativité au moyen de scènes animées. Des personnages vivants représentaient l'enfant Jésus, la sainte Vierge et saint Joseph, les rois et les bergers, voire le bœuf et l'âne. Les paroles que chantaient ces divers personnages sont devenues les noëls populaires.

Il paraît qu'il y a moins d'un siècle, à Valladolid, on donnait

1. *Parey*, muraille, de *parietem*.
2. *Vartoya*, tripotée, littéralement une « retournée ». De *vertere*.
3. A Lyon *écramaillé*. La première partie du mot répond à un radical *carp*, qui est dans *carpere*, et a trouvé de nombreuses applications dans le sens de meurtrir, blesser ; la seconde répond au vieux français *mailler*, écraser à coups de marteau.

encore une représentation de ce genre dans la nef de la cathédrale. « Parmi les personnages en scène, dit l'auteur que j'ai sous les yeux, il y en avait qui portaient des masques grotesques, des habits singuliers. Leur folle et sainte joie se manifestait au bruit des chansons, des castagnettes, des tambours de basque, des guitares et des violons, que l'orgue renforçait de ses mugissements. Dans l'intervalle, ce gigantesque instrument jouait des chaconnes, et hommes, femmes, filles et enfants entraient en danse, portant des bougies allumées à la main. »

On conçoit facilement que cette façon de célébrer une fête religieuse ait dû être proscrite par l'Église. La dévotion ne tend pas à renouveler aujourd'hui des fêtes aussi profanes. Cependant on ne peut s'empêcher de remarquer qu'elle prend, en ces derniers temps, comme une physionomie d'outre-monts et d'outre-Pyrénées.

Il me souvient que, dans mon enfance, on n'avait point accoutumé, si ce n'est peut-être dans quelques couvents de religieuses à qui ces innocentes distractions étaient bien permises, on n'avait point accoutumé de faire à l'intérieur des églises les représentations figurées, les personnages de cire habillés d'étoffes voyantes, les grottes peintes en décors de théâtre, tous ces objets d'une dévotion quelque peu grossière et enfantine que nous voyons aujourd'hui. Ce sont, en général, les moines qui nous ont valu cela. Dans notre jeune temps, à nous autres vieux, le clergé des paroisses, qui avait les vieilles traditions et l'esprit lyonnais, était le grand nombre, et les moines le petit. Le séculier primait le régulier. La proposition a été retournée, et dans les modifications subies par l'esprit religieux dans notre bonne ville, il faut pour beaucoup faire entrer en compte l'influence des très nombreux ordres qui sont venus s'y établir.

Il y a déjà quelques années que, dans la chapelle d'un ordre dont le centre principal est en Espagne, on vit s'introduire pour la messe de minuit un usage singulier, et que les Lyonnais trouvèrent un peu bien à l'espagnole. Les fidèles étaient assemblés en silence, attendant le commencement de l'office, lorsque tout à coup des chants sacrés retentissent de l'intérieur du couvent, les orgues jouent, les cloches sonnent à volées, et l'on voit bientôt apparaître une procession magnifique. Un célèbre révérend père [1], qui ne fit pas moins de bruit sous l'habit qu'il en avait fait comme artiste dans le siècle, portait à la suite de la procession une poupée, fabriquée et parée par de pieuses mains, et figurant l'enfant Jésus, qu'il vint déposer solennellement sur l'autel. Et les bonnes âmes, en voyant la richesse et la perfection du costume de l'enfant, de se répéter à voix basse, entre elles, avec admiration : « C'est mademoiselle G. qui l'a fait ! »

Il est à croire que notre vieux et charmant théâtre enfantin de la *crèche*, — disparu, hélas, comme tant de choses ! — n'était qu'une réminiscence des représentations religieuses, au moyen âge, du mystère de la Nativité. On ne s'expliquerait pas autre-

1. C'était le R. P. Hermann.

ment le nom de *crèche*, donné à la fois au théâtre et à ce qu'on y jouait, et la perpétuité de la représentation de la même pièce avec les mêmes détails. Il est vrai qu'aujourd'hui cela n'est plus, et que ce qui a gardé le nom de crèche dans le langage lyonnais (ainsi les noms survivent aux choses) n'est plus qu'un simple théâtre de marionnettes où l'on joue *la Biche au bois* ou quelque opérette en vogue expurgée.

Mais qui de nous, parmi ceux qui ont passé la cinquantaine, ne se souvient de la crèche de la rue Ferrandière qui disparut, en 1846 ou 47, dans le percement de la rue Centrale, et qu'on tenta vainement de ressusciter un peu plus tard ? La crèche, quel mot magique ! Rien que le son de ces deux syllabes fait encore plaisir à entendre, tellement il rappelle ce qu'on éprouvait quand la mère disait : « Si tu es bien sage, je te mènerai jeudi à la crèche ! » En rêvait-on jusqu'au jeudi, Seigneur ! et combien de nuits après ! A-t-on éprouvé, depuis, dans la vie, un bonheur comparable à celui-là ? Qui oserait dire sincèrement que oui ? Pour moi, si l'on m'eût alors demandé en quoi pouvait consister le paradis, j'aurais, sans hésiter, répondu que c'était un endroit où l'on jouait la crèche pendant toute l'éternité !

Je n'ai point vu le temps où, dit-on, la *crèche* seule composait toute la représentation, toujours la même, et dont les petits spectateurs rapportaient comme une sorte d'impression religieuse, une vision des réalités dont ils avaient lu le récit dans leur petite histoire sainte. Mais du moins, de mon temps encore, la crèche était toujours le morceau permanent, traditionnel de la représentation. On y joignait quelque pièce enfantine. J'ai gardé souvenir d'une qui avait nom *Séliko ou le Petit nègre.*

Ah! la crèche, était-ce beau, mon Dieu! Ses rois, avec leurs beaux manteaux rouges, lamés d'or! Ses bergers agenouillés et leurs agneaux blancs, et ces petits anges volants, avec leurs banderoles, qui chantaient de jolis cantiques! C'est bien cela qui devait ressembler au paradis!

Ce qui marque combien notre crèche était nôtre, à nous Lyonnais, que c'était bien une tradition de l'endroit, c'est qu'il y figurait des personnages lyonnais, tout comme dans les noëls que j'ai cités tout à l'heure.

Les Lyonnais, c'étaient deux types légendaires et invariables : le père et la mère Coquart. Les noms seuls ne sont-ils pas assez du crû? Ils portaient le costume du dix-huitième siècle, et je vois encore l'habit marron à boutons d'or du père Coquart, ses culottes courtes, ses bas chinés, ses jarretières à boucles, son tricorne et son salsifis par derrière; la coiffe à barbes, bien blanche, et la robe de toile peinte, à grands ramages, de la mère Coquart. Ils arrivaient en retard, tout essoufflés, au milieu de l'adoration. Ils entraient par la coulisse de droite.

Le père Coquart portait sa célèbre lanterne, souvenir du temps où les rues de Lyon n'étaient pas éclairées et où personne ne sortait sans falot. Il entrait en chantant :

Pour   nous rendre à Pa - ler - me, Al - lons, mère Co-

quard, Il est tard, Et sui - vez bien ma lan - ter - ne, Car

il fait du brouil - lard.

LA MÈRE COQUARD

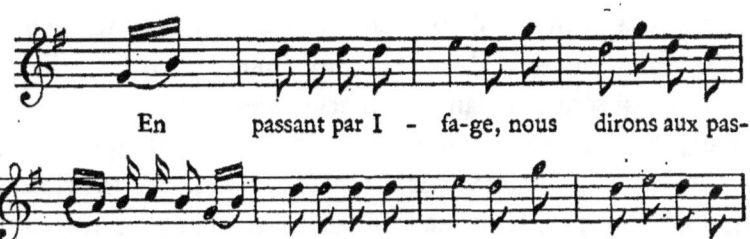

En passant par I - fa-ge, nous dirons aux pas-

teurs Qu'un Sauveur vient de naître au vil - la - ge, Pour fair' notre bon-

heur. Pour, etc. D. C. [1]

Je n'ai jamais su ce que le père Coquart allait faire à Palerme, ni où est situé Ifage. C'est une question à soumettre au prochain congrès archéologique.

Le mari et la femme, comme bien s'accorde, se disputaient tout le temps qu'ils étaient en scène, mais naturellement aussi, la femme était la plus grondeuse. C'était le père Coquart qui

1. Je dois à mon président à l'Académie du Gourguillon, le sieur des Guénardes, le texte exact de cette chanson qui n'était restée qu'incomplètement dans ma mémoire, et dont il m'a noté la musique, aussi bien que celle des divers morceaux qu'on trouvera plus loin.

n'éclairait pas la mère Coquart ; c'était le père Coquart qui
allait trop vite ; c'était le père Coquart qui allait trop doucement. Enfin ils débitaient à l'enfant divin un joli petit compli-
ment et, s'en retournant, recommençaient à se disputer.

*
* *

Mais il y avait encore à la crèche deux autres Lyonnais.
Voyez-vous bien ces deux niches à droite et à gauche de la
scène ? Elles sont défendues des regards indiscrets par un rideau
vert. Nous sommes dans l'entr'acte. Les enfants babillent,
crient ; on sent une bonne odeur de pelure d'orange ; les
bonnes tapent ; les mamans grondent. Soudain, un violent
coup de sonnette. Tout se tait par enchantement ; les morceaux d'orange eux-mêmes s'arrêtent dans leur voyage jusqu'à
la bouche. Le rideau de la niche de droite se tire tout seul. Que
vois-je, ô ciel ! un joli petit automate ! C'est un gnafre, un
savetier dans son échoppe. C'est, trait pour trait, ce savetier
dans son échoppe en plein vent, sur la place des Cordeliers, en
face de la Grenette, vous savez ? Elle touche l'échoppe du marchand de faïence, et, derrière elle, se pressent par centaines,
jusqu'à la rue de la Gerbe, ces longs chars de Comté, que
domine la haute colonne du méridien, et sa statue qui tient
une poêle à rissoler les marrons, pour marquer les heures.

Le petit savetier, vêtu toujours à la façon du dix-huitième
siècle, a son tas entre les jambes. Il se met à battre en cadence
un petit cuir : pan ! pan ! pan ! Cependant il chante, sur un
vieux rythme lyonnais, une chanson naïve et morale dont j'ai
seulement retenu un couplet et le refrain :

Les temps sont bien durs,
Ah oui, bien plus durs
Que le mur
De ta boutique !

Frappe ton cuir, enfant de la manicle,
Et ton cœur sera toujours pur ! (*bis*)

Mais quoi ! un autre entr'acte. Cette fois, l'on est sur ses
gardes ! — C'est le tour du rideau de gauche ; voici le gentil
gagne-petit. Il ressemble trait pour trait au petit rémouleur,
dans ce délicieux tableau de Grobon, qui est au musée des
peintres lyonnais. Bzzzzz..., bzzzzz..., fait la meule ; on entend
le clapotement : pah..., pah..., pah..., de la pédale qui la fait
tourner ; on voit les étincelles jaillir comme un feu d'artifice de
la lame du couteau qu'aiguise le gagne-petit. Celui-ci chante
aussi, mais j'ai oublié sa jolie chanson. Ma mémoire s'est
refermée sur elle, comme les ronds de l'eau sur la pierre qui y
est tombée.

*
* *

Fin de compte, les joies épuisées, les petits accablés d'émotions, venait l'heure de rentrer au giron maternel. Avant le
départ, les gens du théâtre, comme si c'eût été l'âme invisible
de la crèche, chantaient le bonsoir à leurs petits hôtes. Ces
voix célestes qui tombaient des frises étaient d'un mystérieux !...

Mes petits enfants,
A vos bons parents

Soyez toujours bien obéissants, ou quelque chose comme
cela, car ma méchante mémoire m'oblige à le mettre en prose...

Dans le doux espoir
De venir nous voir
Le jeudi et la dimanche [1].

Il existait aussi, en rue Noire, une autre crèche plus ancienne, mais dont j'ai gardé un souvenir plus vague, ne l'ayant vue que dans la tendre enfance. Celle-ci avait mieux conservé les traditions des mystères du moyen âge, dont elle était évidemment une continuation affaiblie, à l'usage des enfants. Le spectacle se composait non seulement du mystère de l'adoration des mages et de celle des bergers, mais encore de ceux de l'Annonciation, du massacre des Innocents, etc.,etc., et d'une pièce, ordinairement à brigands. Il se terminait par des tableaux mouvants : port de mer avec une tempête ou quelque chose de ce genre.

Voici un fragment du mystère des Innocents :

UNE MÈRE (à genoux aux pieds d'Hérode).

(*Elle chante avec une expression douloureuse et sentimentale, comme dans les airs de Verdi.*)

Pour mon en-fant ! Pour mon en-fant ! Seigneur je vous demande

---

1. *Dimanche* féminin, à la lyonnaise, n'est point une corruption du français ; c'est au contraire la forme correcte étymologiquement, car c'est *dies dominica*, où *dies* est féminin.

grâ-ce ! Pour mon en-fant ! Pour mon enfant ! Épargnez ce pauvre inno-

cent !

HÉRODE (avec fureur).

(*De plus en plus comme dans Verdi.*)

Non, non, tu n'auras pas ta grâce ! Pour ton enfant ! Pour ton enfant !

Pour rendre l'intelligence des mystères plus facile, un homme debout sur le théâtre expliquait la scène.

Les intermèdes n'étaient pas ce qu'il y avait de moins agréable. Sur le théâtre, on voyait la mère Gigogne. D'innombrables enfants, tout petits, sortaient de dessous ses jupes et se mettaient à danser avec elle. Après quoi la mère Gigogne devenait un ballon avec une nacelle, dans laquelle on fourrait tous les enfants, et le tout de s'élever dans les frises. N'était-ce pas vraiment extraordinaire ?

Dans un autre intermède apparaissaient de petites poutrônes toutes basses ; des nabots, qui avaient la tête dans le... contraire. Puis, en dansant, voilà qu'elles grandissaient, grandissaient, qu'elles en étaient immenses ! Puis elles se rapetissaient, rapetissaient, rapetissaient de nouveau à toucher terre. Cette transformation était si miraculeuse qu'elle en coupait la

respiration, positivement. Elle s'accomplissait sur un joli rigo-
don guilleret :

(*Ainsi de suite jusqu'à extinction de chaleur naturelle.*)

A droite et à gauche de la scène, comme à la crèche de la
rue Ferrandière, il y avait le rémouleur et le savetier et, de
plus, la Samaritaine. Le savetier ne chantait pas, comme en
rue Ferrandière, une chanson lyonnaise (comme en témoigne
le mot de manicle), mais une ariette parisienne du XVIIIe siècle.
Cette ariette devait être en vogue. Je l'ai souvent entendue
chanter. Après cela, ces personnes l'avaient peut-être apprise
en rue Noire :

l'on di-ra par - tout : Ti - re-pied met des bouts, En cordonnier ha - bi - le ! Etc.

*
* *

En Provence, on a conservé la coutume, la nuit de Noël, de bénir le feu en arrosant de vin la plus belle bûche que l'on a pu trouver et que l'on a réservée à cet effet. C'est habituellement un gros tronc d'olivier. L'usage, qui remonte au paganisme, n'existe pas chez nous. Nous ne petafinons pas le vin comme cela, mais on a aussi l'habitude de mettre au feu, la nuit de Noël, la plus énorme bûche, qu'on nomme la grobe de Noël. Nous avions surtout l'usage du réveillon. — L'a-t-on conservé ? Fait-on encore le réveillon ? N'étant renseigné que sur ce qui se passait autrefois, mais non sur ce qui se passe aujourd'hui, je serais bien aise de l'apprendre.

Il me souvient seulement d'avoir trouvé fort ennuyeux ces réveillons dont je m'étais promis merveilles. On revenait d'un interminable office de minuit et des trois messes qui l'avaient suivi, engourdi par le froid, dodelinant de la tête, sans appétit, et plus idoine à regagner son lit à la hâte en grelottant, qu'à faire fête au cervelas, qui était le fondement le plus solide du réveillon. C'était, il est vrai, sauf à se revancher le lendemain sur l'oie, la savoureuse oie de Noël, autour de laquelle s'assemblait toute la famille.

J'ignore si c'est l'effet d'un esprit chagrin ou d'un estomac morose, mais il me semble que les oies des beaux jours de Noël de ce temps-là avaient la chair plus légère, qu'elles excitaient davantage l'appétit, et surtout qu'elles se mangeaient d'un cœur plus joyeux.

24 décembre 1872.

LES BUGNES

EMAIN, par toute la France, c'est le dimanche des Brandons. A Lyon, c'est le dimanche des Bugnes. Jusqu'aux plus simples savent qu'on appelle le premier dimanche de carême le dimanche des Brandons parce que, jadis, le populaire avait accoutumé, ce jour-là, d'allumer des feux autour desquels on dansait. De l'origine de l'usage, je ne sais rien. Je ne sais non plus s'il existe encore sur quelques points du Lyonnais. Il va se perdant au pays que j'habite, mais il n'a point disparu complètement, et demain au soir, de la fenêtre de la chambre où j'écris, je verrai s'allumer cinq ou six feux dans les granges isolées de la montagne.

De mémoire des plus anciens, à Lyon, on appelle le dimanche des Brandons le dimanche des Bugnes, pour autant que c'est le premier dimanche maigre de carême et que, à seule fin de se réjouir encore un peu à l'occasion du feu carnaval, on y mangeait force bugnes.

*
* *

La bugne! voilà qui ne se connaît qu'à Lyon. A dix lieues on ne sait plus ce que c'est. Pour nos pères, c'était la grande consolation des longs jours de carême.

C'est que le carême ne badinait point en ces temps. Le jeûne et le maigre duraient quarante jours, d'arrache-pied. Un seul repas, à midi; le soir, une collation où n'entraient ni poissons, ni œufs, ni beurre, ni lait, ni fromage. Ainsi que le cerf altéré soupire après les fontaines, ainsi, à mesure que s'approchait Pâques, soupirait-on après un tronçon de cervelas fumant!

Et notez que déjà les prescriptions s'étaient singulièrement adoucies. Je n'ai pas vu le temps où beurre, lait, fromage, étaient interdits au dîner même, mais chaque mandement faisait mention expresse de cette tolérance accordée à Lyon moyennant une aumône pour les séminaires. Une des tours de la cathédrale de Rouen, bâtie au XIIIe siècle avec des aumônes de ce genre, en garde encore le nom de *tour de beurre*. A Paris, on voyait dans les églises des *troncs pour le beurre*. Ils étaient remplacés à Lyon par des *troncs pour les séminaires*, ce qui était meilleur français et plus bienséant.

Le roi de France Charles V était de santé chétive. Il demanda au pape Grégoire IX l'autorisation de manger beurre et lait en carême. Le pape exigea un certificat du confesseur, un certificat du médecin, et imposa des prières et œuvres pies en échange de la permission.

Ces temps sont loin. Peu à peu le carême s'en est allé, et avec lui les bugnes, où s'en sont allées la noblesse, la royauté, et tant d'autres choses. Au fait pourquoi se charger l'estomac de bugnes, maintenant que l'on fait gras à peu près tout le carême? A mesure que l'on est plus à cheval sur toutes les infaillibilités, on devient plus coulant sur les austérités : cela fait compensation. Les dogmes sont durs; douces les pratiques. Et voilà comment les biftecks ont remplacé les bugnes !

Dans mon enfance, je parle de longtemps, déjà les prescriptions commençaient à s'amollir. Je ne sais plus quelle tolérance fut accordée d'abord pour la collation. Plus tard vint l'autorisation du gras pour les lundis, mardis et jeudis. Mais toute la semaine sainte, y compris le dimanche des Rameaux, restait maigre. — Puis on accorda le dimanche des Rameaux. En 1873, pour la première fois, le gras fut permis, dans le diocèse de Lyon, jusqu'au mercredi saint. Déjà l'on en était venu à autoriser l'usage de la graisse pour la préparation des aliments. Le carême ne sera bientôt presque plus qu'un nom, comme les pénitences de la primitive Église, qui duraient quarante ans, et les pèlerinages, accomplis pieds nus et les bras chargés de chaînes de fer, sont devenus les inoffensives pénitences des confesseurs et les trains de plaisir pour Lourdes.

La bugne était considérée jadis par les Lyonnais comme un aliment délicieux. Dans mon jeune temps, les plus célèbres étaient celles de la rue de l'Aumône, une vieille rue que le percement de la rue Impératrice a fait disparaître. Au coin, dans une niche, si la mémoire ne me faut, il y avait la statue d'un lépreux. Le dimanche des bugnes, c'était grand'fête. Je vois d'ici les deux arcs de la boutique, sans devanture[1], en pierre noircie par les vapeurs huileuses, décorés, comme en manière d'arc de triomphe, de festons de buis vert, auxquels on attachait d'interminables chaînes de bugnes. Les guirlandes, suspendues en plein vent, envoyaient au nez des passants leurs effluves appétissants; leur couleur dorée, chaude, éveillait la concupiscence et si, dans le paradis terrestre, l'arbre dont Ève cueillit la pomme eût porté des bugnes, ce n'est pas un seul jour, une seule heure d'innocence, qu'eussent compté nos premiers parents !

Aujourd'hui je trouve la bugne médiocre et encombrante. — Est ce qu'on les fait moins bonnes ? — Je le crois. Pourtant il me souvient que, tout enfant, j'étais assez corrompu déjà pour leur préférer les cuisses de poularde. Mais tout le monde n'était pas aussi gourmand, et je me rappelle qu'à la maison c'était une fête que d'en manger. On les mettait à réchauffer sous le « dôme du poêle », car de la rue de l'Aumône, ou de la rue Belle-Cordière[2] où se trouvait une autre fabrique renom-

1. Sous le premier Empire et encore sous la Restauration il n'y avait ni devantures ni vitres aux magasins, fermés par des volets à coulisse. Les magasins de lingerie, draperie, etc., étaient tout ouverts et garnis de pièces appendues. La mode des déballages en dehors nous ramène à ces temps. Mais à l'époque des bugnes de la rue de l'Aumône, déjà il n'y avait que peu de magasins qui n'eussent des devantures ou, pour parler plus exactement lyonnais, des « fermetures ».

2. La rue Belle-Cordière occupait alors en longueur (mais non en largeur) la partie de la rue de la République comprise entre la place Le Viste et la rue Confort. Les maisons du côté orient ont été conservées.

mée, elles avaient le temps de se refroidir. Or rien n'est mauvais, à mon sens, comme une bugne froide, si ce n'est une bugne caffie.

*
* *

L'amour des Lyonnais pour la bugne date de loin. Voilà cent cinquante ans qu'il en existait une fabrique, en rue Paradis, tenue par une excellente fille qu'on nommait la Jeanne. La rue Paradis, dont il ne reste qu'un petit tronçon, allait autrefois de la rue Confort à la rue de l'Hôpital.

Après vingt années de travail, la Jeanne avait pu placer vingt mille écus, qu'elle perdit dans une banqueroute. Elle en mourut de douleur.

A la Jeanne succéda « Mme Gorguet, nom si connu, et qui est encore en vénération chez tous les amateurs de bugnes, » dit Pierre Laurès, chirurgien de Lyon, dans son *Supplément aux Lyonnois dignes de mémoire.*

Laurès raconte qu'il a connu un respectable personnage, doyen de l'Académie [1], et des capitaines Pennons, qui aimait les bugnes à la fureur. « Il s'en régaloit tous les soirs chez une de ses bonnes amies, qui ne les aimoit pas moins que lui, quoiqu'elle trouvât quelque chose de plus fin et de plus relevé dans la friture de Rongeon [2]. Après avoir fait de la musique ensemble, ils se mettoient à table; c'est là qu'on les voyoit

---

1. Il ne s'agit pas de l'Académie de Lyon, mais d'une école d'équitation et autres arts libéraux (escrime, danse, blason, etc.). Cela s'appelait alors académie.

2. Rongeon était le traiteur favori du temps. Sa boutique était rue du Verd-Galand, aujourd'hui du Garet.

tous deux, une bugne à la main, chanter ce beau *duo*, dont la musique étoit du fameux Lulli :

> Hélas ! une chaîne si belle
> Devroit être éternelle !
> Hélas ! de si tendres chaînons
> Devroient être plus longs !

« La musique fut continuée par un impromptu de la dame, elle céda aux instances de son ami qui l'en pria, et chanta : *C'est la Gorguet qui console de la friture de Rongeon. — Mangez, mangez, mangez, qu'attendez-vous ?* — L'ami enchanté battit des mains et acheva par un autre impromptu de sa façon : — *Ma foi, madame, je suis saoul !* »

Comment se fabriquent les bugnes ? L'on sait que ç'est une poignée de pâte, façonnée en couronne et frite dans l'huile. Mais de quoi se compose la pâte ?

A priori j'ai affirmé : il n'y entre ni beurre, ni œufs, ni lait. Mon argument est que, de tout temps, les bugnes « ont été collation », comme cela se disait.

Cependant je n'ai pas voulu m'en tenir à cette raison démonstrative, trop purement cartésienne, et j'ai tâché à vérifier les choses « expérimentalement », à la façon moderne.

A celle fin je me suis adressé à un mien ami compétent, déjà nommé, le sieur des Guénardes, érudit comme pas un, et spirituel autant qu'il est érudit. Je ne saurais faire mieux que de transcrire sa réponse :

Louis, sieur des Guénardes, bourgeois et citoyen de Lyon, à son très honoré l'Ancien de Lyon [1], maître ès arts en la même ville, qui de ce l'avoit prié et requis, adresse l'avis suivant :

Ici, le sieur des Guénardes me donne l'opinion de gens qui ont parlé sans savoir, comme, hélas! trop de Français. L'un dit qu'il y faut des œufs, sans quoi la pâte serait caffie; l'autre, du beurre. Ni les uns ni les autres n'en savent rien. Puis le sieur des Guénardes continue :

Conclusion, à l'issue d'une conférence sérieuse, tenue le mercredi, 24e de février, ann. dom. m.dccc.lxxviii, ès boutiques du sieur Prost, maître pâtissier en rue Saint-Jean, entre le susdit sieur des Guénardes, la dame Prost, maîtresse de cette ancienne maison de pâtisserie, et le sieur N..., marchand de farine en la même rue, lequel s'étant arrêté sur l'huis de la bouticque, pour traicter d'affaires avecque la dame Prost, a pris part à la discussion et lui a fourni ce qu'il en savoit, il a été reconnu que les bugnes ne contenoient ni laict, ni beurre, ni œufs, et se faisoient avec de la farine, de la levûre de bière ou de grain ensemble délayé dans de l'eau et frit dans l'huile; le tout est de bien frire.

Et de fait, ledit sieur se souvient parfaitement que deux parentes de sa femme, Mme la douairière de Bellescise et Mlle Mazuyer, avoient coutume d'user de bugnes à leurs collations de caresmes, ce qu'elles n'eussent pas praticqué si les bugnes avoient contenu des œufs, du

---

1. Puitspelu écrivait alors sous le pseudonyme de l'Ancien de Lyon, comme il a écrit sous les pseudonymes de *Clairvil, Eugène Pellerin, Lugdunensis, S. Ray, un lecteur de* l'Univers, *Talbot, C. Ruessit, C. Strusie, Clair, Thévenot, Ignotus, Valère, Clément Durafor, Ed. Girard, Petirentié, Sébastien Goujon, C. Muller, Jules Bagasse, Un vieux Républicain, E. Peudechose, Agricol Duventoux, Un vieux Conservateur, E. Robert, Trois étoiles, Deux étoiles, Une étoile,* et quelques autres qu'il a oubliés.

beurre ou du laict, vu qu'elles étoient très dévotement attachées à nostre saincte Religion et exactes à en remplir les devoirs.

En foi de quoi ledit sieur a signé et paraphé la présente déclaration pour servir à ce que de droit.

Signé LOUIS, sr DES GUÉNARDES.

Avec la bugne proprement dite, nous avons la bugne à l'éperon qui est une sorte de beignet plein, en pâte ferme, craquante, que l'on saupoudre de sucre. Elle est nommée *à l'éperon*, parce que les cuisinières se servent pour couper la pâte, aplatie en feuilles sur leur table, d'un instrument assez semblable à l'éperon du cavalier. La molette en dents de scie, tournant sur un axe, dentelle agréablement le bord de la pâte, qu'on plie ensuite en manière de chapeau de gendarme avant de la jeter dans la friture. C'est un entremets sucré fort agréable, mais il y faut de la bonne huile. Autrement, la bugne vous reproche.

Nous avons encore la *bugne à la rose*, autre façon d'entremets, de pâte plus légère, et parfumée comme son nom l'indique.

Nous employons aussi le mot *bugne* dans d'autres acceptions. Le regretté Armand Fraisse le cite, avec raison, dans le sens de chapeau à haute forme, et il donne pour exemple ce dialogue : — Venez-vous, baron? — Marquise, le temps de prendre mon bugne, et je suis à vous. — Le mot, dans cette acception, est de l'usage le plus correct.

Je me suis vainement cassé la tête et recassé pour saisir le lien mystérieux d'idées qui peut exister entre une pâtisserie de couleur rousse en forme de couronne, et un chapeau de couleur noire en forme de cornet de poêle. De plus, mystère profond, pourquoi, dans cette acception, a-t-on fait passer le mot du féminin au masculin ? Désespéré, je me suis adressé au savant docteur Athanasius Plumpsteiss, la gloire de l'illustre université de Sauerkrautberg. Même le docteur, qui a élucidé tous les problèmes de la philologie la plus ardue et dont le nom fait autorité dans la science, n'a pu éclaircir ce point obscur.

On emploie aussi *bugne* (au féminin) dans le sens de benêt, caquenano, etc. A Saint-Pierre, mon camarade Ricot, excellent, mais un tantinet susceptible, m'avait un jour prêté son vermillon, histoire de pocher un plan. Je ne sais à propos de quoi, moi de lui dire « grande bugne ! » — Ah, te me dis bugne ! rends-moi mon varmillon ! — J'en étais tout émarveillé, vu qu'entre amis on se dit grande bugne comme on se dirait grande bête.

Il n'est guère moins difficile d'établir le passage du sens de bugne, friture, à bugne, imbécile. Après cela il y a tant de locutions françaises qui ne sont pas plus intelligibles. Pourquoi dit-on « bête comme tout » ? — Je ne vois pas que tout soit plus bête que partie. Pourquoi dit-on « bête comme chou » ? — Je ne crois pas qu'un chou soit plus bête qu'une pomme de terre. On dit : « un drôle de pistolet ». — Je n'ai jamais trouvé que les pistolets fussent drôles ; et ainsi de tant d'autres choses.

Je crois bien que si l'on saisissait jamais la raison du passage du sens de bugne, friture, à bugne, imbécile, on pourrait saisir la raison du passage du sens de bugne, imbécile, à celui de bugne, chapeau à haute forme, car il me semble bien que lorsque j'ai un chapeau à haute forme, je me trouve, en effet, l'air plus bête qu'à l'ordinaire.

Au sens propre, bugne a passé dans une locution pittoresque, excellente : « Celui-là, quand il mourra, il est sûr que son âme montera au ciel droit comme une bugne. » Cela se dit de quelque honnête usurier, par exemple, ou d'un regrattier trop pitoyable.

Bugne est le même que le vieux français *beigne*, *bugne*, *bigne*, *beugne*, sortes de crêpes roulées et frites comme nos bugnes. De là, le diminutif *bignet*, aujourd'hui *beignet*. Bigne, dans ce sens, est lui-même identique au vieux français *bigne*, tumeur au front après un coup, qu'on retrouve souvent dans les auteurs du xve et du xvie siècle :

> Et une fois il se feit une bigne,
> Bien m'en souvient, à l'estal d'un boucher,

Dit le bon Villon. Le mot, au même sens, avec quelques légères modifications de forme, se rencontre dans plusieurs dialectes de l'Italie du Nord, et dans l'anglais *bunny*. La pâte gonflée par la friture a été comparée à l'enflure survenue après un coup. Le rapprochement n'est pas plus extraordinaire que celui de *boule* à *boulange*.

Quant à l'idée d'avoir exprimé par *bigne* une bosse au front, cela m'a tout l'air d'être venu par voie d'onomatopée. « Bign' ! voilà pour toi! » me semble une phrase toute naturelle. Comparez *roquer*, heurter, qui paraît bien tiré de l'onomatopée *rok*.

Mais, en dépit de l'identité des mots, combien n'est-il pas plus agréable de recevoir des *bugnes* que des *bignes !*

10 mars 1878.

LA SEMAINE SAINTE

 ’EST réellement quelque chose de très frappant que les cérémonies de la semaine sainte dans notre vieux rit lyonnais qui, dit-on, avait gardé beaucoup de choses de l’Église d’Orient. L’Orient a toujours eu le privilège de la grandeur, du mystérieux. Nos belles cérémonies de Saint-Jean ont ce caractère. Ce n’est aussi qu’en Orient qu’est le génie contemplatif. Nous autres Lyonnais, en aurions-nous de même hérité ? Le certain, c’est que nous sommes plus propres à la contemplation qu’à l’action.

*
* *

Le mercredi, à trois heures du soir ou environ, l’on commence ordinairement l’office de nuit ou de Ténèbres qui se dit également le jeudi et le vendredi. Les Ténèbres sont, à proprement parler, les matines et laudes des offices de ces trois jours. On sait que, dans l'usage de l'Église, les matines et les laudes peuvent se dire le matin du jour ou la veille au soir. Dans certains ordres religieux, comme les Carmes, on se lève la nuit pour les réciter.

Cet office est nommé Ténèbres, en commémoration des ténèbres mentionnées en ces termes dans l'évangile de saint Luc : *Erat autem fere sexta, et tenebrae factae sunt in universam terram usque in horam nonam. Et obscuratus est sol.* « Il était environ la sixième heure du jour, et toute la terre fut couverte de ténèbres jusqu'à la neuvième heure. Et le soleil fut obscurci. »

Les psaumes de Ténèbres se chantent sur un rythme sombre, lugubre. Ils alternent avec les *Lamentations de Jérémie*, un des plus beaux récitatifs du chant grégorien, qui en contient de si beaux. A Saint-Jean, elles sont chantées communément par quelque enfant à la voix bien timbrée, qui les dit avec une grande pureté. Il est difficile de résister à l'impression, quand la voix s'élève sous les voûtes en modulant tristement : *Jerusalem, Jerusalem, convertere ad Dominum tuum !*...

On avait autrefois accoutumé de faire grand bruit au moment où finissait l'office, lorsque, les lumières s'éteignant, l'obscurité existait ou était censée exister. C'était en souvenir des textes des trois évangiles synoptiques. Voici celui de saint Mathieu : *Et ecce velum templi scissum est in duas partes a summo usque deorsum, et terra mota est et petrae scissae sunt.* « En même temps, le voile du temple se déchira en deux depuis le haut jusqu'en bas ; la terre trembla ; les pierres se fendirent. »

Le peuple ne fait plus de bruit. On l'a trouvé sans doute contraire à la majesté du lieu. Mais l'indication du bruit, pour ainsi dire, se fait encore par le clergé. Au moment indiqué par le rituel, les prêtres laissent tomber avec fracas sur leurs supports de bois les sièges mobiles, les *miséricordes* de leurs stalles. J'ignore si la liturgie romaine, introduite récemment, au grand chagrin des bons vieux Lyonnais, a modifié ce détail caractéristique. Dans certains endroits, les enfants aident au bruit en frappant sur leurs bancs, qui avec son livre, qui avec un maillet.

Dans le Midi, le populaire a conservé sous une autre forme la tradition du bruit que l'on faisait à Ténèbres. Toute l'après-midi du Jeudi saint, les enfants parcourent les rues en agitant d'énormes crécelles de bois, qu'ils sont obligés de tenir à deux mains, tellement elles sont disproportionnées à leur taille. L'enfance, sans pitié, transforme en partie de plaisir ce que l'on avait conçu comme une marque de tristesse.

Du reste, du jeudi au samedi, les tintements de la clochette sont proscrits, comme trop joyeux, de l'intérieur des églises, et j'ai parfaitement souvenir d'avoir vu, dans mon enfance, le sacristain de je ne sais plus quelle paroisse se servir d'une crécelle en remplacement. Je ne puis dire, d'ailleurs, à quel propos, car l'office ne requiert point l'usage de clochette.

Mais ce ne sont pas que les tintements argentins de la clochette qui sont bannis. Le clocher, l'immense clocher lui-même, a perdu sa voix sonore : « Les cloches sont parties pour Rome ! »

*
* *

Car il n'est personne qui ne sache bien que les cloches vont
à Rome le Jeudi saint pour en revenir le samedi avant la messe.
Bien souvent, dans mon enfance, l'on m'a mené les voir passer
sur le pont Tilsitt, quand elles prenaient la route de Rome;
mais je ne sais comment nous nous y prenions, nous
arrivions toujours trop tôt ou trop tard. Avec ces cloches
capricieuses on ne savait sur quelle heure compter.

Cependant, une fois, nous arrivâmes assez à temps pour les
apercevoir de dessus le quai des Célestins. Je ne distinguai pas
parfaitement les cloches, il est vrai, mais je vis quelque chose
de blanc sur le pont. Ce devait être les cloches. Bien des gens
ont vu des choses merveilleuses, qui n'en ont pas vu davantage, et cependant n'en sont pas moins, comme j'étais, fermement persuadés.

Après tout, qui, dans sa vie, n'a pas vu quelquefois les
cloches partir pour Rome ? Honnêtes légitimistes, qui croyez
fermement que Dieu, dans un tonnerre, va déposer Henri V
sur le trône, après quoi nous serons en paradis, il n'y aura plus
en France ni vices ni passions, pas même les vôtres, et, au lieu
du Rhône et de la Saône, nous verrons se joindre à la Mulatière
deux fleuves de lait et de miel..., n'avez-vous pas vu partir les
cloches pour Rome ? — Radicaux dont M. Gambetta est
l'Henri V, qui pensez que la République de quelques-uns
doit être plus solide que la république de tous, et que, s'il est
malaisé de faire tenir un œuf sur le gros bout, il n'est rien de si
facile que de le faire tenir sur le petit..., n'avez-vous pas vu
partir les cloches pour Rome ? — Socialistes, qui jugez que le

crédit peut être gratuit, que le capital est un parasite, et que l'on peut mettre dans les conditions la même égalité que l'on doit mettre dans les droits..., n'avez-vous pas vu partir les cloches pour Rome? — Et nous tous, qui que nous soyons, jeunes ou vieux, un jour ou l'autre, n'avons-nous pas discerné quelque chose de blanc sur le pont Tilsitt, et très bien vu que c'était les cloches; et par dessus le marché dit des injures à ceux qui ne les voyaient pas!

*
* *

Pour les offices de Ténèbres, l'autel est faiblement éclairé, et à laudes, on place au milieu du sanctuaire un triangle de bois noirci, élevé sur un pied, et qui supporte sept lumières. Ce ne sont point des souches de fer-blanc, mais des cierges de cire jaune, comme pour écarter tout air de fête. Ces cierges jaunes ajoutent au lugubre. A mesure que chaque psaume est terminé, on éteint un cierge.

On prétend qu'autrefois ces cierges jaunes étaient le seul éclairage de l'église. Le dernier psaume récité, les assistants se trouvaient ainsi dans l'obscurité. C'est à ce moment qu'ils faisaient un grand bruit. Cet usage, s'il a jamais existé parmi nous (il existait encore naguère à Rome) ne pouvait moins faire que d'entraîner des désordres, et il a été sagement supprimé.

Une cérémonie très touchante, c'est le lavement des pieds qui se fait le Jeudi saint en commémoration de la belle scène que, seul des évangélistes, saint Jean raconte : « Jésus se leva de table, quitta ses vêtements, et, ayant pris un linge, il le mit à l'entour de lui ; puis, ayant versé de l'eau dans un bassin, il commença à laver les pieds de ses disciples et à les essuyer avec le linge qu'il avait autour de lui. »

Le curé de la paroisse, vêtu en aube et en amict, lave les pieds à douze enfants, assis en rang devant le grand autel, dépouillé, comme on sait, de ses ornements. Cette cérémonie se fait dans le silence le plus absolu, le jeudi, ordinairement vers les trois heures de l'après-midi. Les enfants reçoivent chacun une grosse brioche, outre quelque cadeau pour la circonstance. Dans de certaines paroisses on les habille à neuf.

*
* *

J'ai dit que, le Jeudi saint, l'on dépouillait le grand autel de ses ornements. Cela se fait après l'office du matin et la messe, lorsque l'on a porté en procession le saint sacrement dans le reposoir qui lui a été préparé. Sacristains et bedeaux se hâtent de déménager la croix, les souches, les chandeliers. Le sanctuaire prend comme un air de dévastation.

Mais le reposoir, le *paradis*, comme nous disons à Lyon, pour exprimer que le ciel lui-même ne peut pas être plus beau, le paradis, cependant, au bout d'une basse nef obscure, étincelle de ses milliers de lumières qui se multiplient dans les reflets des étoffes d'or ou éclatent comme des étoiles sur le velours mat des draperies. Les feux se pressent au centre ; puis ils vont en s'irradiant comme les rayons de l'ostensoir dont ils semblent être l'immense prolongement, jusqu'à ce que, sur les degrés de l'autel et dans les coins de la chapelle, ils se mêlent aux tons variés des fleurs du printemps. Un pallium de gaze transparente, placé devant le saint sacrement, en tempère l'éclat, et semble faire à l'hostie une atmosphère, une sorte de nimbe de nuages, destiné à ménager les clartés célestes.

Le paradis est particulier au rit lyonnais. Ailleurs (dans le Midi, du moins) le saint sacrement est entièrement caché, sans appareil. On décore la chapelle en forme de grotte sépulcrale, au lieu de la faire resplendir de lumières. Souvent, au fond de la grotte, le Christ mort est figuré par une statue de cire, quelquefois avec des anges autour.

Ah! les paradis! la belle chose lorsque l'on est enfant! On y pense un mois à l'avance. On se demande quelle église l'aura fait le plus beau. Dans mon enfance, celui de Saint-Bonaventure était célèbre. On va donc d'église en église faire ses stations, habituellement au nombre de sept, et l'on marche d'admiration en admiration, de merveilles en merveilles.

Le Jeudi saint est quelquefois ce qu'il sera demain, sans doute : temps aigre, noir, coups de soleil blafards alternant avec un grésil fouetté par la « traverse ». Mais, souvent aussi, c'est un jour printanier. L'après-midi il fait un soleil intense, un peu blanc. Un de ces temps moites, un peu lourds, pleins de langueurs, où l'on entend crever les bourgeons des lilas. Un vent du midi vous vient en tièdes haleinées. Les magasins sont fermés à deux heures. La foule emplit les rues, mais une foule non bruyante, et qui semble participer du silence des églises. Je parle de Lyon du moins. On glisse plutôt qu'on ne marche. Ce jour-là tous les Lyonnais et surtout les Lyonnaises sortent. On ne fait pas trois pas sans rencontrer un visage de connaissance. On a l'habitude à Lyon de faire grande toilette pour

« ses stations », non point toilette tapageuse, à Dieu ne plaise, toilette austère, encore d'hiver, mais on ne sortirait point en son à tous les jours. Ce n'est pas reçu.

En dépit de l'éclat des beaux paradis, je n'ai gardé de leurs visites dans mon enfance qu'une impression assez attristée, et, comme on mesure toujours les autres à son aune, je m'imagine que tels doivent être aussi les souvenirs d'autrui. Peut-être la mémoire de la lassitude particulière aux longues marches du printemps y est-elle pour quelque chose. Mais je crois plutôt que c'est le souvenir de la tristesse et du silencieux des églises. Le silence est terrible à l'enfance. Il n'est bon qu'aux morts, ou aux vieux, qui sont un autre genre de morts.

Encore aujourd'hui le silence des églises, pleines cependant de monde, m'est pénible. Ou plutôt non, j'ai tort, ce n'est pas un silence, c'est-à-dire un repos, c'est au contraire un insupportable bruit de pas dans le vide. Outre les fidèles, il y a, ce jour-là, un continuel passage de curieux qui vont, viennent, entrent par une porte, sortent par l'autre. On ne s'asseoit pas. Le plus souvent il n'y a pas même de chaises. C'est donc une marche, un glissement, un bchchch... bchchch... bchchch... bchchch... agaçant, incessant et constamment interrompu par le tintintintin!... tintintintin!... tintintintin!... du gros sou dont les dames quêteuses frappent sans relâche, durant des heures entières, le bassin de métal posé à côté d'elles sur une petite table et destiné à la quête.

J'ai toujours beaucoup plaint ces pauvres dames, assises (quand elles ne sont pas debout) dans une église glacée, à côté d'une porte ouverte d'où leur souffle un air chanin sur la nuque, les pieds sur des dalles souvent d'autant plus humides qu'au dehors l'air est plus tiède et plus sain. Elles restent là de mortelles heures, coudoyées, poussées par toute espèce de gens : des propres, des moins propres et des pas propres; n'ayant d'autre consolation que la pensée d'accomplir une bonne œuvre, et de faire toujours : tintintintin !... tintintintin !... tintintintin !...

Mais au Jeudi saint n'était pas réservée que la joie des paradis. Parlons un peu voire de ces bonnes « cènes bénites, bénites cènes », que de braves femmes tenaient étalées par centaines à la porte des églises. Ce sont des gâteaux sans beurre (à cause de la collation ou de l'économie), faits au safran, d'un jaune vif, et plus beaux aux yeux que bons à la bouche. Mais n'importe, dans mon enfance ils étaient délicieux.

Les bonnes femmes, toutes vieilles, appelaient les chalands sur un instrument qui, tout en faisant du vacarme, ne participait en rien de la solennité proscrite de l'airain. C'était un bloc de bois plat et carré long, terminé dans sa partie supérieure par une manette en fer et fixe, tandis qu'une autre manette, mobile, était attachée verticalement sur le flanc du bloc de bois. Cela ressemblait à cet instrument énigmatique que portent suspendu à la main certaines figures des bas-reliefs égyptiens. La première fois que j'ai vu de ces figures, j'ai été convaincu qu'elles représentaient des vendeurs de cènes.

En imprimant au poignet un vif mouvement de va et vient, la manette mobile venait frapper avec force contre le bois : cla

cla cla cla ! — Et durant ce temps, la bonne femme de s'égosiller d'une voix criarde : « Cènes bénites, bénites cènes ! »

*
* *

Comme bien d'autres choses, la semaine sainte ne tient pas chez les catholiques d'aujourd'hui la place qu'elle tenait chez les catholiques d'autrefois. Dans la primitive Église, on s'interdisait pendant cette semaine les plaisirs les plus innocents. Les fidèles même ne se donnaient point à l'église le baiser de paix accoutumé. Tout travail était défendu. Jusqu'aux tribunaux restaient fermés. Suivant un usage qui nous paraît singulier, quoique fort touchant, on délivrait des prisonniers. C'était une œuvre jadis fréquemment pratiquée.

J'ai sous les yeux le testament du dernier des Mornieu, François, fils de Melchior, seigneur de Grammont. Les Mornieu sont une famille bien connue. Le grand-père de François était André, le même Mornieu qui aurait été, s'il en faut croire le récit de Ricaut, l'un des plus féroces instigateurs du massacre des calvinistes à Lyon ; le 30 août 1572.

François de Mornieu ou Demornieu (car on le trouve sous les deux formes) fit son testament le onzième de mai de l'an 1684, un testament tout rempli des terreurs de la mort. J'y lis la clause suivante :

Item. Je donne et legue à messieurs les recteurs ou ajant droit de recevoir des pénitents de la Miséricorde, la somme de quatre cent vingt cinq liûres pour une fois, lesquelles je veus estre employée à sortir des prisonn. Royaux de cette ville *dix prisonniers* qui soient pauures y debtenus pour debtes, sans dol ni fraude, lesquelz seront obligés d'aller faire dire une messe, se confesser et communier à l'intention et redemption des ames de mes predecesseurs quy ont establi cette deuotion, et laquelle sera continuée à l'advenir pour la somme de septante cinq liures pour le *rachapt de deux prisonniers le iour du Jeudy Sainct,* touttes fois gens comme dessus a été remarqué.

Dans un autre testament de Lyonnais, celui de « Demoyselle Gabrielle Du Four, veufue et heritiere de Noble Guillaume Charrier, Sʳ de la Rochette et de Montceindre, » en date du 19 juin 1666, je trouve encore cette clause :

Je donne et legue la somme de deux cents liures pour estre employés du moment de mon decez a desliurer *quelques pauures prisonniers debtenuz pour debtes.*

C'était, paraît-il, de belles familles que ces Du Four et ces Charrier. Gabrielle, au début de son testament, remercie Dieu de ce que « par sa divine bonté il a prolongé sa vie et comblé sa famille de tant de grâces et faueurs. Mesme par une naissance de descendans de plus de CENT QUATRE-VINGTS ENFANTS qu'elle voit jusques à LA CINQUIEME GÉNÉRATION.... »

Mon Dieu, que ces classes dirigeantes auraient donc besoin de prendre modèle sur Gabrielle du Four !

Le sermon qu'on appelle la *passion,* c'est-à-dire qui roule sur la mort du Christ, se prêche dans nos églises de Lyon, le Vendredi saint, quelquefois le matin, plus souvent le soir. J'ai entendu attribuer à un missionnaire lyonnais de la fin du siècle dernier, cette histoire, que, pour frapper ses auditeurs dans un sujet un peu rebattu, il commença le signe de la croix :

In nomine Patris..., mais il s'arrêta comme hésitant et inquiet, au moment de dire *et Filii*. Il s'y reprit à trois fois, s'arrêtant toujours, et, comme ses auditeurs étaient déjà effrayés de ce qui semblait un accident cérébral, il continua d'une voix sourde : « Je cherche le Fils, et ne le trouve point !... Sans doute, ses ennemis l'ont tué !... » Et il entra par cette porte au cœur de son sujet.

Quoi qu'il en soit, le texte prête à l'éloquence attendrissante et il est de règle de voir pleurer les femmes à la passion, quelquefois les hommes. Dans un village presque à notre porte, baigné de soleil, dont les maisons étagées sur un coteau pierreux, mal accommodées et mal prises, s'égayent de treilles jaunissantes à l'automne, est un bonhomme de paysan fort simple. Voire, il vit loin de la voisinée, au fond de quelque campagne solitaire. Pas moins vient-il, chaque bon an, à la passion. L'an dernier, au retour, voilà qu'il est abordé par une connaissance. Je regrette de ne pouvoir donner au dialogue le pittoresque de l'expression et la modulation traînante et narquoise de notre patois :

— Eh bien, Baptiste ! d'où tu viens ?

— Eh, de la passion, tu vois !

— A-t-elle été bien belle ?

— Ah ! ne m'en parle pas, j'en suis encore tout maucœuré ! Mais c'est trop bête, aussi ! Je ne comprends rien à Notre-Seigneur ! Ne s'est-il pas encore cette fois laissé prendre par les Juifs ! C'est chaque année la même chose !...

10 avril 1873.

LES PROCESSIONS

L y a des gens qui me trouveront bien ridicule, mais je n'y puis rien, et même cela m'est bien égal : je n'ai jamais pu voir passer une procession, surtout à la campagne, sans quelque émotion. On aura beau se rebeller et faire son fort, le sentiment religieux tient par des racines jusque dans le fond de l'âme humaine. Or, tout ce qui est sincère, humain, je le respecte, je l'aime, je le sens. Ce n'est pas le sentiment religieux qui est artificiel, c'est le contraire qui est implanté de force dans l'homme, qui est *voulu*. Qu'on me permette d'avoir en horreur tout ce qui est *voulu*.

**

Une religion met toujours l'âme en présence de Dieu, et cette conception, fût-elle même inexacte, enfantine, si vous voulez, qu'encore elle représenterait le plus haut point de per-

fection que l'âme, en son état de développement, serait capable
de se figurer. On ne m'en voudra donc pas de trouver que
ceux qui se révoltent contre ce sentiment instinctif se privent
volontairement d'une sorte de sens esthétique et moral. Il n'y
a pas grand' satisfaction à se priver d'une jouissance élevée ; il
n'y a pas grand' gloire à ne pas goûter Homère ou Raphaël.

Mais, comme tous les sentiments intimes, profonds, qui
partent des entrailles, le sentiment religieux, si par malheur il
n'est pas entièrement, absolument sincère dans ses manifestations, s'il s'y mêle un grain d'impureté : ostentation, *pose*, pha-
risaïsme ; si l'on entrevoit qu'il n'y a pas en lui l'absolue sim-
plicité du cœur ; si l'on devine, par exemple, qu'il n'est qu'une
couverture pour une passion politique ou privée, il révolte
autant qu'il avait attiré. C'est un or qui ne souffre pas d'alliage.
Cette sorte de lame de rasoir que vous croyez avoir le long de
l'épine dorsale, lorsque vous entendez un homme exprimer
quelque beau sentiment qu'il n' éprouve pas, cette lame de
rasoir, je sens aussitôt son froid glacé, si je me trouve en présence d'un homme qui « se commande » son sentiment religieux, au lieu d'en être commandé. J'ajoute que le châtiment
de tout ce qui veut être beau et n'est pas sincère, c'est le ridicule. C'est ainsi qu'entre le sublime et le ridicule il n'y a souvent pas l'épaisseur d'un cheveu de vierge.

Les processions dans nos campagnes du Lyonnais, un peu
loin, ont bien plus de charme que celles de la ville. Outre que

nos rues sont bien tristes à côté de ces chemins des champs, bordés de haies par dessus lesquelles la vue s'étend sur les prés, les vignes, les moissons, jusqu'à ces beaux profils des montagnes, d'où le soleil, à son coucher, vous envoie ses longues flèches d'or, il y a, dans nos villes, quelque mélange de choses d'ordres divers. Il y a davantage pour l'extérieur. Il y a des militaires, des musiques de régiment qui jouent de vulgaires pas redoublés. Tout cela n'a pas bien le caractère religieux. Puis il y a un public, une galerie, des regardants et des regardés. A la campagne, il n'y a que des fidèles. Pour spectateurs, les alouettes dans leurs nuages.

Cependant, nos processions de la ville ont leur beauté et leur touchant. J'aime de préférence celle de Saint-Jean. D'abord parce qu'ordinairement elle a quelque chose de plus grave que les autres. Puis elle personnifie un peu ma vieille cité. Mon vieux sang de Lyonnais s'échauffe quand je vois de loin s'avancer la bannière du chapitre, qui n'a qu'un lion héraldique, sans plus, sauf dans le bas deux petits écussons écartelés que je n'ai pu discerner hier et qui représentent sans doute les armes pontificales et celles du chapitre. Dans mon jeune temps, la bannière portait cette belle devise : ECCE LEO TRIBU JUDA. Elle a disparu sur la nouvelle bannière. Je suppose que celle-ci est plus archéologique et que la devise était peut-être d'addition récente.

Il y a quelques années, on avait essayé de remplacer la bannière du Lion par une bannière faite à Munich. A ce moment on était engoué de cet art allemand, prétentieux, mièvre, et sans aucune science sérieuse, auquel on a essayé de faire une réputation. On pouvait s'étonner, avec raison, qu'on n'eût pas demandé à Lyon, si célèbre par ses tissus et ses ornements d'église, ce qu'on était allé chercher si loin pour si piètre résultat. Quoi qu'il en soit, la bannière de Munich ne parut heureusement qu'une seule année.

Ce n'est pas qu'il n'y ait beaucoup à faire pour améliorer notre goût lyonnais en matière de bannières. En général, elles sont atroces. On devrait d'abord penser que la bannière doit être surtout un *tissu*, et non un *tableau* avec fond, perspective, etc. On prétend que la première bannière fut la chape de saint Martin, portée dans les combats par le comte d'Anjou, grand sénéchal de France. Ce qui est certain, c'est que, durant le moyen âge, les bannières ne furent que des tissus armoriés. On doit proscrire absolument de la bannière la peinture à l'huile, et encore plus la broderie en relief. Il y a, à Lyon, tous les éléments pour faire de belles bannières, d'un bon goût. Nous avons des fabricants qui sont eux-mêmes des artistes consommés.

*
* *

Me permettra-t-on de trouver que la procession de la primatiale va perdant un peu de sa gravité? Elle se laisse aller au pli nouveau. Sans doute, ses longues files de clergé, séminaristes portant surplis à la lyonnaise, diacres et sous-diacres en dalmatique, prêtres en chape, lui maintiennent un caractère de solennité. Mais on y laisse introduire des manques de goût, pour lesquels il me semble que jadis on était plus sévère. On voit que nous sommes en pleine dévotion romaine. Hier, de gentilles fillettes, vêtues de blanc, portaient sur les épaules un monstrueux cœur enflammé, en or avec des points rouges. C'était hideux. Plus loin, on porte une petite statue de plâtre ou de cire, enluminée. Jusqu'à des tableaux avec leurs cadres. Ce n'est pas de nos vieilles traditions lyonnaises. Et ces petits enfants déguisés en Jésus-Christ, avec une couronne d'épines sur la tête, c'est très mignon peut-être, mais, quoi qu'on fasse, cela sent sa mascarade. Laissez-les, je le veux bien encore, dans les paroisses, pour la plus grande joie des parents et l'admiration des bonnes femmes, mais qu'au moins la sévérité de notre vieux rit lyonnais ne soit pas altérée où l'on doit surtout la chercher, à la primatiale.

C'est surtout dans la première jeunesse que les cérémonies religieuses, et particulièrement les processions, font une impression vive et profonde. Il n'y a pas de sentiment qui soit plus en harmonie avec l'âme du jeune homme que le sentiment religieux. Il se fait, à l'adolescence, comme une ouverture du cœur sur toutes les choses élevées et belles, et tous les amours se confondent. Le dévouement à une idée et le dévouement à quelqu'un se tiennent de si près, à cet âge où les ardeurs n'ont d'égales que les puretés !

Mais, à cet âge aussi, rien dans la procession ne produit plus d'impression que la vue de ces longues files de robes blanches. Encore aujourd'hui, en cheveux grisonnants, je ne suis pas certain d'y être absolument insensible. Pourtant, à parler franc, et sans vouloir médire de nos belles jeunes filles d'à présent, il me semble que celles d'autrefois étaient encore bien plus belles !

— A moins que ce ne soit ma vue qui ait baissé. — Il me souvient d'en avoir vu d'admirables, mais une encore plus que
toutes les autres. Je la vois encore. C'était la seconde au troisième rang, à gauche, dans le chœur des chanteuses. Brune, à
la joue veloutée, dans la fleur de ses quatorze ans, elle semblait
moins encore enveloppée dans les plis de son long voile blanc
que dans un nuage de piété céleste. Je vous assure que c'était
très beau, quand ces petites entonnaient de leurs voix douces
et comme émues, un vieux motif, naïf et doux, que je voudrais
pouvoir écrire comme je l'entends encore dans mon oreille :

> Le monde, trompeur et volage,
> En vain m'offrirait sa faveur,
> Je n'en veux point ! tout mon partage
> Est de n'aimer que le Seigneur !

*
* *

Maintenant je reconnais volontiers que lorsqu'avec l'âge, le
sens critique s'est développé, il peut trouver à s'exercer sur
certains petits détails des processions qui sentent leur infirmité
humaine, comme tout en ce monde. Je connaissais un brave
artiste lyonnais, mort aujourd'hui, qui jouait à lui tout seul la
plus exacte et la plus amusante parodie d'une procession d'un
village aux portes de Lyon. Rien n'y manquait. Le garde-
champêtre, sabre au poing, avec une jambe de six pouces plus
courte que l'autre, ouvrait la marche. Le porteur de la bannière de la paroisse, faisant des efforts inouïs contre le vent, se
disputait avec ses aides : — « Prends donc garde au réverbère !
— Cré-nom ! j'y connais mieux que toi, voilà trente ans que

je la porte ! » Ou bien, lorsqu'il avait bu deux ou trois bou-
teilles pour se donner de la force, marmottant entre ses dents :
« J'y comprends rien qu'elle est tant pesante, c't'année ! l'année passée, je la portais comme le soulier de ma petite au bout
d'une fourchette ! » — Le jeune « courrier du saint sacrement, » habit noir, gilet blanc, affairé, le front couvert de
sueur, courant et recourant d'un bout à l'autre de la procession, à la main sa baguette d'ébène avec un petit ostensoir
d'argent au bout, en s'écriant constamment : « Allons, mesde-
moiselles, pas de lacunes ! pas de lacunes ! » — Les petits des
écoles des Frères, en rondins, avec des couronnes de roses,
sous lesquelles parfois passait un bout de toile cirée, criant à
tue-tête :

> Lancez, lancez vos traits, je ne crains rien ;
> Censeurs, je vous méprise !
> Mon bras, vainqueur, les brise,
> Les brise !

Les gones de la « Mutuelle », pantalons blancs, bien frais,
blouse bleue serrée par une ceinture de cuir noir, calotte rouge
à deux raies noires, formaient un chœur sous la direction du
« moniteur » marchant à reculons et battant la mesure avec des
gestes importants. Mon artiste, rien qu'avec sa voix, chantait
le chœur, où les ténors étaient régulièrement en avance de six
mesures et demie sur les basses. Et la musique du pensionnat
qui jouait la marche de *Norma*, avec des *taratara* épouvan-
tables. Et le jeune vicaire qui, en ouvrant et fermant une boîte
de bois imitant un bréviaire, faisait : pan, pan ! — Et, à ce
signal, l'artiste imitant le geste d'encenser, on entendait, à

intervalles égaux, le klign, klign des encensoirs. Puis le tambour des pompiers faisait ran-tan-plan, ran-tan-plan, rrrranrrrran! Et le capitaine, d'une belle voix de commande-ment, criait : Front! — genou! — terre! — cependant que la musique du pensionnat entonnait en sourdine l'air de *Zampa* :

> Sainte Alice, protégez-nous,
> Nous prierons Dieu pour vous!

Tout cela était admirablement imité par mon ami l'artiste. On peut se moquer de tout! mais tout cela ne nous empêchait pas, l'artiste et moi, d'être émus à la procession. Ne vous est-il jamais arrivé de vous moquer de vous-même et de pleurer en même temps?

*
* *

Par exemple, ce que je ne trouve pas très heureux, « au point de vue » de l'art, c'est, dans certaines paroisses, de faire habiller de blanc des confréries de vieilles filles. Grands dieux! est-il possible de croire que ces adorables adolescentes, que nous venons de voir défiler, deviendront tantôt comme cela! Hélas, quelle dure loi, celle qui veut

> Que tout, avec le temps, par le temps soit vaincu,

Et que la rose, à la parfin, devienne la rime!

Quand j'étais à Saint-Pierre, nous avions un camarade très gentil, mais cerveau brûlé s'il en fût, ce que nous appelons à Lyon un fouràchaux. Une Fête-Dieu, nous étions sur le trot-toir de l'Hôtel de Ville, en rue Lafont, à regarder passer la procession de Saint-Pierre. Survient la confrérie des vieilles filles, bannière en tête. — « Tiens, me dit mon camarade, je te gage un vermillon que j'embrasse cette grosse réjouie qui porte la bannière. » — « Gageons que non ! » — Sitôt dit, sitôt fait, il va comme pour traverser rapidement la procession (quoique ce fût défendu), s'arrête brusquement devant la porteuse de bannière : bzt à gauche, bzt à droite ! — Que voulez-vous que fît la pauvre, qui ne pouvait bouger les mains sans laisser choir la bannière en travers de la procession ?

Quel scandale, Seigneur ! — Mais déjà le coupable s'était évaporé dans une allée. Un bedeau, un courrier du saint Sacrement et trois romains étaient à sa poursuite. — Qu'en advint-il ? — Suffit que, la procession défilée, nous nous dirigeons vers le quai du Rhône. Au débouché de la rue du Garet, nous voyons arriver notre camarade, tranquille comme Baptiste : — « Hein ? Si j'avais pas connu les allées qui traversent !... »

Il faut se rappeler qu'en ce temps, où je n'avais pas de parapluie, j'allais de la rue Lafont en rue Bellecordière, par un aval d'eau, sans me mouiller si peu que rien, le temps de traverser à la course quelques rues de quatre mètres de largeur.

Les processions des paroisses les plus pauvres ne sont pas les moins belles. Celle de Saint-Polycarpe, par exemple, est célèbre par le grand nombre de jeunes filles en blanc, par ses congrégations, ses costumes allégoriques.

La raison en est peut-être que la paroisse compte un grand nombre de femmes. Les femmes (quelle décadence !) sont, en effet, devenues l'élément presque exclusif des processions, tandis qu'autrefois ce *vulgum pecus* était proscrit comme encombrant et jetant peu d'éclat; oui, était proscrit! Les hommes suffisaient. Mesurez la différence, vous qui savez que partout, au sermon comme à la procession, un homme, selon la parole de la sainte Écriture (j'ai oublié le numéro du chapitre), vaut septante-sept fois sept femmes!

Ce grand nombre d'hommes vêtus de noir et portant des cierges, qui marchaient derrière le dais, donnaient à nos processions un caractère grave qui était tout à fait dans nos traditions lyonnaises et gallicanes. Ceux-là ne seront pas étonnés du grand nombre, qui se rappelleront que les courriers de la confrérie du Saint-Sacrement de chaque paroisse avaient accoutumé de parcourir la plupart des maisons, une quinzaine de jours à l'avance, en offrant un flambeau à chacun, que bien peu refusaient. Cet usage s'est perdu, et ce sont les seuls confrères, un petit groupe, qui accompagnent le dais. La plupart des personnes riches, à ce moment de l'année, sont à la campagne, et la grande masse des artisans est, depuis bien des années déjà, malveillante pour le clergé, dans lequel elle voit, non peut-être sans quelque raison, hélas! un ennemi des formes de gouvernement qui lui sont chères. Aussi ne peut-on se dissimuler que les processions sont bien déchues de leur ancienne solennité.

Depuis 1830, d'ailleurs, ces cérémonies ont perdu à Lyon le caractère officiel qu'elles ont conservé dans d'autres villes. Jusqu'à cette époque, la cour royale y figurait en robes rouges. Le premier dimanche de l'octave, le maire et ses adjoints assistaient à la procession de Saint-Pierre, parce que c'était la paroisse de l'Hôtel de Ville. Le second dimanche, ils assistaient à celle de Saint-Nizier, en souvenir, soit de ce que la première maison de ville avait été sur la paroisse, soit de ce qu'une petite chapelle, qui existait alors à côté de l'église, la chapelle de Saint-Jacquême [1], avait servi de berceau à la municipalité lyonnaise, alors que nos pères, de leur cou robuste, secouèrent le joug des archevêques.

Il est à craindre que nos processions ne recouvrent pas leur splendeur grave de jadis. Non seulement Lyon n'avait jamais donné dans ces divertissements profanes, ces mascarades qui, autrefois, notamment en Espagne et en Provence, souillaient les processions de la Fête-Dieu, mais encore l'ancienne liturgie lyonnaise, nos pompes et nos rites, avaient un caractère grandiose et austère, particulier, qui tend de plus en plus à disparaître sous l'envahissement des pratiques d'outre-monts. D'une part, pour des raisons que l'on n'a pas à examiner ici, le nombre des croyants a diminué ; d'autre part, les croyants qui restent, outre mesure exaltés, vont à faire une religion de parti, moins en esprit et en vérité, plus dans les sens et les apparences.

18 juin 1873.

1. *Jacquême* est le nom prononcé à la moderne. On disait en réalité *Saint-Jacq'me.*

LES MARTINETS

N passe dans la vie à côté d'une foule de choses sans les voir. La plupart d'entre nous autres Lyonnais se sont-ils jamais demandé la raison du singulier phénomène que voici.

Nous sommes assis entre deux rivières, dans une atmosphère saturée d'humidité; nous sommes ce qu'il y a de plus enveloppé de vapeur d'eau, assurément, dans cet agréable climat rhodanien, où la quantité moyenne de pluie est de 946 millimètres d'eau, tandis que dans le climat séquanien (les presqu'îles exceptées) elle n'est que de 546. A Lyon même, l'udomètre a constaté qu'il était tombé l'année dernière 1146 millimètres! Le populaire, pour n'avoir pas d'udomètre, n'en mesure pas moins exactement les choses, et prétend, selon un proverbe un peu grossier dans son énergie, qu'après Dunkerque, Lyon est le « pot de chambre de la France ».

Eh bien, comment expliquer que dans ces conditions si favorables à l'éclosion des insectes, notamment des cousins, il n'y ait pas de ville où il y en ait si peu ?

Allez à telle « campagne » que ce soit des environs de Lyon, d'août à octobre inclusivement, vous êtes sûr de revenir lardé de piqûres. J'ai vu parfois des jeunes femmes et des jeunes filles, dont la peau fine et veloutée excite particulièrement la friandise des cousins, en avoir la face toute bossuée et tuméfiée. La nuit, dans son lit, est-il rien de plus irritant que d'entendre ce faible zin zin qui flotte autour de vous, s'approche, s'approche, jusqu'à ce qu'enfin le pied léger de l'insecte se pose sur votre visage. Vous vous donnez un grand coup de poing sur le nez. Mais l'ennemi est déjà bien loin : le voilà qui revient, comme pour se moquer de vous : zin zin zin. Cette fois, vous prenez un fort marteau, afin d'être bien sûr de l'écraser, et vous en assénez un coup de toutes vos forces. Seulement mon maître d'apprentissage disait qu'il faut bien prendre garde à ne pas manquer la bestiole, car, ajoutait-il, « si vous tapiez à côté, le cousin ne faisant plus tampon pour amortir le coup, vous courriez risque de vous fêler la cache-maille ». Il est vrai que vous auriez au moins cet avantage de ne plus entendre zin zin zin.

Nos environs ne sont point les seuls endroits à jouir de ce privilège. Descendez voire un peu « du côté d'en bass' » ; allez-vous-en jusqu'en Camargue. C'est bien autre affaire ! Les cousins y sont gros comme des sauterelles. C'est une plaie d'Égypte. Fuirez-vous plus loin ? à Nice, par exemple. « Si j'avais couché seulement une nuit sans mon « mousquetaire », m'y disait une dame, le lendemain on n'aurait plus retrouvé que mon anatomie. » — Direz-vous que c'est l'effet du climat chaud ? Je vous engage alors à remonter le Rhône et à vous promener un peu sur ses rives, en amont du lac de Genève. Faites à Martigny, en Valais, sur les bords de cette Dranse tapageuse qui roule impétueusement ses eaux couleur de savon, une petite promenade sentimentale au crépuscule, et le lendemain matin vous m'en direz des nouvelles !

Mais, ô trop heureux Lyonnais, s'ils connaissaient leur bonheur ! Ils peuvent impunément, eux, à côté de ce même Rhône, s'asseoir sous les marronniers de Bellecour, de huit à onze heures du soir. Ils peuvent sur cette même place, et même sur nos quais, tenir leur fenêtre ouverte, et une lampe « éclairée » comme leurs esprits. C'est merveille si, une fois, ils entendront le zin zin si connu. Lyon qui, à côté de tant de bonnes choses et de tant de bonnes gens, compte plus d'une chose désagréable et plus d'un outré et d'un intolérant, a du moins cet avantage, à l'égard des insectes de toute nature, voire des mouches, d'être *un pezzo del paradiso caduto in terra*.

L'explication de notre privilège très enviable est fort simple. Lyon est le siège d'une colonie innombrable d'hirondelles, ou, pour parler plus exactement, de martinets. Ces braves martinets, nos amis, assurent notre salubrité et notre repos. C'est une garde urbaine ailée, infatigable, qui fait une police terrible. Elle arrête tous ces petits malfaiteurs d'insectes, les juge et les condamne dans une seule bouchée. Avec leur bec si court,

mais effroyablement large à la base, de manière à saisir toute
une bande d'air, nos agiles auxiliaires happent en volant tout
ce qu'ils rencontrent d'insectes, qui vont s'agglutiner dans les
sécrétions de leur œsophage, façonné *ad hoc*. Ils strient ainsi
continuellement l'atmosphère dans tous les sens, de façon à
ne pas laisser un ruban d'air qui ne soit purgé et nettoyé. De
l'aube à la nuit, ces petits laboureurs des champs célestes vont
traçant d'éternels sillons.

Le martinet, comme on le sait, n'est qu'une variété d'hirondelles. C'est tout simplement une exagération de l'hirondelle.
Il est à celle-ci ce que le radical est au républicain libéral, ou
ce que M. de Belcastel est à M. Bocher. L'hirondelle a des
pattes extrêmement courtes. Le martinet les a encore plus
courtes, si courtes que les Grecs croyaient qu'il n'en avait pas
du tout, et le disaient *apode*. Le fait est qu'il en a si peu, qu'une
fois posé à terre il a toutes les peines du monde à prendre son
vol. De là vient qu'il ne se pose presque jamais ; il lui est plus
agréable de voler que de se reposer.

L'hirondelle a les ailes extrêmement longues ; le martinet
les a encore plus longues. L'hirondelle est le train rapide de
l'air ; le martinet en est la malle des Indes. A côté de lui, les
oiseaux les plus vites, comme le faucon, ne sont que des trains
omnibus, avec retard à toutes les stations, comme c'est l'usage
sur le Paris-Lyon-Méditerranée. Quant aux autres oiseaux, ce
sont nos prudents omnibus de la banlieue, qui n'ont jamais
renversé personne. Ce sont des oiseaux bons pour faire le service de Villeurbanne ou de Venissieux.

*
**

Jё ne sais si quelque lecteur se sera jamais demandé l'origine de ce nom de martinet. Martinet, c'est « le petit Martin ». Le martin est un genre d'oiseaux de l'ordre des passereaux, dont fait partie le martin-pêcheur. Comme le martin est voisin du merle, nos paysans appellent le martin-pêcheur le *marlo-pêcharet*. Les noms d'hommes ont souvent été donnés par le populaire à des animaux. Dans les montagnes de Tarare un bouc s'appelle un Martin, et tout le monde sait assez « qu'il y a plus d'un âne à la foire qui s'appelle Martin ».

Les oiseaux, particulièrement, se sont vus appliquer des noms propres. A Lyon, nous appelons la pie une Margot, et partout le perroquet est un Jacquot, et un moineau un Pierrot. Jean-le-Blanc est une espèce d'aigle ; Jean-de-Gand est une espèce de cigogne ; Jean-de-Janten est une espèce d'albatros. En anglais, un rouge-gorge est un *Robin*, tout comme Robin Hood, l'*outlaw*, son camarade des forêts. En Normandie, c'est le taureau qui s'appelle Robin. En vieux français, ce nom était aussi donné au mouton :

> Robin-mouton, qui, par la ville,
> Me suivait pour un peu de pain,

dit La Fontaine.

Mais s'il y a plus d'un âne à la foire qui s'appelle Martin, il y a aussi chez nous plus d'une chose qui s'appelle martinet. C'est ainsi que nous nommons martinets de petites forges, situées communément le long des cours d'eau, où l'on fabrique des ustensiles de ménage. L'origine du mot est *martum*, primitif de *martellum*, car le martinet proprement dit, c'est le marteau-pilon mis en mouvement par l'eau. Le nom s'est étendu à l'usine elle-même.

A Lyon, un martinet, c'est aussi une sorte de fouet, composé de fines lanières de cuir souple, attachées à un manche, et qui sert à baguetter les habits. J'ignore le nom académique. On menace encore du martinet les gones qui ne sont pas sages, mais les vieilles institutions s'en vont, et ce n'est plus qu'une vaine menace, comme celle de la « patte mouillée » pour les mamis. Il s'agit encore ici du « petit Martin ». Les noms propres sont aussi donnés volontiers aux instruments de correction, témoin le *robinet*, qui est, lui, « le petit Robin ». C'était naguère un instrument de flagellation pour le derrière des enfants pas sages. Il se composait d'un faisceau de cordelettes, chacune avec un petit nœud au bout, les cordelettes étant réunies à l'autre bout par une torsade enroulée, de manière à former un manche. Cet instrument avait certainement été inventé à l'usage des classes. Il faisait partie du mobilier scolaire. Ce pauvre Savoye, qui fut un habile architecte, m'a souvent raconté que son père avait été élevé au collège des Oratoriens de Lyon, qui occupaient les bâtiments du lycée actuel. Or, le jeune homme dut-il maintes fois recevoir cette correction, dont l'usage s'est encore conservé en Angleterre. Les Oratoriens étant gens de bonne administration, les choses se passaient en toute règle, comme aujourd'hui dans une société quelconque de dépôts et comptes-courants. On délivrait au garçon qui l'avait méritée, un « bon » pour la correction (je n'invente rien). C'était comme qui dirait un chèque tiré à vue sur les parties idoines. Le jeune gentilhomme (s'il n'était pas gentilhomme c'était la même chose) présentait son chèque à l'exécuteur des basses œuvres. Le montant du chèque dûment encaissé, l'élève rétablissait l'harmonie de sa toilette, puis il était tenu de remercier (je n'invente toujours rien) le correcteur de ses bons offices. Fin de quoi, le correcteur délivrait au corrigé une quittance (je jure par madame la Saint-Jean que je n'invente toujours rien), sur la présentation de laquelle le régent vous déclarait libéré... jusqu'à nouveau chèque.

Le « remerciement » est une tradition. J'ignore si l'on « donne » encore la férule sur la main ou sur le bout des doigts dans quelques écoles, mais cela était en usage partout il n'y a que bien peu d'années, et la férule reçue, les petites filles étaient tenues de baiser la main qui l'avait donnée.

Quant aux Oratoriens, je regrette vivement de n'avoir pas songé à demander à Savoye si l'instrument employé était un martinet ou un robinet. Il me l'aurait certainement su dire. Je ne désespère pas que, grâce aux patientes investigations de nos infatigables érudits, on ne vienne un jour à bout de fixer ce point intéressant et délicat de notre histoire lyonnaise.

De martinet en martinet et de martinet en robinet nous voilà loin de nos martinets. Il y en a, comme on sait, de deux espèces, les uns tout noirs, les autres avec le ventre blanc. Ces derniers sont ceux des rochers de la Provence. Ils ont tous, du reste, même conformation et mêmes mœurs. Nos martinets lyonnais sont communément noirs. Cependant il y en a, ou il y en avait jadis, une colonie à ventres blancs. A moins qu'ils n'aient, eux aussi, changé leur drapeau ! Je me souviens d'en avoir suivi des yeux, dans mon enfance, du quai de la Charité, de longues bandes à ventre blanc, qui, dans les temps orageux, rasaient à contre-mont le fil du fleuve ou les bancs de gravier d'argent. Ils « faisaient ce commerce » durant de longues heures, happant les innomblables insectes qui, par les temps d'orage, voltigent à la surface des flots. Est-ce une illusion ? Il me semblait en voir frapper l'eau même de leur bec.

On ne sait véritablement pas où couchent ni comment couchent ces joyeux habitants de l'air, qui ne savent vivre à leur aise que lorsque des flots d'oxygène envahissent leurs poumons avec une vitesse de cent kilomètres à l'heure. Aucuns pensaient, ne les voyant ni sortir ni rentrer, qu'ils couchaient mollement étendus sur le bleu du ciel, entre la terre et les étoiles. Mais M. Toussenel, ce charmant écrivain, qui est compère compagnon avec tous les oiseaux, dit qu'un sonneur de ses amis l'a assuré en avoir vu s'élancer, à l'aube, de leur sonore demeure, comme des gens vertueux qui, au saut du lit, se hâtent de se donner un coup de démêloir, et d'aller humer l'air frais de l'aurore.

Les pauvres petits martinets sont obligés, en effet, de se donner, de leurs cinq doigts à griffes aiguës, de bons coups de peigne, car eux, si habiles à nous délivrer des insectes, ne savent point se délivrer de leurs parasites, qui vivent sur leurs corps comme de vrais sénateurs de l'Empire.

La capitale de notre colonie de martinets, à Lyon, c'est le dôme de l'Hôpital. Y sont-ils moins dérangés ? Est-ce la vue des Alpes au matin, le voisinage du Rhône fertile en provisions de bouche, qui les ont sollicités de prendre ce logement ! Le fait est que le beffroi de l'Hôtel de Ville n'en a point, et que les clochers n'en ont guère. Ils goûtent encore beaucoup les soffites de la colonnade du palais de justice. Décidément ils n'aiment pas les vis à vis : il leur faut les quais.

Connaissez-vous rien de plus joyeux, de plus en fête que ces longs cris aigus qui vont mourant et renaissant sans cesse, à mesure que fuit une hirondelle et que s'en rapproche une autre ? Ces cris sont comme un excès du bonheur de vivre qui s'échappe de ces petits larynx. Lorsque l'été, assis près de votre fenêtre ouverte, vous lisez ou vous écrivez, c'est des compagnies la plus aimable. Cela sent l'été, les grands jours, les belles saisons de l'année et le beau temps de la vie.

Le bruit de la mouche qui bourdonne vous agace ; celui de la voiture qui passe vous assourdit ; celui des gones qui braillent dans la rue vous exaspère ; celui du piano voisin vous fait entrer en fureur ; celui de la machine à coudre à l'étage au dessus vous rend aliéné. Mais ces petits cris de joie des hirondelles vous sont une paix.

C'est surtout le dimanche, l'après-midi, lorsque par bonheur tous les voisins sont partis pour la campagne ; la dame du dessous avec son chien ; celle du dessus avec son mari ; celle d'à côté avec ses enfants ; lorsque les gones, eux aussi, sont allés piailler dans la banlieue ; que jusqu'aux voitures sont en dehors de l'octroi, enfin! c'est alors que, dans le silence général, l'on n'entend plus que les éternels zi zi des martinets, jusqu'à ce que, le crépuscule venu, ils s'affaiblissent à leur tour, et que, les martinets, vous quittant, montent, montent sans fin, comme s'ils voulaient aller prendre leur gîte dans la voûte céleste.

*
* *

Ces cris qui peuplent la solitude sont le propre des martinets. A Nyons nous avons l'hirondelle à ventre blanc. Elles aussi fendent l'air en cercles immenses pendant des journées entières, mais silencieuses, comme si ces filles de Pandion portaient encore le deuil d'Ithys. Qui ne les contemple pas ignore leur présence. Grand charme de moins.

Les hirondelles et les moineaux sont ennemis. Lorsque ceux-ci sont un peu nombreux, ils envahissent les nids des hirondelles et chassent les légitimes propriétaires. Je suppose que ces malandrins en usent moins librement avec les martinets, soit parce que les nids de ces derniers sont très haut perchés, soit parce que le martinet, plus robuste, a tôt fait de les mettre en fuite. D'où vient peut-être qu'à Lyon, sur nos promenades, je n'ai jamais vu de moineaux (qui pullulent à Paris), mais seulement des volées de ravissantes colombes. Je ne sais d'où elles viennent, mais il faut aller jusqu'à la place Saint-Marc, à Venise, pour retrouver leurs pareilles. — Je ne me plains pas de l'absence des moineaux. Dans la république des oiseaux, ils représentent la tourbe stupide, braillarde et vorace.

C'est quelque chose de véritablement extraordinaire que

cette recherche de l'hirondelle pour l'homme, lequel, après tout, ne semble rien avoir pour attirer particulièrement ce joli petit être, à qui même il est parfois assez brute pour tirer des coups de fusil. L'hirondelle aime tant le voisinage de l'homme que, dans le collège d'un joli village que l'on appelle Chabeuil, dans la Drôme, une d'elles avait fait son nid dans l'intérieur même d'une classe. On tenait la fenêtre ouverte pour qu'elle pût entrer et sortir à son aise. Pour s'assurer si c'était bien la même qui revenait tous les ans, on la prit un jour et on lui mit un collier de soie rouge au cou. L'année suivante, elle revint avec son collier. Elle ne voulait que sa classe.

Deux ans de suite, j'ai vu à la gare de la Croisière, dans le Vaucluse, une hirondelle qui avait fait son nid sous la marquise abritant le trottoir de la voie. Elle était là chez elle, à trois mètres de hauteur, sans s'inquiéter le moindrement des employés, des voyageurs, du brouhaha incessant des trains le jour et la nuit, des fumées des locomotives ni de leurs sifflets stridents, allant sans cesse à la picorée, et revenant avec ses provisions. Cette année, j'ai retrouvé le nid, non l'hirondelle. Elle aura péri sur sa route, peut-être en Italie, où les Italiens font une chasse féroce et stupide au charmant oiseau.

Comment les hirondelles s'y prennent-elles pour préférer l'habitation de nos grandes villes, qui sentent mauvais, à celle de nos campagnes, où l'air circule dans son ampleur et sa pureté ?

J'avoue qu'en ma qualité d'homme qui a passé l'âge des illusions, je ne suis pas absolument convaincu que ce soit de la

part de l'hirondelle simple tendresse de cœur. Je soupçonne
ces gentils compagnons d'aller tout simplement après les incli-
nations de leurs appétits. Si nos martinets aiment tant les
Lyonnais, c'est que, probablement, ceux-ci constituent, par
leur agglomération, le foyer de quelque production qui intéresse leurs hôtes. Nos égouts, nos détritus organiques, nos
déjections même, peut-être jusqu'à nos miasmes, favorisent
sans doute l'éclosion de myriades d'insectes qui sont la proie
des martinets.

Cette consommation de nos sous-produits est, j'imagine,
aussi pour nous en retour une cause de salubrité, aussi bien
que la consommation des cousins est la sécurité de nos mains
et de nos visages. C'est, entre les Lyonnais et les martinets, un
échange fraternel de services, et, tout compte fait, je crois que
la balance du commerce, comme disent les économistes, se
solde en notre faveur.

28 juillet 1873.

THÉRÈSE ET FALDONI

I, au lieu d'écrire ce vilain jour de la Chandeleur, en l'an de disgrâce 1872, nous écrivions à quelque quarante ans en arrière, nous ne ferions point à nos lecteurs l'injure de leur conter l'histoire de *Thérèse* et de *Faldoni*. Il n'était pas encore, à cette époque, un Lyonnais digne de ce nom qui ne la connût par le détail. « On se souvient, disaient, en 1825, les *Tablettes historiques* de M. Breghot du Lut, de cette histoire tragique. Cet évènement, *qui a retenti d'un bout du monde à l'autre*, inspira à Léonard, poète du dernier siècle, un roman intitulé : *Lettres de deux Amants de Lyon*, et il obtint un succès *pyramidal*. » Le mot de pyramidal, employé dans ce sens, était à ce moment tout de frais inventé, et les chroniqueurs le prodiguaient à cœur joie, comme le dernier terme de la fantaisie et du haut comique. Les *Figaro* et les *Gaulois* du temps disaient alors un *succès pyramidal*, comme ils disent aujourd'hui un *succès bœuf*. Les *Figaro* et les *Gaulois* ont toujours été spirituels.

« Le libraire Chambet, ajoutaient les *Tablettes*, vient de le réimprimer en deux jolis volumes in-18, qu'il ne vend que la modique somme de 2 fr. 50... »

*
* *

Cet « évènement » avait non seulement inspiré Léonard, mais encore échauffé la verve poétique de Jean-Jacques Rousseau, qui fit cependant si peu de vers. On lui attribue le quatrain suivant pour servir d'épitaphe à un tombeau imaginaire des deux amants :

Ci gissent deux amants : l'un pour l'autre ils vécurent.
L'un pour l'autre ils sont morts, et les lois en murmurent.
La simple piété n'y trouve qu'un forfait ;
Le sentiment admire, et la raison se tait.

Ces vers sont déjà raisonnablement mauvais, mais ils peuvent passer pour une merveille dans le voisinage de ceux de Voltaire sur le même sujet :

A votre sang mêlons nos pleurs,
Attendrissons-nous d'âge en âge
Sur vos amours et vos malheurs,
Mais admirons votre courage.

Voltaire *ne s'était rien cassé* pour faire ceux-là, dirait-on au *Gaulois* et au *Figaro*.

Dans son *Dictionnaire philosophique*, à l'article *De Caton et du Suicide*, il raconte, en forçant un peu les couleurs, l'histoire de

Thérèse et de Faldoni. « Voici le plus fort de tous les suicides, dit-il ; il vient de s'exécuter à Lyon, au mois de juin 1770. »

Voltaire se trompe d'une année, mais qu'importe. Il y a juste cent ans et huit mois que les deux jeunes gens se sont tués. De leurs squelettes, il ne doit plus rester maintenant que ce qu'on appelle les gros os. Mais leurs âmes, que sont-elles ? où sont-elles ?...

Le récit terminé, Voltaire, ordinairement si simple, ne peut s'empêcher de céder à l'exécrable faux goût du siècle. Le déclamatoire, l'outré étaient, depuis Rousseau, des condiments indispensables. On a beau être aguerri par la lecture des écrivains du temps, quand on arrive à ces passages, on a un froid désagréable dans le dos, comme à un sermon quand le prédicateur reste court :

La ville de Lyon entière en est témoin, s'écrie Voltaire. Arrie et Pétus, vous en aviez donné l'exemple ; mais vous étiez condamnés par un tyran, et l'amour seul a immolé ces deux victimes !

Qu'était-ce donc de si extraordinaire que cette catastrophe pour faire tant de bruit ? — Un suicide vulgaire, quelque chose d'aussi banal aujourd'hui que la fin de quelque fille de concierge qui « se périt » par le charbon. Notre temps y trouverait à peine la matière d'un *fait divers*, tellement il est accoutumé à mieux. Et si cela était arrivé d'hier au soir, et que l'on portât au rédacteur en chef d'un de nos journaux cinquante lignes de « chronique locale » à son sujet, le rédacteur en chef en couperait quarante, pour ne pas disproportionner l'importance de la chronique à celle de l'évènement.

C'est qu'à la fin du XVIIIᵉ siècle, le suicide était encore un fait rare, extraordinaire, tout exceptionnel. Aujourd'hui on le trouve tout simple, tout naturel. Il est entré dans nos mœurs, comme le café, le cigare et la bière en bock. Il augmente au printemps, s'épanouit l'été, diminue à l'automne. Le lecteur inattentif parcourt superficiellement de l'œil les récits par douzaines que renferme chaque jour son journal. On peut même prévoir le jour prochain où l'homme qui ne se suicidera pas sera considéré comme un être absolument indigne de vivre.

Il faut bien s'avouer que cette monomanie du suicide, qui se propage par les récits mêmes qu'en font les journaux, l'homme étant, comme le singe, essentiellement imitateur, il faut bien s'avouer que cette épidémie suicidante est volontiers le caractère des sociétés qui finissent. Consultez Tacite.

L'histoire de cette jeune fille de Roanne, qui naguère vint se suicider dans un hôtel voisin de la place Impériale, en avalant du vitriol, parce que la personne à laquelle s'adressaient ses sentiments, liée par vocation religieuse, avait dû les repousser, offrait assurément un caractère mille fois plus dramatique, un intérêt plus fort, une situation plus saisissante, des détails plus touchants que celle qui nous occupe. Le type de cette jeune fille n'est à comparer, ni comme originalité ni comme passion, avec la fille de l'aubergiste de Notre-Dame-de-Pitié, mourant de compte à demi avec un aventurier italien, de sa profession maître d'armes, ou maître en fait d'armes, pour employer l'expression du dix-huitième siècle. Pourtant cette

jeune fille n'inspira point de roman, et si quelques esprits vio-
lents n'avaient essayé de soulever à son propos les passions
irréligieuses, on n'en eût pas parlé trois jours durant. Telle est
l'influence irrésistible des milieux. La renommée, l'éclat se
proportionnent non à l'évènement lui-même, mais à la nature
du milieu dans lequel il s'est produit. Le vif intérêt de l'histoire
de Thérèse et de Faldoni est bien moins dans la chose elle-
même que dans son retentissement, si étrange pour nous.

Ce qu'il y a de navrant, dans toutes ces histoires de mortes
par amour, c'est qu'on peut affirmer à coup sûr qu'il n'est pas
une de ces âmes, emportées, paraîtrait-il, par une puissance au-
dessus des forces humaines, qui, si quelque hasard eût fait
échouer le suicide, n'eût eu, à peu d'années de distance, honte
d'elle-même. Bien plus, la pauvre femme se fût jugée ridicule
d'avoir pu tenter ce même suicide. Dans un court laps de
temps, telle échappée aurait recommencé une autre passion,
peut-être aussi folle; car la passion ainsi ressentie n'a pas pour
origine l'objet auquel elle s'adresse, mais le mode d'être de
celui qui la ressent. Dans telle autre réchappée, la faculté passionnée se serait éteinte, tout simplement. Dans toutes, le
changement. — Qui donc a dit cette phrase : combien sont
morts à vingt ans pour une foi politique ou religieuse qu'ils
n'auraient plus eu à trente ? Mais combien le cœur, si cette cire
molle et brûlante peut s'appeler le cœur, ne se transforme-t-i
pas encore plus vite que le jugement ?

*
* *

L'hôtel de Notre-Dame-de-Pitié existait encore dans ces dernières années, jusqu'au moment où l'on a pratiqué, sous l'administration de M. Vaïsse, le percement de la rue de l'Impératrice, aujourd'hui rue de l'Hôtel-de-Ville.

Pour peu que nos lecteurs aïent déjà quelques fils d'argent dans leur barbe noire, ils se souviendront d'une rue étroite, faisant suite à la rue Clermont et portant le nom de rue Sirène. Elle avait son entrée à la place du Plâtre et aboutissait à la place de la Fromagerie. Tout près de l'entrée, sur la face occidentale, entre la place du Plâtre et la rue Longue, un vieux bâtiment laissait voir, par une large et basse porte cochère, une cour au fond de laquelle on remarquait un balcon, surmonté d'un buste.

C'était là qu'était née Thérèse. Le bâtiment, c'était l'hôtel de Notre-Dame-de-Pitié; le buste, c'était celui du « philosophe de Genève », placé là en souvenir du séjour qu'il y avait fait en 1732, en compagnie de M. le Maître, compositeur parisien et maître de chapelle à la cathédrale de Chambéry.

« Après avoir passé très agréablement quatre ou cinq jours à Bellay (sic), dit Jean-Jacques dans le livre III de ses Confessions, nous en repartîmes et continuâmes notre route sans aucun accident que ceux dont je viens de parler. Arrivés à Lyon, nous fûmes loger à Notre-Dame-de-Pitié... »

La chambre de Jean-Jacques était au second, dans l'aile à gauche. Une inscription commémorative était écrite au dessus de la porte.

Une personne digne de foi assurait à un Lyonnais de notre

connaissance que, dans un voyage en Allemagne, elle avait vu, dans la chambre d'un hôtel où elle logeait, un petit bouquin portant le titre de : *Histoire des faits et gestes de l'hôtel de Notre-Dame-de-Pitié de Lyon*. Cet ouvrage, qui serait précieux pour nous autres Lyonnais, contenait le récit de faits graveleux arrivés dans l'hôtel.

Si donc il en faut croire la réputation de l'hôtel, Thérèse n'aurait point été à l'école des mœurs. Son nom de famille était Meunier, selon l'indication donnée par une petite brochure populaire de 1771. « Par habitude d'état, dit l'auteur anonyme, et la connaissance du monde, elle avait le caractère assez décidé. La lecture de beaucoup de romans avait tourné son imagination du côté des aventures, et son cœur ne désirait qu'un objet qui pût l'enflammer. Elle crut trouver dans le sieur Faldoni une copie des héros dont elle avait lu les exploits. »

Le père de Thérèse, qui n'était point consulté dans cette intrigue, avait des projets un peu différents de ceux de sa fille ; il pensait que l'état de maître en fait d'armes ne faisait point un établissement assez avantageux pour elle ; et, dans une explication qu'il eut avec Thérèse à ce sujet, il lui déclara un peu brutalement ses volontés, et que ses liaisons avec le sieur Faldoni lui étaient suspectes.

On sait, dit notre auteur, qui décidément est un moraliste, que de pareilles circonstances rendent la passion des amants plus vive par la difficulté qu'ils ont de se la témoigner.

Faldoni se plaignoit d'une indisposition causée par une extravasion de sang près de la veine jugulaire, soit que ce fut un effet de la violence de son tempérament, soit de la vivacité qu'il mettoit dans

un art où l'amour-propre oblige de primer par adresse sur des rivaux.
Il consulta des gens de l'art, qui lui déclarèrent qu'il s'étoit formé
dans l'artère un anévrisme d'autant plus dangereux que le sang par
sa réaction, pouvait lui causer une révolution mortelle (le style de
notre auteur n'est pas d'une rigueur scientifique très poussée, mais
cela ne fait rien à l'histoire). Les médecins lui prescrivirent un
régime en lui défendant tout exercice susceptible de donner plus de
mouvement à son sang.

M. Meunier, sur ces entrefaites, avoit choisi un gendre. Il le proposa à sa fille qui répondit par un refus. On comprend que ce refus
fut suivi de reproches du sieur Meunier. »

La mère avait, paraît-il, pris parti pour Thérèse. Notre
auteur dit que les mères, en tels cas, agissent souvent ainsi
pour leurs filles, « ayant été exposées aux mêmes faiblesses ».
Quant à Thérèse, suivant cet auteur décidément philosophe,
« plus elle essuyoit de traverses, plus elle se félicitoit de ressembler à une héroïne de roman. »

L'usage était déjà établi, dès avant le dix-huitième siècle,
pour les négociants et les bourgeois lyonnais, d'avoir des maisons de campagne aux environs de la ville. L'aubergiste de
Notre-Dame-de-Pitié possédait une « campagne » à Irigny.
Faldoni et Thérèse y prirent rendez-vous, cette dernière sous
le chaperon d'une tante complaisante.

Dans une de leurs promenades, ils trouvèrent une chapelle
ouverte. « Faldoni y voulut entrer : la solitude du lieu, le
silence qui y régnait, le jetèrent dans ses tristes rêveries. Plus il
examinait l'autel et la décoration de ce petit temple, plus ses
distractions augmentaient. Son amante soupçonna les lugubres
pensées dont il était agité (cette dernière phrase est-elle assez

dans l'esprit du temps ?). On peut croire que ce fut le moment où Faldoni conçut le projet qu'il exécuta. »

D'après l'auteur anonyme, ce fut la certitude d'une mort prochaine en voyant sa maladie empirer, et un sentiment de jalousie en songeant que Thérèse passerait peut-être à quelque autre (je trouve que le « peut-être » est de trop) qui le déterminèrent à proposer à sa maîtresse un double suicide. Elle y aurait accédé d'abord sans trop de peine. « L'idée d'une réputation glorieuse et de se venger de la dureté de son père la satisfaisait intérieurement (c'est un la Rochefoucauld, que cet auteur). » Cependant le sentiment de la vie reprit le dessus quand arriva le moment dernier. Ce serait sous l'oppression morale de Faldoni, et sous la honte qu'elle attachait à la rétractation de sentiments dont elle avait d'abord fait parade, que Thérèse aurait fini par succomber.

Il est certain que notre auteur n'en sait rien, et qu'il fait, lui aussi, son roman. Il ne s'appuie d'aucun renseignement, d'aucun document pour justifier son opinion, qui, cependant, il faut le reconnaître, a pour elle d'être conforme aux données de la nature humaine.

Ce fut dans la chapelle d'Irigny qu'ils se suicidèrent. Cette chapelle n'existe plus.

« Ils s'embrassent pour la dernière fois ; les détentes des pistolets étaient attachées à des rubans couleur de rose ; l'amant tient le ruban du pistolet de sa maîtresse ; elle tient le ruban du pistolet de son amant. Tous deux tirent à un signal donné, tous deux tombent au même instant, » dit Voltaire, de ce style à petites phrases de trois mots : un sujet, un verbe, un régime, qui avait succédé à la période travaillée du dix-septième siècle. Il est probable qu'il a inventé le rose du ruban.

Si Thérèse avait eu les prévisions que lui attribue l'auteur de la brochure, elles ne furent point trompées. Le suicide, sans doute embelli par la renommée dans une société où il était encore une nouveauté piquante, obtint le succès *pyramidal* que l'on sait. Ce succès fut complété par la publication des *Lettres de deux Amants de Lyon*, par Léonard, dont la première édition, 3 vol. in-12, parut en 1783. A cette époque, *la Nouvelle Héloïse* avait mis à la mode la forme ennuyeuse du *roman par lettres*.

Léonard était un poète; il est peut-être nécessaire aujourd'hui de le dire. A cette époque il était connu. Né à la Guadeloupe en 1744, il devait sa réputation à ses *Idylles morales* où il mêlait, dit-on, avec agrément, la « sentimentalité » de Gessner à des traits de passion empruntés aux élégiaques latins.

M. Sainte-Beuve a consacré un de ses *Portraits littéraires* à Léonard, pour lequel il montre beaucoup de sympathie.

Un grand événement de cœur, dit-il, remplit sa jeunesse et semble avoir décidé de toute sa destinée. Il aima; il fut aimé; mais au moment de posséder l'*objet* promis, une mère *cruelle* et *intéressée* (on dirait qu'entraîné par sa sympathie, M. Sainte-Beuve emprunte ici le style de son modèle) préféra un survenant plus riche. La jeune fille mourut de douleur, non sans avoir senti fuir sa raison égarée; et lui, il passa de longues années à gémir amèrement en lui-même, à moduler avec douceur ses regrets. On peut lire cette histoire sous un voile très légèrement transparent dans le roman qu'il a intitulé : *La nouvelle Clémentine*. Ses vers à chaque instant la rappellent et en empruntent une teinte mélancolique, une note plaintive et bien vraie.

M. Sainte-Beuve paraît avoir ignoré les *Lettres de deux Amants de Lyon*. Du moins n'en dit-il pas un mot. Léonard, incidemment, y a reproduit aussi l'histoire de la folle par amour.

*
* *

Dire que ce roman est absolument mauvais, ce serait trop. On y a dépensé du talent, même. Seulement, on ne peut plus le lire ; il est démodé. Il y a des littératures, comme il y a des formes de chapeau, qui sont plus vite ridicules que d'autres. *La nouvelle Héloïse*, qui fit tant pleurer nos grand'mères, est œuvre de plus fort ouvrier que les *Lettres de deux Amants de Lyon*, elle est aussi démodée. Cent fois moins démodée, au contraire, est cette charmante *Princesse de Clèves*, qui a plus du double d'existence, qui est écrite dans une langue incomparablement plus éloignée du français moderne que la langue de Rousseau et de Léonard, mais qui est naïve. La sincérité, c'est tout ce qu'on demande ; le reste est un surcroît. Comme le disait M. Ingres à ses élèves dans un de ces aphorismes dont il était coutumier : « En fait d'art, les plus malins sont les plus naïfs. » Il faut se faire, comme le petit enfant, dit l'Évangile. Cependant prétendre que les *Lettres de deux Amants de Lyon* sont faites tout avec la tête, sans y mettre de son cœur, qu'elles ne sont pas *sincères*, cette fois encore ce serait dépasser la vérité. Elles sont écrites par un homme qui a profondément expérimenté le sentiment qu'il veut dépeindre ; mais il y a des temps où naturellement les écrivains ne sont pas naturels. On n'a pas assez observé dans l'ordre moral ces *actions de milieu*, dont l'étude a permis de transformer les sciences naturelles. Elles s'exercent sur les âmes aussi bien que sur les corps. Prenez un temps, celui de Léonard, par exemple : tous les amoureux aiment d'une certaine manière, qui n'est pas la manière propre de chacun, mais qui est la manière de tous. Non seulement ils s'expriment tous par le même langage, mais ce qui est plus drôle, ils *sentent* le même sentiment, un sentiment omnibus, qui est à tous et qui n'est à personne. Tout le monde aime de la même façon; tout le monde est *sensible*, comme tout le monde porte la queue. Cinquante ans plus tard ce sera autre chose, qui ne sera pas davantage *personnel*. C'est épidémique; c'est dans l'air. Dans un ordre moins relevé, ce sont ces entraî-nements dont sont susceptibles les foules, alors que tout le monde est ému sans savoir pourquoi. C'est un des plus désas-treux effets de l'éloquence.

Ce qu'il y a d'intolérable dans tous les romans de cette époque, c'est une prodigieuse dépense de *sensibilité* et de *vertu*. Tout le monde éprouve le besoin d'être sensible et vertueux, vertueux et sensible, et, ce qui est pis, de le dire. Thérèse est *sensible*, Faldoni est *sensible*, le curé est *sensible*, la mère est *sen-sible* : il n'y a que le père qui soit *cruel*. Enfin, comme si ce n'était pas assez des héros de roman, il faut encore qu'il y ait des gens sensibles après eux. Quand Faldoni a choisi le lieu où il veut être enterré, il s'écrie : « Ce tombeau attirera peut-être des âmes *sensibles !* » Cette fois, c'en est trop, et dût-on m'accuser d'être *cruel*, je demande à rester insensible !

Cette débauche de sensibilité : action du milieu, toujours. Il y avait un esprit général qui voulait qu'on ne considérât pas dans l'amour l'action en elle-même, le sacrifice de celui qui aime pour celui qui est aimé, mais la *sensibilité* avec laquelle le sacrifice est accompli. C'est bien cela : le sacrifice n'est rien; ce qui vaut quelque chose, ce sont les phrases dont on l'accompagne.

Par sacrifice, je n'entends pas ici le sacrifice au devoir; le dix-huitième siècle ne connaissait guère plus le mot de devoir que notre temps ne connaît la chose. Le mot de devoir était trop simple, trop uni. On voulait un homme *vertueux;* honnête homme, fi donc!

Mais même le sacrifice sans devoir, le sacrifice par amour, le dix-huitième siècle le voulait d'une certaine sorte. Le dévouement discret en paroles, le dévouement qui part du cœur franchement, bonnement, ce dévouement qu'ont de certaines femmes, en un mot le dévouement naïf, cette fleur de l'amour, la mode n'y était pas. Elle n'y est pas encore, et je doute même que la mode y soit jamais beaucoup.

De tout le dix-huitième siècle il n'y a que Mlle de Lespinasse (une Lyonnaise) qui ait connu l'amour sans phrases. Elle était si naturelle, elle était si bien faite pour aimer et pour souffrir, elle a aimé avec tant de sincérité et elle a souffert avec tant de sincérité, elle était enfin si bien elle-même qu'elle ne put être gâtée. Son style brusque, court, tout en palpitations comme son cœur, est admirable parce qu'il s'ignore. L'empreinte du siècle ne paraît qu'une fois, fugitive, dans ses lettres. Elle aussi parle une fois des *âmes sensibles.* Mais ce n'est qu'une fois en passant! Elle est si vraie, en place, quand elle parle de « son

âme de feu et de douleur ! » Dans tous les autres, depuis Rousseau en haut jusqu'à Léonard en bas, il y a du *voulu ;* ils aiment
avec préméditation ; mais Mlle de Lespinasse, la voilà :

*Il y a bien loin entre les sentiments qu'on se commande et ceux
qui vous commandent : les premiers sont parfaits, et je les abhorre.*

*
* *

Léonard, dans son roman, a suivi pas à pas les faits réels.
Seulement il les a changés d'étage social. En 1783, la démocratie ne « coulait pas encore assez à pleins bords » pour que
les amours de la fille d'un aubergiste avec un maître d'armes
pussent être considérés comme un sujet suffisamment noble
pour figurer dans une œuvre littéraire. M. Meunier est devenu
M. le comte de Saint-Cyran ; Faldoni, un brillant gentilhomme
italien, et ainsi de suite. La bicoque d'Irigny est devenue, elle,
le château des Ormes. « Après avoir fait le tour du château, dit
Faldoni, je me suis enfoncé dans une vallée qui, en s'ouvrant,
m'a laissé voir une plaine immense et variée par le paysage le
plus champêtre. » Hum ! une *plaine variée par un paysage...* je
comprendrais plutôt un paysage varié par une plaine ! « Le
Rhône s'y promenait avec orgueil... » Plus loin, Thérèse écrit
du même château : « Comme nous sommes *voisins du Forez,*
nous avons fait ces jours-ci le projet d'aller voir le rivage du
Lignon... » Il y avait aussi, on le voit, du *voulu* dans la géographie. Léonard est comme l'amour : il rapproche les distances.

Du reste, il est évident que Léonard n'avait jamais vu Lyon et
qu'il ne s'en est pas inquiété davantage. Il aurait pu aussi bien
écrire son ouvrage de la Guadeloupe, où il était né. Il n'y a de
lyonnais dans tout le roman que ce passage : « Nous avons eu

constamment de grandes pluies. » Si Léonard eût habité Lyon quelque temps, ses *Lettres* pourraient être pleines d'intérêt pour nous. Il eût fait promener ses amants dans tel bois, contempler tel paysage, voir tel clocher que nous connaissons, ou dont nous savons la place. Nous aussi, alors, nous croirions voir ses amants. Pourvu cependant qu'il eût été plus exact que Lamartine, qui nous raconte avoir souvent admiré, de sa pension de la Croix-Rousse, « les deux beaux coteaux de Sainte-Foy, de l'autre côté de la Saône »!! Mais cette précision, dont nous avons aujourd'hui un besoin si impérieux, le dix-huitième siècle ne l'exigeait pas et ne l'eût pas appréciée. Rousseau l'avait d'instinct, mais une exactitude à courte vue, un peu myope. Quant à Léonard, il ne s'inquiète de rien. Il en arrive à l'extravagance. Dans les montagnes du Forez « les GRENADES pendent de tous côtés aux arbres »! Cela me rappelle la description d'une *Promenade à la grotte de la Balme*, que publia jadis la *Revue du Lyonnais* : « Nous quittâmes Pont-Chéry, caché, *comme une ville andalouse*, au sein des prairies et des bouleaux... »

Léonard est fabriqué de Gessner et de Rousseau. Il fait comme de certains peintres qui, même en peignant d'après nature, peignent encore d'après des tableaux. D'une part, Dieu n'est jamais que l'*Être suprême;* plus Faldoni « réfléchit sur l'état civil, plus il sent combien nos *institutions* dégradent l'ouvrage de la *nature;* » ailleurs, « *d'affreux préjugés* nous accablent de leur *joug;* des hommes *superbes* élèvent un mur de séparation entre une *amante*, etc. »; il fait tremper un curé, le curé sensible, dans toutes les manigances amoureuses sans le moindre scrupule ; ce n'est pas un *vicaire*, c'est un *curé savoyard*. Voilà Rousseau. — D'autre part, « Faldoni *regagne sa demeure*. Les bonnes gens qui lui ont ouvert leur *asyle* l'accueillent avec une joie qui le touche ; il s'amuse du *tableau* de cette famille *vertueuse*. » Il y a des « bergers aux *mœurs pures* » ; des vases de terre « élégamment tournés » ; des « mets *simples et choisis*, parfumés par des corbeilles de fleurs qui couronnent ce banquet *rustique* ». Ailleurs, « on entend des *flageolets* et des cornemuses. Une troupe *villageoise*, vêtue proprement *et avec goût*, parut ; on se mit à danser, etc... » Voilà Gessner et ses bergers de trumeaux. C'est pour tout cela qu'on a inventé le mot de *rococo*.

* * *

De la lecture de ce roman, je tire une morale. Le texte m'en est donné par une charmante Anglaise du dix-huitième siècle, miss Berry, et ce texte, je le recommande aux poètes, aux romanciers, et... aux amoureux eux-mêmes.

« De toutes les passions, l'amour est, à mon avis, celle qui admet le moins les descriptions exagérées. C'est en soi une exagération, et le seul moyen d'intéresser profondément les âmes *sensibles* (encore ! miss Berry, vous êtes tout de même du dix-huitième siècle !) est d'en modérer l'expression et dé laisser beaucoup à deviner au lecteur. »

Amen.

2 février 1872.

LES MAITRES DE POSTE

ANS doute, les chemins de fer, c'est une bien belle imagination. Pas moins, c'était fort agréable aussi, ces chaises de poste, qui, larges, superbes, arrivaient au triple trot de quatre chevaux, les deux postillons en culottes collantes de peau de daim, bottes à l'écuyère, petite veste bleue, soutachée de rouge et d'argent, avec deux petits pans par derrière, minuscules, à seule fin qu'ils ne pussent être pris entre la selle et le reste, ce qui aurait été désagréable pour celui-ci; chapeau de cuir verni, très bas, avec bourdalou d'or; au bras gauche une plaque aux armes de France; dans le dos un petit cor, pour avertir de loin les palefreniers d'amener leurs chevaux du relais sur la route. Les postillons avaient des fouets à manche court, et tout le temps clic, clac, clic, clac! Le soir, les biceps leur en faisaient mal. Dans la chaise, étendu, un

milord anglais, avec de grandes dents et des favoris rouges. —
C'est un spectacle que je regretterai toujours.

Ces postillons n'étaient point de vulgaires charretiers au
service du maître de poste. Ce n'était rien de moins que des
« fonctionnaires ». Ils avaient un livret, et, après trente ans de
service, avaient droit à une somptueuse retraite de 150 francs.
Mais, comme tout fonctionnaire, ils étaient sujets à révocation.
Ils n'avaient point d'appointements. Seulement ils touchaient
20 centimes par kilomètre, du voyageur qu'ils conduisaient,
ou de l'État pour la malle-poste. Mais leurs plus beaux reve-
nus, c'étaient « les guides », *id est* les pourboires du voyageur
expansif, qu'ils conduisaient alors au grandissime galop. Les
chevaux étaient payés comme le postillon (sauf qu'ils n'avaient
pas de pourboires). Mais il y avait supplément pour les ren-
forts, qu'on multipliait aux montées, etc., bref, toute la petite
oie. — Pour voyager en poste, on le voit, il fallait avoir les
rognons couverts, comme nous disons à Lyon.

Les postillons avaient parfois fort bonne mine, témoin le
postillon de Lonjumeau, musique d'Adolphe Adam. Voire me
suis-je laissé conter qu'une grande dame, célèbre au commencement du siècle pour son génie littéraire et vertueux, faisant
un voyage en poste, elle avait devant elle un postillon si ferme,
qui rebondissait si gentiment sur sa selle, qu'elle ne sut pas se
défendre d'un tendre pour lui, et faillit ensuite mourir de
honte, ce qui serait certainement arrivé, si elle n'avait pu se

consoler de sa chute par d'autres chutes, mais plus séantes à une grande dame.

*
* *

Les choses vieillissent si vite que nous ne savons déjà plus exactement ce que c'était que les maîtres de poste.

Louis XI, qui les créa, leur donna le nom de *Maîtres tenant les chevaux courants pour le service du Roi*, et, en effet, ce ne fut que plus tard que l'on ajouta à ce service le transport des correspondances privées d'abord, puis celui des voyageurs.

La charge, au début était héréditaire. Mais, en 1672, l'hérédité fut supprimée, et leur nomination appartint au surintendant des postes; toutefois, leur « brevet » demeura transmissible, et ils se trouvèrent exactement dans la situation de nos officiers ministériels, notaires, avoués, agents de change, etc., qui peuvent vendre leur charge, mais dont le successeur doit être agréé par le gouvernement. L'administration pouvait les obliger à vendre leur brevet, et même le confisquer purement et simplement par voie de révocation, mais ce dernier cas était fort rare, et il y fallait quelque faute capitale.

Toujours comme les officiers ministériels, les maîtres de poste étaient astreints à la formalité du serment. Ils avaient un uniforme vert avec épée, qu'ils ne mettaient jamais, sauf lorsqu'ils galopaient, comme ils en étaient tenus, à la portière de la voiture des souverains. Charles Mottard, le maître de poste de Lyon, si connu, ne revêtit son habit qu'une seule fois, pour galoper à la portière du carrosse de Pie VII, lorsqu'il passa par Lyon, en allant sacrer Napoléon Ier. Dans les autres circonstances, rares, où il avait à remplir ce devoir, Mottard se faisait remplacer par un de ses fils.

*
* *

Le service des maîtres de poste ne se confondait pas avec celui du bureau des postes. Le maître de poste était simplement chargé du transport pendant quatre lieues, ou davantage, s'il avait les brevets de plusieurs relais. En 1788, le directeur des postes de Lyon était M. Tabareau, le père, j'imagine, de celui qui fut doyen de notre faculté des sciences. Il avait sous ses ordres trois contrôleurs, dont Vasselier, le poète, de l'Académie de Lyon. Le maître de la poste aux chevaux était un M. Lecler, et son bureau était au « cu-de-sac des Célestins », ce qui est aujourd'hui la rue des Templiers. M. Dervieux l'aîné était directeur-général des « Diligences, Coches et Messageries du Dauphiné, de la Provence et du Languedoc. » Les coches étaient des bateaux, remontés par des chevaux, qui faisaient le service entre Lyon et Arles.

En 1793, ce M. Dervieux était devenu maître de poste de Lyon. M. Charles Mottard, son gendre et son successeur, est une figure lyonnaise trop marquée pour ne pas s'y arrêter.

Il était d'Avignon, né en 1768 ou 1769, fils d'un fabricant de florences, dont l'industrie était alors importante à Avignon. Arrivé à Lyon, en 1786, pour y apprendre le commerce des soies, il y avait déjà travaillé assez fructueusement, lorsque survint la Révolution, puis l'insurrection lyonnaise de 1793. Mottard prit les armes, et, à un poste avancé au delà du pont de la Guillotière, fut blessé à la cuisse par une balle qui contourna l'os sans le briser.

Au moment de la prise de la ville il était à l'hôpital. Lorsque des commissaires vinrent dresser le relevé des blessés, un infirmier fut saisi de pitié, et, s'écriant : « Ce serait dommage de laisser guillotiner un si beau garçon ! » il le fourra dans une huche à pain.

Sorti de l'Hôtel-Dieu, il fut recueilli par une dame d'Avignon qui le cacha chez elle, au péril de sa vie. Il y allait de la guillotine. Une fille, devenue la maîtresse d'un conventionnel, lui procura un faux passeport, et il sortit dans la malle-poste, un jour que la pluie battante empêcha les employés de la barrière lyonnaise de contrôler de trop près le signalement. Il passa le reste de la Terreur à Gex, vivant chez de braves cultivateurs. Puis, après le 9 thermidor, il revint à Lyon, mais ruiné.

A son arrivée il avait retrouvé un ami d'enfance, Artaud, aussi d'Avignon, qui fut un érudit très distingué, et devint plus tard conservateur du musée de Lyon. Le malheur commun les réunit, et ils jurèrent de ne pas se séparer. Mottard voulut s'engager, mais sa taille le plaçait dans les cuirassiers, tandis qu'au contraire Artaud fut jugé trop faible pour pouvoir être enrôlé. Tous deux se décidèrent alors à des carrières civiles.

Mottard entra dans la maison Dervieux comme inspecteur du service entre Lyon et Marseille. La génération de ce temps était énergique. Il voyageait sans cesse, toujours à cheval, par des routes horribles.

En 1797 il épousa Mlle Dervieux et devint l'associé de la maison.

La poste était alors dans les bâtiments du Palais-Royal, c'est-à-dire à l'angle de la rue du Plat et du Port du Roi (aujourd'hui quai des Célestins), à l'entrée du pont de l'Archevêché. Comme on sait, le quai Tilsitt n'existait pas encore.

Quelques années après, la grande maison Dervieux liquida. Mottard garda la poste,[1] et M. Pierre Galline, le père de M. Oscar Galline que nous avons tous connu président de la Chambre de commerce, M. Pierre Galline prit les voitures, les coches ayant cessé le service. Pendant un demi-siècle les Lyonnais sont montés dans les messageries Galline.

La première condition pour que les maîtres de poste vécussent, c'est qu'on n'arrêtât pas les diligences.

On se figure difficilement aujourd'hui ce qu'était l'anarchie sous la Convention et le Directoire. Les bandes de chauffeurs jetaient la terreur dans la population tout entière. Ma mère me contait que dans chaque maison on avait réuni des armes. Chez nous, à Sainte-Foy, on mettait de la lumière toute la nuit sur la coudière d'une haute fenêtre. Cette fenêtre, quoique ne donnant pas sur le chemin, pouvait en être vue, et l'on espérait que les malfaiteurs, s'apercevant ainsi que l'on veillait dans la maison, y regarderaient à deux fois avant de l'attaquer.

Quant aux arrestations de diligences à main armée, c'était

---

1. Entre Dervieux et Mottard figure un autre titulaire. Je trouve en l'an IX (du 23 septembre 1800 au 22 septembre 1801) un « citoyen Guillaume Math, maître de poste, rue du Plat, n° 7, maison Fay ». Dans l'almanach de l'an XI, le nom est orthographié Maté, même domicile. Ce Math ou Maté était probablement un fermier de l'entreprise Dervieux.

pain quotidien. Jusqu'au milieu de ce siècle, une diligence portant des « groups » de l'État était toujours escortée de gendarmes se relayant de brigade en brigade. Lorsque, en 1834, nos parents furent accompagner à Aix notre frère Barthélemy dans les messageries Galline, la diligence fut précédée tout le voyage par deux gendarmes, la carabine au poing. Mais cette garantie n'était pas toujours suffisante. Vers 1820-25 la diligence de Montélimart à Nyons, malgré son escorte, avait été attaquée, presque aux portes de Nyons, par des individus masqués, sortis brusquement d'une « baume ». Les gendarmes, bravement, s'enfuirent sans tirer un coup de feu [1]. On ne prit jamais personne, bien entendu, mais tels et tels furent soupçonnés ; et encore aujourd'hui lorsque, dans les grandes occasions, dans les réunions électorales, par exemple, on s'injurie, comme il est juste, on s'accuse respectivement d'être le petit-fils d'un de ceux qui ont arrêté la diligence.

Un des premiers soins de Bonaparte fut d'organiser une colonne volante pour rétablir la sécurité au moyen d'exécutions sommaires [2]. Le remède agit *cito*, *omnino*, je n'ose ajouter *jucunde*.

1. M. Dupuy, député de la Drôme en 1871, était au nombre des voyageurs.

2. Le centre principal des brigands entre Lyon et Marseille était aux environs de Bollène, où se firent beaucoup d'exécutions. Pourtant, le fameux Viarsac, de Venterol, qui fut des années la terreur du pays, ne fut pris que bien plus tard, à Nyons, et guillotiné à Venterol. Chaque village daube volontiers le village voisin. J'ai entendu raconter par des gens de Bollène que, lorsque l'administration voulut nommer un maire à Saint-Restitut, on ne trouva que des gens qui avaient arrêté la diligence ou du moins en étaient accusés. Fin de compte, disait le narquois, on mit la main sur un qui ne l'avait pas arrêtée, mais son père l'avait fait. Les arrestations

*
* *

Le rétablissement de l'ordre n'alla point sans plus d'un acte arbitraire. Il ne faudrait pas croire que les abus fussent le privilège des gouvernements libres. Au contraire, il y sont plus facilement dénoncés. On en dénonce même quelquefois qui n'existent pas. Les postes dépendaient du ministère des finances et comprenaient deux divisions, celle des postes aux lettres et celle des postes aux chevaux. M. Mottard racontait qu'un directeur des postes imagina de s'adjuger à lui-même, à des prix fixés par lui-même, tous les transports des lettres sur les lignes autres que les routes nationales, et les vendit ensuite en détail de gré à gré aux divers entrepreneurs. Le plus beau, c'est que cela ne parut pas le moindrement extraordinaire.

*
* *

· Le Consulat et l'Empire furent l'âge d'or des maîtres de poste. La poste de Paris appartenait alors à la famille de la Glandière. C'était un assez joli poste, employez le masculin ou le féminin, comme il vous plaira. Lorsque, en 1814, M. Dailly épousa l'aînée des jeunes filles de la maison, le brevet de Paris lui fut compté quatorze cent mille francs (qui vaudraient plus du double aujourd'hui). A ce moment, la poste de Paris occupait sept cents chevaux et recueillait environ 120 000 francs de droits de poste. Voici en quoi consistaient ces droits.

Sous Louis XVI et pendant la Révolution, les services

de diligence se perpétuèrent, mais à l'état sporadique, jusqu'à des temps rapprochés de nous. Encore dans les premiers jours de janvier 1848, la diligence d'Avignon à Nîmes fut attaquée et dévalisée.

étaient mal organisés, les relais mal pourvus. Pour y remédier, la Convention édicta une loi aux termes de laquelle toutes les voitures publiques partant à heures fixes, et annoncées par affiche, devaient payer vingt-cinq centimes par cheval et par huit kilomètres parcourus, au relais devant lequel elle passait. Cela permit au gouvernement d'imposer aux maîtres de poste l'entretien d'un certain nombre de chevaux, fixé d'après la distance des relais, avec obligation de marcher à une vitesse désignée.

Ce sont ces vingt-cinq centimes qui, mis bout à bout, finissaient par faire cent vingt mille francs de rente.

Napoléon était trop administrateur pour ne pas se préoccuper du bon fonctionnement du service des postes. En passant à Lyon il remarqua Mottard et s'entretint avec lui des améliorations possibles. Ce fut notre compatriote qui lui suggéra de réquisitionner, dans un cas de mobilisation, les voitures et les chevaux des cultivateurs et de les atteler en poste. Ce moyen fut employé pour transporter rapidement les corps d'élite au camp de Boulogne, et aussi la garde sur les bords du Rhin, lors de la campagne d'Ulm et d'Elchingen.

L'empereur avait enjoint aux maîtres de poste de toujours conserver un attelage frais pour le service de la malle et de n'en disposer sous aucun prétexte. A l'un des passages de l'empereur, le maréchal Duroc vient demander des chevaux. Il n'en restait plus de disponibles. Le grand dignitaire allègue son service, et veut se saisir des chevaux destinés à la malle. Résistance énergique de Mottard. Fureur du maréchal qui, de guerre lasse, envoie à l'empereur, logé à l'archevêché, un mot par un aide de camp. Celui-ci rapporte la lettre, en marge de laquelle l'empereur avait écrit : *Refusé* [1].

Les maréchaux de l'Empire étaient d'ailleurs, à l'exemple du maître, durs et impérieux. Un jour Lannes, habillé en bourgeois, passait en poste, seul sur la banquette du fond, son sabre dans le fourreau étendu sur la banquette du devant. Pendant qu'on relayait à Saint-Fons, un gendarme s'approche et demande au voyageur son passeport.

— Je suis le maréchal Lannes.

— Alors, monseigneur le maréchal doit savoir ce que c'est que la consigne, et je le prie de me montrer son passeport.

Lannes saute à bas de la voiture, prend en guise de bâton son sabre avec le fourreau sur la banquette, et en assène une grêle de coups sur le malheureux gendarme en lui disant :

— Voilà qui t'apprendra à douter de la parole du maréchal Lannes.

Une curieuse institution du temps fut le service des courriers de l'empereur. On sait que ces courriers allaient du point de

---

1. Duroc était cependant un favori de l'empereur, qui, au dire de Mottard, le chargeait de certaines missions intimes et délicates. A Lyon il dénicha la belle Mme ***, femme d'un brasseur. Ce fut, prétendait notre auteur, la seule dont l'empereur ait complimenté Duroc, en lui disant le lendemain : « Tu as eu la main heureuse. » Le mari fut bombardé receveur général dans une grande ville, et, une trentaine d'années plus tard, fut impliqué dans un célèbre procès en corruption.

départ, Paris par exemple, jusqu'à Rome, Madrid ou Berlin et réciproquement, sans quitter la selle. Au bout de vingt-quatre heures ils étaient « enroidis ». Pour changer de bidet, quatre hommes les transportaient, *avec leur selle* (le changement les eût écorchés), sur leur nouvelle monture. C'était une manœuvre à laquelle les palefreniers de Mottard étaient exercés. Les courriers n'avaient pas de chemise, mais un collant en peau fine et sans aucun pli. Leur seule allure était le triple galop. Un postillon à cheval les accompagnait, et du premier relais ramenait les deux bidets.

Le plus célèbre courrier fut Moustache, qui avait apporté les nouvelles des grandes victoires, et auquel l'empereur, fort superstitieux, tenait comme à sa redingote grise et à son petit chapeau les jours de bataille. On le portait, toujours avec sa selle, de la cour des Tuileries aux pieds de Joséphine, à qui il remettait ses dépêches en criant : « Victoire ! » — Tout lui était permis. Une fois il garda un bidet, dont il trouvait le galop doux, de Lyon à Bourgoin (41 kilomètres), où le cheval tomba et creva sous lui, cas de destitution du courrier. Mottard se plaignit. On lui répondit : « C'est Moustache ; ne dites rien ; voilà 500 francs. » A ce prix, Mottard aurait consenti à ce qu'on crevât toute l'écurie.

L'année 1814 fut particulièrement cruelle pour Mottard. Il fut souvent réquisitionné pour conduire les fourgons de Bubna, chargés de l'argent provenant des contributions dont Lyon fut frappé. Ils ne marchaient que la nuit. Six chevaux les traînaient péniblement.

Pendant cette même occupation autrichienne, Mottard et son fils aîné, âgé de seize ans, allèrent un jour à leur relais de Saint-Fons; ils trouvent tous leurs chevaux dehors et quarante chevaux de la cavalerie ennemie installés à leur place.

Mottard ordonne aux palefreniers de détacher ces chevaux. Personne n'ose. Il appelle son fils, et ils se mettent à faire la besogne eux-mêmes. Arrivent les Autrichiens, sabre nu. Mottard et son fils de crier : *Furt ! Bubna, Post-master !*[1] C'était tout ce qu'ils savaient d'allemand. Les Autrichiens crurent à un ordre de Bubna, et décampèrent sans mot dire.

A son retour de l'île d'Elbe, Napoléon, qui logeait à l'hôtel de l'Europe, fit quérir le maître de poste et lui demanda brusquement :

— Les chevaux qui ont emmené le comte d'Artois sont-ils de retour ?

— Non, Sire; mais je dois dire à votre majesté que j'ai donné l'ordre de ne pas laisser son Altesse dans l'embarras, et de pousser jusqu'à Tarare, si les relais de la Tour-de-Salvagny et des Arnas sont désorganisés.

— C'est bien. Vous avez bien agi.

Napoléon se fit ensuite raconter par Mottard les circonstances

1. Mottard estropiait en *furt* le mot allemand *fort*, « dehors ! partez ! » Ce mot, avec plusieurs autres, aussi plus ou moins estropiés (*crompire*, pomme de terre; *faire cheloffe*, dormir; *Tarteïfle*, Allemand, etc.), nous est resté de l'invasion. Il a été généralement corrompu en *fourt*, et lorsque j'étais petit et que ma mère voulait me faire déguerpir de quelque endroit, elle me criait toujours : *Fourt ! Fourt !* — Quant à *post-master* (directeur des postes), c'est *Postmeister*, estropié ou plutôt remplacé par le mot anglais.

du départ du comte d'Artois. Lorsqu'il sut qu'abandonné par son régiment, le prince n'avait été suivi que d'un seul hussard.

— Je le décorerai, fit Napoléon[1].

Puis il ajouta :

— Vous ne vous attendiez pas à me revoir, n'est-ce pas? Les Français ont besoin d'être sévèrement gouvernés; vous ne l'étiez pas du tout. Il fallait que je revienne.

A partir de 1815, disait Mottard, la tranquillité fut rétablie dans l'administration, le despotisme moins marqué, l'arbitraire diminué. Donc, ajoutait-il judicieusement, il y a moins à en raconter. La Restauration fut avant tout un gouvernement économe. On diminua les dépenses pour la création de routes nouvelles. Certaines circonstances, narrées par M. Mottard, semblent montrer toutefois qu'il n'était pas complètement à l'abri de la corruption.

Le gouvernement de juillet, au rebours de la Restauration, fit énormément pour la viabilité, et établit des services dans toutes les directions.

En 1812, Mottard avait acheté le brevet de Saint-Fons, puis celui de Saint-Symphorien d'Ozon. Ceux de Brignais et de la Tour-de-Salvagny lui avaient été concédés par l'administration après la ruine des titulaires. Il conserva jusqu'à sa mort la poste de Saint-Fons, qui était enclavée dans ses propriétés, et

1. Napoléon était l'homme des phrases à effet, mais je crains bien qu'il n'ait oublié de décorer le hussard.

dont le brevet fut transmis à son fils. Il avait vendu successivement les autres.

Les maîtres de poste qui avaient précédé Mottard s'étaient
ruinés ; ceux qui lui succédèrent se ruinèrent. Seul il fit une
fortune, et considérable. Sous Louis XVI, et encore plus pendant la Révolution, les routes étaient dans un état tel que les
voitures n'y pouvaient circuler qu'avec les plus extrêmes
difficultés. Sous le Consulat et l'Empire elles devinrent prati-
cables ; les voitures ne furent plus arrêtées par les brigands ; la
fortune publique se relevant, il y eut des gens pour voyager
en poste. Enfin, les chevaux étaient à bas prix. Les bidets
valaient 150 francs, et 200 les malliers et porteurs. En 1855,
quand la poste de Saint-Fons cessa de fonctionner par suite de
l'ouverture de la section de Lyon-Valence sur le chemin de fer
P.-L.-M., les prix moyens des chevaux étaient de 525 à 550
francs. Le maître de poste de Lyon, astreint à un choix, les
payait 700 à 800 francs. Les gages des palefreniers s'étaient
accrus en proportion.

Malgré les conditions avantageuses dans lesquelles il exerça,
il n'est pas à douter qu'à la place de Mottard maint autre n'eût
pas réussi. Il y fallait sa forte main, son coup d'œil, son énergie,
son esprit d'administration. Napoléon devait apprécier cet
homme.

En ce temps-là, les écuries de la poste étaient installées sur
un emplacement au numéro 9 de la rue Boissac, où, vers
1839, une belle maison fut construite, qui appartient encore à
la famille. Il faut se rappeler que la partie de la rue de Bour-

bon comprise entre la rue Sala et Bellecour n'a été ouverte qu'en 1838. Les terrains et bâtiments de la poste s'étendaient de la rue Boissac à la rue Saint-Joseph, vis à vis du portail de Saint-François.

Mottard vendit en 1836 son brevet de Lyon pour trois cent mille francs[1]. Les droits de poste, à eux seuls, rapportaient trente-six mille francs. La poste occupait cent vingt à cent trente chevaux. Au service de la poste était joint celui des omnibus de la ville, qui en occupait quatre-vingts.

Mottard mourut subitement le 12 mai 1851, à Avignon, dans une ancienne maison de la famille, qu'il avait rachetée. Il avait 83 ans. C'était un homme de haute stature, robuste, énergique, doué de la faculté du commandement, vif jusqu'à

1. L'acquéreur fut un nommé Gringeat, entrepreneur de messageries à Grenoble. Il ne réussit pas et vendit, en 1838, à Cailletot, de Bourgoin. Celui-ci dut transférer les écuries sur la place Louis XVIII, *alias* Charabarat, là où s'élève l'hôtel d'Angleterre. Cailletot mourut en mauvaise situation de fortune et le brevet passa à Richard, important créancier. Richard mourut à son tour, et en 1846 César Lucotte devint acquéreur à vil prix, car la valeur du brevet se trouvait réduite de plus en plus à chaque insuccès. En outre, l'invasion de la vapeur par les bateaux d'abord, par le chemin de fer ensuite, présageait la ruine prochaine.

Lucotte était le fils du renommé traiteur qui tint l'hôtel des Princes, passage Couderc, de 1819 à 1832, puis l'hôtel du Parc, place des Carmes, de 1832 à 1844. César Lucotte fut le dernier maître de poste de Lyon ; l'ouverture du chemin de fer entre Lyon et Châlon en 1854, puis entre Lyon et Valence en 1855, causa la cessation virtuelle du service. Il avait conservé l'exploitation des omnibus, lorsque le gouvernement concéda à une société le droit d'établir un service sur tout le réseau de la ville. Lucotte mourut peu après, en août 1862.

la violence. Dans sa vieillesse il contait beaucoup et bien. Quoique Napoléon eût fait sa fortune et qu'il eût été son grand admirateur, au moins jusqu'en 1807, il avait gardé la vieille foi légitimiste et catholique de l'Avignonnais.

Avec lui disparut le type du « maître de poste ». On aura beau dire, le maître de poste était quelque chose de plus pittoresque et surtout de plus « autonome » que le chef de gare. Dans notre société moderne les hommes ne deviennent plus que les rouages d'une montre immense. — Il est vrai que les voyageurs ne se plaignent pas du changement.

Mottard laissa deux fils. L'aîné, Eugène, resté maître de poste de Saint-Fons jusqu'à la suppression du service, est mort en 1885. Ce fut, dans sa jeunesse, un chanteur de salon en réputation, comme Feuillet, Relave, Arnaud, et plus tard Dubouret et M. Renard.

Le second fils, Adolphe, est mort célibataire en 1868. Qui, parmi les Lyonnais, ne l'a connu ? Dans le monde des théâtres, qu'il fréquentait beaucoup, on lui avait donné le surnom de Fauteuil (pour faux œil) ou de Brique-à-l'œil, à cause de son œil de verre. Il avait, en effet, perdu un œil dans son enfance, par suite d'un horrible accident : un coup de couteau. Il me souvient des années que je prenais de fois à autre l'omnibus de Lucotte pour aller au Grand-Théâtre. En face de la rue Boissac on était sûr de le voir s'arrêter pour recueillir Adolphe Mottard. C'était le beau temps des Renard, des Belval, des Achard. Tous ces souvenirs sont loin déjà, et le Temps roule les emportant, et nous avec.

15 novembre 1890.

LES ROMANS CHEZ NOUS

LYON est Lyon. Tant pis ou tant mieux, ceux qui sont nés chez nous, y ont vécu longtemps, ont contracté un certain pli. Ils pensent d'une certaine manière, prononcent les mots d'une certaine manière, emploient de préférence certaines locutions, en dépit parfois de toute leur envie de faire les Parisiens. Encore bien que la facilité merveilleuse des communications, le moule uniforme de l'éducation moderne tendent à faire de plus en plus de toute la France une monotone et fatigante répétition d'elle-même sur tous les points de son territoire, tout n'a pas encore disparu. Même après les percements de la rue Impériale et de la rue de l'Impératrice, il existe encore quelque chose de lyonnais, il existe quelques Lyonnais,

Et s'il n'en reste qu'un, je serai celui-là.

*
* *

Ces réflexions me venaient à l'esprit en relisant l'autre jour
un roman que le journal le *Salut public* publia vers la fin de
1871, et qui a pour titre *Étienne et Mariette*[1]. Si de fortune
vous l'avez lu, vous n'aurez pas manqué à dire : cette fois,
voilà bien du vrai lyonnais, bon ou mauvais, il n'importe, mais
tiré au tonneau. Non seulement le matériel, pour ainsi dire,
est lyonnais : rues, quais ou paysages, mais aussi le moral. Un
personnage comme celui d'Étienne serait impossible à Paris ;
il serait plus vif, moins en dedans ; plus hardi, moins impré-
gné de traditions religieuses. Mariette est une sorte de grisette,
mais combien différente, elle aussi, d'une grisette parisienne ;
tout autant que le style de Murger est différent de celui de
l'auteur lyonnais[2]. Cette façon d'écrire, quel que soit le jugement que l'on porte sur elle, c'est la marque de fabrique,
comme ces pièces de taffetas qui portaient à la première façure
le nom de Claude-Joseph Bonnet.

Il n'y a guère qu'un homme né dans une ville ou bien y
ayant vécu depuis son enfance, qui puisse convenablement
prendre cette ville pour cadre d'un roman. Il ne suffit pas de
connaître les êtres, de façon à ne pas faire passer les gens sans
transition de la rue de l'Arbalète dans la rue de l'Ane ; de ne

1. Ce roman a paru depuis en librairie (1886) dans un volume intitulé
Les Histoires.
2. Cet auteur étant un ami de Puitspelu, celui-ci n'a pas cru devoir
s'arrêter davantage au roman en question.

pas faire voir de Fourvières, à l'exemple de M. Émile Monté-
gut, *les pointes des monts d'Auvergne derrière les montagnes du
Lyonnais et du Forez*. Le caractère des gens, leur humeur, leur
façon d'aimer et de souffrir, leur façon de sentir toutes choses
enfin, varie avec les pays. Vainement placerez-vous des scènes
de passion à Arles, par exemple, dans les Arènes, aux Alys-
camps, ou dans les ruines couleur d'or de Montmajour, vous
n'aurez rien fait, si vos amoureux parlent ou sentent comme
des Lyonnais. Une jeune fille qui se meurt d'amour à Arles ne
meurt pas de la même manière que celles de Brindas ou de
Venissieux, encore qu'à Venissieux ou à Brindas on puisse
aussi mourir d'amour.

Or, le premier caractère d'une œuvre d'art digne de ce
nom, c'est ce trait de profonde vérité que l'on ne rencontre
que lorsque l'on a vécu avec les choses et dans les choses. On
ne saurait avoir la prétention de faire le portrait de quelqu'un
que l'on n'a jamais vu, et l'on ne saurait avoir la prétention
d'être absolument juste, si l'on ne fait un portrait. Ainsi, le
peintre ne produit rien de vrai, de varié, d'individuel, s'il
peint de tête, ou de *chic*, comme disent les artistes. Il lui faut
un modèle dont il s'éprenne et qu'il tâche à faire passer sur sa
toile, sans cependant le faire toujours passer tout entier, tel
qu'il est; il faut plutôt, il faut presque toujours le voir plus
qu'il n'est, sans le voir autrement qu'il n'est.

Conclusion : je défends absolument à un Parisien de faire un
bon roman lyonnais. Ce n'est pas à dire que, pour être bon,
il suffise au roman d'avoir le caractère lyonnais; mais il ne

sera pas bon, s'il n'est pas tout à fait lyonnais. Nous dirons
même qu'il y a toujours dans une œuvre, fût-elle mauvaise,
mais franchement *autochtone*, une certaine saveur qu'on ne
saurait trouver dans ces romans-omnibus, dont on peut placer
indifféremment le cadre à Moscou, à Paris ou à Madrid.

Avec les romans on me permettra bien de mettre les œuvres
de théâtre ?

La plus ancienne œuvre de ce genre, à ma connaissance,
dont l'auteur ait jugé à propos de placer les personnages à
Lyon, est la *Suite du Menteur*, que Corneille donna en 1643.

Corneille avait-il visité Lyon ? — Rien ne paraît l'indiquer.
Les scènes du *Menteur* se passaient à Paris. Plus tard, désireux
de lui donner une suite, à la façon espagnole, il supposa que
Dorante, à l'instant d'épouser Lucrèce, avait fui de Paris avec
l'argent de la dot :

> Je pars de nuit en poste, et d'un soin diligent,
> Je quitte la maîtresse et j'emporte l'argent.

Ces manières de faire, peu castillanes, ne laissent pas de jeter
un certain froid sur les sentiments que l'on éprouve en général pour un héros de théâtre, surtout un héros de Corneille.

Cependant Dorante, devenu sage et repenti, forme le projet
de regagner Paris. Une erreur le fait arrêter au moment où il
atteint les portes de Lyon, comme accusé d'avoir tué un
homme en duel, et, au premier acte, on le voit dans la prison
de Lyon, qui était à cette époque la célèbre prison de Roanne.
Mais depuis qu'elle renferma Dorante, elle fut reconstruite

deux fois, en 1686, et peu avant la Révolution, cette fois par l'architecte Bugniet, qui me semble avoir appartenu à l'école de Ledoux. Il s'attache à donner à son architecture une intensité d'expression en harmonie avec la destination, et je vois encore, sur une petite place au bord de la Saône, la porte basse et bardée de fer, d'aspect lugubre, qui a donné lieu à notre commun dicton : « gai comme la porte de Roanne. »

*
* *

Une jeune dame lyonnaise, Mélisse, s'éprend de Dorante, rien qu'à le voir entrer en prison. Là commence une intrigue dont le principal intérêt repose sur ce que Dorante, le *menteur*, confronté avec Cléante, le meurtrier véritable, qu'il reconnaît parfaitement, refuse d'une façon chevaleresque de le trahir, bien qu'il ignore d'ailleurs que Cléante soit le frère de l'aimable Lyonnaise inconnue dont la tendresse le poursuit jusques derrière les portes de Roanne. Dorante était comme ces marquis de l'ancien régime qui trichaient au jeu, mais par ailleurs de la délicatesse la plus poussée.

Il est à supposer que Corneille a placé à Lyon les scènes de sa comédie, uniquement parce que cette ville était sur la route que l'on suivait pour aller d'Italie à Paris. Cependant il connaissait assez notre ville pour ne pas ignorer Bellecour, car Mélisse dit à Dorante :

> Je loge *en* Bellecour, environ au milieu,
> Dans un grand pavillon...

Et au quatrième acte, Philiste, le rival de Dorante, lui dit aussi :

> Jusques *en* Bellecour je vous ai reconduit

En 1672, Mme de Coulanges, qui était la belle-fille de l'intendant de Lyon, messire Dugué ou du Gué de Bagnols, mandait à Mme de Sévigné : « Les violons sont tous les soirs *en* Bellecour... »

Dans le livre IV des *Confessions* de Jean-Jacques, on lit au début d'une anecdote, d'ailleurs fort dégoûtante : « J'étois un soir assis *en* Bellecour... »

On voit que notre vieille locution lyonnaise dont les Parisiens se moquent tant : « Je vais *en* rue Impériale ; je demeure *en* Serin ; je me suis baigné *en* Saône », on voit que cette locution a de qui tenir. Elle était française, incontestablement, il y a un siècle, et il n'y a pas la moindre raison pour qu'elle ait cessé de l'être. Elle se perd cependant et ne sera bientôt plus que dans le populaire, mais il n'y avait naguère pas un seul bon Lyonnais de la vieille roche qui ne l'eût conservée, et si aujourd'hui les membres de notre conseil municipal vont se promener « sur la place de Bellecour », je ne doute pas que ceux du conseil au temps de Louis-Philippe, moins savants que nos démocrates, n'allassent tout simplement se promener « en Bellecour ».

En devant un nom de rivière, de rue ou de place, au lieu de *dans le*, est tout bonnement un latinisme, que nous autres Lyonnais avons pieusement conservé. *In bella Cohorte*, auraient dit nos pères au temps d'Auguste ; j'entends nos pères qui appartenaient au peuple.

Par exemple, pourquoi dit-on jeter *en* Saône, et jeter *au* Rhône, car *en* Rhône serait un solécisme monstrueux ? Pourquoi, je n'en sais absolument rien, mais c'est comme cela.

*
* *

Au dehors, cette locution sert toujours à faire reconnaître les Lyonnais, car elle surprend extrêmement les Parisiens, aussi bien que le mot *fatigué* dans le sens d'indisposé. Mais *fatigué* règne et règnera longtemps. Le Lyonnais a beau être stylé par les instituteurs, il ne peut parvenir à se débarrasser de cette expression. Elle lui colle à la bouche. A part positivement le professeur de littérature du collège, il n'est personne à Lyon, du marquis au taffetatier, de l'*Écho de Fourvières* au *Défenseur des droits de l'homme*[1], qui ne soit *fatigué* quand il tousse ; et comme tout le monde tousse, tout le monde est *fatigué*. Et si le professeur de littérature du collège ne le dit pas, c'est simplement parce qu'il n'est pas de Lyon, ou peut-être même simplement parce qu'il ne tousse pas.

Mais fatigué signifie au besoin plus qu'indisposé, il signifie aussi malade. Quand on dit de quelqu'un qu'il est bien, bien fatigué, cela signifie généralement qu'il ne passera pas la nuit. Or, si l'on vous dit de quelqu'un qu'il est bien fatigué, la politesse exige que vous répondiez invariablement : « Il faut espérer que ça ne sera rien. » L'excellent M. de ***, que nous avons tous connu, « soignait » la « chaise » d'un membre de l'Académie de Lyon, qui était fort malade. M. de *** allait assidûment prendre de ses nouvelles. Un jour, à son comment va-t-il accoutumé, la bonne répond : « Monsieur est bien fatigué ! — Il faut espérer que ça ne sera rien. — Le lendemain : — Comment va-t-il ? — Monsieur est mort ! —

1. *Le Défenseur des Droits de l'homme* était un des nombreux journaux communards éclos au lendemain de la guerre.

M. de X..., dans la confusion des sentiments qui s'agitaient en lui, de répondre à la hâte : — Il faut espérer que ça ne sera rien.

Se ménager va de pair avec être *fatigué*. Se ménager, c'est soigner sa santé. Se ménager, c'est boire du sirop de Guillermond, mettre des emplâtres de *toile souveraine* de la rue Saint-Jean, avoir du coton dans les oreilles, éviter les courants d'air, ne faire d'excès d'aucune sorte. Aussi, comme à Lyon tout le monde est fatigué, on ne se quitte jamais sans se dire : « Ménagez-vous ! » On se le dit même quand on n'est pas fatigué. J'avais un cousin et une cousine de Paris, jeunes mariés, qui étaient venus en voyage de noces chez mon père. Rien de plus ébahis qu'eux de s'entendre dire chaque soir, d'un ton paternel, en allumant le bougeoir : « Bonne nuit, mes enfants ; ménagez-vous ! »

***

Peut-être qu'il serait temps de reprendre le fil de notre oraison. Puisque Corneille était assez bien renseigné pour savoir ce que c'était que Bellecour, il pouvait l'être aussi sur l'habitation qu'il attribuait à Mélisse, car en ce temps il n'y en avait qu'une qui pût répondre à cette destination. C'était l'hôtel, du côté de Saône, que nous avons vu longtemps servir à l'état-major de la place. On l'appelait communément l'hôtel de Malte, sans doute parce qu'il avait appartenu aux Pianelli de la Valette, dont on aura confondu la famille avec celle du grand-maître de l'ordre de Malte. Il avait été bâti par Barthélemy Lumagne, originaire des Grisons, ou par son frère, Jean-André Lumagne, célèbre banquier mort en 1637, dont la fille

Cornélie épousa, en 1648, Alexandre Mascranny, prévôt des marchands en 1642. D'après les Mémoires de Mlle de Montpensier, Louis XIV logea dans cet hôtel lors de son voyage à Lyon.

Ce bâtiment simple, mais d'aspect noble, avec une jolie silhouette de toits, avait en effet deux « pavillons », comme on disait alors. Il a été démoli en 1865 pour le prolongement de la rue des Colonies, mais il revit dans une petite lithographie dessinée par M. Saint-Olive. A sa place s'élève une belle maison « de rapport », dont le père Benoît a été l'architecte, et où, par une disposition complètement inusitée à Lyon, l'on a dû conserver une vaste cour ouverte sur la voie publique, à cause des droits de vue possédés par les propriétaires voisins dont les immeubles ont leurs principales façades sur la rue du Plat.

Bellecour n'était pas, en 1643, un bien agréable séjour. C'était une espèce de marais formé par les inondations des rivières. Un aimable vieillard, M. Charcot, mort il y a quelque quarantaine d'années, à l'âge de nonante-deux ans, racontait que son arrière-grand-père[1] avait chassé la bécasse au milieu

---

1. Je suis tellement Lyonnais que c'est seulement depuis deux ou trois jours que je sais « qu'arrière-grand-père » n'est pas au dictionnaire de l'Académie. J'aurais parié ma tête que si. Ma petite nièce, qui a été élevée au Sacré-Cœur, m'apprend donc que mon expression, cent fois plus claire et plus imagée cependant que *bisaïeul*, n'est pas française (qu'est-ce que cela nous fait, si elle est lyonnaise ?). Puis elle ajoute que l'expression forme un contre-sens, le mot *arrière* signifiant celui qui vient *après*, tandis que le bisaïeul est venu avant. — Pardon, mademoiselle, cela dépend de quel côté l'on commence à compter : 1º Mon père ; 2º mon grand-père ; 3º mon arrière-grand-père. Vous voyez bien que l'arrière-grand-père vient après !

de-la place Bellecour. Dès cette époque, cependant, ce tène-
ment était compris dans les murailles de la ville qui, du pont
de la Guillotière, allaient rejoindre Ainay en suivant le Rhône
jusqu'à la Saône. Le Consulat dépensa des sommes folles pour
combler et exhausser le terrain de la place.

Mélisse devait donc être terriblement piquée des cousins le
soir à sa fenêtre et y respirer des effluves désagréables tandis
que Dorante faisait le pied de grue dans la crotte. Et comme
Lyon n'était pas éclairé du tout, selon ce que dit Dorante :

> Sachant fort peu la ville et dans l'obscurité,
> En moins de quatre pas j'ai tout perdu de vue,

il fallait véritablement être amoureux dans l'âme pour un
tel métier.

Ces prodiges de passion ne sauvèrent point Dorante ni la
comédie. « L'effet de cette pièce n'a pas été si avantageux que
celui de la précédente (*le Menteur*) », avoue Corneille dans son
avant-propos. On prétend que des scènes manquées au
dénouement, des négligences, des plaisanteries d'un goût
douteux, firent échouer la pièce. Je crois plutôt que cela tient
à ce que Corneille fit de Mélisse une Parisienne sous le nom
de Lyonnaise. S'il eût peint des Lyonnais exactement, c'eût
été un chef-d'œuvre.

De Corneille au poète Fonvielle il y a encore plus loin par
le génie que par les années.

Fonvielle était un Toulousain qui, réfugié à Marseille, y
avait mérité le surnom de *Petit abbé Maury*. Après l'écrase-

ment des Girondins, au 31 mai, il fut député à Lyon pour aider
à former la coalition insurrectionnelle des départements contre
la Convention. Il se réunit à des commissaires de Bordeaux,
du Calvados, du Jura, du Doubs, de l'Ain. Il était, à Lyon,
l'orateur de tous les lieux publics, et parvint même un moment
à faire chasser les députés de la Franche-Comté qui venaient
engager les Lyonnais à accepter la nouvelle constitution décré-
tée par la Convention. Cette constitution fut cependant adop-
tée, et Fonvielle quitta précipitamment Lyon lorsqu'il vit ses
efforts inutiles, dit-il, mais en réalité parce que l'armée révolutionnaire se préparait à investir la ville.

. Peu après le départ de Fonvielle, les Lyonnais eurent à supporter les horreurs de ce siège, qui, malgré une armée de
soixante-dix mille hommes, dura soixante-deux jours. Collot-
d'Herbois, Fouché et Couthon furent envoyés à Lyon, dont
ils démolirent les édifices et égorgèrent les habitants avec une
rage au prix de quoi la rage du tigre paraît humaine. Cette
histoire, tous les Lyonnais la savent. Il en est peu qui n'aient
eu quelque membre de leur famille frappé par la mitraille dans
la plaine des Brotteaux.

Fonvielle avait été vivement frappé des malheurs d'une ville
qu'il connaissait pour l'avoir habitée. Il entreprit d'écrire une
tragédie intitulée *Collot dans Lyon*. Son dessein était de la faire
jouer au Grand-Théâtre de notre ville le 9 thermidor, an III,
afin de célébrer ainsi l'anniversaire de la chute des terroristes,
mais il n'en put venir à bout. On jugea sans doute que le
côté politique de l'œuvre ne suppléait pas à des défectuosités

dramatiques trop évidentes, et il dut se contenter de la faire imprimer à Marseille.

L'auteur ignorait, en effet, jusqu'aux éléments de l'art dramatique. Sa tragédie n'est pas une tragédie. Ce n'est, en réalité, que trois scènes successives, en méchants vers dans le style déclamatoire du temps : la première entre Collot et le général Ronsin, qui se confient respectivement leurs projets ; la seconde entre le tribunal révolutionnaire et les Lyonnais qu'il condamne à mort ; la troisième entre un bourgeois de Lyon, du nom de Montigni, et sa femme. Montigni, sachant qu'il est poursuivi, refuse de fuir et s'empoisonne. Après quoi sa femme s'empoisonne aussi, et la tragédie est finie.

Je note en passant une remarque philologique : c'est qu'à cette époque les Lyonnais, comme aujourd'hui, prononçaient *Breteaux* pour *Brotteaux* ou mieux pour *Broteaux*, car l'ancienne orthographe n'avait pas deux *t*, et la formation étymologique ne le comportait pas non plus. Le second *t* a été ajouté pour mieux marquer le caractère bref de *o*, puis cet *o* bref s'est assourdi en *e* muet. Fonvielle, qui sans doute ne connaissait le mot que pour l'avoir entendu et non pour l'avoir lu, écrit en effet *Breteaux*.

Collot dans Lyon ne fut pas la seule œuvre dramatique de Fonvielle. Il en fit nombre d'autres, mais celles-ci n'intéressent plus Lyon, et ne paraissent d'ailleurs pas avoir valu davantage. Ses œuvres dramatiques complètes ont été publiées par lui, ainsi qu'une infinité d'ouvrages de toutes sortes, vers et prose, sans compter des mémoires autobiographiques en quatre volumes in-8°. De tout cela on ne peut dire qu'il ait été oublié, car il n'a jamais été connu. Fonvielle paraît avoir été une sorte d'agité, fortement mâtiné de Gascon. Toute sa vie il chercha à se grandir, à exagérer son importance, à faire du bruit, sans y parvenir. Après avoir vainement, sous la Restauration, fatigué de ses demandes les Bourbons, pour lesquels il prétendait avoir usé trente-cinq ans de sa vie, exposé mille fois son existence et dépensé huit cent mille francs, il termina dans la misère, en 1837, la plus tourmentée des carrières.

Par exemple, je ne suis pas curieux, mais quelqu'un m'obligerait infiniment, qui pourrait me faire lire la pièce de *Saint Pothin ou les Martyrs de Lyon*, mélodrame en cinq actes, par Mlle Marigny, qui fut représenté au théâtre des Célestins, sous la Restauration, pendant la guerre d'Espagne, devant ou après (il ne faut pas être si exact en dates, dit un vieil auteur, si ce n'est entre gens de mauvaise foi).

Qui de nos vieux Lyonnais, — non, vieux ne suffit peut-être pas, — qui de nos très vieux Lyonnais n'a gardé un souvenir charmant de la belle Marigny, laquelle, avec le célèbre acteur Huguet, fit si longtemps l'idolâtrie du public des Célestins, au beau temps du « parterre debout » ? Celui qui n'a pas vu la Marigny dans *La Fille houzard*, la Marigny dont les formes opulentes se développaient si bien sous le costume du houzard français, celui-là n'a rien vu ! Lorsqu'elle se défen-

dait au sabre contre quatre cavaliers autrichiens, qu'elle était
belle! Les coups de sabre, réglés dans de nombreuses répéti-
tions, retentissaient avec l'admirable régularité des coups de
marteau de quatre forgerons frappant sur une enclume. Le
parterre debout tout entier, ivre, enflammé, s'avançait comme
une houle; il se tassait aux .premiers rangs pour mieux
voir, et laissait derrière lui de larges vides, alors qu'un instant
auparavant l'enceinte semblait devoir à grand'peine le contenir. Et lorsque Huguet emportait la Marigny, blessée,
pâle, amollie comme une morte, c'était du délire! Sous les
bravos et les trépignements, il montait du parterre une
épaisse poussière et je ne sais quelle étrange odeur d'enthousiasme!

Le rideau baissé, c'était des discussions sans fin sur les
mérites respectifs des acteurs, témoin ce dialogue que j'entendais un jour entre deux gones, dont l'un prétendait que
Huguet n'avait pas de commodes et l'autre, si. Que je dise
d'abord en faveur du lecteur qui ne serait pas Lyonnais que
commode signifie le muscle du bras, celui que les savants
appellent biceps. Avoir des commodes[1], comme avoir des
biceps, c'est être très fort.

---

1. Cette expression est fort étrange et il est à remarquer que, de même
que pour le mot *gone*, elle est complètement inconnue ailleurs qu'à Lyon
même. Je ne puis l'expliquer que par une spécialisation du sens général de
commodare, à celui de donner, procurer des avantages à la lutte, au combat,
etc. *Commode* serait son substantif verbal. Avoir des commodes, ce serait
donc avoir des avantages physiques. En ce qui concerne le sens, nous
voyons d'ailleurs que ce mot d'avantages peut s'appliquer à des qualités
physiques, quoique d'une autre nature. Ainsi l'on dira volontiers d'une
dame extrêmement étonnée, qu'elle a des avantages.

PREMIER GONE

Huguet, c'est un fameux acteur ; ça, c'est sûr. C'est égal, il manque de commodes.

SECOND GONE

Te dis qu'Huguet n'a pas de commodes ! Te l'as donc pas vu dans *la Fille houzard ?* Il emporte la Marigny comme une...

Allons, bon ! je me suis encore embarqué dans une histoire dont je ne peux pas sortir. C'est ici qu'il faudrait que l'auteur des *Misérables* vînt à mon secours. — O Victor Hugo, ô chantre immortel de Waterloo et de la vieille garde, inspire-moi !

Non, je préfère : disons que nous n'avons rien dit.

Donc, cette adorable Marigny, qui unissait à la beauté et au génie dramatique le talent littéraire, fit représenter le superbe mélodrame de *Saint-Pothin,* où elle s'était sans doute réservé quelque beau rôle de martyre et de vierge.

Je n'en sais pas davantage[1].

De la Marigny il faut sauter à Jules Janin.

Jules Janin était de Saint-Étienne, mais il avait visité Ampuis, et même je me suis laissé dire qu'il y avait séjourné. Vous connaissez ce joli petit village, enseveli dans les vignes

---

1. Hélas, rien ne résiste aux outrages du temps, et la Marigny elle-même n'y résista point. C'est avec tristesse que je lis dans un journal de Lyon, du 8 février 1823, ce mot cruel : « Mlle *Marigny.* — Elle a eu ses beaux jours, mais tout passe. »

et les vergers, entre Vienne et Condrieu. Il eut l'idée de placer à Ampuis, qu'il s'obstine à écrire Ampuy, le point de départ d'un roman dont les héros sont un frère de la Doctrine chrétienne, Christophe, et son élève, Prosper Chavigny. Cela parut vers 1837, sous le titre de : *Le Chemin de traverse.*

Chavigny est appelé à Paris par un oncle bizarre et généreux. Christophe, disgracié par ses supérieurs, l'y va rejoindre. En rien de temps, le frère ignorantin devient un parfait gentleman. Il joue à la roulette du Palais-Royal, gagne, assiste Chavigny en duel, se fait aimer d'une belle demoiselle de Chabriant, que devait épouser Chavigny, et finalement monte au faîte de la société, pendant que son élève revient cacher à Ampuis, dans une maison à volets verts et à tuiles rouges, un bonheur légitime avec une Italienne de vertu fort ébréchée. Cet ignorantin, on le voit, est tout à fait dans sa vocation. Il paraît que c'est Chavigny qui avait pris *le chemin de traverse,* tandis que l'ignorantin avait pris le grand chemin. Il m'a été absolument impossible de comprendre pourquoi.

Le roman de Jules Janin n'est guère qu'un tissu d'extravagances dans un style extravagant. Mais c'était le « romantique », et le romantique était alors à la mode. Cette manière d'écrire, précieuse, prétentieuse, alambiquée, est encore plus défraîchie, sent encore plus la rhétorique et le convenu que celle de Léonard, dont je parlais à propos de Thérèse et de Faldoni.

C'est à Lyon que Jules Janin place une des plus curieuses scènes du livre.

*
* *

Dans les dernières années de la Restauration, la place des Célestins était l'endroit le plus brillant de notre bonne ville. Elle excitait l'enthousiasme des journaux du temps, si l'on en juge par l'extrait que voici :

Les rez-de-chaussée sont presque tous occupés par des cafés, dans lesquels on remarque en première ligne celui des *Mille colonnes*, qui ne le cède en rien, sous le rapport du goût, de la richesse et de l'élégance, aux plus célèbres établissements que la Capitale ait en ce genre. Le café *Maillot* n'est pas non plus sans mériter quelque attention, de même que celui du *Messager des dieux*, qui justifie son titre prétentieux par un beau Mercure de Jean de Boulogne (pour Bologne), bronze de grandes proportions. On remarque enfin le *Café parisien* et le *Café du caveau*. Celui-ci est une imitation de ceux connus sous ce nom à Paris.

L'éclat des cafés et le mouvement journalier des spectacles font de cette place l'un des endroits les plus fréquentés et les plus animés de la ville. C'est un *panorama vivant* (je conserve l'italique), dont l'aspect s'embellit encore, les dimanches et les fêtes, du frais et riant étalage du marché aux fleurs. L'assemblage varié de plantes et de fleurs de tous les climats, la richesse de leurs couleurs, la suavité de leurs parfums, les files de promeneurs qui circulent en divers sens au milieu d'allées et de bosquets mobiles, de piquantes jardinières qui le disputent en fraîcheur aux lys et aux roses de leurs corbeilles, tout est pittoresque et récréatif dans ce tableau ; tout y concourt agréablement à occuper l'oisif et l'observateur.

Ce style « émaillé des fleurs » de la rhétorique du temps, ne vous reporte-t-il pas à soixante ans en arrière ? Pour peindre les choses de cette époque, il est excellent. On se représente mille fois mieux la place des Célestins d'alors par une description de ce genre, dont les expressions et les tournures ont vieilli comme les costumes du temps, que par la peinture la plus précise et la plus colorée, telle qu'aurait pu la tracer un Théophile Gautier.

*
* *

C'est sur cette place que Jules Janin fait arriver le frère Christophe, appelé à Lyon par ses supérieurs, et venant tout droit d'Ampuis, avec le bissac que lui avait préparé sa mère. La description, elle aussi, est enchanteresse, et ne diffère des précédentes qu'en ce qu'elle est assaisonnée au romantique au lieu de l'être au classique. Affaire d'aimer les concombres au lieu des cornichons.

Il arriva ainsi sans demander son chemin à personne, tout en suivant la foule, au milieu de cette petite place des Célestins, entourée et parée, et fêtée chaque soir comme une courtisane à la mode. Cette place des Célestins joue à Lyon le rôle du Palais-Royal à Paris. Elle éclate, elle brille, elle sent le vice et les fleurs, elle est fière de ses courtisanes et de ses joueurs[1], elle marie le son de la guitare au son de l'or, elle est entourée de joie et d'arbres verts; il y a une fontaine[2] qui murmure l'amour, il y a un théâtre qui se remplit, il y a des cafés qui étincellent, il y a un rendez-vous général de toute l'harmonie de la ville (?); les femmes y apparaissent

1. J. Janin, qui ne se piquait guère d'esprit d'exactitude, s'était imaginé qu'il y avait sur la place des Célestins, des jeux publics, des roulettes, comme au Palais-Royal.

2. Ce n'est pas celle de maintenant. Celle-ci a été placée par l'ingénieur Bonnet, *Vaïsse regnante*. Ce n'est du reste qu'un article de commerce.

légèrement vêtues, dans un lointain vaporeux qui les fait paraître
charmantes ; ce sont des voix qui chantent, ce sont des ivrognes qui
rient, ce sont mille sévères et joyeux propos d'argent ou d'amour.
Ce point de la France est un des points les plus vicieux et les plus
riches du monde (!) : c'est la place Saint-Marc aux beaux temps de
Venise ; c'est le Palais-Royal en petit.

La place des Célestins, paraît-il, n'a jamais été « le temple
des bonnes mœurs », comme eussent dit les écrivains du
temps. Un journal de 1824 s'écrie, après avoir décrit les
charmes de ce séjour incomparable :

Il fut un temps où des distractions d'une nature moins décente
rendaient ce quartier redoutable pour le père de famille... La police
municipale est enfin parvenue, sous l'administration de M. le baron
Rambaud, à extirper cette plaie sociale d'un endroit susceptible, à
tant de titres, d'être plus honorablement habité ; et maintenant,
l'honnête homme peut en faire le but de sa promenade sans s'expo-
ser à des présomptions désobligeantes ou à de malignes interpréta-
tions.

Il faut croire que le baron Rambaud n'avait réussi qu'à
demi ou que le journal était bien indulgent, car, dans les premières années de la monarchie de juillet, on voyait encore
entrer librement, sans payer, au théâtre des Célestins, des
femmes vêtues de robes blanches au cœur de l'hiver ; sur la
tête, des « calèches » couvertes de « marabouts » ; qui sortaient à tous les entr'actes, allaient dans les rues voisines,
revenaient, enfin faisaient à peu près la figure de ces Anglaises
qu'on voit à Haymarket, de minuit à quatre heures du

matin, entrer perpétuellement dans les *turkish-divans*[1] ou en sortir.

*
* *

C'est dans cet honnête milieu que tombe le chaste Christophe en habit de frère. Vous supposez qu'il va s'enfuir bien vite, révolté ! Que vous êtes loin de compte avec le romancier ! M. Janin a doué son héros, qui va cependant devenir tout à l'heure une sorte de brillant gentilhomme, d'une dose de bêtise qui dépasse toutes les limites assignées à la bêtise humaine.

Quand il (Christophe) se vit arrêté sans le savoir, et sans le vouloir, dans ce beau lieu d'harmonie et de parfums, quand il se sentit vivre au milieu de toute cette vie à la fois calme et bruyante, passionnée et joyeuse ; quand il entendit tous ces hommes qui chantaient, qui riaient, qui parlaient, qui se tendaient leurs mains, leurs âmes, leurs femmes et leurs verres, il fut sur le point de s'écrier, comme dans l'Évangile : *Seigneur nous sommes bien ici, dressons-y, s'il vous plaît, trois tentes* (!!!).

Christophe dresse sa tente, c'est-à-dire qu'il tire de son bissac son veau froid et sa bouteille de vin, qu'il met à rafraîchir dans le bassin de la fontaine, et il soupe philosophiquement. Ses grâces dites, il s'enquiert du chemin de la maison des Frères. Des jeunes gens en belle humeur l'adressent à un mauvais lieu du voisinage. Il sonne ; une vieille ouvre, le fait entrer dans un petit salon malpropre où se trouve un canapé.

---

1. Sortes de cafés, qui n'ouvrent qu'à minuit, et n'ont le droit de débiter que du thé ou du café, sans aucune espèce de boissons alcooliques.

Le bon Christophe, de plus en plus naïf, se croit chez les
Frères, ne fait aucune question, et sans plus de façon, s'étend
sur le canapé, où il s'endort dare dare. Il s'éveille au bout d'un
moment et aperçoit une courtisane nue devant lui. Le bon
frère ferme les yeux, et sans que l'on comprenne pourquoi, la
courtisane s'appuie sur le bord du canapé et s'endort aussi dare
dare. Peut-être se sont-ils réciproquement hypnotisés.

Cependant Christophe entend des gémissements sortir d'une
chambre voisine. Il se lève, jette son manteau sur la courtisane, toujours endormie, et va voir. Il trouve une autre courtisane que, depuis la veille, les gens de la maison avaient
abandonnée à son lit de mort. Christophe soigne la mourante,
la prêche. Pour lui donner de l'air, il ouvre la fenêtre, et au
dehors aperçoit la foule qui assiège la maison, demandant
M. l'Abbé. Enfin, la foule enfonce la porte, pénètre dans la
chambre, au seuil de laquelle elle s'arrête éperdue en voyant
Christophe à genoux, récitant les prières des agonisants au
pied du lit de la courtisane.

Quant à Christophe, il demeure prosterné jusqu'à l'aurore,
et il sort pour monter à Fourvières.

La scène plus qu'invraisemblable du *Chemin de Traverse*
m'en rappelle une autre du même genre, mais beaucoup plus
véridique, laquelle s'est passée à Lyon il n'y a que très peu
d'années. Des jeunes gens bien connus dans notre ville étaient
à jouer au Café-Neuf. L'un d'eux ayant gagné quelques centaines de francs, ne les voulut point empocher, et il fut résolu
qu'on dînerait de l'argent. Les jeunes viveurs voulurent à la

bonne chère ajouter la grâce, et deux d'entre eux furent dépê-
chés chez une honnête Macette de la rue Confort :

> Là, mon amy, tout d'un plein saut,
> On trouuera ce qu'il vous faut.

Ils arrivent. Derrière la porte entr'ouverte se tenait une
femme. — Vous êtes de la famille, fit-elle. — Parbleu, répon-
dent les jeunes gens gaiement, si nous en sommes ! — Ils
suivent le corridor et atteignent une chambre où ils voient
un prêtre, assisté de deux clergeons, en train d'administrer
Macette elle-même. Quelques personnes, qui avaient accompagné le viatique, étaient à genoux, tenant des cierges. On
fait signe aux jeunes gens qui, frappés d'une sorte de terreur,
s'agenouillent à leur tour. On leur place des cierges dans la
main, et ils assistent ainsi à la funèbre cérémonie tout entière.
Ils revinrent au café maucœurés, la mine longue, le visage
d'enterrement ; et plus ne fut question de Chloés ni de Philis.

Il est, je crois, inutile de suivre plus loin le bon Christophe,
mais il ne faut pas quitter la place des Célestins sans rappeler
que celle-ci fit sur Henri Heine la même impression que sur
Jules Janin. C'était en 1836, environ. Les cafés-chantants de
la place, qui avaient paru dans les premières années du règne
de Louis-Philippe, étaient dans tout leur éclat. Ils avaient bien
achevé d'encanailler un peu beaucoup le quartier. Mais de
s'encanailler ne déplaisait pas trop à Henri Heine, et les cafés-
chantants le ravirent au troisième ciel. Durant son séjour à
Lyon il y passa toutes ses soirées. Ces endroits où l'on fumait,

où l'on buvait; où l'on crachait, le tout en contemplant des femmes décolletées qui chantaient des gaillardises, lui apparaissaient comme le palais divin de la fantaisie aux ailes d'or ! — Allons, les Allemands étaient encore naïfs à cette époque. Depuis ils ont changé.

Si l'on passe du *Chemin de Traverse* à *Nélida*, de Mᵐᵉ d'Agoult, en littérature Daniel Stern, on rencontre un talent autrement ferme, un style autrement précis. L'auteur y a voulu conter sa propre histoire, d'ailleurs un peu embellie (comme toujours).

Que *Nélida* ait les défauts du temps, et fortement marqués, ce n'est pas à nier, mais il a l'accent de la sincérité, et dans un roman, c'est tout. Le célèbre pianiste Listz, dont Daniel Stern eut deux filles, l'une desquelles est devenue Mᵐᵉ Émile Ollivier, a été transformé en peintre. L'auteur, en choisissant pour son héros le nom de Guermann, a voulu garder à celui-ci la physionomie allemande, en quoi il n'a pas réussi[1]. Ce Guermann est fort ennuyeux. Il a des exagérations et des déclamations, pour lesquelles l'auteur a trop de faiblesse. C'était le tort, un peu ridicule, de l'époque. Le poète et l'artiste se transformaient en sorte d'éons, habitant entre ciel et terre. On peut raisonnablement penser que cette « pose », comme nous l'appelons sans façon, était bien aussi un des traits du modèle.

Le roman se conte en deux mots : M. de Kervaens, le mari

1. Le groupe *gue* n'existe pas en allemand.

de Nélida, a fui avec une Italienne, de son nom Zepponi. Nélida fuit avec Guermann, qui fuit à son tour avec la Zepponi en question. La fin, lorsqu'on écrit sa propre vie, est naturellement la partie imaginée. Mme d'Agoult ne se doutait certainement pas que son héros finirait dans la peau d'un petit prélat romain ; histoire peut-être d'étonner ses anciens admirateurs. L'auteur fait donc mourir Guermann dans les bras de Nélida, qu'il a appelée, et qui recueille son dernier soupir.

Après l'abandon de Guermann, Nélida, malade, s'était arrêtée à Lyon. Un ami, M. Bernard, l'installe à l'hôtel du Nord, que Daniel Stern appelle irrévérencieusement « une bonne auberge ». Il n'est Lyonnais qui ne sache que l'hôtel du Nord, depuis longtemps disparu, était situé en rue Lafont. Il occupait une maison bâtie sur l'emplacement de l'ancien couvent des Missionnaires de Saint-Joseph. Le nom de l'hôtel est encore inscrit en lettres de cuivre dans l'imposte de la grille en fer qui ferme l'allée.

Bernard a un cousin, Émile Férez, qui habite la Guillotière, en compagnie de mère Sainte-Élisabeth, l'ancienne supérieure du couvent où a été élevée Nélida. Tous deux paraissent être républicains-socialistes. Il s'attribuent une sorte de mission religieuse, assez bien dans l'esprit du temps qui vit les Saint-Simoniens et les disciples de Buchez.

Ses amis cherchent à rappeler Nélida au goût de la vie en l'intéressant à leurs projets. Mais c'est à ce moment, par un soir de printemps, que, réunis sur une terrasse qui paraît être à Fourvières, arrive la lettre fatale appelant Nélida au lit de mort de Guermann. Les dernières lignes du roman indiquent vaguement que Nélida chercha un refuge dans « la pensée », en d'autres termes que Daniel Stern devint un écrivain de talent, non sans quelque prétention justifiée à la doctrine.

Je ne parle ici de *Mademoiselle de Magland*, roman publié dans la *Revue du Lyonnais* en 1844-1846, que pour satisfaire à un remords de conscience. En effet, aucune scène du roman ne se passant dans le Lyonnais, il sort du cadre qu'on s'est ici tracé. Je l'avais parcouru au moment de son apparition, dans mon extrême jeunesse, et le souvenir de deux ou trois mots de rapin que j'y rencontrai se fixa dans mon esprit au point qu'au bout de trente années, dans la confusion de mes souvenirs, je m'imaginai avoir lu une œuvre « violemment romantique ». Je viens de retrouver l'ouvrage et je vois que, comme dit M. Sarcey, « j'avais pataugé ».

Sans avoir rien d'extravagant, l'œuvre marque pourtant son époque. Elle a le tort d'être un roman à thèse. « Le roman doit contenir une leçon haute et fructueuse, » dit l'auteur dans sa préface. Je n'en vois pas la nécessité et j'ignore si la leçon que donne *Mademoiselle de Magland* est bien fructueuse. Quiconque fait un roman pour prouver ne fait plus un roman, mais une dissertation. L'amour ne prouve rien, que lui-même.

Il serait trop long de résumer l'intrigue. Disons seulement que l'analyse psychologique n'y est pas poussée très loin. Pas de passion vraie, remuante. Les sentiments y sont sans nuances : c'est dire qu'ils ne sont pas profondément humains. Mais c'est écrit d'une bonne langue franche, non sans quelque tempérament d'artiste et une sympathie sincère pour la nature. L'auteur, Mlle Jane Dubuisson, sœur d'un habile peintre d'animaux, et qui était fort spirituelle, est morte en 1853.

Mort aussi, cet excellent Kauffmann, qui était rédacteur du *Censeur* et y publia en feuilletons, vers 1842, un grand roman lyonnais, dont je ne me rappelle pas même le titre. Comme il serait curieux de retrouver cela dans une collection du *Censeur* ! Pourquoi quasi personne ne fait-il collection de journaux ? Interroger ces vieux témoins du passé est au monde ce qu'il y a de plus intéressant. De ce roman je ne me rappelle que trois choses : l'une, que l'héroïne habitait en rue Chalamont, aujourd'hui rebâtie et devenue un tronçon de la rue Dubois ; l'autre, que ladite héroïne, outragée par son mari, consultait un avocat qui lui apprenait, et à moi aussi, que le mari ne pouvait être recherché que dans le cas de « l'entretien d'une concubine au domicile conjugal » ; la troisième, qu'il y avait par là dedans un René amoureux d'une Lucile, le tout agrémenté d'immenses tirades contre la tyrannie sociale et les préjugés qui mettaient obstacle à leur bonheur ! !

L'histoire devait être bien touchante, car Kauffmann racontait plus tard qu'il ne pouvait relire son propre roman sans que les larmes lui en vinssent aux yeux.

C'était un homme honorable et rigide que ce Kauffmann. Expulsé après le coup d'état, il était à Turin dans la dernière misère. Ses amis de Lyon se cotisèrent et lui firent parvenir le montant de leurs souscriptions. Dès qu'il eût trouvé une place

qui lui donnât à vivre, il se condamna aux dernières privations
pour rembourser à tout le monde ce qu'il n'avait voulu recevoir qu'à titre de prêt.

Enfin, celui-là aussi est mort : c'est Fleury La Serve, qui
écrivait à la *Revue du Lyonnais* et au *Censeur*. Dans ce dernier,
si mes souvenirs sont fidèles, il inséra une nouvelle qui n'était
« point piquée des vers », comme il était spirituel de dire alors.
Le héros, un vrai chenapan, venait mourir à l'Antiquaille, section autre que celle des aliénés (oh !), dans les bras de l'héroïne
qui, au désespoir de son abandon, s'était faite sœur de l'hos-
pice. Fleury La Serve, malgré un républicanisme à outrance,
avait un fonds d'idées religieuses. Touché par la grâce après
1848, il fit, comme Degeorge, autre rédacteur au *Censeur*, une
conversion à fond. Il entra au séminaire, devint prêtre, et mourut il y a peu d'années, vicaire à Saint-Nizier, en odeur de
sainteté. La dernière partie de sa vie se passa dans les dévo-
tions de petites chapelles qu'a engendrées le pontificat de
Pie IX. Il n'avait, racontait-il, qu'un seul vrai bonheur, qui
était de balayer la chapelle de la sainte Vierge.

Je ne peux pourtant passer sous silence un livre dont le
titre seul est déjà un paysage lyonnais. Il s'agit de *Pauliska ou
la Chaumière du Mont-d'Or*, par J.-D. Bolo, de son vivant
notaire à Limonest. Publié en 1845, ce roman ou prétendu
tel, est très drôle en ce sens qu'à ce moment l'auteur en était
exactement au procédé littéraire du commencement du siècle.

Sa montre marquait encore l'heure de 1805. En vain tout le romantisme avait-il passé, l'âme pure du notaire n'avait pas même été effleurée du bout de son aile. « Pauliska, nous dit-il, Pauliska, au limpide regard, a disparu d'ici-bas comme une de ces ombres aimables qui apparaissent quelquefois sur un rayon du soir, et que les ténèbres enveloppent à l'instant même de leur lugubre manteau ! Cette vierge de la solitude, couronnée de faibles et pâles fleurs, avait traîné lentement, parmi des tombes, les plis funéraires de son long voile ! A présent ces fleurs précieuses, suave parfum, croissent sur un tertre funèbre, se détachent de leur étroit calice au moindre souffle de la brise, et jonchent le lit mortuaire de la fille d'Alix. »

Rhétorique pour rhétorique, celle-ci n'est pas plus fausse, plus démodée que celle du *Chemin de traverse,* ni plus démodée que ne le sera demain celle de nos jeunes auteurs. Ah ! l'éloquence, la rhétorique, le prétendu style, quelles pestes ! Quand se décidera-t-on à sentir comme on sent, et à écrire comme on sent !

Fable enfantine, style de demoiselle appliquée ayant lu Châteaubriand, telle est Pauliska, mais je ne puis m'empêcher de croire que, sous ses procédés littéraires, ce notaire cachait un amour véritable du Mont-Cindre. Je l'avoue en rougissant, si j'étais encore ingambe, après avoir fait le pèlerinage des lieux illustrés par le grand Ampère et sa Julie, à Poleymieux, je pousserais jusqu'à ceux illustrés par le notaire, et je serais assez sot pour chercher la chaumière de Pauliska, « chaumière qui n'est point une fiction, » nous dit l'auteur, avant de commencer une de ces descriptions vagues, sans dessin ni couleur, qui étaient dans le goût classique : « Un sentier tracé sur le derrière (je n'aime pas cette image) conduit dans la forêt, qui a à peine trois cents pas de large, et qui est remplie d'oiseaux et de fleurs sauvages. Les grands arbres, mêlés à de jolis arbrisseaux, forment ensemble comme des voûtes et des amphithéâtres de verdure. Quelques percées, d'un aspect sauvage et pittoresque, sont ouvertes dans la direction de la Saône. »

Je doute que ce soit exact, mais j'irais voir tout de même.

Franchissons quelques années. En 1861, un jeune Lyonnais, M. Charmetton, publia sous le pseudonyme de Tholo, petit nom familier dont ses amis l'appelaient et qui représentait une abréviation fantaisiste de Barthélemy, une nouvelle intitulée *Le Roman de Toinette*.

En ce temps-là, Tholo était l'oracle littéraire d'un petit cercle d'amis, aujourd'hui morts ou dispersés, qui se réunissaient communément chez un amphytrion, à savoir le plus monnayé d'entre eux, possesseur d'une belle propriété sur le quai de Serin. Le plus intéressant de la maison, c'était une immense salle à manger, creusée dans le coteau, et décorée, suivant le goût de la fin du XVIe siècle, en façon de grotte. Celle-là était fort habilement composée d'une architecture à pilastres dont tous les membres étaient dessinés par des coquilles marines collées aux parois et au plafond. Une fontaine dans une grotte en stalactites, des médaillons en pierre ou en marbre, parmi lesquels le portrait d'Henri IV plusieurs fois répété, si des souvenirs déjà bien vieux ne me trompent pas. La tradition voulait que le Verd-Galand, dans un passage à Lyon, eût dîné dans cette salle.

Tholo, de retour de Paris vers 1852, où il avait fait ou tenté de faire son droit, était alors dans la situation sociale du héros du charmant vaudeville du Lyonnais Rozier, que jouait si bien Paul Bondois, *la Pension alimentaire*. Petit, fortement boiteux, de derrière ses lunettes flamboyantes, entre deux bouffées d'une énorme pipe, il prononçait sans appel, par voie aphoristique.

Pour le surplus, chaque jour il annonçait pour le lendemain une belle œuvre, qui ne venait pas. Enfin, parut *le Roman de Toinette*. L'auteur avait l'inspiration courte : 150 petites pages, les trois quarts en descriptions et en *circum circa*. Mais il y avait une *note*, comme on dit. Le héros, c'était Tholo lui-même, fatigué de la vie de garçon, détournant la tête de ce Paris où il avait tant aspiré à se replonger, résolu de manger paisiblement sa pension alimentaire dans la solitude des champs et de s'y retremper, et ainsi conduit insensiblement à se marier avec une aimable jeune fille, de par la volonté de Toinette, sa cuisinière à lui. D'où le titre. C'était Toinette qui avait fait le roman. Au sentiment moral qui relevait l'histoire se joignait le goût de la nature, une peinture agréable de quelques coins du Bugey. Avec cela, la préoccupation d'un style extrême-ment simple, quoique parfois tournant au précieux par sa sim-plicité même. Mais enfin, l'auteur savait faire la différence d'une phrase écrite à celle qui ne l'est pas : c'est quelque chose.

Beaucoup trop de minuties; de passion, pas l'ombre. Sur-tout une insupportable manie du *je*, et d'initier le lecteur aux petits goûts, aux petites opinions, aux petites bizarreries de l'auteur. Malgré tout, si incomplet qu'il soit, il faut mettre ce modeste livret, qui n'est pas sans rappeler de loin Tœppfer, sur le rayon des romans lyonnais.

Trois ans plus tard, Tholo fit paraître un nouveau roman, *le Petit ruban bleu*, qui était la suite du premier, mais ne le valait pas. Il n'y avait plus rien du tout, que des digressions traînantes. Ajoutez la peinture de la vieille maison de Serin, transportée en rue Masson. Seul le titre était joli, mais cela ne suffisait pas. C'est que Tholo avait *composé*. En matière de roman, c'est comme en peinture, il n'y a de bon que ce qu'on fait d'après le modèle, quelquefois en se regardant dans une glace.

On avait quelque peu remarqué *le Roman de Toinette ; le Petit ruban bleu* passa inaperçu [1].

*\
* *

Il n'est pas de style plus opposé à celui de M. Charmetton, travaillé, un peu traînant, que le style de M. Vindry, un honorable industriel lyonnais, doublé d'un littérateur, qui écrit sous le nom de Victor Corandin. Si M. Charmetton procède de Tœppfer, M. Vindry procède de Sterne, avec cette différence toutefois que la phrase anglaise, par le génie même de la

---

1. Tholo est mort en janvier 1884. Il s'était confiné dans une chambre du quai de Retz, dont il ne sortait qu'à dix heures du soir pour faire quelques pas sur le quai. Jean Tisseur, qui alla voir Tholo quelques mois avant sa mort, le trouva vêtu en Arménien, comme Rousseau. « Je l'aurais à peine reconnu, écrivait-il : une tête de Faust s'engloutissant dans la graisse. » Quoiqu'il n'eût pas écrit une ligne depuis vingt ans, il n'avait pas renoncé à la gloire : « Je vais faire quelque chose qui sera crrrânement beau ! dit-il à Jean Tisseur en se piquant le front de l'index, ce sera crrrânement beau ! »

langue, est interminable et surchargée d'incidentes qui l'encombrent, tandis que la phrase de notre auteur est brève, pressée comme la Saône le 5 novembre 1840, qu'elle entra par la fenêtre dans la chambre du futur gendre de M. Baretta, l'opticien du quai Saint-Antoine. Elle va même si vite, cette phrase, que souvent elle ne se termine pas ; il faut des rangées de points pour suppléer à ce qui manque, et que le lecteur achève.

Mais à quoi il n'est nul besoin de suppléer, c'est à l'esprit. Il jaillit comme les étincelles de la machine électrique de M. Baretta, lorsqu'on tourne la manivelle.

Depuis *le Gendre de l'opticien*, M. Vindry a publié quelques nouvelles, parmi lesquelles nous citerons, pour la manière d'écrire preste et piquante, *J. Terras et C*[ie], dont le goût de terroir n'est pas non plus sans saveur[1].

*
* *

Quel charmant esprit que celui de M. Alphonse Daudet dans ses premiers volumes ! La raillerie pétrie dans de la sensibilité ; le coloré, le chaud du Midi avec le sentiment intérieur, l'amour de la famille, la mélancolie du Lyonnais. Il a fait un roman, *le Petit Chose*, qui est un peu beaucoup sa propre histoire. Lui aussi, à l'exemple des faiseurs d'autobiographies, comme Daniel Stern et les autres, s'est imaginé une fin romanesque, mais un peu différente : il se fait devenir marchand de faïences.

M. Daudet, paraît-il, a passé à Lyon une partie de son enfance. Comment la famille ruinée, s'exilant de son pays,

1. M. Vindry, hélas ! est mort à la fin de juillet 1880.

arrive un soir de pluie par le bateau à vapeur, après trois jours de navigation sur le Rhône, il le conte de façon à ressusciter pour nous un aspect curieux de Lyon, déjà oublié.

Sur un esprit et un corps d'enfant, accoutumés au plein air, au grand soleil et au mistral, le climat lourd, l'air épais de Lyon, la vie sombre et resserrée de la grande ville, devaient jeter une singulière tristesse. A la place du petit, j'en serais mort. On ne peut pas vivre à huit ans, n'est-ce pas, sans une île déserte, et le moyen de s'en fabriquer une à un quatrième étage, dans une maison sale et humide, rue Lanterne ?

« Oh ! l'horrible maison ! nous dit le pauvre petit, je la verrai toute ma vie : l'escalier était gluant ; la cour ressemblait à un puits ; le concierge, un cordonnier, avait son échoppe contre la pompe... C'était hideux. »

Rien de plus vrai que la peinture. Et ce qu'il y a d'étrange, c'est que si, au lieu d'y arriver à huit ans, le petit Chose y était né, dans cette maison, elle ne lui rappellerait sans doute que des souvenirs charmants. Il la reverrait avec attendrissement dans sa mémoire, comme je revois la maison, un peu semblable, de la rue Grenette, où je suis né. Toute la valeur des choses est en vous-même. Qui peut trouver quelque charme à l'odeur de la corne brûlée ? J'ai eu pourtant un ami qui ne pouvait respirer cette puanteur sans délices... Dans sa première jeunesse il avait aimé la fille d'un maréchal-ferrant.

Une observation fine et juste de M. Daudet, c'est la peine que cause l'obligation de prendre des habitudes nouvelles, et le dédain étonné que l'on éprouve pour ces gens qui appellent les choses d'un autre nom que nous! « Les heures des repas étaient changées... Les pains n'avaient pas la même forme que chez nous. On les appelait des *couronnes*. En voilà un nom [1] !

« Chez les bouchers, quand la vieille Annou demandait une *carbonade*, l'étalier lui riait au nez ; il ignorait ce que c'était une carbonade, ce sauvage... »

Je me souviens très bien que la première fois que j'arrivai à Paris, je fus véritablement révolté, moi aussi, de ce que les boulangers me riaient au nez quand je leur demandais une « miche ». Et le garçon de café, était-il stupide, quand je réclamais, pour rafraîchir mon gosier desséché par la poussière des boulevards, un verre « d'eau blanche ». L'animal eût été capable de m'apporter de l'extrait de Saturne ! Il ne savait seulement pas que l'eau blanche, c'est de l'eau-de-vie anisée. Lorsqu'enfin je fus parvenu à me faire comprendre, je lui demandai : « Comment appelez-vous donc l'eau blanche dans votre localité? » Je ne me souviens pas de sa réponse.

L'arrivée des cafards au logis de la rue Lanterne est un évènement de haute importance. Je le comprends. Le fait est que la seule vilenie que Lyon renferme, ce sont les cafards. Avec la meilleure volonté du monde, impossible d'y trouver la moindre poésie. Les anciens prétendent même qu'il faut vite les regarder. avant qu'il vous regardent, sans quoi ils portent malheur. Pourtant il leur faut rendre justice : le cafard, c'est bon époux. Du moins je l'ai toujours entendu dire, et je suis porté à le croire.

---

1. Jusqu'à la lecture de M. Daudet, j'ignorais que couronne fût lyonnais. Je croyais bonnement que cela se devait dire partout.

*
**

Encore une peinture bien lyonnaise, c'est celle de l'école cléricale où l'on envoya le petit Chose faire ses études. Le père aurait bien voulu mettre ses enfants au collège, mais c'était trop cher. « Si nous les envoyions dans une manécanterie ! dit la mère ; il paraît que les enfants y sont si bien ! » Et comme Saint-Nizier était l'église la plus proche, on envoie les enfants à la manécanterie de Saint-Nizier.

Le sûr, c'est que si je n'avais pu faire mon éducation (je veux dire ne pas faire mon éducation) à la maison paternelle, j'aurais voulu, comme le petit Chose, entrer à la manécanterie. L'éducation y est bien moins dure, plus paternelle que partout ailleurs ; puis à l'aller, au retour, il y a toujours le quai et la place pour faire la polisse ! Le petit Chose ne s'y déplaisait pas non plus. Au lieu de lui farcir la tête de grec et de latin, on lui apprenait à servir la messe du grand et du petit côté, à chanter les antiennes, à faire des génuflexions, à encenser élégamment, ce qui est très difficile. Un bon encenseur doit pouvoir encenser en tenant un livre sous le bras. Si le coude a l'air d'une aile de pigeon qui vole, c'est détestable.

Le petit Chose dit bien qu'il y avait par ci, par là, quelques heures dans le jour consacrées aux déclinaisons et à l'*Epitome*, mais ceci n'était qu'un accessoire. Avant tout, le service de l'église. Au moins une fois par semaine, l'abbé disait, entre deux prises : « Demain, pas de classe du matin. Nous sommes d'enterrement. » D'enterrement, quel bonheur !

La description du port du viatique aux malades, avec le petit dais rouge, les falots dorés ; les hommes se découvrant, les femmes se mettant à genoux; la sentinelle qui crie : « Aux armes! » les soldats sortant en désordre, s'alignant en hâte; le « genou terre! » de l'officier; les tambours battant aux champs, tout cela est encore pour nous la résurrection d'un « bout » du Lyon qui bientôt sera ancien.

Je ne note qu'une inexactitude : le petit Chose marchait devant le dais, dit-il, agitant une crécelle. M. Daudet a fait confusion. La crécelle est des pays du Midi. Chez nous on a toujours usé de la clochette.

C'est que c'est très amusant d'être clergeon; le fourniment de petit ecclésiastique, renfermé dans la petite armoire : la soutane noire avec une longue queue; l'aube, le surplis à grandes manches roides d'empois; les bas de soie noire; les deux calottes, l'une en drap, l'autre en velours, et les rabats bordés de petites perles blanches!... Hélas, plus d'une vocation ecclésiastique ne s'est peut-être pas décidée autrement que par ces impressions d'enfance!

Ce fut un triste jour pour le petit Chose, que celui où il fallut quitter la manécanterie pour le collège, où il avait obtenu une bourse d'externe, et où sa blouse quadrillée le faisait considérer comme un « gone » par les autres fils de bourgeois. — « Gone! » L'auteur a décidément passé son enfance à Lyon.

M. Daudet n'a, dans son livre, peint de Lyon que large comme la main, mais ce petit fragment est *vu*. Cela suffisait pour lui faire trouver place dans notre cadre. Ce serait en sortir que de parler du reste de l'histoire, pour agréablement qu'elle soit dite, et finement.

*
* *

Mme Stella Blandy est un romancier familier des revues pari-
siennes. Son· premier roman, fort court, intitulé *la Dernière
chanson*, est une charmante idylle, où sont représentés fidèle-
ment les paysages doux et un peu tristes du Mâconnais, et des
amours rustiques, tristes et doux comme eux.

Revanche de femme parut ensuite. Mme Blandy, qui venait
demeurer chaque année deux mois de la belle saison dans une
« campagne » aux Massues, fut tentée de placer chez nous le
sujet d'un roman. Les scènes principales se passent à Sainte-Foy.

L'auteur a voulu faire figurer dans son ouvrage plusieurs
types lyonnais. C'était difficile. Il y a des types que l'on rencontre à Lyon, non ailleurs; mais, pour les pénétrer et les
juger, il faut avoir vécu sa vie avec les personnages. Ceux que
Mme Blandy a voulu retracer, non sans quelque intention épi-
grammatique, ne sont pas plus Lyonnais que Parisiens ou
Lillois. Dans leur pâle modelé à l'estompe, il manque de ces
traits de crayon, fermes, creusés, qui accusent la physionomie.
Il ne suffit pas de dire d'un négociant que « son unique pensée,
c'est sa fabrique »; d'un jeune homme, « qu'il sait toujours
sacrifier le goût le plus vif à une occasion de mariage; » et de
Paris, « qu'avec de l'esprit, du savoir-faire et de la hardiesse, on
parvient à y acquérir de la notoriété, et partant, une position,
tandis qu'à Lyon c'est de la religion et un certain sérieux mi-
pédant, mi-modeste, qu'il faut afficher, » il ne suffit pas de dire
cela pour croire avoir peint Lyon et les Lyonnais. Outre que
les propositions ne sont rien moins qu'absolument exactes, les
types humains sont autrement compliqués et divers !

Notre auteur, d'après cet ouvráge, ne paraît pas avoir été fort satisfait du Lyonnais, et on le croit sans peine. Pour apprécier ce qu'il peut valoir, il faut le pénétrer, pour ainsi dire. Mme Blandy va même jusqu'à montrer quelque étonnement de ce qu'elle croit être chez nous un excès de patriotisme local.

Lyon, dit-elle, est plein d'honnêtes gens, de gens instruits, intelligents même parfois, qui poussent jusqu'au culte, jusqu'à la dévotion, l'amour de leur vieille cité. D'autres villes sont plus illustres, plus pittoresques ou plus gaies que Lyon; nulle n'est plus aimée. Ce n'est pas comme l'on aime généralement sa patrie que les indigènes des Terreaux, des Brotteaux ou de Perrache chérissent leur ville; ils ont pour elle la faiblesse d'un amant pour sa maîtresse; ils admirent tout d'elle, surtout ses imperfections...

Il n'est pas possible, j'imagine, de faire plus bel éloge de nous autres Lyonnais, en croyant faire une épigramme. J'en sais, en effet, des Lyonnais comme cela, et si vous connaissez Puitspelu, vous en connaissez au moins un !

En 1874, Mme Blandy publia *Benedicte Winiefçka*, où Lyon et sa banlieue servent aussi de décor à l'action.

Ce livre, écrit avec une délicatesse féminine, a un mérite : il est chaste, il possède de l'influence moralisante des romans anglais. Je ne dirai pas que les portraits y soient d'un lyonnais bien marqué, ni même qu'ils soient bien profondément fouillés. Cependant, entre cet ouvrage et le précédent, l'auteur paraît avoir pénétré un peu plus avant parmi nous. Je note même des observations caractéristiques; Mme Blandy fait dire à l'un de ses personnages : « Nous sommes gens pratiques, gens d'affaires, c'est entendu ; mais qui ne voit que ces dehors ne nous connaît pas bien. Ces qualités du terroir se combinent en nous avec une propension à l'enthousiasme... La plupart de ces commerçants-nés que l'on trouve à Lyon sont de pensée active et chaude sous les dehors que vous savez ; quelques-uns d'entre eux vont même jusqu'aux utopies... »

Et l'auteur ajoute : « Pareille tendance se retrouve, mais amplifiée, dans les classes populaires, ce qui prouve surabondamment que cette alliance de l'idéalité et du réalisme journalier est bien le trait de la race... »

Le romancier ici a vu juste, très juste. Il paraît indiquer, du reste, que la lecture des *Lettres et fragments* d'un jeune Lyonnais, Joseph Pagnon, qui furent publiés en 1869 par un de ses amis, lui a ouvert quelques-uns de ces côtés *intérieurs* du caractère lyonnais, que la seule fréquentation des personnes pouvait difficilement faire deviner.

Tels sont, à ma connaissance, les principales compositions littéraires dont les auteurs ont placé les scènes à Lyon. C'est peu par le nombre. Mais si les fictions sont rares, combien abondantes seraient les réalités que l'on ne peut transporter ici. Que de romans, tristes le plus souvent, qui n'ont jamais été écrits ! Notre ville, dans son enveloppe de brouillards gris et glacés, a renfermé et renferme encore, si l'on ne me l'a pas changée, bien des cœurs ardents, passionnés, quoique l'on sache ici dissimuler, mieux qu'ailleurs, ce qui est au fond de soi. Le Lyonnais se livre peu. Mais lorsque, jeune, l'on a eu de chaudes amitiés, lorsqu'on a pu entrer un peu avant dans quelques âmes, on voit que l'influence de la passion est aussi grande, plus profonde même que sous de plus brillants soleils. Ce n'est pas vainement qu'un jeune Lyonnais, mort à vingt-trois ans, écrivait : « Ah ! que Dieu doit être beau, puisque ce vase d'argile qu'il nous a donné, pour notre perte ou notre sanctification, a tant d'ineffable beauté [1] !... » Seulement, tout réfléchi, je crois bien que ce n'est pas pour notre sanctification [2].

1872-1874.

1. *Joseph Pagnon, Lettres et fragments*, 1869.
2. Depuis que ces pages ont été écrites, il a paru quelques romans d'auteurs lyonnais. L'espace nous force à n'en citer que deux : *Les Canuts*, de MM. E. et J. Vingtrinier, peinture curieuse et très cherchée du Lyon de 1831-1834; et *un Mariage lyonnais*, de M. Coste-Labaume, spirituelle et vive étude de physionomies lyonnaises sous le second Empire.

LES CADETTES

N journal de Lyon racontait l'autre jour qu'un accident étant survenu à l'un des bateaux qui navi-
guent sur la Saône, et qui embarquait des pèle-
rins [1], les ménagères ont trouvé les revendeuses accoudées sur
la *cadette*, en train de regarder le bateau empêtré.

Ce que le journal a nommé *cadette* est en réalité le *parapet*
du quai, la *banquette*, le *bahut*, que sais-je encore, car tout cela,
c'est de l'argot, ce n'est pas du lyonnais. Comment eussions-
nous connu le mot, n'ayant pas connu la chose avant ces dernières années ? Ces quais montant des maisons au fleuve, avec
leurs promenades surélevées quelquefois de quatre ou cinq
marches, et qui cachent la vue de la rivière sont des inven-
tions qu'on a imaginées depuis les inondations. Ce que j'en dis

---

1. Ceci était écrit en août 1874.

n'est pas pour faire du tort à nos ingénieurs qui sont de grands savants et ont bien fait leur besogne, puisqu'ils ont tant fait baisser la Saône qu'il a fallu ensuite la relever par des barrages.

*
* *

Autrefois nos ports descendaient doucement en forme d'anses recreusées jusque dans la rivière. Des cadettes des maisons, sur le quai Saint-Antoine, on apercevait toute la largeur de la Saône, dont la nappe liquide glissait légèrement sur les degrés du port. Là se voyaient les bateaux des marchands de charbon de bois, avec leurs maisonnettes flottantes, toutes proprettes, où grimpaient des capucines et des liserons, sèmés dans une caisse longue, sur la face au midi. Quand j'étais tout petit gone, il me semblait que dans ces cabanes, presque isolées au milieu de l'eau, on devait mener une vie bien poétique, une sorte de Robinsonat plus tentant que le septennat. Par exemple, quand la Saône aurait été grosse, j'aurais eu grand' peur. Amarrées à côté, se voyaient les immenses penelles chargées de fagots aussi haut que le toit d'une maison, et les bateaux de faïence de Givors avec leur cargaison de pots à beurre tout bruns, de plats jaunes étincelants, et Dieu me pardonne, de prosaïques pots de chambre. Jamais de cuvettes; le meuble était encore inconnu dans nos ménages. On se lavait à la pompe.

Puis la barquette de Condrieu et celle de Saint-Vallier, avec une petite cadolle à l'arrière, à cause des nécessités d'un si long voyage. Cette cabane se nommait le *chiaume*. Au-dessus du chiaume, la longue empeinte, qui chez nous remplace le gouvernail, tremblottait mollement dans son repos sous la légère pression du courant. Ces hardis marins qui partaient sans peur pour Saint-Vallier me paraissaient aussi beaux que Christophe Colomb! — Enfin, des bachus où s'ébaudissaient sous leur planche percée de trous pour leur laisser un peu de lumière, les beaux brochets, les carpes grasses, les tanches qui remuent toujours le nez, et les goujons insoucieux de l'huile bouillante.

Mais les anciens s'attardent toujours en route. Je parlais donc de la *cadette* des maisons du quai. Voilà bien l'acception plus particulièrement lyonnaise du mot. Cadette, c'est, à proprement parler, cette dalle étroite qui, avant la mairie de M. Christophe Martin, l'inventeur des trottoirs, longeait nos maisons et abritait des eaux sales de la rue nos « abat-jours » de cave. A l'heure que je parle, je ne crois pas qu'il y ait encore des cadettes, même dans les vieux quartiers les plus délaissés.

Qui de nous n'a connu le célèbre crieur public La Rose ? Il dut mourir vers 1839. Chacune de ses annonces était invariablement terminée par l'indication de son domicile et une explication qui montrait qu'il était plus souvent à muser devant sa porte qu'à étudier dans sa chambre. Je l'entends encore scander son discours à la façon d'un héraut grec. Voici une de ses annonces, reproduite avec la plus rigoureuse exactitude. Que ne puis-je avoir un phonographe pour vous en faire sentir les intonations! J'indique par des tirets les pauses très prolongées qu'il jugeait nécessaires pour la clarté du discours :

« On vous fait-z-à savoir — qu'il a été perdu ce matin — un chien — jaune, — avec les pattes blanches et la queue-z-en trompette, — qui vient — quand on l'appelle Azor ! — Ceux qui l'auraient trouvé — sont priés de me le rapporter. — Je me nomme La Rose. — Je demeure en rue de l'Hôpital, — numéro trente-deux, — au troisième sur le darnier; — en face des demoiselles Lacrotte, — marchandes de modes. — Si je ne suis pas chez moi, — vous me trouverez sur la cadette !

Je dois dire que cette acception de dalle étroite au long de la maison n'est que la particularisation d'une acception plus générale, celle de pavage en dalles minces. Au temps où je travaillais pour la bâtisse, je reçus un jour la visite d'un brave propriétaire qui possédait une petite maison en rue de la Limace. — M. Puitspelu, qu'il me dit, je voudrais faire r'hausser mon derrière et déshausser mon devant, rapport au jour, et cadetter mon rez-de-chaussée, rapport à l'humidité.

Enfin, d'extension en extension, on en est arrivé à appeler cadettes les bancs de pierre quand ils sont d'un bloc épais, ce qui est fort contradictoire, la cadette étant, par définition, une pierre mince. Mais on voit bien d'autres dérivations de sens ! On dira donc très convenablement : « Nous nous sommes lantibardané avè la Glaudine en Bellecour, puis nous avons bu un verre de coco à la Renommée, et nous nous sommes assis sur les cadettes. » On pourrait même dire « nous nous sons promenés » et « nous ons bu », mais ce ne serait plus aussi distingué.

S'il vous arrive, comme à moi, de parler de *cadette* dans un salon, tout le monde se moquera de vous sous prétexte que vous ne parlez pas le pur français. Et même je ne crois pas avoir jamais entendu personne essayer de citer quelques mots du langage lyonnais, sans qu'aussitôt il ne présente comme exemple ce mot de *cadette*. Or, ce qu'il y a de bizarre, c'est que ce mot est tellement bon français qu'il figure dans tous les dictionnaires, sans exception ! Comment les gens font-ils pour croire qu'il n'est pas français, c'est ce que je ne puis imaginer. Dites *cadette* à Lyon, on vous rira au nez, mais enfin on vous comprendra. A Paris, c'est mieux, on ne vous comprendra pas !

Le dictionnaire de Pomey, imprimé à Lyon, chez Antoine Molin, en 1671, dit :

« CADETTE, pierre de taille pour paver. *Quadratus lapis struendo pavimento.*

« CADETTER. *Quadratis lapidibus pavimentum sternere, munire.*

Tous les autres dictionnaires ont répété Pomey. Richelet, imprimé à Lyon en 1778, chez les frères Bruyset, rue Mercière, au *Soleil*, dit :

« CADETTE. Pierre de taille pour paver. *Lapis quadratus.*

Le dictionnaire de Trévoux, édition de 1771, répète à son tour :

« CADETTE, pierre de taille pour paver. *Lapis quadratus.* »

Nous arrivons au dictionnaire de Poitevin. Celui-ci modifie légèrement la formule :

« CADETTE. Pierre de taille propre au pavage. »

Bescherelle :

« CADETTE. Pierre de taille propre au pavage.

« CADETTER. Paver avec des pierres de taille appelées cadettes. Cadetter une rue, une place. »

Littré :

« CADETTE. Pierre de taille propre *pour* paver. »

Celui-ci a modifié légèrement la formule, mais il a eu la main malheureuse, car il lui est échappé une faute de français.

Enfin, pour comble, ce malheureux mot, si décrié comme lyonnais, est tout au long dans le dictionnaire de l'Académie. Il n'est pas, il est vrai, dans la première édition, de 1694, mais il était déjà dans les éditions du xviiie siècle, car le dictionnaire de Trévoux, 1771, ajoute aux mots *cadette* et *cadetter :* « Le premier se trouve dans le dictionnaire de l'Académie. »

D'ailleurs, j'ouvre la dernière édition du dictionnaire de l'Académie, 1835, et je trouve, quoi! la définition que M. Littré lui a empruntée, avec la faute de français :

« CADETTE. Pierre de taille propre pour paver[1]. »

Le mot *cadetter* n'est pas au dictionnaire de l'Académie, mais je le trouve dans le *Complément*, de Louis Barré : « Paver avec des pierres de taille. »

Ainsi donc, si jamais mot fut français, c'est bien celui-là !

1. Le mot et la définition ont été conservés dans l'édition de 1880.

*
* *

Si je prends le bon M. Molard dans le *Dictionnaire grammatical du mauvais langage ou Recueil des expressions vicieuses usitées en France et notamment à Lyon*, an XII (1803), je ne faudrai pas à y rencontrer le mot *cadette*. — Ainsi, voilà un réformateur du langage qui n'avait pas même lu le dictionnaire de l'Académie! Il ne donne que l'acception la plus particulière à Lyon : « *Cadette*. Sorte de pierre qu'on place le long des boutiques pour paver le dehors (ce français ne me semble pas valoir le lyonnais). Dans beaucoup d'endroits on dit *dalle*, s. f. (est-ce que dalle ne serait pas français non plus?) ; mais il y a une sorte de pierre *de taille* qu'on appelle *cadette ;* on dit *cadeter* (avec une faute d'orthographe) pour paver avec des pierres de taille. » Dans l'édition de 1810 [1], l'auteur a ajouté après « il y a une sorte de pierre de taille qu'on appelle *cadette* » l'incidente : *et le pays où l'on s'en sert donne au pavé le nom de la pierre dont il est formé* (hum, la construction me semble laisser à désirer).

Le plus fort, c'est que je crois que le bon Molard a deviné juste.

*
* *

Le mot *cadette* a préoccupé les étymologistes. M. de Chambure (*Glossaire du patois du Morvan*) y voit un dérivé de *caput*, parce que la cadette est employée comme pierre de recouvrement des murs. L'étymologie est inacceptable parce que notre *cadette* n'est pas un mot primitif fait sur le latin

---

1. Intitulée *le Mauvais langage corrigé*.

(chez nous, d'ailleurs, on aurait eu *chadette*), mais un mot moderne; et que le mot *cadet*, au sens de puîné, n'est lui-même que le béarnais *capdet*, entré seulement dans notre langue au XVe siècle. Or nulle part, dans les dialectes d'oc, on ne trouvera *cadette* au sens de dalle. Il n'apparaît dans nos dictionnaires qu'au XVIIIe siècle. On ne le rencontre ni dans le *Thresor de la langue françoyse*, de Nicot (1606), ni dans le *Dictionnaire françois-latin*, de Nicod (1618), ni dans *A french and english Dictionary*, de Cotgrave (1673), ni même dans le Richelet imprimé à Amsterdam en 1706. A Lyon je ne l'ai rencontré nulle part dans les textes ni dans les pièces de comptabilité avant le XVIe siècle. Dans une adjudication de l'achèvement de 9 arches et 9 piles du pont de la Guillotière, donnée par le Consulat, le 27 août 1559, et citée par M. Charvet, on lit : « Lezditz priffaicteurs seront tenuz faire des pierres appelez cadettes et y employer toutes les pierres de cadette appartenanz à ladite ville et communaulté. »

Il me paraît résulter de tout ceci que *cadette*, dalle, ne peut être qu'une dérivation de sens du mot *cadette*, puînée, ou plus exactement ne peut être que cadette, puînée, pris au figuré.

Il est donc probable que l'origine est technologique. A Lyon, à partir du moment où les monuments antiques ont été épuisés, on a employé exclusivement pour pierre de taille dure la pierre de Saint-Cyr, dont les carrières offraient deux qualités : le *gros banc*, mesuré au cube, et le banc mince, mesuré au carré. Celui-ci était réservé pour les dallages, et l'on peut supposer que le banc mince a pris le nom de *pierre cadette* par rapport au gros banc, comme au jeu de billard la queue la plus courte a pris le nom de *queue cadette* par rapport à la plus grande[1]. L'adjectif est ensuite devenu un substantif, qui s'est appliqué à toute pierre formant dallage.

Le mot a dû partir de notre région, où il s'est infiltré dans un premier dictionnaire. Ce qui me confirme dans cette pensée, c'est que le jésuite Pomey, l'auteur du premier dictionnaire où j'ai rencontré le mot, était précisément préfet des classes à Lyon, où il est mort le 10 novembre 1673. Son *Dictionnaire royal des langues françoise et latine, enrichi des termes des arts*, a été imprimé à Lyon en 1664, 1671, 1676, in-4°. J'insiste sur ce fait que Pomey se proposait de reproduire *les termes des arts*. Il était donc naturel qu'il insérât dans son ouvrage un terme usité dans l'industrie de la pierre de taille, et devenu à Lyon d'un usage général.

Or, tous les dictionnaires postérieurs n'ont fait que reproduire Pomey, jusqu'à ce qu'enfin l'Académie elle-même ait puisé, probablement dans Trévoux, qui faisait autorité, le mot reproduit par tous les auteurs modernes, très certainement sans qu'aucun d'eux l'ait jamais entendu prononcer.

Si le mot n'était pas exclusivement lyonnais, il serait en effet fort singulier que les tailleurs de pierre parisiens, non plus que ceux du nord et de la Provence ne le connussent pas. Mais de Lyon il s'est étendu dans toute la région circonvoisine, dans l'Autunois, par exemple, où M. de Chambure l'a puisé.

---

1. Le texte de 1559 confirme cette interprétation. Il emploie le mot « pierre *de* cadette », comme on dirait « pierre de gros banc ». Si déjà c'eût été la dalle même qu'on nommait cadette, le texte aurait dit « pierre *pour* cadettes ».

*
* *

A propos de la cadette, je voudrais que l'on me permît de dire un mot du cadet.

Autrefois nous avions à Lyon, comme d'ailleurs dans tout le Midi, cet usage constant : au lieu de son nom de baptême, on appelait le fils aîné du nom de la famille. C'est ce qui s'est passé dans la mienne, pour mon frère aîné. Le second fils, on l'appelait aussi non pas de son nom de baptême, mais de celui de *cadet*, simplement. Les autres frères ensuite portaient le nom de leurs parrains. Cet usage s'est absolument perdu, du moins dans la bourgeoisie, où cela semblerait aujourd'hui d'un suranné et d'un populaire odieux. Pourtant cette coutume était bonne ; elle était inspirée par le sentiment de l'unité de la famille représentée dans son prolongement futur par l'aîné. Aujourd'hui, chacun porte son nom séparé, isolé des autres ; chacun tire à soi. L'usage s'est peut-être conservé plus long-temps dans le peuple. Mais je crois bien que, là aussi, il a disparu, ou à peu près. D'ailleurs à quoi bon un nom pour l'aîné, et un pour le cadet, et un pour le troisième, quand on n'a plus d'enfants, ou un par grand hasard ?

LE BINET

L n'y a guère de temps de cela, je montais le Gourguillon de compagnie avec un ami. Nous passâmes devant une de ces boutiques de revendeurs de gages, basses, dans lesquelles on descend par trois ou quatre degrés, et où il y a de tout : de vieilles culottes rouges appendues en dehors, à côté de gravures coloriées dans des cadres noirs, où l'on voit Malek-Adel emportant Mathilde sur son cheval; quelques bouquins crasseux et mangés aux vers sur une planche; des vieilles pattes; des pièces de drap pour les rapsodages; des chaises dépaillées; des garde-robes du siècle dernier; des cabelots de sapin; des balayettes de jonc; des coivettes dont le crin est parti; quantité de vieilles topettes de pharmacien; des cache-mailles en terre pour les liards des gens épargneux; de vieilles crosses où anilles pour les affligés, et dont le cuir vert est éventré; des plots de boucher, tailladés de coups de parteret; des planches à hacher; des balles en osier pour les nouveaux-nés; des tinte-biens de hasard pour les mamis qui font leurs premiers pas dans le monde; des paillasses de boulanger, et surtout de vieilles ferrailles : valets de charpentier, sergents, pressons, anciennes bretagnes fleurdelysées, servantes, landiers, bigornes, coquelles, trois-pieds, paires de pinces, grapins, casses qui n'ont plus de fond, dômes de poêle, chelus en fer-blanc, secoyus en fil de fer, puis des vieilles rouillardes à pierre, de vieux bancals de garde national; dans un coin des grolles, des baraquettes acculées, etc., etc. Je pris fantaisie de marchander un binet dont j'avais faute. Mon ami de s'étonner de ce mot, qu'il ne connaissait point. Je le surpris, lui disant que c'était du français irréprochable.

Exemple de la rapidité avec laquelle les vocables s'évaporent. Bien des gens, déjà, m'ont demandé ce que c'était que binet, croyant, eux aussi, le mot spécial aux Lyonnais. Or est-il qu'il est français pourtant, si français qu'on le rencontre dans la dernière édition du dictionnaire de l'Académie. Mais soyez sûr qu'il sera rayé de la prochaine[1]. Chez nous-mêmes il n'est usité que dans le langage populaire. Prononcez ce mot dans un salon, fût-il lyonnais, les dames, les demoiselles, élevées dans les couvents ou les pensionnats ou qui ont suivi les cours, voire pris leurs deux brevets, chuchoteront entre elles, scandalisées de votre mauvais langage, et vous coucheront dans leur estime de pair avec ceux qui prononcent les z'haricots.

---

1. Prophétie infidèle, comme tant d'autres. Il n'en a point été rayé. Il ne faut jamais prédire que le passé.

Les petits jeunes gens, qui émaillent leurs conversations de cet immonde argot des journaux à la mode, qui trouvent gentil d'avoir « de la douille », d'avoir « le sac », d'être « gommeux », souriront de la grossière ignorance de ce « vieux ». Mais le mot s'est conservé encore, merci à Dieu, chez ceux qui n'ont pas fait leurs classes. A ce titre il est lyonnais, et mérite de prendre place dans le « Dictionnaire du lyonnais ou du véritable français, » que Puitspelu fera quelque jour, si Dieu lui prête vie et assistance.

Mais aussi bien, qu'est-ce qu'un binet? — Un binet, c'est un binet, quoi! cela se comprend. Enfin, puisque l'on veut des détails, c'est ce petit machin de cuivre, vous savez, qui a des pointes, et que l'on place sur le chandelier pour y ficher le morceau de chandelle devenu trop court. Cela s'appelle encore un brûle-bouts; d'autres disent un brûle-tout. Les maisons où il y a des binets sont des maisons qui s'enrichissent. Le binet prouve qu'on n'y laisse rien perdre. Celui qui a inventé la locution : « faire des économies de bouts de chandelles, » pour tourner l'épargne en ridicule, était tout simplement un homme qui n'avait pas de binet.

Au commencement du XVIIe siècle, les plus grandes gens employaient couramment le mot et se servaient de la chose. Mme Cornuel, dont Tallemant nous a conservé les spirituelles reparties, disait que « Sanguin, le médecin, *faisoit binet* de M. le duc d'Elbeuf, parce qu'il le faisoit vivre par miracle après son apoplexie, même que madame sa femme était devenue grosse. »

Le maréchal de Mac-Mahon, en disant qu'il veut rester « jusqu'au bout », voudrait, lui aussi, « faire binet ».

Mais d'où vient *binet?* — Du latin *binus*, double, comme

plusieurs autres mots français. Au xvIIe siècle, on appelait *bine*,
c'est-à-dire en double, le père ou le frère qui, suivant une
règle des ordres religieux, encore aujourd'hui en vigueur pour
certains, accompagnait un moine toutes les fois que celui-ci
faisait visite. Tallemant se sert de ce mot dans l'historiette de
Mme d'Espagnet, et montre que le bine attendait ordinairement
dans l'antichambre. Même peut-on dire que, dans l'historiette
un peu salée de Tallemant, ledit frère faisait à la fois office de
bine et de binet, puisque le binet sert à tenir la chandelle.

En langage ecclésiastique, le prêtre qui bine est celui qui
dit deux messes le même jour dans deux endroits différents.
Enfin, un proverbe de vigneron lyonnais dit :

> Qui bine
> Vine,
> Mais qui tierce
> ·Verse.

C'est-à-dire que celui qui donne à sa vigne une seconde
façon emplit sa cuve, mais que celui qui en donne une troisième, elle déborde.

La *binette* est un outil de jardinage, non pas, bien crois-je,
nommé de la sorte parce qu'il servirait à la seconde façon (car
dans nos pays on se sert pour cette deuxième comme pour la
première, de la pioche ou *fessu*), mais parce qu'il a deux
pointes. De même le *binard* est un chariot ayant deux paires
de roues d'égale hauteur. L'emploi de la binette est cause que
le mot de biner a fini par s'entendre de faire une légère façon
avec la binette, de préférence au sens de faire un second
labour.

Le mot de binet vient sans doute de ce que le binet avait aussi deux pointes, pour autant que la chandelle qu'on y fichait fût mieux assujettie. J'ai vu d'anciens binets à deux pointes.

Plus tard on en mit trois, mais le nom se conserva comme pour beaucoup d'objets avec quoi le nom ne concorde plus. Peut-être aussi le mot de binet vient-il simplement de ce que, grâce à lui, on *bine*, c'est-à-dire on fait servir deux fois la chandelle, mais la ressemblance des mots binet et binette me ferait pencher pour l'étymologie tirée de la double pointe.

A propos de binet, avez-vous connu M. Chrétien ? — Si vous l'ignorez, sachez que M. Chrétien était l'ancien bourreau de Lyon. Vous pouvez voir encore à main gauche, aux Charpennes, la petite maison qu'il s'était bâtie. M. Chrétien passait pour un célèbre médecin. Il paraît que c'était une grâce d'état pour tous les bourreaux. Tous les bourreaux naissaient médecins. On ne dit pas si tous les médecins naissaient bourreaux. Peut-être était-ce un simple préjugé du vulgaire, qui s'imaginait que les deux professions avaient les mêmes résultats.

Tant y a que le bourreau, aux Charpennes, voyait faire queue à sa porte. Il vendait pour remède une certaine graisse, que l'on appelait graisse de chrétien, et que l'on croyait faite de la graisse des suppliciés, — car vous savez que jadis on ne distinguait pas le nom de chrétien du nom d'homme. « Il faut parler chrétien, si vous voulez qu'on vous entende, » dit un personnage de Molière.

Mais moi qui ai pris des consultes de M. Chrétien, je puis vous assurer que c'est le populaire qui avait confondu la graisse de Chrétien, composée par Chrétien, avec la graisse de chrétien par un petit *c*. C'était tout bonnement du saindoux.

Eh bien, c'est en partie à un binet que Chrétien dut sa grande réputation. Un pauvre ouvrier en soie, le père Mignotet, de la rue des Fantasques, était tombé un jour par les escaliers de sa cave. Il tenait son chandelier à la main, garni d'un binet. Quand on releva le pauvre homme, il était dans un état épouvantable. Avec lui on ramassa le chandelier, faussé, tordu dans tous les sens. Pour le binet on n'y fit pas attention.

On épuisa tous les remèdes, mêmement que le major de l'hôpital vint voir le blessé. Rien n'y fit, rien. Enfin, on finit par où l'on aurait dû commencer, on alla chercher Chrétien.

Chrétien lui tâte le pouls, lui dit de montrer sa langue. Quand il vit sa langue, lecteur, Chrétien connut tout de suite son mal : — Comment, s'écria-t-il, ces ânes de médecins n'ont donc pas vu que cet homme a un binet dans le c...orps!

Et de fait, Mignotet avait son binet dans le c...orps. Il en est mort; mais pas moins M. Chrétien avait connu, à la couleur de sa langue, qu'il avait quelque chose, et que c'était un binet.

19 juillet 1876.

L'OUCHE, LE VERBE OUCHER

YONNAIS, nos vieux vocables disparaissent. Ces mots populaires, ces mots pittoresques, si expressifs, qui semblent vivre, on les trouvait encore dans mon enfance sur les lèvres du bourgeois de Lyon. Il les tenait de son père; celui-ci de l'aïeul. Aujourd'hui ils ne sonnent plus que dans le parler naïf de quelques vieux ouvriers, et qui s'en vont rares. Et comment le bourgeois les connaîtrait-il, ces mots? — Dès l'enfance on le jette, un peu pour s'en débarrasser, dans quelqu'un de ces établissements d'éducation, où l'on apprend à parler le même français insipide, plat, correct, le même français de journaliste ou d'avocat. Que si l'enfant lyonnais s'oublie en quelqu'une de ces bonnes locutions, de ces bons termes, qu'il aura entendus par hasard sur le quai, en « faisant la polisse (à supposer que de fortune il ne soit pas interne); » s'il dit : je demeure « en rue » de Bourbon; j'ai

« cabossé » mon chapeau ; j'ai vu une « rate-volage », aigre-
ment on le reprend de n'avoir pas dit : « dans la rue » de
Bourbon ; j'ai « bossué » mon chapeau ; j'ai vu une « chauve-
souris » ; et le petit s'en va humilié de n'avoir pas su parler
comme ceux qui sont messieurs.

Je ne sache rien qui rabatte, qui raccourcisse l'intelligence,
comme cette uniformité dans l'instruction, qui faisait s'enor-
gueillir un ministre de l'Empire de ce que, tirant sa montre, il
se pouvait tenir pour assuré qu'à la minute qu'il était, de
Calais à Antibes, on faisait la même version dans tous les
collèges de France. Autant l'égalité de tous devant la loi apparaît de stricte équité, autant cette façon d'estampage dans l'éducation est odieuse. On aligne les esprits dans l'instruction,
comme on aligne des soldats dans le régiment. On fabrique
des entendements au balancier. Vient le baccalauréat, qui sert
non à juger les esprits, mais à les jauger, comme le gapian
jauge les bareilles à la porte de Vaise ou de la Mulatière. Que
l'esprit soit faux ou sain, solide ou fêlé, on ne s'en inquiète
non plus que le gapian si le vin est de l'Hermitage ou de Brindas. Suffit que le vaisseau contienne la quantité de faits, de
dates, de formules ou de litres requis. Le candidat reçu, l'entrée payée, tout est en règle.

*
* *

Si ce n'était toujours sottise de parler de soi, j'oserais dire
que le peu que vaut Puitspelu, si jamais il a valu quelque
chose, tient au bonheur qu'il a eu de ne pas recevoir d'instruction ; d'avoir « fait son éducation autour du collège », comme
nous disons, nous autres Lyonnais. — Je ne sais si le moule

où il a été ainsi jeté, un peu au hasard, est pire ou meilleur. Qu'il ne soit pas le même, ce m'est assez. — Puis, jamais je ne pourrai croire qu'on ne puise pas dans la famille, autour de la table ou au coin du foyer paternels, ce que les étrangers ne sauraient fournir, tel prix qu'on y mette.

Parmi les bourgeois de Lyon, je gage qu'il en est déjà plus d'un qui ne sait ce que c'est qu'une ouche. Posé qu'ils le connussent, ils se croiraient obligés, par respect humain, de ne pas prononcer le mot et de dire « une taille », à la façon des Parisiens. Les ouvriers eux-mêmes diront bientôt une taille, parce que le maître d'école leur enseignera qu'ouche « n'est pas français », et aussi parce que l'ouvrier a la rage d'employer les mots savants. Il n'est pas moins humilié que le bourgeois d'être pris en flagrant délit de locution populaire, s'il croit avoir les moyens de mieux dire. Toujours la même histoire : mettre sa gloire à paraître plus qu'on est. Avez-vous jamais rien vu de plus absolument grotesque que ces affiches rouges, rédigées par les fortes têtes du parti populaire, et qui, la veille des élections, apparaissent sur nos murailles ? Ce qui manque à la précision de la pensée, on y croit suppléer par l'emploi des grands mots en *ique* ou en *isme*. Il faut bien exprimer ce qu'on ne comprend pas du tout par les termes que l'on comprend le moins, disait Voltaire.

Les rédacteurs des encycliques des comités prennent l'ampoulé et l'amphigourique pour de l'éloquence, comme de certains prédicateurs l'enflure de la voix et l'emportement du geste. Ils ne songent pas qu'à bien savoir ce qu'ils voudraient dire, et à employer leur parler de tous les jours, fût-il même un peu pêle-mêle de mots simples et populaires, ils seraient autrement éloquents et persuasifs. « Ceux qui ont le raisonnement le plus fort, et qui digèrent le mieux leurs pensées, afin de les rendre claires et intelligibles, peuvent toujours le mieux persuader ce qu'ils proposent, encore qu'ils n'eussent jamais appris de rhétorique et qu'ils ne parlassent que bas-breton. » Celui qui a dit cela est un esprit si sage, voire si admirable, qu'il mériterait d'être Lyonnais. Mais il n'y a qu'harmonie dans les choses humaines : si les affiches des comités pouvaient être sensées, les candidats ne seraient plus fous.

*
* *

Une ouche est un morceau de bois, à Lyon généralement de tilleul (le sapin ne vaudrait rien, à cause des échiffres). Ce morceau est un rondin, refendu dans le sens de la longueur jusqu'à un pouce et demi du bout, où le trait de scie se retourne d'équerre. L'ouche se compose ainsi de deux morceaux, l'un portant le renfort, et que, pour cette raison, l'on appelle le talon ; l'autre, qui s'adapte exactement sur le premier, en appuyant son bout sur le renfort. Lorsque vous avez une ouche chez le boulanger, signe honorable que vous avez du crédit, le boulanger fait, sur la jonction des deux morceaux, des coches représentatives des quantités de pain fournies. C'est tout simplement un système très clair, très ingénieux, de comptabilité, utile certes à une époque où presque personne ne savait écrire, et où d'ailleurs le système de numération arabe n'étant pas usité, le caractère destiné à exprimer un nombre avait bien une valeur absolue, mais non la valeur de position qui, dans l'arithmétique moderne, facilite si singulièrement les calculs.

Mme de Sévigné faisait encore ses comptes, comme à peu près tout le monde alors, non à la plume, mais à l'aide d'un abaque, cadre de bois assez semblable au boulier qui sert à marquer les points au billard, mais où des jetons remplaçaient les boules. Cet instrument lui semblait admirable, à telles enseignes que, le 10 juin 1671, elle écrivait à Mme de Grignan : « Nous avons trouvé, *avec ces jetons qui sont si bons*, que j'aurai eu cinq cent trente mille livres de bien, en comptant toutes mes petites successions. » Dans l'abaque, le jeton avait certainement une valeur selon son rang. C'est cette valeur de position qui permettait le calcul. En 1760, Buffon nous apprend que nombre de gens se servaient encore des jetons. L'ouche était donc alors un inappréciable instrument. Même aujourd'hui, pour le populaire, offre-t-elle mille avantages sur le livre de comptes.

Il n'est guère utile d'ajouter que les chiffres de l'ouche sont purement et simplement des caractères romains. Outre que son invention remonte certainement à une époque antérieure à la numération par le système arabe, on n'y pouvait naturellement employer que des chiffres composés de barres droites. Ainsi dix livres sont représentées par un X ; cinq livres par un V, et une livre par un I. La demi-livre (on néglige les fractions au dessous) est représentée par une petite fente en écaille, comme si l'on eût voulu enlever un éclat de bois, et qu'on n'eût pas terminé l'opération. Les chiffres étant gravés sur la jonction des deux morceaux de bois, il faut, pour les lire exactement, que ceux-ci soient réunis, de même que la coupure d'une obligation ou d'un chèque doit être rapprochée du talon d'un registre à souche, pour qu'on puisse lire les caractères plus ou moins hiéroglyphiques qu'elle est destinée à compléter.

Mais une ouche aurait une longueur démesurée si les signes représentatifs des nombres dix, cinq, un, s'y succédaient sans ordre. Au fur et à mesure que le mitron vous apporte à nouveau du pain, il remplace les demi-livres, les unités, les cinq, par des dix. Pour ce faire il râcle les chiffres fractionnaires des dizaines, et les remplace par des dix. Une supposition que vous avez sur votre ouche huit livres et demie et que le mitron vous apporte un pain de quatre livres, comme dans la vieille chanson lyonnaise :

> Je n'avons qu'un pain de quat' livres,
> Et je sommes cinq enfants ;
> Malgré la cherté des vivres,
> Je vivons toujours contents.

Cela va faire douze livres et demie. Le mitron râcle avec son couteau le cinq et les trois unités et la demi-livre, et leur substitue un dix et deux unités, et il refait une fente pour la demi-livre. Voilà bien les douze livres et demie. Malgré la facilité du râclage, nulle fraude ne peut, de part ni d'autre, se faire aux écritures, puisque toute modification des chiffres ne se peut faire que par les deux moitiés de l'ouche réunies en congrès, et que chacune des parties possède une de ces moitiés. Le Code civil lui-même consacre la vertu de cette comptabilité en disant, art. 1333, dans un français assez douteux, que

« les tailles corrélatives à leurs échantillons font foi entre les personnes qui sont dans l'usage de constater ainsi les fournitures qu'elles font ou reçoivent en détail ».

Dans la pièce du répertoire classique, *le Déménagement de Guignol*, celui-ci passe successivement sur la scène avec tout son bataclan : une poêle à frire où il manque le fond, une flûte à piston, garnie' de sa rite, une paillasse de balloufe, un vase étrusque provenant des fouilles de Venissieux. Finalement il repasse avec Gnafron. Ils ont été obligés de se mettre à deux pour porter une ouche, autant un mât de cocagne. — Elle se porte bien, dit Gnafron. — Ah ouesche, que fait Guignol, je ne demandais au boulanger qu'une allonge et je fornissais la chernière. Il a refusé. Aussi je lui ai sorti ma pratique. — Et t'as bien fait, ajoute sagement Gnafron.

Ouche s'emploie au figuré dans diverses locutions élégantes : — Et Patacu que fait-y ? — Y fait de z-enfants à sa femme! — Et avè quoi qu'y vit ? — Il est à l'ouche de son pipa. — Autre : — On dit que madame la comtesse de Melachon doit cinq mille francs à sa couturière. — Eh, eh, ça commence à faire une ouche!

Dans mon enfance le boucher apportait la viande à Sainte-Foy, comme le boulanger le pain. Pour la viande, on n'employait pas l'ouche, mais les broches. Le naigu pesait chez lui votre morceau de viande, inscrivait, sur une petite broche de bois aiguisée par un bout, le poids du morceau, à l'aide du système de numération décrit tout à l'heure, puis il piquait la broche dans la viande. La maman tirait la broche et la serrait dans un tiroir de son secrétaire. Quand le tiroir était plein de broches, on faisait le compte sur une feuille de papier, et l'on payait le boucher. On comprend combien ce système de comptabilité était plus compliqué que l'ouche et prêtait à plus d'erreurs. Il suffisait qu'on eût égaré une broche pour qu'on ne fût plus d'accord avec le boucher. D'autres fois on refusait un morceau, et le boucher oubliait de le rayer sur son livre. Bref, il y avait toujours des contentions avec le boucher, tandis qu'avec le boulanger cela allait tout seul. Quand je demandais pourquoi le naigu ne donnait pas une ouche, on me disait que cela s'était toujours fait comme cela.

Des fois qu'il y a, on vérifiait le poids de la viande ou du pain. A cette époque on n'avait pas de balances dans les ménages, vu le prix. Donc, on se servait d'un crochet. Un crochet, c'est une petite romaine. Peut-être la dame qui lit ceci n'a-t-elle jamais vu de romaine. C'est aussi une manière de balance, avec cette différence que, dans la balance, les deux bras du levier sont égaux et ce sont les poids qui varient, tandis que dans le crochet c'est la longueur du bras de levier qui est variable et le poids qui ne change pas. Un crochet (d'où le nom) est appendu au bras le plus court. On y pique l'objet à peser, viande ou pain; on tient l'appareil de la main gauche par le point de suspension, et de la main droite on fait glisser un anneau mobile portant un poids, on le fait glisser, dis-je, de cran en cran le long du grand bras du levier jusqu'au point où l'équilibre s'établit, et on lit le poids sur une échelle gravée sur ledit bras. Le crochet a deux côtés : le grand et le petit, c'est-à-dire que, en retournant le fléau, on peut peser des objets plus lourds ou moins lourds, suivant le besoin. On conçoit combien ce système est moins commode que la balance, puisqu'il faut tenir soi-même en suspension l'appareil, l'objet à peser et le poids pesant. Puis, pour la viande et le pain, ça va encore, on peut piquer dedans. Pour du café, de la semoule, etc., il faut attacher le paquet. — Bref, c'est des préparatifs à n'en plus finir. On ne se doute pas de tout le bien-être de la vie moderne, de toutes les facilités qu'elle donne, et combien rien que la substitution de la balance au crochet a d'avantages pour la ménagère.

*
* *

Je causais un jour avec une directrice de cours, d'ailleurs habile et savante, qui se scandalisait très fort des locutions lyonnaises qu'on pouvait prononcer devant elle. Elle s'imaginait naïvement que c'était du « mauvais français », c'est-à-dire du français dénaturé ou estropié par l'ignorance populaire, quelque chose comme le *colidor* des Parisiens au lieu de *corridor*, ou leur *ormoire* au lieu d'*armoire*. Dire que les nonante-neuf centièmes des Lyonnais les mieux instruits en sont là ! Ces mots, dont ils font fi, ne sont pourtant la plupart que de vieux mots réguliers, ayant leur raison d'être au même titre que ceux qui se sont conservés en français, et à bien meilleur titre que leurs cadets plus récemment créés. Car l'antiquité, c'est la noblesse des mots, comme c'est la noblesse des familles. Il n'y a de différence entre Bousinet et un La Trémouille que parce que ce dernier existait huit cents ans avant l'autre. Et si les Bousinet eussent existé au XIᵉ siècle, ce serait un Bousinet qui porterait d'or à un chevron de gueules, accompagné de trois aiglettes d'azur becquées de gueules, et La Trémouille qui serait un vilain.

*
* *

Ouche n'est autre que le vieux français *hoche, oche, osche,* cran, entaille, de « *hoscher* vel *ocher,* crenis seu incisuris notare ». *Avant que le saulcier mouille les ecuelles, il les doit hoscher,* dit un texte de 1363. *Disoient aucuns que l'en avoit avalé les lampes à un baston ou il y avoit uns osche ou cran,* dit un autre texte de 1406[1].

Les savants se sont cassé la tête avec peu de succès pour trouver l'étymologie de *oche,* parce que l'on ne tenait pas compte de l's dans la forme *osche.* Or cette *s* n'a point été insérée, comme il appert du languedocien *osque,* qui signifie *ouche,* et du béarnais *osque,* coche de l'ouche. Il faut donc mettre au panier toutes les racines où ne figure pas une *s.*

Cela du reste n'avance de guère. On ne sait d'où vient *osche.* Vous avez, il est vrai, la ressource du basque *oske,* même sens, mais rien ne prouve que le mot n'ait pas été emprunté au roman, comme cela paraît certain pour le bas breton *ask,* qui a la même signification. Un célèbre savant allemand a proposé *ab-secare,* mais l'étymologie ne se prête pas bien à la forme, car

---

1. Voy. Du Cange, à *occare:*

on s'attendrait à *aséer*, *asoier*, puisque *secare* a donné *seer*, *soier* et non *scher*. La filiation de l'ouche est donc inconnue, mais ce que nous savons bien, c'est qu'elle est encore plus ancienne que celle des La Trémouille.

*
* *

Quant au verbe oucher ou plus étymologiquement hou-cher[1], tous les Lyonnais de Lyon savent qu'il n'a aucun rapport de sens avec l'ouche du boulanger, et qu'il signifie proprement « retourner en faisant sauter ». Chez nous on ouche les pommes de terre, on ne les *saute* pas, ce qui est une faute énorme de français, sauter n'étant pas un verbe actif. On ouche la salade. Quand on l'a ouchée pour imprégner les feuilles, on continue pour la « fatiguer ». On sait que la salade demande à être fatiguée.

L'étymologie d'oucher n'a aucun rapport avec celle d'ouche. Oucher est la forme lyonnaise du français *hocher* qui, au moyen âge, avec la signification moderne, en avait une autre trop folâtre pour qu'il soit séant de la rappeler ici. Diez, et après lui Littré et Scheler, le tirent du germanique *hotzen*, secouer en balançant; Foerster, du vieux picard *hoc*, crochet, qui vient lui-même du germanique *hôc*. Si l'on veut connaître mon opinion, c'est qu'il vaut mieux manger une salade bien ouchée que de chercher des étymologies incertaines.

13 février 1889.

---

1. Je préfère *oucher* parce que l'*h* de *houcher* n'est pas aspirée en lyonnais.

LE BALAI DE BIÈ

O R ça, mon ami lecteur, êtes-vous homme de bien ? — Voire, me direz-vous, êtes-vous pour en douter ? — Mais être homme de bien est plus malaisé peut-être que vous ne pensez. Il ne s'agit point seulement de payer ses billets à l'échéance, d'être exact en parole, point épineux avec ses proches, fidèle à ses amis, même à sa femme. Tenez-vous maison ouverte, franche et de bon accueil, de celles dont cet admirable Olivier de Serres, trop peu connu, disait, il y a tantôt trois cents ans : le propriétaire « de bon esprit en rapporte cette louange, que celui est estimé homme de bien qui a du bon vin ». — Mais Olivier de Serres était huguenot. Peut-être en cette occurrence serait-il auprès de vous d'un médiocre conseil, vu que vous seriez bon catholique ? Or sachez, en tel cas, que tous les conciles et pères de l'Église s'accordent en ce point que boire et offrir de bon vin, c'est faire acte de bon catholique. Y mettre de l'eau, c'est se sentir d'hérésie. Ne boire que de l'eau est pure hérésie noyable, fleurant l'athéisme.

Or, si vous avez du bon vin, c'est indice que vous avez le goût des bonnes choses, et bien ordonnées ; c'est enseigne que vous avez un ménage de ville et sans doute aussi un ménage des champs, tous deux sagement entretenus, où rien ne manque, mais où rien ne se perd. C'est la condition pour vivre honorablement sans porter dommage à sa fortune.

En cette occurrence vous ne pouvez faillir à suivre les conseils de Caton, Columelle et autres anciens qui recommandent avoir, en telle maison, bien gouvernée, trois sortes de balais, c'est à savoir : un balai de crin pour votre grand'salle ; un balai de jonc pour votre salle à manger, et un balai de biè pour vos offices et votre cuisine, par quoi, équitablement, j'aurais dû commencer, vu la précellence de la cuisine sur tout le reste du logis. Que si vous êtes assez pécunieux pour avoir des chambres à tapis, il y faudra même joindre un quatrième balai : de chiendent.

Si, par hasard (ce que je ne veux croire), vous ignoriez ce que c'est qu'un balai de biè, consultez le respectable M. Molard, à la lettre B, vous y verrez : « Balai de biè, dites *balai de bouleau.* » Vous savez maintenant que vous devrez toujours appeler le balai de bouleau balai de biè.

Le balai de biè est à la fois l'arme et l'ornement de ce corps estimable qui s'entend si bien, sur nos trottoirs, à nous faire jicler au visage l'eau pulvérisée des bouches d'arrosage, et qui est surtout connu, dans le peuple lyonnais, sous la dénomination de corps de balai municipal. Les manœuvres et les pas en sont habilement réglés par l'honorable ingénieur en chef de la voirie.

Le balai de biè est encore le balai de la corvée dans les casernes ; le balai du cantonnier sur nos grands'routes ; le balai du paysan pour ses greniers à grain. Si votre ménage des champs est dirigé réglément, vous ne laisserez pas votre ménager faire emploi de balais de bruyères ou même de buis, parce que, à l'user, ils accroissent la quantité d'impuretés et brâches, déjà trop nombreuses parmi le grain. Si, comme bien s'accorde, vous fabriquez vos balais de biè à la grange, vous ordonnerez à vos serviteurs de cueillir les brins d'avance, à celle fin de ne les employer que parfaitement secs. Vous les ferez ensuite tremper vingt-quatre heures dans de l'eau. Par quoi vous obtiendrez que vos balais soient mieux serrés, et que les riotes ne se détachent pas, comme il advient quand on emploie du bois vert, qui s'amenuise au sécher.

Quand j'étais petit, je pensais que cela s'appelait balai de biè pour balai en biais, parce que, sous la flexion continuelle, les brins me paraissaient devenus obliques par rapport au manche. C'était trop ingénieux. Il ne faut jamais être trop ingénieux ; je l'ai souvent éprouvé. Biè veut dire tout simplement bouleau.

Il ne vient pas du latin. *Betulla, betula,* loin d'être son père serait plutôt son fils. *Betulla* a donné le picard *boule* (pour *béoulé*), d'où le diminutif *bouleau,* et *betula* aurait donné *betle* puis *bèle* en français. *Betula,* du reste, n'a rien donné dans les langues romanes.

Notre *biè* était primitivement *biez*. On trouve dans un texte de 1447 : « Un petit bocquet de boulaye que l'on appelle au païs (Lyonnois) *biéz*. » Le mot se prononçait *biès*, comme en témoignent le cátalan et le provençal *bès*, et, plus près de nous, le lyonnais de nos campagnes, qui dit *biessi*. Comparez d'ailleurs *Rhodez* qui se prononce *Rhodès*. Ce *biez* s'est réduit à *biè* qui a passé souvent à *bié*, comme en justifie la forme *bié* donnée par Molard. De même, la forme *bés* est devenue *bé* dans le bas Limousin.

A Lyon le mot *biè*, *bié* ne se dit plus qu'à propos du balai. Nous ne dirions plus un bois de biès, mais nos campagnes disent encore *in boué de biessi*.

L'origine est bien et duement celtique. *Biè* égale le bas breton *bezo*, le néo-irlandais *beith*, le gaëlique *beithe*, qui signifient bouleau. Le singulier, c'est que le kymri *bedw*, le cornique *bedewen*, qui sont le même mot, signifient blé tardif. Quantité de noms de végétaux se sont ainsi confondus dans les langues celtiques.

Le mot celtique primitif a lui-même fourni le latin *betula*, *betulla*, sans doute par un intermédiaire *beta*, qui ne s'est pas conservé, et dont *betula*, *betulla* sont les diminutifs.

Nos balayeurs peuvent donc se dire avec un noble orgueil, lorsqu'ils font voler le crotin : « Je balaye avec un balai gaulois ! »

6 mai 1878.

L'EXPRESSION FAIRE AIGRE

NE supposition que vous avez une campagne (nous autres Lyonnais disons *campagne* pour maison des champs) à Chevinay ou à Sainte-Foy-l'Argentière. Vos bicherées s'étendent sur la montagne, à Saint-Bonnet, au Châtelard, où les sommets sont encore couronnés de bois, devenus chaque jour trop rares, hélas! Sur les pentes, le paysan, avide de jouir (lui aussi est de son siècle), arrache pins et rouvres pour y étaler des champs de seigle, en attendant que les eaux, entraînant chaque année la terre, le roc nu vienne à son tour remplacer le seigle. Puis l'eau du ciel, qui n'est plus divisée par les feuilles, les fougères, retenue par les mousses, les racines, glisse en torrent dans la ravine dénudée, vient ravager les plaines, et obliger les ingénieurs d'enterrer de deux mètres les maisons de nos quais. Puis encore, l'eau glissant sur le sol, ne s'emmagasinant plus dans la terre, voilà

qu'il n'y a plus de sources et qu'on souffre, tantôt de l'inonda-
tion, tantôt de la sécheresse.

Or, vous avez cédé à la manie commune ; vous aussi,
barbare, avez fait abattre, pour en faire quelque poutre de votre
grange, un de ces vieux chênes, gloire de la montagne. Qui
pourrait voir sans tristesse, comme dit le poète lyonnais :

Le chêne aux flancs noueux dans l'herbe couché mort ?

Songez, après tout, combien il est encore plus facile de faire
un homme que de faire un chêne !

Décembre est venu, morte saison, alors que les loups vivent
de vent ; et avec décembre les ciels chargés de lourds nuages
de neige sombre. C'est le temps où les futaies retentissent de
la cognée du bûcheron. Vous êtes allé visiter vos bois en compagnie de votre fils aîné, je suppose, quelque beau gas de quatorze ans, solide, carré des épaules ; car j'espère que vous ne
l'aurez pas fourré dans quelqu'un de ces établissements où l'on
prend les enfants en sevrage, intellectuellement parlant, et où
l'on s'attache à hypertrophier soigneusement leur cerveau,
à l'âge où il faudrait songer à développer leur thorax et leurs
quatre membres. Donc, vous l'aurez élevé vous-même, vous
occupant de lui donner des muscles robustes en même temps
qu'un bon entendement ; cherchant encore moins à lui
apprendre les choses qu'à en bien juger, et vous remémorant
la parole du sage Salomon, à savoir que science sans conscience
n'est que ruine de l'âme.

Or, en visitant vos bois il se trouve que quelque pitaut de

bûcheron a laissé sur le chemin un tronc qui gêne le passage. Vous réunissez vos efforts à ceux de votre gas pour le pousser sur le bord. Peine perdue. Vous dites à votre gone d'aller vous chercher une barre. — Pourquoi faire ? demande-t-il. — Si vous ne parlez que le français de la faculté du Palais-Saint-Pierre, vous voilà fort empêché : — Une barre, afin que j'en place un bout sous le tronc, et que, faisant effort à l'autre bout, je m'en serve comme d'un levier pour faire rouler le tronc plus loin. — Que voilà de longueries, d'apprêts, de périphrases, de si et de car ! que c'est compliqué ! Que si vous êtes Lyonnais de bon aloi, vous direz simplement : — Donne-moi une barre, que je fasse aigre ! — Et l'enfant comprendra.

Le fait est que voilà une expression « nécessaire », n'est-ce pas, dont on a besoin à chaque instant dans la vie, pour peu que la vôtre ne soit pas d'un cul-de-plomb, assis à quelque bureau (la pire des vies, la galère en chambre); eh bien, cette expression n'existe pas dans la langue française ! il faut employer le lyonnais; vous n'avez pas le choix; il n'y a pas à marchander ! Quelle preuve de la supériorité du lyonnais sur toutes les langues connues !

Maintenant, direz-vous, quelle drôle d'expression : *faire aigre ?* Quel rapport peut avoir l'état d'aigre, comme d'un citron ou d'un raisin vert, avec l'action de se servir d'un levier ? Et cependant, une expression si répandue que je ne puis croire qu'un seul de mes lecteurs, s'il a tant soit peu habité Lyon, ne l'ait pas ouïe nombre de fois.

*
* *

La locution est d'origine provençale. Le lyonnais n'est pas un dialecte d'oc, mais le Rhône, « ce chemin qui marche, » comme disait Alcuin, avait créé entre Lyon et la Provence des relations ensuite desquelles nous avons emprunté beaucoup d'expressions au Midi. Or, en Provence, un levier s'appelle un *aïgro*, un *agro*. Faire aigre, c'est donc tout simplement « faire levier ». La tournure nous étonne parce que depuis longtemps nous n'appelons plus un levier un aigre, si tant est que nous l'ayons jamais nommé de la sorte. Il est, en effet, probable que nous avons emprunté la locution toute faite, « ready made, » sans emprunter le substantif.

Quant au provençal *aïgro*, il vient d'*acrem*. Il peut paraître surprenant qu'*acrem* ait donné, d'une part, *aigre*, acide, et de l'autre, *aigre*, levier. Mais c'est au contraire le sens d'acide qui est figuré, car *acer* renferme le même radical qu'*acus*, et le sens de pointe, chose aiguisée, a dû être le primitif. Le mot passe toujours du concret à l'abstrait, jamais de l'abstrait au concret. Or, le levier est un instrument taillé en biseau à l'une de ses extrémités. Comparez *besaiguë*, outil de charpentier taillant par les deux bouts. Et si l'on est étonné que l'idée de pointe ait été surtout en vue dans le nom du levier, plutôt que celle de barre, comparez *pince*, qui en français est l'équivalent du provençal *aïgro*, quoiqu'un levier n'ait qu'un rapport bien lointain avec une paire de pincettes.

2 juin 1878.

LE TRAS

CROYEZ-MOI, il n'est rien de difficile comme le choix d'un état. Je l'ai bien vu par moi-même.

Lorsque je commençai de bien savoir nager, mon père jugea que le moment était venu de me choisir un état. Il me prit par la main et me mena « faire le tour des deux quais », afin de consulter mes goûts en route.

Sur le quai Saint-Antoine nous vîmes les coffretiers. Ce métier ne me sourit pas. J'avais peur de me taper les doigts en enfonçant les clous des malles. Mon père me montra ensuite les horlogers. Je regardais curieusement ces hommes pacifiques, le derrière enmortaisé dans leur tabouret, avec une grosse loupe dans l'œil, qui leur faisait tordre la bouche et leur donnait un faux air de l'enseigne de *la Mort qui file*. Ils étaient entourés de verres de montre, sous lesquels il y avait de petites vis, de petits pignons, de petits ressorts, de petits objets impossibles à voir. Cet état ne me convint pas. Je n'aimais pas ce qui était si patet.

Nous arrivâmes à la Pêcherie. Je ne me souciai point d'être marchand de poisson. Je ne l'appréciais que cuit, et au court-bouillon. Nous voilà tournant par la Boucherie des Terreaux. Ah Dieu! cette odeur, et ce ruisseau de sang qui coulait au milieu de la boucherie dans une rigole pratiquée dans les dalles, me soulevaient le cœur! — Boucher, moi! Impossible! — Nous prîmes la rue de la Cage, la rue Saint-Pierre, la rue Saint-Côme, la rue des Souffletiers. Bon, voici les marchands de soufflets, de brosses, de balais, de plumeaux. Je craignis que de respirer la plume ne me fît tousser. Maintenant, la rue Mercière, les halles de la Grenette, et un tour dans la rue Trois-Carreaux pour voir les drapiers, les rouenniers, tous les marchands de patte à briquet. Là, les drapiers me plurent assez. L'entrée de leurs magasins était « en retard » de la cadette (les trottoirs étaient encore inconnus). Cela faisait un petit reposoir, avec deux petits bancs de chêne à droite et à gauche, où je voyais les drapiers en casquette, occupés à fumer leurs pipes et à deviser du temps qu'il fait, regardant passer le monde. Malgré cela, je trouvais qu'auner du drap était bien commun. Nous prîmes la rue Grenette et passâmes devant les potiers d'étain et leurs seringues alignées sur les devantures, en files de grandeur décroissante comme une flûte de Pan. Il y en avait de très grosses. Celles-ci étaient, comme me l'expliqua mon père, pour les gros ménages. — Fi! pour rien au monde je n'aurais consenti à fabriquer de pareils instruments! — Puis

les tourneurs en buis, fabricants de coquetiers, de coulants de
serviette, de totons ou virolets, de fiardes, de bilboquets, de
boules. J'aurais mieux aimé y jouer que d'en fabriquer. A cette
heure, les cordonniers. Le cuir fleure plus fort, mais bien
moins bon que rose. Passons la place des Cordeliers, la rue
Claudia, le quai Bon-Rencontre, où sont les chargeurs, les
emballeurs, avec leurs crochets brillant d'un polissage continuel ; les gros ballots enveloppés de serpillères, avec des oreilles
aux quatre coins. A la porte, de lourdes guimbardes à demi-
chargées. Jamais je ne pourrai soulever ces fardeaux. Je ne
suis pas un Bouzon, dit Quiquine ! — Encore une boucherie !
celle de l'Hôpital. Pressons le pas. Voici la rue de la Barre.
Enfin Bellecour.

Dans tout cela, mon père n'était guère content de voir que
nul métier de ceux que j'avais vus ne m'agréait. Il me pressait
fort de me décider. Moi, j'étais fort incertain. Cependant, en
rue Saint-Dominique, j'aperçois sur un balcon, au premier
étage, un monsieur à grosse bedaine, enveloppé d'une robe de
chambre bien chaude, coiffé d'un bonnet grec en velours
brodé, et se carrant dans un fauteuil avec un gros perroquet
gris sur son perchoir à côté de lui. Le gros monsieur fumait
dans une grosse pipe. Tout était gros sur ce balcon. — Papa,
que je fis, je voudrais prendre le métier de ce monsieur.

Mon père ayant fini par me faire comprendre qu'il n'était pas
en mesure de me donner le métier du monsieur dont s'agit,

il se décida à me mettre en fabrique. J'entrai donc chez un fabricant de satins, que je dus quitter, n'ayant jamais pu parvenir à distinguer le satin cinq lisses du satin huit lisses.

De là, je fus chez un fabricant de velours. Celui-ci me congédia sous le futile prétexte que je m'étais assis sur une pièce de velours en cent soixante portées double; tramé cuit, qui m'avait semblé une manière de coussin fort agréable. On me plaça ensuite, pour les écritures, chez un boutiquier, mais je mettais toujours mes francs dans la colonne de mes centimes, et les centimes dans la colonne de mes francs. Fin de compte, l'on me fit entrer comme apprenti chez un canut de la rue des Chevaucheurs, à Saint-Just, mais je remplissais tellement mes façures de pieds-faillis, de fils tirants, d'impanissures, de crapauds et d'arbalètes, que force fut de m'en retirer; ce que voyant mon père : « Eh bien! me dit-il en colère, puisque tu es si bête, je vas te faire architecte! »

– Et voilà comment je peux vous dire aujourd'hui ce que c'est qu'un tras.

Si jamais vous avez fait bâtir, ce dont je vous plains gros, vu que ces architectes de malheur vous « induisent en dispense » toujours plus que vous ne voulez, vous aurez remarqué que les planchers se font aujourd'hui au moyen de pièces de bois très minces (8 à 10 centim.) et très hautes par comparaison (25 à 35 centim.), espacées d'environ 45 centim. d'axe en axe. On appelle ces pièces de bois des *solives*, mot français qui ne s'est introduit que récemment à Lyon, parce qu'il n'y a pas très longtemps que les planchers se font de la sorte. Aupa-

ravant on avait ce qu'ils appellent les planchers *à la française*,
c'est-à-dire composés de grosses poutres, qu'on nomme chez
nous des *sommiers*, et placées à une distance entre elles de six à
sept pieds. Entre ces sommiers on mettait de petites pièces de
bois, fort rapprochées qui, dans les planchers communs, avaient
huit centimètres de largeur par onze de hauteur. Ce sont les
tras.

Tras est du latin tout pur. C'est *trabem*. Au premier abord,
l's finale de *tras* (ainsi écrit de temps immémorial dans tous
les comptes d'ouvriers) pourrait faire supposer qu'il vient du
nominatif *trabs*, mais il n'en est rien ; l's est ici simplement par
analogie avec l's finale du cas-sujet dans les substantifs mascu-
lins du vieux français. On a eu certainement *traf*, puis *trafs*,
puis *tras*. De même, en vieux français on a *tref*, poutre, pour
le cas-régime et *tres* pour le cas-sujet. Lorsque Joinville conte
la mort du vaillant et imprudent comte d'Artois, à la bataille
de la Massoure, il dit ainsi : « Quand ils cuiderent retourner
arieres, les Turs leur lancèrent *trefz* et merrien par mi les rues,
qui estoient étroites. La fut mort le conte d'Artois. »

Si *tras* est tout latin, il est aussi tout lyonnais. Le compagnon charpentier aussi bien que l'architecte de Paris, de Marseille et de Bordeaux, ne sait ce que c'est qu'un tras, mais, par
une circonstance assez bizarre, son diminutif *travette* existe à
Paris dans la langue des charpentiers. Leur travette, c'est notre
tras. A Lyon on dit aussi *travon* pour tras, et on trouve même,
au XVIᵉ siècle, le mot de *travoneyson* pour un plancher fait de
travons.

Il est assez singulier que ni le bon Molard, dans la chasse qu'il faisait aux mots lyonnais, ni Breghot du Lut, dans ses recherches sur ces mots, n'aient songé au tras.

Le mot de *tras* ne tardera de guère à disparaître avec la chose. Depuis longtemps déjà on n'employait plus le plancher à la française que dans les maisons pour canuts, à cause de la facilité que l'on y trouvait pour ponteler les métiers, les ponteaux ne pouvant s'appuyer contre des plafonds en lattes et plâtre. Mais il paraît que maintenant on fait des métiers à clefs, qui n'ont plus besoin de ponteaux.

Le plancher à la française disparaît donc devant l'économie résultant de l'emploi du bois sur chant. Cette économie est énorme, puisque la résistance d'une poutre est proportionnelle seulement à son épaisseur, tandis qu'elle est en raison du carré de sa hauteur.

Il n'en reste pas moins qu'un plancher en solives sur chant, plafonné au plâtre, n'offre qu'une grande surface plane fort laide et impossible à décorer, tandis que le plancher à la française, avec ses sommiers et ses tras est un motif tout prêt pour l'ornementation.

Ainsi va le monde. L'utile prend partout la place du beau. C'est avec raison sans doute, et je n'y contredis pas. N'empêche que l'utile sera toujours de beaucoup moins aimable que le beau.

Octobre 1877

LE GOURGUILLON

I L y a chou et chou, monsieur le curé ; il y a Gourguillon et gourguillon, monsieur le lecteur. Peutêtre bien ne connaissez-vous que le premier, ce roidillon si resserré que, de la place de la Trinité, on voit grimper mélancolique et solitaire. Un joli décor du théâtre de Guignol le représentait, du temps que Josserand jouait en rue Écorche-Bœuf *les Tribulations de Duroquet*, de ce pauvre Eugène André. L'artiste en avait compris le caractère en ne l'égayant d'aucun passant. En bas, la superbe maison du Soleil, avec ses grands arcs de boutique en plein-cintre sur trois faces et ses jolies niches d'angle, suivant l'usage de l'époque. Ce rez-de-chaussée était de mon temps occupé par mon cabaret. Avez-vous vu l'escalier ? Quatre salons, de ceux de la rue de l'Impératrice, danseraient une gigue dans sa cage. Hélas, il n'est gravi que par de pauvres ouvriers. L'architecte qui construisit cette maison était un architecte ! Par une disposition qui marque l'âge, la cour est en façon d'ellipse, avec des balcons aux quatre étages, faisant palier pour toutes les portes. Sur la façade est un soleil doré, symbole parlant de la famille du Soleil, pour qui fut bâtie la maison, terminée en 1723. C'est, dans l'ensemble, de cette bonne et saine architecture lyonnaise du XVIIe-XVIIIe siècle [1].

Ce carrefour ou treyve [2] du Gourguillon, suivant le nom qu'il a longtemps porté, est un des rares coins de Lyon qui ait gardé sa physionomie. Il n'a été entamé que par le percement de la rue de Bellièvre. La maison n° 25 de la rue Tramassac a un élégant escalier à noyau dont le limon extérieur est porté par de légères colonnettes. Des arcs au rez-de-chaussée, ceints de fort jolies moulures, reposent sur des piliers formant fûts de colonnes. Tout cela, de la fin du XVe siècle. Dans un mur, un puits à coquille, en style de la Renaissance. En ces temps le moindre morceau avait un caractère architectural. On se donnait même le plaisir d'achever certains détails que quasi personne ne pouvait voir. C'était de l'artiste, cela !

Que si vous allez pour monter le Gourguillon, vous trouverez à votre droite trois maisons côte à côte qui datent de même du XVe siècle. D'élégantes fenêtres, dépouillées de leurs doubles meneaux, ont conservé leurs couronnements refouillés. Faites pour la fleur de la vieille et solide bourgeoisie lyonnaise, elles éclairent des métiers de canuts. Plus tard on est venu,

1. Certains détails sont lâchés, par exemple les culs-de-lampe des niches.
2. Du latin *trivium*. Ce nom de *treyvo* existe encore pour beaucoup de lieux dits dans nos campagnes.

pour transformer le rez-de-chaussée en boutiques, percer des arcs en sous-œuvre. La maison portant le n° 4 est particulièrement intéressante. Son allée est voûtée à nervures ; au premier, une galerie de même style ; au dessus une charmante niche dans le goût de la Renaissance. De mon temps, par cette maison, d'escaliers en escaliers et de grimpillons en grimpillons, on escaladait jusqu'au Chemin-Neuf.

En montant encore un tant soit peu, on trouve à gauche une ruelle étroite, présentement dénommée rue de Bourdy, et qui descend rejoindre l'escalier des Épies. A sa rencontre avec le Gourguillon, s'élève la porte, récemment construite, des Archives des notaires. Elle a bon air.

Nos pères ne reculaient pas devant le mot propre (je ne sais si propre est ici bien à sa place), et, avant la Révolution, la rue de Bourdy s'appelait, parlant par respect, ruelle Foireuse. Voyez-vous une noble duchesse appelée à faire figurer cette adresse sur sa carte ? — J'en frémis d'horreur !

Lorsque la rue Lanterne ne s'appelait pas encore rue Lanterne, du moins sur tout son parcours, une jeune personne, que j'avais l'honneur de connaître, avait su tourner la difficulté aussi habilement que chastement, et j'ai vu plusieurs fois sa carte, ainsi libellée :

Mᵉˡˡᵉ Dorothée ***

INSTITUTRICE

Rue de l'Enfant-qui-fait-ses-petits-besoins, n° *

Au bas de la rue de Bourdy, un entrepreneur, fils du quartier, s'est bâti une maison d'apparence accommodée, qui réjouit l'œil par le contraste avec le voisinage.

La porte de la Chambre des notaires donne accès, par deux degrés successifs, à une terrasse avec prospect sur la ville, et qui a grande allure. Le bâtiment, bien exposé, est celui de l'ancien monastère du Verbe-Incarné. La façade a subi des remaniements qui lui ont enlevé son caractère primitif, notamment par la destruction des meneaux et croisillons aux fenêtres. Les bases aux jambages de celle-ci indiquent qu'elle est contemporaine des maisons nᵒˢ 62, 2 et 4, dont il a été parlé [1].

*
* *

Cette incommode montée du Gourguillon, on me trouvera un petit peu Jeannot si je dis que j'y trouve quelque poésie. Que si, dans votre enfance, vous l'aviez grimpée autant de fois que moi pour aller vous ébattre dans le bel air bleu de Sainte-Foy, possible vous serait-elle moins déplaisante. Après tout, savez-vous que la place de Beauregard est bien close, bien ensoleillée, et qu'il ne faudrait point non plus faire fi d'une petite maison qu'on aurait bâtie pour soi seul, bien proprette, à l'angle du Gourguillon et de la montée des Épies, côté d'amont, avec de bons livres, un bout de jardin formant terrasse, d'où, par les grands vents du midi, on verrait la dent de

---

1. L'Institut du Verbe-Incarné à Lyon n'ayant été approuvé qu'en 1655, par Mᵍʳ Camille de Neuville, il faut admettre que les religieuses s'installèrent dans un bâtiment antérieur, élevé au xvᵉ siècle, et qu'elles durent remanier, comme il l'a été encore depuis. Si ce pauvre Vermorel vivait, il me saurait dire tout de suite qui avait élevé le bâtiment primitif.

Moirans, les montagnes de l'Oisans, la dent du Chat et le dôme neigeux du Mont-Blanc, qui se teint de rose au soleil couchant? On serait assez près de la ville pour aller voir ses amis, assez loin pour écarter les fâcheux, assez haut pour respirer, sans compter que les nuits n'y seraient pas troublées par le passage des « tramevets ».

*
* *

A voir le Gourguillon présentement on ne douterait guère qu'il ait été une voie romaine, mêmement qu'il devait y avoir plus d'une noble villa, puisque la belle mosaïque dite du Combat de l'Amour et du dieu Pan, qui est à notre musée, y a été trouvée en 167.0. Maints débris antiques ont été recueillis ou signalés sur le parcours. C'était d'ailleurs la seule voie pour aller du quartier de *Triguntium* (Trion) à la partie basse de la ville, puisque le Chemin-Neuf n'a été ouvert qu'en 1562.

Mais que dis-je, ce dut être bien plus beau au moyen âge, lorsque le Gourguillon vit passer jusqu'à des cortèges pontificaux! Je ne ferai à aucun de mes lecteurs l'injure de supposer qu'il ignore (surtout depuis qu'il y a tant d'écoles) que le pape Clément V ayant résolu de se fixer à Avignon, il se fit couronner dans l'église des Machabées (aujourd'hui Saint-Just); et que, le 14 novembre 1305, descendant en grande pompe à l'archevêché, le roi de France, à cheval, à sa droite, et le comte de Valois (frère du roi) et le duc de Bretagne tenant les rênes de la monture du pape, le cortège étant arrivé près de ce qui est aujourd'hui la place Beauregard, un mur surchargé de spectateurs s'écroula, renversa le pape et sa mule, tua le duc de

Bretagne avec force pauvre monde, et blessa le frère du roi.

Ce Gourguillon vit aussi couler beaucoup de sang dans les combats sempiternels que nos pères les bourgeois de Lyon livrèrent aux hommes du chapitre réfugiés dans le cloître fortifié de Saint-Just, et surtout quand les deux partis se disputèrent la possession d'un fort que les bourgeois avaient fait construire vers la place Beauregard actuelle. Depuis longtemps le Gourguillon ne retentit plus du bruit des armes. Au xviiie siècle il retentissait déjà des coups de battant; c'était le quartier général des canuts, car les maisons de la Croix-Rousse sont récentes et doivent surtout appartenir au premier tiers du siècle. Aujourd'hui, le Gourguillon est si pauvre qu'au temps où je travaillais pour la bâtisse, des dames de mes clientes y avaient une maison dont le revenu (quand il était payé) se trouvait si misérable, dévoré qu'il était vingt fois par les réparations et les impôts, qu'après mûre délibération nous reconnûmes que ce serait un placement de premier ordre de démolir la maison et de laisser le terrain nu, en faisant la dépense pour l'enclore, comme la voirie l'exige. Heureusement, si ma mémoire est bonne, un couvent du Chemin-Neuf ayant eu envie de posséder une sortie sur le Gourguillon, ces dames purent se débarrasser de ce bel immeuble. Il y a des gens qui ont des campagnes de pur luxe, qui leur coûtent gros. On voit qu'il y a aussi à la ville des maisons de pur luxe.

Un jour viendra que des archéologues rechercheront curieusement à leur tour ce que fut le Gourguillon au xixe siècle. Il aura ses fastes. On dira : « Savez-vous que c'est là que le

grand orfèvre lyonnais, Armand-Calliat, avait sa demeure et ses
ateliers ? » Un autre dira : « C'est là que fut l'Institution du
Verbe-Incarné, » ainsi dénommée parce qu'elle occupait les
anciens bâtiments du couvent de ce nom. Elle avait été fondée par un très digne homme, M. Louis Guillard, qui fut de
l'Académie de Lyon. Là fut élevé plus d'un Lyonnais connu :
Armand Fraisse, le curieux lettré ; Léon Charvet, architecte,
longtemps professeur à Saint-Pierre ; Jules Giroud, qui fut
architecte du département de Saône-et-Loire. Fraisse prétendait qu'un jour de distribution de prix, M. Guillard, à la fin
de la séance, était monté sur l'estrade pour recommander ins-
tamment aux mères de famille, au nom de la pudeur, de faire
porter à leurs enfants des pantalons à grand pont. Mais Fraisse
était un gausseur qui n'était pas trop de croire. Il en prêtait
de son crû à tout le monde. Après tout, M. Guillard aurait pu
citer un bel exemple. J'ai vu M. Dufaure, qui s'inquiétait plus
des nobles et sages idées que des vaines frivolités de la mode,
monter à la tribune, en qualité de président du conseil des
ministres, avec un vénérable pantalon de coutil à pont-levis.

Il doit y avoir plus de vingt-cinq ans que M. Guillard trans-
porta son institution à la montée des Génovéfains, dans un
bâtiment simple, mais de bonnes masses, que lui avait construit
Charvet.

On recherchera aussi la place où furent les précieuses
archives des notaires. Enfin, comme il n'est pas de petites
découvertes pour de véritables archéologues, ils se donneront
aussi du mal pour retrouver, sur la place de la Trinité, la maison qu'habitait le vénérable Exbrayat, dont on a parlé au
chapitre des Luttes.

*
* *

Le culte des martyrs tient une grande place à Lyon. C'est
à sa préoccupation qu'il faut rapporter les origines attribuées
à certains noms de lieux. La Croix de Colle (*Crux de colle*),
place des Minimes, était *Crux Decollatorum*. Le Gourguillon
tirait censément son origine de *Gurges Sanguinis*, parce que le
sang des martyrs décapités au sommet de la colline aurait coulé
par cette gorge jusqu'à la Saône. On comprend bien que
l'on ait pu lire *gurges* dans *gourg* (ce qui est exact), mais on ne
peut raisonnablement comprendre comment *martyrum* se serait
transformé en *illon*. Breghot du Lut et Cochard, déjà, avaient
signalé l'impossibilité de cette étymologie.

Par un acte de donation, en date de 1223, Arnaud de
Colant, chamarrier de l'Église de Lyon, donne à cette église
le four du Gourguillon, *furnum de Gorgollon*. Ce Gorgollon
nous reporte au patois lyonnais *gorgola*, rigole, chanée, qui
est *gurga* (pour *gurges*) avec le suffixe diminutif *ola*. L'addition
d'un second suffixe diminutif *on* donne *gorgollon*. Dans un
autre acte, on trouve la forme *Gorgollion*, qui est la même,
avec un mouillement de *l* fréquent dans notre dialecte[1]. Il
n'est pas impossible que la graphie *o* représentât la prononcia-
tion *ou*, mais il est plus croyable que *ou* s'est substitué à *o* sous
l'influence du français[2]. *Gourgouillon* devient *Gourguillon* par
la substitution analogique du suffixe *illon* à la finale *ouillon*. Le
Gourguillon est donc simplement « la petite rigole », nom très
approprié à la disposition des lieux.

1. Comparez *pullanum*, devenu *poliain* ; *die lunae*, devenu *diliun*, et *rolion*
pour *roulon*, petite bûche ronde.
2. Comparez *bursa, turrem* ; lyonnais *borsa, tor* ; français *bourse, tour*.

Se rappelle-t-on qu'au début de ce chapitre, j'ai dit qu'il y avait Gourguillon et gourguillon. Ce dernier est, chez nous, une manière de charançon. Dans le populaire on retrouverait facilement le mot, encore qu'il tende à se faire rare. C'est au Gourguillon, montée, qu'il faudrait demander ce que c'est que le gourguillon, insecte. Pour sûr, ce n'est pas en Bellecour qu'on vous le saurait dire. Quant à votre serviteur, il a maintes fois, étant petit, entendu sa grand' recommander à la servante, l'envoyant quérir des pois, de ne pas manquer à s'assurer qu'il n'y avait pas de gourguillons dedans, vu qu'il n'est rien de plus désagréable que de mâcher des gourguillons cuits ; et crus, ce ne serait pas meilleur.

Et de fait, il n'est rien que les gourguillons affectionnent comme les pois secs. Ils s'y logent par un petit trou, et une fois là-dedans, les choses d'ici-bas ne les regardent plus. Ces ermites n'aiment pas à être dérangés dans leurs prières. Ils diraient volontiers, comme un de mes camarades, un peu · rustique, lequel n'étant point habitué à l'usage parisien de fermer les églises de midi à deux heures, et se trouvant à la Madeleine au moment où le bedeau allait pousser les portes, accueillit l'injonction de celui-ci par ces nobles paroles : « Quand je suis après prier Dieu, je n'aime pas qu'on m'enquiquine ! »

Gourguillon, c'est *gurgulionem*, variante de *curculionem* :

> *Populatque ingentem farris acervum*
> *Curculio, atque inopi metuens formica senectae.*

9 décembre 1890.

LES ÉQUEVILLES

ANS la chasse que le beau langage fait aux mots lyonnais, il est de ceux-ci qui résistent plus que d'autres et que, malgré tout, on ne parvient pas à déraciner. Équevilles est de ce nombre. Si « comme il faut » que soient mes lecteurs, je m'assure qu'ils le comprendront. Il est aujourd'hui particulier à notre ville, bien qu'on le rencontre, sous des formes approchées, dans tous les pays de langue d'oc, et dans les pays franco-provençaux, dont le Lyonnais fait partie. Le bon Gui Barôzai dit, en effet, dans un de ses noëls bourguignons :

E's equeville
On champeró lé mouche et lé ruban.

« Aux équevilles — on jetterait les mouches et les rubans. »

Comme tous nos mots il est fort ancien. Breghot du Lut et Cochard disent qu'il existe sous la forme *escuvilles*, dans un acte consulaire du 24 novembre 1590. On le trouve sous la forme *escovires* dans un texte fribourgeois de 1387, et sous la forme *esquevilles* dans des ordonnances municipales de Salins des XVᵉ et XVIᵉ siècles.

Très expressif, il serait difficile à remplacer. Équevilles, ce sont balayures, ordures : les épluchures de pois gourmands, de clergeons, de doucettes, de poule-grasse, de roquette, de bourcettes, de levrettes, de dent-de-lion, de blanchettes, de scaroles, de groin-d'âne ou de tout autre hortolage ; les briques de vos faïences et de vos topettes cassées ; les braises de pain ; les bauches de pastonade ; les chavasses de rave ; les râclures de doigts-de-mort, de petites raves, de racines jaunes ; les gonfles de la laitance de vendredi ; les tirpilles et les clinquettes du bouilli ; les picous de cerises ; le savoret qui a fait le bouillon ; les grésillons du poêle ; le restant du panet, du craquelin ou du chaudelet petafiné par le canari ou la merlasse ; les coffes de graines de soleil que Jacquot a délicatement concassées ; les pelures de truffes ; les ballons trop aigres qui font mal au ventre aux enfants ; les cachons d'abricot que vous avez cassés pour en mêler les amandes à votre marmelade ; les poires trop blettes ; les fiageôles gâtés ; les vieilles pattes ; les grolles hors d'usage ; les pesettes que vos tourterelles n'ont pas mangées ; les débris de bugnes ou de matefaims restés sur l'assiette ; la soupe de godelle ou de farine jaune au fond de l'écuelle ; le demeurant de corée, de melette, de fège ou de melachon, dont le miron n'a pas voulu ; les os que votre cabot a rongés ; le sarron qui a servi à sécher votre carrelage

mouillé; les bouquets de grillets, de fleurs-de-Rome, de cocus
ou d'ivrognes (suivant la saison), dont les tiges flétries ont
empuanti l'eau dans laquelle elles baignaient; la rite qui aidait
à serrer le bondon de votre cenpote ou le piston de votre
seringue; le bourron de fleuret qui n'a pu servir à rapetasser
les solettes ou les rentures de vos bas; les bouts de chevillière;
l'âme du peloton défilé; les plumes échappées de votre couette;
la balloufe ou la paille de gros-blé qui faisait une paillasse pour
votre culot; les toiles d'iragnes, la bardanière hors de service;
le pati et le perrier de la poulaille dont vous dînâtes hier; les
brondes arrachées à votre balai de biè; la vergette dont il ne
reste que le bois; la lie de vos baissières, de la feuillette ou du
caquillon récemment soutirés, enfin toutes ces choses avec ou
sans nom, que nous mettions jadis en cuchon au mitan de la
rue, attendant l'ânier et son tombereau, et dont maintenant
nous emplissons le siau que la voirie nous oblige d'avoir à
notre porte.

*
* *

Le mot a intrigué nos pères. La Monnoye dit qu'il vient
peut-être de *quisquiliae*. Breghot, après Molard et sans doute
d'après lui, le tire de l'italien *scoviglia*, balayure, qui viendrait
lui-même de *quisquilia*. M. Onofrio suit Molard et Breghot.
Celui-ci cite comme un badinage l'étymologie (*tolle*) *haec vilia*,
qui, paraît-il, avait été proposée. J'ai entendu formuler sérieu-
sement (*res*) *aeque viliae*, choses également viles. Mais toute
étymologie philosophique, qui implique un concept abstrait,
toute étymologie à la Joseph de Maistre est fausse d'avance, le
peuple ayant l'heur de n'être pas philosophe, et de raisonner

peu, ce qui est le seul moyen connu pour ne pas déraisonner beaucoup.

Un amateur de grec proposa *scubalon*, lequel, en grec, signifie équevilles. — « Σκύϐαλον, fumier, pire ordure, » dit le bon Lancelot dans ses racines grecques. Un ingénieur fit remarquer que les détritus des anciennes mines du Laurium, en Attique, sont nommés en grec moderne ἐκϐολαϑής, d'où il dérivait équevilles. Un de mes amis donna pour origine *esquiliae*, du nom porté par une colline de Rome. Il existait, en effet, dans la Rome latine, un quartier appelé *Esquiliae*, sur le mont *Esquilinum*. Mais le mont *Testaccio*, formé de débris de poteries, n'est pas le même que l'*Esquilin*, dont le nom, au contraire, a, dit-on, pour origine une chênaie, *esculetum*, qui le couvrait primitivement.

L'origine du mot est plus simple. Le latin *scopa*, balai, a donné le vieux français *escouve*. Je ne dirai pas qu'on a ajouté à *escouve* le suffixe *illes*, car *escouvilles* signifierait alors petits balais. Mais *escouve*, balai, suppose un verbe *escouver*, balayer, qui, avec le suffixe collectif *illes*, donne *escouvilles*, littéralement résultats du balayage. *Escouvilles* devient *équevilles*. C'est une forme française, car en lyonnais, balayer se dit *coivi*, et la forme véritablement lyonnaise serait *coivilles*. *Équevilles* est le même que le latin du moyen âge *scobilhae* qu'on trouve au même sens dans des règlements municipaux de Marseille et de Nîmes. Il est aussi le même que l'italien *scoviglie* qu'on ne rencontre pas dans les dictionnaires classiques, mais qui me semble un dérivé naturel de *scovare*, comme *escouvilles* d'*escouver*. Quant aux formes grecques, elles ne sont point les mères des formes latines, mais ce sont leurs sœurs, le radical *scub, scop* étant sans doute un radical commun à la race aryenne avant les migrations qui l'ont constituée en peuples séparés.

Il ne faudrait pas laisser tomber ce mot d'ancienne race. Par infortune, les gens riches, instruits, qui se disent conservateurs, sont les plus disposés à ne rien conserver. Ce sont les pires révolutionnaires. Ils ont honte de leurs pères. Le parler de ceux-ci, franc et simple, « gauchissant un peu sur le naïf, » semble leur écorcher la bouche. Ils ne comprennent pas qu'ici-bas tout se tient. Tout changement, fût-ce de petites choses, est un symptôme de l'inclination de l'esprit. Qui ne respecte pas les vieux mots ne respecte pas les vieux usages ; qui ne respecte pas les vieux usages est bien près de ne pas respecter les vieilles gens ; qui ne respecte pas les vieilles gens ne respecte guère les vieilles croyances.

LES ARBOUILLURES

E bon père Landerain, de la rue du Chariot-d'Or, était un ami de mon bourgeois. Il avait une fille superbe, la Génie, qui semblait une bôye de Condrieu égarée à la Croix-Rousse. Elle était vive, gaie, allurée, charmante. Elle n'avait qu'un défaut, disait son père, elle était « si tellement sanguinaire » qu'elle en avait souvent des maux de tête, les yeux bouffis, etc. En effet, elle était d'un gros sang, et, manquablement, le sang lui faisait la guerre. Je ne sais pourquoi, mais, moi, cela ne me faisait pas peur du tout. Elle était d'ailleurs fort saine, et n'avait jamais de ces postumes qu'on voit parfois aux gens à sang blanc, ni les yeux picarneux le matin, comme, hélas, trop souvent nos pauvres canuses.

Or, me souvient-il qu'un jour de printemps, de ces jours chauds où le vent du midi vous vient en caressantes haleinées, je rencontrai le père Landerain, qui allait rendre sa pièce. Moi vite de lui demander des nouvelles de la Génie. Il me conta qu'elle avait les bras (qui étaient très beaux par parenthèse) couverts d'arbouillures; qu'il l'avait menée chez M. Chrétien, et que M. Chrétien avait ordonné de la purger avec « des selles-de-Gobert, pour lui débagager le ventre. » Et il faisait le geste.

Mais, j'y pense, vous seriez capable de ne point savoir ce que c'est que des arbouillures.

Ce sont de petites élevures sur la peau, multipliées, très démangeantes. En français on les nomme des échauboulures. Mais le nom d'arbouillures s'étend un peu à toutes les éruptions de ce genre.

Une chose me frappe, c'est comment, dans des dialectes très différents, il se forme spontanément des mots, très différents aussi, mais fondés sur une idée commune, encore qu'elle semble parfois un peu extraordinaire. Avez-vous remarqué, par exemple, que tous les objets qui supportent, en mécanique ou en architecture, ont reçu des noms d'animaux ? C'est ainsi que nous avons la grue, la chèvre, le corbeau, le sommier (de somme, ânesse), la poutre (jument). Au xive siècle, à Lyon, le corbeau qui portait les machicoulis s'appelait *bochet*, c'est-à-dire petit bouc, et encore aujourd'hui appelons-nous grenouille le treuil qui sert à élever des fardeaux.

Or, quoique les arbouillures ne donnent pas la sensation de brûlure, mais démangent seulement, on a composé le mot avec *ardre* (*ardere*), brûler, et *bouillures*, substantif tiré de *bouillir*. Peut-être a-t-on supposé que c'était le sang qui, en bouillant, formait des bulles à la surface du corps. Enfin, n'importe, suffit qu'on dit arbouillures.

Or il se trouve que le français a exactement exprimé la même pensée. Lui aussi s'est servi du mot *bouillures*, mais il a mis au-devant *chaud*, d'un verbe *chaudier*, chauffer, échauffer, qu'on a gardé en vènerie, où il signifie entrer en chaleur, en parlant des levrettes. La dernière partie du mot s'est moins bien conservée qu'en lyonnais, et échaubouillures est devenu échaubou-lures.

Le provençal paraît avoir été frappé de la multiplicité des élevures, et les nomme *arellos*, qui se rattache probablement à *aro*, grappe dans les Alpes Cottiennes. *Aro* pourrait lui-même reporter au vieux haut allemand *hari*, troupe; allemand *heer*.

Le Vivarais a remarqué que les arbouillures viennent surtout au printemps, et il les a nommées *vernades*, de *ver*.

Et sur ce, lecteur ami, tenez-vous en paix comme raison le conseille, nature l'indique, et Dieu le commande. Et souvenez-vous que mon bourgeois, le père Gaudin, de Saint-Just, qui fabriquait des pou-de-soie tramés cinq boûts cuits, disait que telle adversité qui lui fût survenue au jour, jamais elle n'avait couché avec lui, et que c'était la cause pourquoi il n'avait jamais eu d'arbouillures.

Ah! j'avais oublié de vous finir l'histoire de la Génie. J'avais bien raison de dire que ce n'était rien. Quasi sitôt après qu'elle fut mariée, le sang cessa de lui faire la guerre. Elle est arrière-grand'mère de quatorze arrière-petits-enfants.

DE NOS EXPRESSIONS DE TENDRESSE

E ne sais s'il est beaucoup d'endroits où, autant que chez nous, on ait de charmantes expressions de tendresse. Puis nos inflexions de la voix, qui ajoutent aux expressions.

Lequel de nous, en voyant un petit mami bien drôle, ne s'est laissé aller au plaisir de le caresser en lui disant : « Ma braise, mon belin, ma coque, ma rate, mon petit chou, mon petit trognon, mon petit boson, le restant de mes écus, » et tant d'autres jolis mots. Mêmement y en a-t-il qui les disent aux femmes, du moins quand elles sont encore de jeunes anges, en attendant qu'elles soient de vieux diables.

Toutes ces expressions qui aux oreilles sonnent comme des mots inventés au hasard, ont leur raison d'être. Elles existent de par certaines lois, car en ce monde sublunaire, quoiqu'en

disent de grands Benoîts, qui se croient l'auteur que les grenouilles n'ont pas de queue, rien n'est livré au hasard, et jusqu'aux corruptions des mots suivent de certaines règles.

Par exemple, « ma coque, » c'est « ma poule ». Quoi de
plus naturel qu'une coque soit la femelle d'un coq? Bien
entendu, cela ne s'emploie que figurément. En voyant passer
une petite bôye en rue de Trion, on dira : « Arregardez voire
c'te petite coque! » ou, se promenant après vêpres, sur les
Tapis : « Y a ben tant par là de jolies petites coques! » Cela
peut même se dire aux hommes par extension :

> Chair Jirôme, ma coque,
> Pour tes beaux sentiments,
> Viens donc que je te coque,
> En nous lanticanant.

(Fanchon à Jirôme.)

Plein de poésie quand on le chante sur l'air : O ma tendre
musette!

Dans un bon ménage, le mari et la femme ne s'appellent
jamais que ma coque. « Ma coque, viens dîner! — Voui, ma
coque. — Ma coque, veux-tu du café? — Voui, ma coque. —
Ma coque, allons nous coucher. — Voui, ma coque, etc. »
Voilà les bons ménages.

*
* *

Je m'assure qu'un Parisien va croire que « ma braise », c'est
« mon argent ». Fi donc, avec leur horreur d'argot! Braise
est ici employé au sens de miette, pris pour extrême diminutif.
Les termes de tendresse sont toujours diminutifs. Pourquoi ?

je n'en sais rien; mais on ne dira jamais à un objet adoré :
« Ma géante, ma Gargamelle, ma tour Eiffel, » ni, par réci-
proque, « mon Gargantua, mon pont Tilsitt, etc. » En
revanche, c'est toujours mon petit, ma petite quelque chose.
En Gévaudan, on va plus loin et on diminue encore sur petit :
« mon pitoutet, » comme nous, d'ailleurs, quand nous disons
« mon petiot ».

Le bon gagat Chapelon dit :

> Quand j'amou quauqua bréysa...

« Quand j'aime quelque peu... »

Yquien le fit rire una braisa, « cela les fit un peu rire, » dit
un conte en patois de Saint-Symphorien-le-Château.

> Bévin on cou, bévin-z-in dou,
> E djamè trâ neu-z-an fa pou.
> On cou n'arrouzé qu'ina brasa.

« Buvons un coup, buvons-en deux; — Et jamais trois ne
nous ont fait peur. — Un coup n'arrose qu'un tant soit peu, »
dit une chanson de Couzon.

Le bas latin disait *bricia*, le vieux provençal *briza*; le Gévaudan dit *brèna, embrèna*, le Forez *braise*, le Languedoc *brizo*, pour
miette de pain. On a vu que chez nous on dit *braise*. Quand
j'étais en nourrice à Saint-Laurent-d'Agny, le Tienne, mon
frère de lait, qui était gros mangeur, avait au fond de la poche
de son rondin tout plein de braises de pain.

Les formes *briza, brizo* indiquent un substantif verbal tiré
de *briser*. De même d'*abonder* avons-nous tiré *faire de l'abonde*.
Dans le bas Dauphiné, du reste, on dit simplement des *brises*
de pain.

*
* *

Mon petit chou, n'est-ce pas une charmante expression de tendresse ? Je me souviens que, sur le coin du brouillon d'une lettre à sa jeune sœur qu'il aimait beaucoup, Joseph Pagnon, dont j'ai publié les lettres, avait écrit d'une main distraite, comme si elle eût suivi malgré elle sa pensée : « Mon petit chou, » bien que la lettre portât cet en-tête plus grave : « Ma sœur. »

Le Berry dit comme nous. A Genève on a fait de *chou* le diminutif *chougnet, chougnette.*

Que de fois n'ai-je pas entendu des benonis s'exclamer sur l'absurdité de cet emploi du mot chou. Un chou n'est pas chose si aimable, dit-on ! Voire que, chez nous, les ménagères soigneuses, lorsque l'on fait cuire des choux, ont toujours l'attention de jeter l'eau non sur ou sous l'évier (selon qu'il y a ou qu'il n'y a pas de conche), mais, parlant par respect, dans les communs, vu la grande infection et puanteur. Encore y a-t-il des communs délicats qui se plaignent. — D'autres (pas des communs, des gens) qui se croient fins davantage, voient dans « mon petit chou » l'idée d'un chou à la crème, ce qui, on le confessera, serait bien puéril. Nous ne sommes point encore si gnougnes.

Il ne s'agit ici ni de légumes ni de pâtisseries, mais d'un substantif verbal de notre verbe lyonnais *chouer*, caresser, flatter. « C'est l'homme à la Nanon qu'est bien choué ! un vrai coq en plâtre ! » — Le terme primitif a dû être *choue*, vraisemblablement féminin, et qui a été corrompu en *chou*, sous l'influence du mot français.

Chouer est le vieux français *chuer*, flatter, caresser, blandir, que Montaigne emploie sous la forme *chouer* au sens extensif de tromper par des flatteries, tromper en général. *Chuer, chouer* est devenu *chouyer*, puis enfin *choyer* dans la langue moderne. « Mon petit chou » vaut donc à dire comme « mon petit choyé ».

Quant à l'étymologie, je dirai d'elle ce que me disait quelquefois mon père quand il voyait passer un visage inconnu : « Tiens, tiens, M. Pasconnais[1] ! »

« Mon petit belin »; tout le monde le connaît, c'est « mon petit agneau ». On le dit quelquefois aux femmes, mais c'est généralement mal appliqué.

Belin est du vieux français; toutefois ce n'était pas un mot tendre comme chez nous, et il signifiait non pas agneau, mais mouton et même bélier. On disait un mouton belin pour un bélier. *Belin* est la personnification du mouton dans le roman du *Renard* :

> Qui plus est soz et bobelins
> Que li motons sire belins ?

Et, parlant par respect, dit le bon Roger de Collerye :

> Avaler aussi doux que lin
> Cinq ou six crottes de belin
> Vous appartient.

---

1. D'honorables savants ont proposé *cavicare* (de *cavere*), le gothique *suthjon*, chatouiller, qui ne paraissent convenir ni au sens ni à la forme, et *cautare* (de *cautus*) qui convient à la forme, mais non au sens.

Villon emploie aussi belin dans le sens de mouton :

> Item, j'ai sceu, à ce voyage,
> Que mes trois pauvres orphelins
> Sont creus et deviennent en aage
> Et n'ont pas testes de belins.

Et Amyot au sens de bélier :

« Si se rassist à terre et se print à plorer sa sotise de ce qu'il sçavoit moins que les belins comment il falloit accomplir (hum, je préfère laisser lire le reste au bon Amyot, *Daphnis et Chloé*)... Encore aujourd'hui, dans le patois du pays de Bray normand, un *blin* est un mouton non hongré ; et ce qui prouve d'ailleurs amplement la signification primitive de *belin*, bélier, c'est le sens trop folâtre où les auteurs des xve et xvie siècles emploient le verbe *beliner*.

Le mot n'est pas tiré du verbe *béler*, comme on le pourrait croire au premier abord. Belin, à l'origine, est simplement le mouton qui porte la clochette (bas latin *bella* ; néerlandais, anglais, saxon, *bell*, clochette), étymologie dont témoigne notre mot *bélière*. Mais il était naturel que ce nom très doux de belin, par confusion avec un diminutif de *bel*, s'étendit au sens d'agneau. Et quoi de plus doux qu'un petit agneau ?... *Agnus Dei*, dit l'Église.

*
* *

« Ma rate, » on l'a compris, c'est « ma souris ». La femelle d'un rat ne peut être qu'une rate ; autrement il n'y aurait plus de règle du féminin. Le mot est ancien. On trouve dans le recueil de fables intitulé *Yzopet*, en dialecte de la Franche-

Comté du XIIIe siècle, et dont le manuscrit est au palais Saint-Pierre :

> La rainne noe a tout la rate,
> Et maluaisement la baratte.

« La grenouille nage avec la souris (attachée à sa patte), et de méchanceté la secoue. »

« Ma rate » est un terme de tendresse très bien appliqué, parce que beaucoup de celles à qui on le dit ont des dents pour grignoter encore mieux que les souris.

*
* *

« Mon petit boson » :

> Janneta dit : « Biau Piarro,
> Pusque t'é bon garçon,
> Je te prometto derrio
> Mon cœur, mon petit bozon ! »

« Jeannette dit « Beau Pierre, — Puisque tu es bon garçon, — Je te promets tout de suite — Mon cœur, mon petit boson ! » C'est extrait d'une chanson du Papa Dubost, de Lentilly.

Mon petit boson est un terme d'une grande douceur, mais quelque peu difficile à expliquer. On ne peut procéder que par exemples. Suffit qu'un jour j'étais dans la voiture du Point-du-Jour (la ficelle de Saint-Just n'existait pas encore), qui n'en finissait jamais de monter. Il y avait dans l'omnibus un gentil mami, que portait sa maman, qui n'était rien méchant du tout. Au moment que nous passions à portée de chez Dailly (vous savez ce tanneur qui habite, aux Étroits, la jolie maison à l'italienne qu'on attribue à Serlio), voilà le papa qui dit avec inquiétude à la maman : « Je crois que Pouponnet a fait son boson ! » Voyez les injustices de ce bas monde, c'était les mottes de chez Dailly !

Inutile de s'enfoncer dans l'étymologie, n'est-ce pas, pour peu que vous connaissiez, parlant par respect, le mot de bouse. Une seule remarque : le suffixe *on*, qui en français ne signifie communément pas grand'chose, ni oui ni non ; qui, en espagnol et en italien, est augmentatif (*one*), est diminutif en lyonnais. Témoins *boson* (petite, etc.), *fenon* (petite femme), *nenon* (petit sein), *corgnolon* (petite corgnôle), *bugnon* (petite bugne, au figuré), *brison* (encore moins qu'une braise), et maint autre.

« Le restant de mes écus, » pas besoin de glose. On comprend si c'est précieux, surtout lorsqu'il n'y en a plus guère. Demandez-le, hélas, aux victimes du krach de 1881 !

Et maintenant, prononcez s'il est pays au monde où les femmes puissent s'entendre dire d'aussi jolies choses qu'entre Saint-Irénée et Saint-Pothin !

DU PARLER DE LYON

Le secret d'ennuyer est celui de tout dire.

'EST pourquoi convient-il de ne pas pousser plus outre ces humbles études sur les choses et les mots lyonnais. « Loin d'épuiser une matière, il n'en faut prendre que la fleur, » et bien crains-je d'avoir atteint déjà le bran. On ne voudrait plus ici que dire un mot pour ceux (il y en aura plus d'un) qui s'émerveilleront que l'on ait pu peiner à si vulgaire chose que des recherches sur ce que l'on appelle dédaigneusement des « patois », c'est-à-dire ce que force gens, voire des plus instruits, croient naïvement être du français littéraire corrompu dans la bouche des paysans et des artisans.

Or, tous nos dialectes de la France sont issus directement

du latin. L'habitant du Lyonnais a transformé les mots latins d'une certaine façon, l'habitant de l'Ile-de-France d'une autre. Mais l'un n'a rien emprunté à l'autre, du moins à l'origine. Devant l'Éternel qui règne dans les cieux, il n'y a pas des patois et des langues, il n'y a que des dialectes dont les uns, par le hasard de la fortune politique, se sont étendus et sont devenus écrits, littéraires, et d'autres qui n'ont jamais été que parlés, et ne seront jamais que parlés, puis ne seront plus parlés du tout. De ceux-ci il en est même, comme le provençal, qui, eux aussi, ont été langues littéraires, officielles, et que le destin impitoyable a relégués au rang des patois. Si la déesse aveugle eût voulu qu'Amiens au lieu de Paris devînt la capitale, ce serait le dialecte picard qui serait la langue officielle au lieu du dialecte de l'Ile-de-France; si Dijon, le bourguignon; si Marseille, le provençal; si Lyon, le patois de nos villages.

Maintenant que l'unité de la France est faite et bien faite, merci à Dieu! que l'on n'a plus besoin de briser le moule des anciennes provinces pour les fondre dans l'unité nationale, il serait bien à désirer que l'on conservât ce qui reste de ces vieux dialectes en débris. Dans les conférences pédagogiques qui ont été faites récemment à propos de l'Exposition, M. Michel Bréal, un maître, exprimait le même désir. Il estime que « l'œuvre de l'assimilation nationale est assez avancée pour qu'on puisse, sans compromettre l'unité française, faire grâce à ce qui reste des diversités provinciales ». Il conseille de laisser vivre les vieux idiomes à côté de l'école. « Trop de diversité, dit-il, produit la division et la faiblesse; mais trop d'unité appauvrit la vie. » On ne saurait mieux dire.

\   *
                 * *

Ce parler lyonnais, dans quelle classe des dialectes généraux de la France doit-on le placer? On divise communément le territoire de la France en langue d'oïl et en langue d'oc : la langue du Nord, la langue du Midi. En 1331 un procès était pendant entre les religieuses de la Déserte et l'archevêque de Lyon au sujet de la possession de fonds contigus au monastère. Pour décider de la question on eut besoin d'être fixé sur le point de savoir si Lyon était de langue d'oïl ou de langue d'oc. On consulta des témoins dont la majorité fut d'avis qu'il était de langue d'oc, sans doute parce qu'ils avaient remarqué que la finale de certains verbes de la première conjugaison était en *a*, comme dans le Midi de la France. D'autres déclarèrent que Lyon était de langue d'oïl, sans doute parce qu'ils avaient remarqué que la finale de certains verbes de la première conjugaison était en *ier*, comme dans le Nord de la France. D'autres, et ce furent les plus sages, déclarèrent qu'ils n'en savaient rien.

Or Lyon n'était ni d'oc ni d'oïl. Il appartenait à un groupe mitoyen qu'on a nommé franco-provençal, et qui comprend le Lyonnais, le Dauphiné (sauf l'extrémité méridionale), la Bresse, la Savoie, le Bugey, quelques cantons de la Suisse, et même deux vallées du Piémont.

Bien loin que le lyonnais soit du français corrompu, c'est au contraire l'invasion du français qui est venu corrompre le lyonnais. Ainsi *u* bref latin suivi de deux consonnes est devenu *o* en lyonnais, et *ou* en français. C'est sous cette influence que le lyonnais *Gorgollon* est devenu le français *Gourguillon*. De même tous les mots qui, dans les mêmes conditions, avaient *o* ont pris *ou*, mais à Lyon seulement, plus soumis à l'influence du français. Au XIIIᵉ et au XIVᵉ siècle, tout le monde à Lyon parlait le lyonnais, et l'écrivait même, quoique tous les actes publics fussent en latin, de cuisine il est vrai. Mais les documents en lyonnais disparaissent vite. Le Consulat se faisait honneur de tenir ses registres en français, émaillé de formes lyonnaises, car on ne dépouille pas facilement son langage maternel. Le lyonnais se conserve longtemps, non seulement dans le parler du peuple, mais dans celui du bourgeois. Ce n'étaient pas des femmes de manants, celles qui, sur les échafauds du tournoi de la rue Grenette, s'écriaient, en voyant les prouesses de Bayard : *Vey-vo cestou malotru qu'a mieux fa que to los autros !*

Au XIVᵉ siècle, le lyonnais avait sans doute déjà disparu, ou presque, de la bourgeoisie. Il persista parmi le peuple, et, dans le premier tiers de ce siècle, Cochard pouvait encore écrire que « le patois est la langue du peuple, des mariniers, etc. » Aujourd'hui, dans l'enceinte de la ville, personne ne pourrait le parler, mais on le rencontre encore dans nos campagnes presque à nos portes. Le français du peuple à Lyon est mêlé de quantité de mots qu'on ne retrouverait pas au dictionnaire de l'Académie. Ce sont de vieux mots patois, que l'on emploie en leur donnant le plus possible une forme française.

On voit qu'il ne faut pas confondre les corruptions du français, telles que le *colidor* et l'*ormoire* des Parisiens, avec nos francs mots lyonnais. Avant de dire *colidor* et *ormoire*, le Parisien disait *armoire* et *corridor*. Avant de dire *appondre*, le Lyonnais disait *ad-ponere* ; avant *riôte*, *retorta* ; avant *paisseau*, *paxellum* ; avant *pacan*, *paganum*. Il existe, il est vrai, des mots français, qui, ayant été introduits jadis à Lyon, ont gardé la forme primitive, au lieu de se transformer comme dans le français littéraire. Le peuple est essentiellement conservateur du langage. Quand le lyonnais dit *brignon* au lieu de *brugnon*, ce n'est nullement qu'il ait altéré ce dernier mot, c'est au contraire celui-ci qui est corrompu de *brignon*, lequel était le mot régulier au xvie siècle. Quand il dit *thériacle*, au lieu de *thériaque*, il est moins éloigné que le français de la forme primitive *triacle*. Quand il dit *airer* pour *aérer* il a raison, car *aérer* est un barbarisme forgé sur *aer* au xvie siècle. Quand il dit *Carmes-déchaux* au lieu de *Carmes-déchaussés*, il ne fait qu'employer le mot propre ; et le vieux canut qui dit *chevessier* au lieu de *chevet* ne se doute guère que, il y a cinq cents ans, les Français se couchaient sur le *chevecier*. De toutes nos expressions, *balier*, pour balayer, est tenu pour la plus grossièrement fautive. Or, *balier* est la forme des dictionnaires de Cotgrave et de Monet, et le père Gaspard Augeri, prédicateur de Sa Majesté, dans sa *Vie et Vertus de la vénérable mère Catherine de Jésus Ranquet*, écrit « qu'elle ne voulut jamais se dispenser de tout ce qui étoit de plus pénible en cet office, *baliant* le chœur, l'église ».

Quand on accuse le Lyonnais de ne parler correctement, on fait comme Voltaire qui, dans son ignorance de la vieille langue, reprenait Corneille de prétendus solécismes qui n'étaient que des archaïsmes. Même lorsque le lyonnais crée, il ne fait que se modeler sur le français. Lorsque, pour exprimer avec plus de force l'action de *cesser*, il dit *décesser*, il ne fait qu'employer le préfixe *dé* au sens intensif, comme le français sur *faillir* a fait *défaillir*.

Le lyonnais est aussi parsemé de mots provençaux ou du moins qui correspondent à des mots provençaux. D'un tonneau qui perd l'eau nous disons qu'il est écléné, un Provençal dit qu'il est *écléna*. Nous attachons ensemble, pour nous en chauffer plus commodément, un petit paquet de sarments que nous appelons *gaviot*, un Provençal en fait un *gavèu*. Nous appelons *fège* le foie; *fège* répète le provençal. Si ce n'est guère agréable pour nous d'araper nos culottes à un plot qui a de la pège, croyez-vous que ce le soit beaucoup plus à un Provençal d'*arrapa* ses *braio* à un *plô* qui a de la *pego* ? Vous n'êtes pas aux anges de mettre, au beau mitan de Bellecour, votre pied dans un gaillot, mais un Provençal n'est guère plus enchanté de le mettre dans un *garrouias*. Puitspelu, chétif, a été potringue sa vie durant; à Tarascon il eût été *poutringo*. Le chat de Saint-Georges ou de la Guillotière nous grafigne bien quelquefois de ses arpes; de ses *arpo grafigne* le chat de la rue Saint-Agricol ou de la Calade. Il faut ablager le premier et *ableiga* le second. Zezet a une *cacho-maio;* une cache-maille, pour sûr, a le petit Joseph. Ponteler un métier de canut, c'est le rendre stable au moyen de ponteaux; en Provence, *apountela* un objet, c'est l'accoter quand il branle. Quand on a les cheveux trop drus et qu'on se penche sur la chandelle, des fois on les crime; à Arles on les *cremo.* Les bons ménagers de Saint-Julien-Molin-Molette montent sur un charasson pour ramasser leurs bigarreaux; pour cueillir des olives montent sur un *escarassoun* ceux de Saint-Rémy. Ici l'on a chauché la vendange; là-bas on l'a *cauca*... mais quoi! j'étouffe. Voire que si l'on ne buvait après si longue haleine, on serait mort du coup! Laissons donc le demeurant.

Cette énumération incomplète prouve que, dans les deux pays, le latin vulgaire avait des mots communs, qui se sont transmis sous la forme propre à chaque groupe de population. Mais il y a eu aussi quelques emprunts directs au provençal, expliqués par les communications constantes que, au moyen du Rhône, Lyon entretenait avec le Midi. On reconnaît ces mots à ce qu'ils ont des traits exclusivement propres à la formation provençale.

Enfin, les relations avec l'Italie, au xve et au xvie siècle, ont eu pour résultat l'importation de plusieurs mots et de presque tous les termes relatifs à « l'airt de la soye », comme disaient naguère les canuts.

*
* *

Espérons, avec les « gens éclairés », qu'un jour viendra bientôt, où, grâce au « progrès des lumières », au « développemènt de l'instruction », tout ce qui survit des dialectes, des mœurs, de la physionomie et des vieux souvenirs de chaque bourg ou province aura enfin disparu, et où tout le monde, depuis l'académicien jusqu'au dernier pacan, parlera le même français avec le même accent. Grâce toujours au « progrès des lumières », on peut même espérer que cela ira plus outre, et que, dans les siècles futurs, il adviendra un jour faste où, sur tout le globe, il n'y aura qu'un peuple, qu'une langue, qu'un journal. Du Kamtchatka à l'Australie, de San-Francisco à Constantinople, on verra le même sergent de ville avec le même képi, et tout le monde achètera le même *Figaro*, à un kiosque bâti sur le même modèle. Quel dommage que la faune, la flore, les climats ne soient pas d'aussi bonne composition que les imbéciles! On verrait partout le même oiseau, le même arbre, le même insecte, et aussi le même temps! Ce serait l'unité parfaite. Mais on en aura toujours assez fait pour que le dernier où il restera quelque chose de l'homme, plus que de la machine, se suicide dare-dare pour échapper à tel bonheur!

9 decembre 1878.

POURQUOI L'ON AIME LE VIEUX LYON

N ne laisse pas, souventefois, de rencontrer des gens ayant peine à comprendre que l'on puisse aimer le vieux Lyon, même le regretter. Hé quoi! disent-ils, renouvelant des plaisanteries un peu fripées, vous préférez donc le pavé pointu au caillou plat, la cadette au trottoir, le cul-de-sac Saint-Charles à la rue Impériale?

Les bonnes âmes ignorent-elles que, plus d'une fois, il arrive d'aimer les choses et les gens indépendamment de ce qu'ils sont : parce qu'on les aura vus jeunes, parce que leur présence fait revivre un passé mort; parce qu'ils vous tiennent enfin par le meilleur de vous-même. « Les choses, à part elles, ont peut-être leurs poids, mesures et conditions, mais au dedans, en

nous, l'âme les leur taille comme elle l'entend. » Parfois, leurs
défauts même nous attirent :

Veluti Balbinum polypus Agnae.

On a pour le vieux Lyon quelque chose de ce qu'on a pour
sa mère. Peu vous chaut que celle-ci fût une bonne femme.
On l'aime mieux ainsi que si elle eût été princesse. Et ceux
qui s'en émerveillent, ce qu'ils ont de mieux à faire, c'est de
ne pas s'en vanter.

*
* *

Mais il ne faudrait du tout croire que ces raisons de sentiment (ce sont les bonnes, et tout notre raisonnement ne va
qu'à céder au sentiment) fussent les seules. Il n'y en a pas de
meilleures, mais il y en a d'autres. Parlons d'abord de celles
qui touchent à l'extérieur des choses.

Ceux qui, par l'initiation de la profession ou mieux de la
nature, sont ainsi façonnés, que leurs yeux et leur esprit ont
besoin, pour être satisfaits, de certains rapports de lignes et de
couleurs, d'un certain arrangement des choses que l'on appelle
pittoresque, c'est-à-dire, mot à mot, qui peut être représenté
par la peinture ou le dessin, ceux-là, que voulez-vous, aimeront
toujours le vieux Lyon. Ce n'est pas leur faute s'ils ont cette
fêlure au cerveau de ne pas préférer à tout les grandes rues en
droite ligne et les maisons à sept étages, avec beaucoup de
fenêtres rapprochées, pour autant que le jour en est plus clair
et le revenu plus gras. Ils reconnaissent que le pont de
Nemours est plus commode que l'ancien pont de Pierre, mais
dût-on leur faire passer le goût du pain, on ne les fera jamais

convenir que le vieux pont avec ses maisons inégales et étagées, la trompe élégante et hardie de Gérard Désargues, ses
piles robustes, ses roches, ses bèches couvertes en toile, le
vieux café Neptune suspendu sur l'eau, que tout cela ne fût un
tableau tout fait et ravissant. Dites donc à Michel Grobon, s'il
vivait encore, d'aller peindre l'horrible pont qui lui a succédé,
ses arches lourdes, formées d'arcs de cercle, à rayons différents,
dont la courbe est brusquement heurtée par la ligne verticale
des pieds-droits, ces tympans écrasants..... Et ce quai haut et
droit, si monumental qu'il soit, et utile contre les inondations,
pourra-t-il jamais, pour un artiste, valoir l'anse inclinée et
arrondie de l'ancien quai Saint-Antoine, dont la Saône amollie
venait caresser les basses marches.

Soyons d'ailleurs bon prince, et reconnaissons que le pittoresque, au sens étroit du mot, n'est pas la seule forme de l'art ;
qu'il n'en est pas même une forme supérieure. Le noble et le
superbe est quelque chose de plus que le pittoresque, mais le
pittoresque est quelque chose de plus que le plat. Les *vie
Nuova* et *Novissima* à Gênes, la *piazza del Granduca* à Florence,
celle *del Popolo* à Rome sont belles, beaucoup plus belles que
notre ancien pont de Pierre. Nous avons aussi de notre vieille
cité, en ce genre de beauté, des choses qui, pour être d'une
échelle moins grande, ne laissent pas d'avoir leur caractère. La
Loge des Changes est une pièce achevée. L'ancienne maison
du Chapitre, par Décrénice, est large, fière, et les hôtels de
Varey et de Parcieux, rue du Peyrat, sont de la saine architecture, bien ordonnée, sincère. Sous le règne de Louis XVI, on

remua à Lyon autant de moellons que sous le règne de Napoléon III, mais on les remua mieux. Non que les architectes
fussent, à part eux, beaucoup plus habiles que les 'nôtres, mais
parce que les traditions, les habitudes de la vie, le milieu social
étaient autres. La spéculation elle-même devait faire et faisait
mieux qu'à présent. Les maisons du quai Monsieur et de la
place de la Charité, bâties par M. Rigod de Terrebasse, celles
du quai Saint-Clair par Rater et Millanois, la maison Tolozan,
les maisons de la rue du Plat furent, comme les rues Centrale,
Impériale et de l'Impératrice, l'objet de spéculations privées.
Comparez les unes et les autres. Mais voici un étalon encore
plus commode. Si vous avez seulement quarante ans, rappe-
lez-vous la maison Millanois, détruite par un incendie, et
regardez ce qui est à la place !

Nos antiques maisons n'avaient quasi point de sculptures.
Elles tiraient leur beauté de la simple ordonnance. Maintenant
on s'imagine que couvrir une façade de sculptures qui se touchent toutes, à la façon de goujons dans une poêle, c'est la
rendre riche. Outre que l'ornement continu est comme l'éloquence continue : qu'il ennuie, c'est ici le luxe du similor et
du clinquant, qui, loin de dissimuler la misère en dessous,
l'accuse. Mieux vaut une maison de canuts. Elle n'est pas mauvaise en soi, si elle dit ce qu'elle est.

Parmi toutes les rues Impériales de France, celle de Lyon est
encore la moins fâcheuse. L'extérieur, au regard des maisons
de Paris, a quelque chose du monument. Même l'esprit du
temps n'a pu extirper entièrement nos vieilles traditions lyon-

naies. Mais, malgré tout, notre rue Impériale porte la marque, a les vices des entreprises industrielles. Une multiplicité d'é-tages, nécessaires pour le bon *rendement*, comme disent les pro-priétaires lyonnais, enlève à ses maisons le caractère d'édifices sérieux, comme, par exemple, les bâtiments que l'on a cités plus haut. Les étages sont démesurément bas. Aujourd'hui, lorsqu'une famille riche veut un logement honorable, va-t-elle le chercher dans la rue Impériale ? Non ; elle fait réparer un appartement dans les vieilles maisons bâties au temps de Louis XV et Louis XVI. Là seulement elle peut trouver un diminutif de l'hôtel privé.

L'architecture de la rue Impériale, dans son ensemble, appartient d'ailleurs à un mauvais moment de l'histoire de l'art. On était en plein sous l'influence du style néo-grec, sec, maigre, dur, resserré, à cocardes et à parafes. Puitspelu en peut parler à l'aise, y ayant donné, comme un chacun. L'étude des façades fut confiée à de jeunes architectes dont plus d'un est parvenu à la réputation, mais qui, n'ayant pas qualité pour surveiller et diriger, ont vu s'accomplir dans l'exé-cution les négligences les plus impardonnables, les erreurs les plus monstrueuses. Ajoutez les vices inhérents à l'esprit d'en-treprise. Voici des profils camards, étroits en hauteur : ils sont ainsi pour épargner la pierre. Telle maison a été commencée en pierre de Cruas. Au beau milieu de la construction, pris de remords de sa prodigalité, on l'a terminée, vaille que vaille, en pierre blanche. Dans telle autre, les toits à la Mansard dans les parties latérales, percés d'abord d'œils-de-bœuf pour les gre-niers, ont été pourvus de grosses mansardes en bois imitant la pierre, parce que de ces greniers on a fait des appartements : toujours l'histoire du rendement.

De même, il m'en souvient, on était parti en guerre pour faire exécuter de belles sculptures dans tous les tympans des portes d'allée. Les échafauds y étaient, les modèles faits. Tout à coup, repentir. Pourquoi ne pas faire cette économie ? Voilà les échafauds à bas, et les sculpteurs avec. L'aventure me rappelle mon excellent père Thierry, de Sainte-Foy, brave et vieux négociant lyonnais, dont il a été parlé au chapitre des *Boules*. C'était un fidèle abonné du *Réparateur*, le journal légitimiste du crû, il y a quelque quarante ans, et que rédigeait, avec talent et sincérité, un fort galant homme, M. Auguste Ducoin, aujourd'hui sous-directeur de la Compagnie de Terrenoire. Or est-il que le père Thierry donnait de fois à autre un beau dîner, et bien bon, je vous assure. Mais le lendemain, en face de l'addition, honteux de sa prodigalité, il courait, par mesure d'économie, se désabonner au *Réparateur*, où il se réabonnait régulièrement quinze jours après, ne pouvant s'en passer, non plus que de tabac. Puis, la mauvaise humeur était passée. Mais hélas ! la Compagnie de la rue Impériale, moins généreuse, ne s'est pas encore réabonnée au *Réparateur*, et les sculptures sont à l'état d'épannelage depuis vingt-cinq ans.

Ces traditions ne sont point perdues. Au passage des Terreaux, deux belles colonnes portaient les statues de Philibert Delorme et de Simon Maupin, qu'avait faites Bonnet. Elles étaient en mauvaise pierre. Un jour, un bras tomba sur le trottoir, puis une tête. On se hâta de les descendre. Le bon public crut que c'était pour les mouler et les refaire en pierre plus dure. Quelque sot ! Depuis lors les colonnes représentent au naturel le quatrième officier du convoi de Malbrouk.

Les rares façades de la rue Impériale qui n'ont pas été défi-

gurées par l'exécution ont été déshonorées par le bariolage des
enseignes dont elles sont couvertes à tort et à travers. Des rez-
de-chaussée tout à jour, de minces colonnettes de fer rendues
invisibles et supportant d'énormes masses de pierre, tout cela,
qui réjouit l'œil du propriétaire, offense celui de l'homme de
goût et blesse la raison : car il faut non seulement que les
choses soient solides, mais encore qu'elles le paraissent. Dites
qu'on ne pouvait pas faire autrement, je le veux bien ; mais,
de grâce, avouez que c'est laid !

Passerons-nous à l'intérieur ? Parlerons-nous de ces escaliers
demi-ronds, tous sur le même plan, sans un palier de repos,
sans un limon pour rassurer l'œil, avec des balustrades en
fonte, à la façon des maisons de canuts ? Les comparerez-vous,
ces escaliers, à ceux de la Manécanterie, à ceux de la rue
Royale, larges, sentant leur édifice public, à solides balustrades
en fer forgé décoré d'ornements repoussés ? Voyez l'allée, l'escalier, la cour, aux maisons n° 3 du quai de la Charité, n° 8 de
la rue du Plat ; voilà qui est de main d'architecte ! Et pourtant
c'était de la vulgaire entreprise, comme au temps du second
Empire. — Et les décorations d'appartements ? Que l'on
regarde les salons Louis XVI de toutes les maisons du temps.
C'est de l'art. Les menuiseries de commerce, les pâtisseries
rocamboles clouées sur le bois, dans les maisons de la rue
Impériale, ne sont pas même au niveau du rien, elles sont fort
au dessous, étant très loin de valoir une paroi blanche.

Puisque ainsi est que la rue Impériale est ce qu'il y a eu de
mieux en France sous le second Empire, celles des autres villes

sont abominables. Abominable cette rue Impériale de Marseille, avec ses casernes de vingt-cinq mètres de haut, ses escaliers en casse-cou, et cela dans une ville où l'on trouve les jolies maisons basses en façon de petits hôtels, simples, honnêtes, du cours Belzunce et des allées de Meilhan. Et Avignon, n'a-t-il pas perdu toute sa physionomie de ville papale, fermée, son caractère de poétique retraite, depuis qu'on lui a ouvert au flanc, en détruisant les beaux ombrages de son Jardin des Invalides, l'immense avenue banale qui relie la gare à la place de l'Horloge ? Et les maisons, en sont-elles misérables, avec leur faux luxe et leurs fourmilières de sculptures, au prix du moindre de ces hôtels qui peuplent à Avignon non pas même la belle Calade, mais les rues les plus retirées ?

Il y a d'ailleurs quelque chose de particulièrement haïssable pour l'artiste dans ces embellissements, si nécessaires qu'ils fussent peut-être, c'est leur banalité. Où que l'on aille, à Paris, à Marseille, à Toulouse, à Rouen, à Avignon, je trouve toujours le même percement, la même rue Impériale, les mêmes maisons, les mêmes boutiques avec les mêmes glaces et les mêmes devantures. Ici, les spéculateurs ont gagné ; là, ils se sont ruinés. Impossible de trouver d'autres différences. Rien n'est pire que ce qui se rencontre partout. Mais si je vois la rue Juiverie avec ses curieux hôtels de la Renaissance, la rue Saint-Jean avec ses demeures du XVe siècle, telle noble maison de la rue Tramassac, de la rue Puits-Gaillot, de la rue du Plat, de la rue du Peyrat, voilà qui n'est pas partout, voilà qui est bien nôtre. Cela, c'est la physionomie d'une ville. C'est sa « person-

nalité, » comme on dit aujourd'hui. Or, je ne donnerais pas
une pipe de tabac de ce qui n'a pas une personnalité, soit œuvre
d'art, soit ville, soit homme.

*
* *

Nos embellissements ont donc singulièrement altéré la physionomie de notre vieux Lyon. Le mieux qu'on en puisse dire,
on l'a déjà dit : c'était la conséquence inévitable, quoique
fâcheuse, d'une chose utile. Pas moins, la conséquence existe.

Mais il y a quelque chose qui a plus changé que la physionomie matérielle, c'est la physionomie morale.

Il est véritablement à déplorer que l'amour de la petite
patrie dans la grande aille s'éteignant de plus en plus. L'amour
du clocher est une pièce essentielle d'un ordre social durable,
solidement établi, et l'on peut dire un élément du patriotisme
plus général. Qui ne tient pas à son coin de terre est peu apte
à tenir au pays tout entier. J'aime mieux ma ville que ta ville,
j'aime mieux ma province que ta province, et par dessus tout
j'aime mieux la France que ton pays. Telle doit être la devise.

Mais, pour que ce patriotisme local existe, il faut que la ville
dont vous êtes enfant ait une existence propre, qu'elle se distingue des autres, qu'elle ait un passé, des traditions qui vous
y rattachent; qu'elle ne soit pas une ville-omnibus, une ville
passe-partout, un four où tout le monde met cuire.

Or, c'est là ce que nous autres vieux Lyonnais regrettons :
Lyon, du moins le Lyon que nous avons connu et aimé,
n'existe plus. Comment vouloir qu'il en soit autrement? Il y a
soixante ans, Lyon comptait cent mille habitants. Il y en a
aujourd'hui près de trois cent cinquante mille. Comme les

femmes font moins d'enfants que jamais, c'est donc plus des
deux tiers de la population qui sont composés d'étrangers au
sol, aux souvenirs; n'ayant rien de lyonnais, ni les mœurs, ni
les traditions, ni le langage, ni le trait moral particulier.

Et remarquez qu'il y a soixante ans, Lyon n'était déjà plus
ce qu'il avait été. Au xviiiᵉ siècle, notre ville s'administrait
elle-même par le Consulat; elle se gardait par ses compagnies
urbaines. Elle avait son autonomie, comme cela se dit dans le
jargon du jour. C'était la capitale du Lyonnois, c'est-à-dire
d'une province dont les habitants étaient unis entre eux par
une affinité de race et de langage. Lyon n'était déjà plus cela
au commencement du siècle. Cependant, à cette époque
encore, nous n'avions pour garnison qu'une compagnie appelée départementale, d'environ soixante hommes, et une vingtaine de gendarmes. Pas un factionnaire, hormis à la porte de
la prison et à celle de la caserne. Cela peint les mœurs; cela
montre que Lyon n'était pas le ramassis de gens nomades, sans
aveu, qui y affluent de toutes parts. Encore à cette époque, la
police était faite par des Lyonnais, qui endossaient l'uniforme
pour veiller à tour de rôle.

Or vous aurez beau faire, beau dire, une population
nomade, cosmopolite, sans passé, sans lien entre elle, ne vaudra jamais une population fixe, attachée au sol, autochtone,
ayant, par la force même des choses, de ce qu'a la famille.

J'ose dire que le sentiment religieux entrait pour une part
dans cette constitution de la patrie lyonnaise. Le diocèse, lui
aussi, avait sa physionomie. Il n'était pas janséniste, mais du

jansénisme il avait l'austérité et la gravité. Ce n'est pas lui qui eût donné dans Lourdes ou dans La Salette. Gallican, il était fidèle à toutes les vieilles traditions du noble pays de France. Aujourd'hui, en France, dans le clergé, du nord au midi, l'*Univers* ; l'*Univers*, de l'orient à l'occident. Ce n'est ni varié, ni gai. Le caractère particulier du diocèse, comme celui de la ville, comme celui du citoyen, a disparu, noyé dans cet océan universel où chaque vague ressemble à une autre vague.

Mais même aujourd'hui, si vous voulez retrouver quelque peu du vieil esprit lyonnais, c'est encore dans certaines traditions paroissiales qu'il faut l'aller chercher. Ces bonnes âmes, fidèles à leur autel, gardent plus d'un souvenir. Il y a d'anciennes confréries, d'anciennes œuvres pies, qui sont nôtres, et ont du vieux sang lyonnais. Est-il quelque chose de plus touchant, par exemple, que cette association des Hospitaliers-Veilleurs, fondée par deux ouvriers en soie et un ouvrier tailleur, et qui, depuis cent vingt-sept ans, va dans les prisons et les Hôpitaux rendre aux prisonniers et aux malades de vulgaires services de toilette, peigner, faire la barbe, et enfin veiller chez eux les malades pauvres et infirmes ? Chose étrange, toutes nos sociétés pieuses, venues du dehors, ont eu, un jour ou l'autre, leur contact avec la politique et y ont gagné maint horion. De celle-là, nul ne s'est jamais plaint. C'est qu'il faut faire la différence entre les œuvres de parti et les œuvres de piété pure ; entre les œuvres qu'on sert, et les œuvres dont on se sert.

Laissez-nous donc le regret de notre vieux Lyon. Quoi

qu'on fasse ou dise, s'il avait quelque chose de moins que celui d'aujourd'hui, il avait aussi quelque chose de plus, et, il faut bien le confesser, quelque chose de meilleur. Puis, croyez-le, il n'y a pas de société fortement constituée, apte à grandir, à durer, sans le culte des ancêtres, et le vieux Lyon est notre ancêtre. Gardons-en le culte, et que ma droite sèche, si jamais je t'oublie, ô ma ville natale !

GUIDE-ANE

à l'usage des bonnes gens qui ne sont pas natifs de Lyon

POUR L'INTELLIGENCE DE QUELQUES MOTS
DE L'OUVRAGE

Abat-jour, s. m. Soupirail de cave. En 1871 on boucha tous les abat-jour, crainte qu'on n'y jetât du pétrole. Quand nous étions petits, nous n'y jetions pas de pétrole, mais ils étaient bien commodes.

Ablager, v. a. Ravager, saccager. Au fig. chasser avec bruit. Représente *ablaticare*, d'*ablatum.*

Aboucher, v. a. Renverser sens dessus dessous. *Pain abouché*, pain qu'on a mis à cuire en renversant la petite paillasse ronde dans laquelle est la pâte.

Abouser, v. n. S'écrouler. La tour Pitrat abousa le 27 août 1828 :

> *Babolat, sais-tu la nouvelle ?*
> *La tour Pitrat vient d'abouser.*
>
> > (Vieille chanson.)

Parlant par respect, de *bouse.* Abouser, tomber en bouse.

Acculer, v. a. *Éculer.* Ce n'est point une corruption d'*éculer ;* c'est au contraire *éculer* qui est une corruption d'*acculer. Nous n'avons point eu de* *bien depuis que les talons des souliers ont été acculés et que les andouilles ont pué la, etc.*, disait tristement le bon Béroalde. Et Rabelais nous conte que Gargantüa étant petit, *se chaffouroit le visage et aculoit ses souliers......*. En 1635, Monet disait encore : *Acculer un soulier, lui abattre et fouler le talon.* L'origine est un vilain mot qu'il vaut mieux ne pas répéter. On a considéré le talon comme étant la chose en question du soulier.

Acuti, ie, adj. Se dit de quelqu'un d'engourdi, de mollasse, qui se tient accroupi, serré. Je demandais à une jeune mariée de mes parentes si elle était heureuse avec son mari : « Il n'est pas méchant, me répondit-elle, mais il est si tellement acuti, qu'on ne peut pas le dégrober du coin du poêle. Moi qui avais rêvé un tarabâte ! » — Peut-être de *cotere* pour *conterere*, d'où Diez tire l'espagnol *cutir*, tanner. Comparez « des cheveux *cutis* », des cheveux agglomérés. Cette origine ayant été perdue de vue, on lit généralement dans *acuti* l'idée de quelqu'un qui reste sur sa « croupe », comme dans *accroupi*.

Affligé, s. m. Un estropié. *Donner un sou à un affligé.*

Affutiaux, s. m. pl. Affiquets, menus objets de travail ou de toilette. Fait sur le vieux français *fust.*

Agottiau, s. m. Écope. C'est le vieux français *agottail*, fait sur *gutta.*

Alluré, ée, adj. Se dit de quelqu'un dont on voit bien, à ses yeux, que sa tête n'est pas cuite. L'origine est *déluré*, pour *déleurré*, qui ne se laisse plus prendre au leurre. Cette origine ayant été perdue de vue, on a rapporté *déluré* à *allure*, et on a trouvé bien plus naturel de dire *alluré*, comme on dit d'un cheval fringant qu'il a de l'allure.

Ambre, s. f. Osier. D'*Ameria*, ville de l'Ombrie, célèbre par ses osiers. D'où *amerina* (Georg. l. I, v. 265). A *ambre* tiré d'un nom de ville, comp. *perpignan*, manche de fouet.

Ame de peloton. Morceau de papier ou de carton sur lequel on enroule le fil. De ce que le carton est sous le fil comme l'âme est dans le corps.

Ahille, s. f. Béquille. De *anaticula*, petite cane. Comp. *bec-de-cane*, manivelle en forme de béquille.

Appondre, v. a. 1º Ajouter. *Appondre une corde.* 2º Atteindre. *Ce fusil appond à cent pas : cette femme appond à ma boutonnière*, arrive à la hauteur de ma boutonnière. De *ad-ponere*, comme *pondre* de *ponere.*

Arbalète, voy. page 8, note 1.

Arpaillette, s. f. Sorte de rame courte avec deux pointes au bout. Fait sur *arpe.*

Arpe, s. f. Griffe. Mon père disait qu'il fallait craindre quatre sortes d'arpes : les arpes des chats, les arpes des procureurs, les arpes des femmes, les arpes du diable.

Arpion, s. m. Ergot. Dérive de *arpe.*

Arraper, v. n. Adhérer par une substance collante, *M'man, je m'ai assis sur de la melasse, ma chemise est arrapée.* De *arrapare* pour *arripere.*

A tenant, express. adverbiale. Sans discontinuer. Chez mon oncle de Mornant, quand on était invité à dîner, on restait si longtemps à table qu'on dînait et qu'on soupait à tenant.

———

Bachu, s. m. Coffre percé de trous et que l'on immerge pour y conserver le poisson vivant. Quelquefois le bachu fait partie du bateau même. De *bacca*, « vas aquarium ».

Bagueter. v. a. *Bagueter un habit, un tapis*, le battre avec une baguette ou un martinet pour faire sortir la poussière.

Baissière, s. f. Bouteille que l'on a remplie avec du vin du fond de la bareille. C'est le sens de Rabelais : *Quelques méchantes baissieres pour le vinaigre.* De *baisser.*

Bajaffle, s. m. Personne qui bajaffle. Subst. verbal de *bajaffler.*

Bajaffler, v. n. Parler, agir inconsidérément. *Te bajaffles*, tu dis des bêtises. Onomatopée d'une parole mâchonnante.

Baladoire. *Fête baladoire*, vogue. Dérivé de *ballare*, parce qu'on y danse.

Balayette, s. f. Petit balai. Comment un mot formé si naturellement n'est-il pas français ?

Balle, s. f. 1º Paume. 2º Berceau en osier, communément avec capote. 3º Balle à lessive, vaste corbeille de forme oblongue pour mettre le linge. Le sens primitif est celui de paume, à cause de la forme ronde. Puis le sens a passé aux autres objets à cause de leur forme arrondie.

Ballon, s. m. *Uva crispa.* Sorte de groseille énorme, à grain unique. A Paris ils le nomment groseille à maquereau. Le lyonnais au moins est honnête. De *balle.*

Ballouffe, s. f. Enveloppe floréale de l'avoine, employée pour faire des paillasses, surtout pour les mamis. Les mamans prétendent qu'elle filtre beaucoup mieux les superfluités que la paille, qui se pourrit. De *balle*, au sens de balle des grains, avec un suffixe *ouffe*, qui exprime le gonflement, le soufflé de la chose, comme dans *pouf, touffe.*

Baraquettes, s. f. pl. Escarpins découverts extrêmement minces, dont l'empeigne est généralement en étoffe veloutée. De *barquette*, à cause de l'absence de talon, qui donne une analogie (lointaine) avec une barque.

Bardane, s. f. Voy. page 150, note 1.

Bardanière, s. f. Grand carré d'osier tressé, assez semblable au couvercle d'une balle, que, dans les maisons proprement tenues, on met sous le matelas parce qu'il attire les bardanes. Au matin, la bonne le secoue, et les bardanes tombent.

Bardoire, s. f. Hanneton. Au fig. personne patette, lente, molle, acutie. Un très spirituel académicien du Gourguillon s'appelle Marius Bardoire. D'une onomatopée *bour*, exprimant le bourdonnement (comp. *bour-d-on*); d'où *bour-d-oiri*, *bordoiri* dans nos campagnes, devenu à Lyon *bardoire*.

Bassouille, s. f. Boue liquide. Subst. verbal de *bassouiller*, formé de *souil*, lieu bourbeux, et du préfixe péjoratif *bas*.

Bauches (de raves, de pommes de terre), s. f. pl. Tiges et feuilles des végétaux. Reporte au latin du moyen âge *balcha*, lui-même probablement identique à *blaches*, plantes marécageuses, dont on retrouve le radical dans le celtique et dans les dialectes germaniques.

Benoni, s. m. Innocent, naïf. De *benêt*, avec un suffixe de fantaisie, pour lequel a aidé le *Benoni* biblique.

Bicherée, s. f. Mesure agraire. Pour le Lyonnais, elle est de 1293 mètres carrés. Ainsi nommée parce qu'elle représente la quantité de terrain suffisante pour y semer (et non pour y recueillir) un bichet de blé.

Bichet, s. m. Mesure de blé, variable selon les lieux et les époques. Aujourd'hui, dans le Lyonnais, il équivaut à environ 33 litres. De *biche*, mesure de capacité, venu lui-même d'un bas latin *bicca*, tiré du germanique *becher*, vieux haut allemand *pĕchari*, vase.

Bigorne, s. f. Enclume à deux pointes. De *bicornis*. C'est aussi une béate, une cancorne, une catolle, une vieille dévote à mauvaise langue. Il est probable qu'il faut lire ici *bigote*, avec un suffixe péjoratif par analogie avec *corne*.

Blanchette, s. f. Mâche, *valeriana olitoria*. De ce que la mâche est d'un vert foncé.

Bondon, s. m. Tampon de bois servant à boucher la bonde d'une barrique. De *bonde*.

Bouligant, ante, adj. Se dit de quelqu'un de remuant, tracassant. Je disais au père *** : « Vous ne mariez donc pas la Reine ? » — « M'en parlez pas : « P'pa, qu'elle m'a dit, je ne veux qu'un homme qui soye bien bouligant (historique). » N'ayant jamais trouvé ses futurs assez bouligants, la Reine est restée garçon. — Participe de *bouliguer*.

Bouliguer, v. a. Remuer, secouer, agiter. *Ces pruneaux me bouliguent le ventre.* De *bullicare*, fréquentatif de *bullire*.

Bourcette, s. f. Mâche, *valeriana olitoria*. Littré y lit « petite bourse ». Mais en quoi la mâche ressemble-t-elle à une petite bourse ? J'aimerais mieux y voir un dérivé de *bourre* : *bourassette*, *boursette*.

Bôye (bô-ye), s. f. Jeune fille. *Une belle bôye.* En Savoie, *bouille*. Pourrait reporter à un *bagucula*, formé sur le celtique *bach*, petit ; d'où *bachgenes*, jeune fille.

Brâches, s. f. pl. Menus débris de végétaux, de bois. Je suppose que c'est une forme dénasalisée de *branches*. Quand j'étais petit, comme j'étais toujours potringue, on me faisait des infusions tant que dure dure. On avait beau les passer à la passoire, je me plaignais toujours qu'il y eût des brâches au fond. A quoi ma mère de me répondre invariablement « qu'on ne *les* engraissait pas avec de l'eau claire ».

Braises. Voyez page 342, ligne 23.

Bredouille, s. f. Ventre. Onomatopée des borborygmes.

Bretagne, s. f. Plaque de fonte qui se met au fond de l'âtre d'une cheminée pour défendre le mur de l'action du feu. La duchesse de Berry fut prise à Nantes, en 1831, derrière une bretagne qui dissimulait une cachette, de trois pieds et demi de long sur dix-huit pouces de large. La duchesse resta là dix-sept heures avec trois personnes et une presse portative. Le supplice était horrible, mais le pis fut que les gendarmes qui gardaient la pièce eurent froid et firent du feu. « La plaque devint presque rouge, dit la duchesse ; ma robe, en contact avec elle, était déjà brûlée en plusieurs endroits, et nous fûmes heureux de pouvoir prévenir cet incendie avec nos mouchoirs imbibés de pipi..... » Enfin il fallut se rendre. — Le mot est très ancien à Lyon, car on le retrouve dans l'*Inventaire* de Monet, 1636. Il n'existe pas ailleurs qu'à Lyon, à ma connaissance. Origine inconnue.

Briques, s. f. pl. Morceaux. *Ex.* Madame est dans sa chambre ; la bonne est dans le corridor, à faire son service. On entend bing ! La dame : « Ah, mon Dieu, je suis sûre que voilà mon thomas en mille briques ! » Notre sens est le sens primitif du franç. *briques*.

Bronde, s. f. Brindille, jeune pousse, extrémité de rameau. Probablement de l'espagnol *brota*, d'où *brote*, *brode*, *bronde*.

Bugne, s. m. Voyez page 170, ligne 20.

Cabelot, s. m. Petit tabouret. C'est le français *escabelle*, avec un suffixe diminutif.

Cabosser, v. a. Bossuer. A Lyon on cabosse souventefois son bugne aux tentes des magasins quand elles sont baissées. Heureux si l'on ne se fait pas une croque au front. De *bosse*, avec le préfixe péjoratif *ca*.

Cabot, s. m. Chien de dévideuse, méchant roquet. Origine inconnue.

Cacaboson (à), express. adverb. Accroupi. Composé de *caca* et de *boson :* un verbe et un substantif. Demander l'explication aux nourrices.

Cache-maille, s. f. Tire-lire. Maille, en vieux français, signifiait liard. Donc « cache-liards ».

Cachon, s. m. Noyau. De *cacher*, parce que le noyau se cache dans le fruit.

Cadolle, s. f. Petite hutte dans les champs. 2º Petit cabinet. 3º Cabane des bateaux. M. ***, qui s'était fait bâtir un si beau château à Écully, disait, avec notre modestie lyonnaise : « Je m'ai fait bâtir une cadolle. » De *catabulum*, méchante étable, fosse avec toit.

Caffi, ie, adj. Épais, tassé, bourré. *Du pain caffi*. Dans *Caquire*, parodie de *Zaïre* (1780), par M. de Combles, magistrat lyonnais, on trouve ce mot (acte II, sc. 3), mais ce n'est pas à propos de pain. Au fig. *une femme caffie*, une femme qui n'a point de biais, une gnoune, une catolle. A Genève, *clafi*, « surempli » ; *un lit clafi de punaises* (Humbert). Du celtique : kymri *clap*, *clamp*, monceau.

Cagne, s. f. Paresse.

> *De temps en temps je prends la cagne,*
> *De temps en temps la cagne me prend.*
>
> (Vieille chanson.)

C'est le vieux français *cagne*, chienne, de l'italien *cagne*, de *canis*. Saint-Amand dit :

> *Vénus, la bonne cagne, aux paillards appétits.*

Le président Bouhier raconte que « le duc de Roquelaure, soupant chez la duchesse de Bouillon, prit avec les doigts du sel dans la salière. Cela parut incivil à la duchesse, qui dit tout haut, en montrant la salière : « Voilà la passée d'une grande beste. » Le duc répondit vivement : « La bonne cagne, elle a le sentiment (l'odorat) bon. » Cela ne donne pas une très haute idée des bonnes manières de la grande noblesse du XVIIe siècle.

Canant, ante, adj. Agréable, délicieux. Mot forgé au XVIIIe siècle. Le primitif a dû être *caner*, *se caner*, marcher en se dandinant comme les canes, flâner « agryâblement » (comp. *se lenticaner*). *Une canante*, une colombe, une connaissance, une bonne amie ; parce qu'une canante, dans les commencements, c'est tout ce qu'il y a de plus canant, mais dans les commencements seulement.

Caquenano, s. m. Benêt, timide. Aucuns disent que Joseph était un caquenano. Moi je prétends qu'il fut un sage. Du mot lyonnais répondant au latin *cacare*, et de *nano*, expression enfantine pour lit. Traduisez.

Caquillon, s. m. Tout petit tonneau, communément pour le vinaigre. Diminutif de *caque*.

Carpière, s. f. Marchande de carpes, et, par extension, de poisson en général.

Casse, s. f. 1º Poêle à frire. 2º Casserole. 3º Quelquefois le bassin pour puiser de l'eau dans le seau. Du vieux haut allemand *chezi*, casserole.

Catolle, s. f. 1º Birloir (voy. page 10, note 2). — 2º Grumeau, saleté adhérente. De *catir*. — 3º Bigote méticuleuse. C'est 2º au fig. Littéralement une femme qui colle comme une catolle. — 4º Grateron, *gallium apparine*. De ce que les fruits, pourvus de poil, adhèrent à la barbe et aux cheveux comme la catolle 2.

Cayon, s. m. Terme élégant pour éviter de dire cochon. On dit aussi *Habillé de soies. Amis comme cayons*, être très liés. *Nous n'avons pas gardé les cayons ensemble*, phrase noble qui se dit à quelqu'un qui s'émancipe trop avec vous. Origine obscure. M. Cornu donne *cacare*, mais pourquoi les cayons auraient-ils tiré ce nom d'un privilège qu'ils partagent avec tout le monde, et avec les philologues eux-mêmes ? Le languedocien *caliou* pourrait faire rattacher *cayon* à *cagl*, *kalar*, *caillar* qui, dans divers dialectes celtiques, signifient fiente, fange.

Cenpote, s. f. Barrique contenant cent pots. Comme les Lyonnais sont de braves gens, ils font la bonne mesure, et la cenpote contient 105 litres environ.

Chaise à sel. Chaise toute petite faisant caisse avec couvercle, et qui sert aux mamis à s'asseoir au coin de l'âtre.

Chant. *Bois sur chant, briques sur chant*, c'est-à-dire placés verticalement dans le sens de la largeur, par opposition à l'objet posé à plat. De *cantus*.

Chanée, s. f. Chêneau de toiture. De *canalem*, comme en témoigne le vieux lyonnais *chanal*, puis *chana*. Comp. *Montée de la Chana*.

Chanin, ine, adj. Désagréable. *Un air chanin que vo sofle su le cotivet*, un vent coulis qui vous souffle sur la nuque. Mot à mot de chien, de *caninum*.

Charasson, s. m. Échelle à un seul montant pour la cueillette des fruits. Au temps de la récolte des bigarreaux, le bon curé de Saint-Julien-Molin-Molette, dans son prône, recommandait toujours aux garçons de monter sur le charasson, et aux filles de rester en bas. De *scala*.

Chaucher, v. a. Fouler aux pieds. *Chaucher la vendange.* Au fig., *chaucher quelqu'un,* le bourrer, le cogner. Le bon Ronsard, dans une de ses idylles, l'emploie dans un sens trop indiscret pour être rappelé ici.

Chat (le). C'est le nom donné au gone sur qui le sort fait tomber le rôle désagréable et solitaire dans les jeux, par exemple au *Diable boiteux.* De ce qu'on chasse le gone comme un chat.

Chaudelet, s. m. Petit gâteau à l'anis et au raisin de Corinthe qui était fort bon. Jadis on en vendait par les rues. Je crois qu'on ne fait plus de ces gâteaux. Que si vous voulez avoir un hachis délicieux, mettez-y un chaudelet, pourvu que vous connaissiez un pâtissier qui en fasse encore. Du vieux français *chaudel,* gâteau qui se mangeait chaud, probablement.

Chavasse, s. f. Synonyme de bauche. *Des chavasses de truffes.* Au fig. cheveux. *Ces dames se sont prises par la chavasse.* Dérivé péjoratif de *capillum.*

Chelu, s. m. Voyez page 11, note 2.

Chevillère, s. f. Ruban de fil. Dérive de *cheviller,* pris au sens général d'attacher, fixer.

Chinard, s. m. Os de l'échine du porc; par extension, quartier du dos. Du vieux haut allem. *scina,* aiguille, corps pointu. Comp. *épine du dos.*

Chirat, s. m. Monceau de pierres. Peut-être du celt. *carn,* amas de pierres, tumulus; peut-être de *capra,* l'amas de pierre représentant une chèvre accroupie. Dans les Vosges, un amas de pierres s'appelle *bouchat,* de *bouc.* On dit en proverbe : *Les pierres vont toujours au chirat,* pour l'eau va toujours à la rivière.

Clapoton, s. m. Pied de mouton. *Une salade de clapotons.* Au figuré, pied humain. Se laver les clapotons est un soin qu'on doit prendre fréquemment. Le mot de *cliapota* se disant en patois de tous les pieds fourchus, il peut venir du germanique *klaue,* pied fourchu; *kloben,* fendre.

Clergeon, s. m. 1º Petit clerc. 2º Laitue frisée, cueillie lorsqu'elle n'a que trois ou quatre feuilles. Vient peut-être, dans ce dernier sens, de ce que ces laitues, au regard des grosses, sont considérées comme des petits clercs au regard d'un gros curé.

Clinquettes, s. f. pl. Os plats qu'on tire du bouilli, et avec quoi les gones font des clinquettes dont ils jouent aussi mélodieusement que les ladres du moyen âge faisaient des leurs. On fait aussi des clinquettes avec des lamelles de bois ou deux morceaux d'assiette; enfin, avec tout ce qui est musical. Forme nasalisée du vieux français *cliquettes.*

Coqueluchon, s. m. Petit morceau saillant au sommet d'une fiarde, par extension au sommet d'un couvercle de soupière, etc. Dans le gothique on met des coqueluchons au sommet des pignons, etc. Au fig., tête, parce que la tête est le coqueluchon du corps. *Taper sur le coqueluchon* se dit du vin qui monte à la tête. Dérivé de *coquille.* Le vieux franç. *coqueluchon,* capuchon de moine, a influé sur la forme.

Cocu, s. m. *Primula officinalis.* Espèce de primevère dont l'ombelle terminale est d'un jaune plus vif que la primevère à grandes fleurs. Dans nos campagnes on l'appelle *brayi-cu,* c'est-à-dire, parlant par respect, « culotte de mari trompé ». D'après mon père, la politesse exige que l'on ne prononce pas le nom de cette fleur devant des messieurs que l'on ne connaît pas très bien. Le mot vient de la couleur de la fleur, manquablement, mais pourquoi le jaune a-t-il été choisi pour la représentation symbolique de cet état d'âme ? Cette question serait bien intéressante pour un concours académique.

Coffe, s. f. Enveloppe dure des graines. Probablement du vieux haut allemand *chuppha,* coiffe. Comp. *coiffe du ventre,* péritoine.

Coivette, s. f. Balayette. De *couève,* balai, lui-même de *scopa.*

Command. *Être de bon command,* être d'humeur commode, être facile à *commander.* Notre apprentisse était de si bon command qu'elle se laissait embrasser par tout le monde.

Commerce. *Faire un commerce.* Se dit, au sens péjoratif, d'une occupation répétée, ordinairement bruyante. *Je ne sais pas quel commerce le ménage voisin a fait toute la nuit, je n'ai rien pu dormir.* Se dit aussi quelquefois d'occupations répétées non bruyantes : *Qu'est qu'il est après faire, le Jules ? — Y fait des trous en terre qu'y bouche après. Y fait ce commerce depuis ce matin.* Que d'hommes font le commerce du Jules !

Conche, s. f. Pierre plate recreusée, placée sous l'évier et communiquant avec un tuyau de chute placé à l'extérieur. Chez mon maître d'apprentissage le mami était si bien élevé qu'il ne s'arrêtait jamais dans un autre coin que sur la conche. De *concha.*

Coquelle, s. f. Vase en fonte et à couvercle, dans lequel on met le rôti à cuire. C'est le vieux franç. *cloquelle,* diminutif de cloche.

Corée, s. f. Poumon des animaux, mais plus spécialement du mouton, et, parlant par respect, du cayon. C'est ce qu'en poésie lyrique on nomme le mou. Dérivé du latin *cor.* La corée est ce qui tient au cœur, parlant au propre.

Corgnole, s. f. **Corgnolon,** s. m. Gosier. *Arrosons-nous le corgnolon.* De *corne,* pris au sens d'objet creux. Comp. *cornet de poêle.*

Cotivet, s. m. Nuque. Mon oncle de Mornant avait le cotivet rouge. De κοτίς, même sens.

Coudière, s. f. Appui de croisée. Dérivé expressif de *coude.*

Couette ou **Coite,** s. f. Couverture piquée, garnie d'ouate ou de plume. Il est français, mais dans un sens différent.

Couronne, s. f. Pain en forme de couronne, manquablement.

Couvert, s. m. Toit. Métonymie pour *couvrant.*

Crapaud, s. m. Voy. page 7, note 2.

Craquelin, s. m. Gâteau à l'eau, en forme de couronne, sec et craquant. D'où le nom. Quoique à Paris personne ne sache ce que c'est, il est au dictionnaire de l'Académie.

Crimer, v. n. Brûler sans flamme. *Le lait a crimé au fond du pot.* Probablement corruption de *rimer,* même sens, sous l'influence de *cremare,* en patois *cremô.*

Crinser, v. n. Se dit des objets qui brûlent sans flamme, en se crispant. La femme : *Pourquoi que ça sent la corne brûlée ?* — Le mari : *Je me suis crinsé les cheveux.* De *crin.* Crinser, se crisper comme un crin.

Crosse, s. f. Anille. D'un radical *croc,* qui se retrouve dans le germanique et le celtique.

Croupeton. *A croupeton.* La même chose qu'à cacaboson. « Assises bas, à croppetons... A petit feu de chenevottes, » dit Villon. De *croupe.*

Cuchon, s. m. Tas, monceau. *Y-z-étiont si soûls qu'en sortant du cabaret y sont tombés en cuchon.* Du vieux franç. *cuche,* même sens, dont j'ignore l'origine.

Culot, s. m. Dernier né. De ce qu'il ne vient pas à la tête des autres. En Provence, c'est le *cago-nis,* parlant par respect, celui qui salit le nid ; image tirée d'une exacte observation d'histoire naturelle. En Gévaudan, *gasta-gnis,* même sens, plus honnêtement exprimé. En Dauphiné, *sarre-bouissou,* celui qui ferme le buisson.

Débagager, v. n. Partir, trousser bagage. V. a. Faire partir, évacuer. De *bagage,* comme bien s'accorde.

Décize, s. f. Descente le long d'une rivière. De *descensa.*

Déponteler, v. a. Oter les ponteaux. Sur *ponteau,* voyez page 19, note 1. Au fig. *Avoir l'estomac dépontelé,* avoir très faim.

Dessempillé, ée, partic. de *dessempiller.* Se dit des vêtements déchirés et en lambeaux. *Dessempiller* est *sempiller* avec un préfixe intensif. *Sempiller* ou *sampiller* est composé de *peille,* lambeau, de *pellea,* et d'un préfixe péjoratif *sem* ou *sam,* qui a pris, en lyonnais et en provençal, le sens de secouer.

Doigts-de-morts, s. m. pl. Scorsonères. A cause de leur forme effilée et de leur couleur blanche. Image gracieuse pour exciter l'appétit.

Dôme de poêle. Gros couvercle en tôle, de forme cylindrique, qui sert à recouvrir la marmite sur le poêle pour faciliter la cuisson. Dans les maisons riches, il monte et descend à l'aide d'une poulie.

Doucette, s. f. La même chose que *bourcette*. De ce que cette salade est douce, quand on y met peu de sel, très peu de poivre, pas de vinaigre et beaucoup d'huile.

Druge. *Se plaindre de druge.* Se plaindre que la mariée est trop belle. De *druge*, s. f., pousse excessive, surabondante. Origine celtique. Kymri *drud*, vigoureux.

Dubelloire, s. f. Cafetière en terre dite grès, avec passoire de même nature. Origine historique. Ces cafetières ont été inventées par du Belloy ou Dubelloy, corrompu en *dubelloire*, à l'aide du suffixe *oire*, qui s'applique aux objets moyens d'action : *passoire, araignoire*, etc.

———

Échiffre, échiffe, s. f. Écharde. Du vieux haut allemand *Skivero*, éclat, fragment, anglais *shive*.

Écléné, ée, adj. Se dit d'un vaisseau dont les douves laissent filtrer le liquide. Au figuré, harassé, exténué. Mon cousin Toine, de Saint-Laurent, s'il n'avait pas bu ses six pots dans la journée, il était écléné le soir. Peut-être en rapport avec le vieux français *clinel*, crible, ou du moins le primitif aurait été influencé par lui. Ce primitif pourrait être le vieux haut allemand *klioʒan*, fendre. Comparez le provençal *déglési*, même sens.

Écrabouillé, ée, partic. Écrasé, broyé. C'est le vieux franç. *escharbouillé*, d'un radical *carp*, qu'on retrouve dans *carpere*.

Ème, s. f. Jugement, intelligence. *A l'ème*, au juger, à vue de nez. *Acheter à l'ème*, acheter à forfait. S'écrivait jadis *esme*. « Et par ce faillirent les barons à leur esme, » dit Joinville. Subst. verbal d'*aestimare*.

Empeinte, s. f. Rame de 30 ou 40 pieds de longueur, servant de gouvernail à l'arrière des bateaux et radeaux. *J'aimerais autant monter une empeinte par un escalier à noyau* se dit d'une besogne très difficultueuse. D'*impincta*, fait sur *impingere* comme *pinctum* sur *pingere*.

Empire. *Côté de l'empire*, c'est le territoire sur la rive gauche de la Saône ; *côté du royaume*, c'est le territoire sur la rive droite. Ces appellations remontent au commencement du XIᵉ siècle, alors que la rive gauche relevait de l'empire d'Allemagne et la rive droite du royaume de France. Elles sont encore d'un usage courant chez les mariniers.

Enquiquiner, v. a. Fortement en...nuyer. Euphémisme de fantaisie, dicté par le sentiment des convenances, et dans lequel je ne crois pas que le souvenir de Bouzon, dit Quiquine, entre pour rien.

Façure, s. f. Voyez page 7, note 1.

Faraud, aude, adj. Mis de façon cossue. *Faire son faraud*, faire le fier de ses beaux affaires. Origine incertaine.

Farine jaune. Farine de maïs. De la couleur, démonstrativement.

Fatiguer, v. a. *Fatiguer la salade*, l'oucher jusqu'à ce que les feuilles soient légèrement flétries. Les Lyonnais l'aiment mieux ainsi. Beaucoup préfèrent même la salade de la veille, qu'on dit alors *cuite*. Ne pas confondre avec la *salade cuite*, macédoine, ni avec la *salade chaude*, manière délicieuse d'accommoder le bouilli de la veille.

Fège, s. m. Foie. *Se ronger le fège*, se maucœurer. Se dit spécialement d'un morceau de foie qu'on met en salade avec des clapotons. Il est alors féminin : *Chiquer de la fège*. De *fidicum* pour *ficatum* dans *jecur ficatum*.

Fessu, s. m. Lourde pioche, très recourbée et à fer très large, qui sert à travailler les vignes. De *fossorem*.

Feuillette, s. f. Synonyme de cenpote. De *phialetta*.

Fiageôles, s. f. pl. Haricots, appelés aussi, dans le *high-life*, des *gonfles-b...* De *phaseola*.

Fiarde, s. f. Voyez page 69, ligne 9.

Flape, adj. Flasque, mou, pendant. Jean de la Miche, Lionnois, dans son roman de la belle Corisandre, Lion sur le Rosne, chez Guillaume Cicero, à la Salamandre (rarissime), dit, page 142 : « Pour belle, elle l'estoit au vray, fors qu'elle avoit un petit les tetins flapes. » D'une racine germanique *flap*, exprimant une chose pendante.

Flème, s. f. Paresse. On dit plus élégamment *cagne*. De *phlegma*.

Fleur-de-Rome, s. f. Jacinthe. Pourquoi de Rome ?

Fleuret, s. m. Fil de bourre de soie. De ce que l'on a comparé la bourre autour du cocon à une fleur. Comp. *fleur*, duvet d'un fruit.

Gabouille, s. f. Boue un peu moins liquide que la bassouille. D'une racine celtique et germanique *bol*, qui signifie mare, avec un préfixe péjoratif *ga*.

Gaga, s. m. Stéphanois. Probablement onomatopée imitative du bégaiement des crétins. Je ne doute pas que les Stéphanois n'aient aussi un mot aimable pour qualifier les Lyonnais.

Gaillot, s. m. Flaque d'eau bourbeuse. Les ordonnances du Consulat obligeaient les Lyonnais à porter les équevilles dans un grand fossé appelé le Grand Gaillot. On dit en commun proverbe, parlant par respect : *L'âne va toujours pisser au gaillot,* pour l'eau va toujours à la rivière, l'argent va toujours aux riches. Le mot vient-il du celtique *kail,* boue ?

Galan, s. m. Petite ficelle, bien tordue, pour ficeler les fiardes. Probablement corruption de *galon.*

Gandoise, s. f. Plaisanterie, spécialement avec l'idée d'en faire accroire. Au fig., plaisanterie un peu libre. Il n'est pas convenable de conter des gandoises aux apprentisses. Paraît être une forme de *gandin,* bourde où l'on fait « poser » l'auditeur. *Gandin* paraît être lui-même en relation avec le bas latin *gamnum,* raillerie.

Gapian, s. m. Employé de l'octroi. Ne s'emploie pas dans un sens aimable. « Messieurs les Gapians, s'écriait l'abbé Combalot, dans un sermon à la retraite pastorale du diocèse de Gap, vous êtes les douaniers du ciel ! » En relation avec *gabelle.* Le mot primitif a dû être *gabian.*

Garde-robe, s. f. Grande armoire de noyer où les ménagères serrent le linge. Quand une dame dit à son mari : « Mon ami, je vais à la garde-robe, » gardez-vous de l'entendre dans le sens que les médecins attachent à l'expression.

Gassouille, s. f. Boue un peu plus clapotante que la gabouille. De *souil,* lieu bourbeux, avec le préfixe péjoratif *ga.*

Gaudes, s. f. pl. Grains de maïs. *Soupe de gaudes,* soupe de farine jaune. De l'allemand *wau,* plante qui sert à teindre en jaune.

Gaviot, s. m. Petit faisceau de sarments liés ensemble. Se rattache à *cavum,* « ce que peut contenir la main ».

Gnoune, s. f. Personne sotte, niaise. Se rattache à *niais,* de *nidum.*

Gobille, s. f. Petite bille avec quoi jouent les gones. De *globicula,* diminutif de *globula.*

Godelle, s. f. Chez nous, blé grué, avec quoi l'on fait de la soupe très bonne ; mais, en réalité, la godelle est une espèce particulière de blé. Probablement de *gaude,* parce qu'on a vu quelque rapport éloigné de forme ou de couleur avec la gaude.

Gognant, s. m. Se précède ordinairement de l'épithète de grand. *Un grand gognant*, un grand dégingandé. Pourrait se rattacher, comme *dégógner*, à un *coxinare*, de *coxare*, au sens de boîter.

Gone, s. m. Voyez page 68.

Gongonner, v. n. Grommeler. Par extension, se plaindre, faire des reproches. Les femmes sont en partie toutes des gongonneuses. Onomatopée, comme dans le provençal, qui dit *boumbouna*.

Grafigner, v. a. Égratigner. Du vieux haut allemand *crapho*, crochet.

Grès, s. m. Sorte de terre fine, vernie en brun dont sont faites certaines poteries. Je suppose le nom tiré de quelque particularité de l'argile employée.

Grésillons, s. m. pl. Scories du charbon de terre. Non de *grésil*, mais de *grésiller*, diminutif de *griller*.

Grillet, s. f. Fleur du muguet de mai. De la ressemblance avec un grelot, le nom de grillet s'appliquant aussi chez nous au grelot des mulets.

Grinser, v. n. Forme de *crinser*.

Grobe, s. f. Grosse bûche. *La grobe de Noël*. Au figuré, quelqu'un de lourd, qui ne se remue pas facilement. *Ma femme, autant une grobe!* D'où *se dégrober*, se décider à changer de place. De l'allemand *grob*, gros, épais, arrondi.

Groin-d'âne, s. m. Crépide à feuille de pissenlit, *barkausia taraxifolia*. On prétend que le nom vient de ce que les ânes sont friands de cette plante, mais la dérivation logique ne s'expliquerait pas. Le nom doit plutôt être tiré de quelque rapport de ressemblance que je ne sais pas saisir.

Grolle, s. f. Vieux soulier acculé. *Traîner la grolle*, n'être pas millionnaire. Diminutif *grollon*. *Un grollon à soupape*, un grollon qui prend l'eau. Origine inconnue. Peut-être du vieux provençal *crolar*, de *corotulare*, branler, remuer, le propre de la grolle étant de clapoter, de branler.

Gros-blé, s. m. Gaude. La formation s'entend de soi.

Guimbarde, s. f. Espèce de très gros camion à hauts rebords. Origine ignorée.

— ———

Hortolage, s. m. Herbage, légumes. D'*hortolaticum*.

———

Impanissure, s. f. Ternissure à une pièce d'étoffe de soie. Paraît formé sur *pannum* (comparez *panaire*). *Impanissure*, tache par faute d'avoir recouvert l'objet taché.

Iragne, s. f. Araignée. D'*hiranea* pour *aranea*.

Ivrogne, s. m. Pivoine. De sa belle couleur nez de buveur au soleil.

Jicler, v. n. Jaillir avec force. Du germanique *geis*, mouvement violent ; d'où les *geisers* d'Islande, sources jaillissantes.

Lentibardaner, v. n. et réfléchi. Flâner. Composé de *lent* et de *bardaner*, fait sur *bardane*. Se lentibardaner, marcher lentement et agréablement à la façon d'une bardane qui se promène. D'ailleurs les bardanes ne sont pas des cerfs.

Lenticaner, v. n. et réfléchi. Flâner. Composé de *lent* et de *caner*, fait sur *cane*. D'où *lenticaner*, marcher lentement et en se balançant comme une cane, parce que le flâneur se dandine.

Levrette, s. f. Mâche, *valeriana olitoria*. Je ne vois d'autre raison de ce nom sinon qu'il n'y a pas de raison.

Mami, s. m. Poupon. Fait sur *ami* avec répétition enfantine, à l'initiale, de l'*m* médiale.

Manette, s. f. Anse. Mot à mot petite main.

Manicle, s. f. Métier de regrolleur. *Il est de la manicle* signifie, par extension, « il est de la partie ». De *manicle*, morceau de cuir dont les pejus se couvrent la main pour travailler, de *manus*.

Massacre. *Travailler comme un massacre*, se dit de quelqu'un qui abat beaucoup d'ouvrage. Hercule, pour épouser les cinquante filles de Danaüs, dut travailler comme un massacre.

Matefaim, s. m. Crêpe. De *mâter* et *faim*.

Melachon, s. m. Melette du cayon. C'est *melette* avec substitution d'un suffixe péjoratif.

Melette, s. f. Testicule du mouton. Se donne le plus souvent au chat. Pourtant il y a des chrétiens qui le mangent en fricassée. *Comme un chat entre deux melettes*, se dit de quelqu'un qui ne sait à quoi se décider. Peut-être de l'italien *melotto*, pomme, de *malum*.

Miche, s. f. Pain de luxe de demi-livre et une livre. Quoique le mot soit au dictionnaire de l'Académie, à Paris les boulangers ne savent pas ce que c'est. La grosse miche rebondie, divisée en deux par une raie dans toute sa longueur, se désigne par un qualificatif particulier que je n'ose rapporter ici, mais que tous mes lecteurs connaissent. D'une racine germanique *mik* qui, à l'origine, avait la signification de farine fine.

Mimi. *Faire mimi.* Donner un baiser. Quand quelqu'un venait voir mon bourgeois, la bourgeoise appelait sa petite : « Guérite, viens-tu voire ? » La Guérite arrivait en mangeant une rôtie de melasse. « T'es toute barbouillée ! » Et la bourgeoise de cracher sur un coin de son mouchoir et de frotter le museau de la Guérite avec : « Allons, te voilà bien propre, fais mimi au monsieur ! » Mimi est un mot forgé par répétition de syllabes, comme les mots enfantins, peut-être avec l'intention d'imiter le bruit du baiser sur chaque joue.

Miron, s. m. Chat. *Un gros miron.* Une mironne, une chatte. Onomatopée du ronronnement.

Mort qui file (la). C'était, me disait mon père, une enseigne (j'ai oublié où) qui représentait la Mort filant. Elle faisait une grimace épouvantable, d'où, lorsqu'on se tord la bouche et les yeux, on appelle cela faire la Mort qui file.

Mutuelle (la). Nom donné aux écoles de la Société d'instruction primaire, parce que l'instruction s'y donnait sous la forme de l'enseignement mutuel.

Naigu, s. m. C'est le sobriquet que l'on donnait aux bouchers, et qu'on leur donne encore quelquefois. De ce que jadis les bouchers avaient sans cesse à la bouche l'exclamation *naigu, naidiu*, du vieux français *nus aist Diu*.

Pacan, s. m. Un rustre, un grossier. De *paganum*.

Paillasse, *Paillasse de boulanger*, grande corbeille ayant la forme d'une calotte sphérique, où les mitrons portent le pain. De paille, le jonc tressé étant considéré comme une sorte de paille.

Paisseau, s. m. Échalas. Vieilli à Lyon, mais encore usité dans nos campagnes. De *paxellum*.

Panaire, s. m. Grande peau dont le canut recouvre la façure pour ne pas la ternir en travaillant. De *panarium* fait sur *pannum*.

Panet, s. m. Grappes de millet. De *panicum*.

Parey, s. f. Muraille. De *parietem*.

Parteret, s. m. Hache de boucher, couteau à partager la viande. De *partare* pour *partiri.*

Pastonade, s. f. Racine jaune, carotte. Dans la jaunisse on boit du jus de pastonade râpée, parce que c'est jaune. Il semble pourtant plus naturel que de boire jaune rende jaune, comme de boire du vin rouge donne le nez rouge. De *pastinaca.*

Patet, ette, adj. Lent, lambin, minutieux. *Un homme patet, un ouvrage patet.* Ceux qui veulent trop bien parler disent *un ouvrage patétique,* mais c'est une faute. Diminutif *patichon.* De *patittus,* fait sur *pati.*

Pati, s. m. Jabot des volatiles. Par extension estomac humain. *Se mettre quinze matèfaims sur le pati.* De *pastarium,* fait sur *pastum. Pati,* ce qui renferme ce qui a été pâît..

Patrouille, s. f. Boue dont l'épaisseur tient le milieu entre la gabouille et la piautre. C'est le français *patouille.*

Patte, s. f. Chiffon. *Marchands de pattes,* chiffonnier. *Patte à briquet,* patte qu'on fait brûler dans le briquet et qu'on étouffe pour en faire de l'amadou. *Marchand de patte à briquet,* marchand de blanc et de rouennerie. *Patte à relaver,* chiffon mouillé qu'on tient au coin de l'évier et qui sert à relaver la vaisselle. *Patte mouillée,* correction des mamis. On leur applique quelques coups de la patte à relaver sur le derrière. Ils crient comme des perdus, quoique cela ne leur fasse aucun mal. Quand ils ont l'âge de raison on passe au robinet. Peut-être du gothique *paida,* robe.

Pège, s. f. Poix.

> *Savetier, qu'as-tu ?*
> *J'ai la pège au, etc.*
>
> (Vieille chanson).

De *pica* pour *picem.*

Peju, s. m. Regrolleur. De *pège.*

Penelle, s. f. Très grand bateau à bords rectangulaires et qui a deux empeintes. De *pinella,* parce que le bateau était en pin. Comp. *pinus,* navire, et *sapine,* bateau qui sert au transport du sable et des pierres.

Percerette, s. f. Vrille. *Avoir les yeux en trous de percerette,* c'est le contraire d'*avoir les yeux en boules de loto.* De *percer.*

Perrier ou **porte-manteau,** s. m. Gésier des volatiles. Dans le premier cas, de ce qu'on y trouve souvent des pierres. Dans le second, de ce qu'étant cuit, il a la forme de l'ancien porte-manteau du cavalier.

Pesettes, s. f. pl. Vesces. Ainsi nommées par convenance. De *pisum.*

Petafiner, v. a. Gâter, abîmer, gaspiller. *Il ne faut pas petafiner les biens du bon Dieu*, c'est-à-dire gâter le pain, le fromage blanc. De *putidam finem*.

Petas, s. m. Pièce de raccommodage. Le raccommodage lui-même. Les dames qui portent des robes petassées sont des épouses précieuses. C'est une preuve d'économie et d'absence de coquetterie. Du bas latin *petacium*, augmentatif de *petium*, dont l'origine est discutée.

Petite rave. Radis rouge.

Piautre, s. f. Boue tirante. Origine inconnue. On ne peut cependant s'empêcher de rapprocher le vieux français *empiétrer*, empêtrer.

Picarlat, s. m. Paquet de trois morceaux de branches refendues, longs, et attachés par quelques brins de paille. On avait quatre picarlats pour un sou. L'usage s'en est perdu. On les a remplacés par de petits paquets de morceaux de sapin courts. Origine obscure. La seconde partie du mot paraît être *car(te)lat*, du provençal *escartelat*, fendu en quatre. La première pourrait être *pilum*, français *pieu*.

Picarneux, euse, adj. Qui a de la piquerne.

Picou, s. m. Pédoncule, queue d'un fruit. Le même que le vieux français *pécoul*, quenouille de lit, peut-être de *pedem coli*, pied de colonne.

Pied-failli ou **pas-failli**, s. m. Défaut d'une étoffe, provenant de ce qu'un ouvrier a pris une marche pour l'autre. Arrive surtout dans les armures.

Pioustre, s. m. Un pétras, un lourd et grossier. Semble être un simple assemblage de syllabes péjoratives. Le fait est qu'en entendant ce nom de pioustre, il ne se présente pas à l'imagination quelque chose de raphaélique.

Piquerne, s. f. Cire des yeux. De *pica*, pège. On a comparé l'humeur à de la pège au lieu de la comparer à de la cire, comme en français. L'armoricain a de même *pikous*, chassieux, de *pèk*, poix.

Pistoufle, s. m. Gros homme essoufflé. Paraît un assemblage de syllabes péjoratives exprimant la lourdeur et l'essoufflement. Comp. le normand *patouf*, même sens, et le provençal *petoufias*, grosse femme.

Pitrogner, v. a. Patiner de façon malpropre et grossière. Il ne faut pas laisser les enfants pitrogner le pain. Mlle *** disait le soir de ses noces à son mari qui voulait l'embrasser : « Monsieur, aurez-vous bientôt fini de me pitrogner ? » (historique). De *pisturire*, pétrir, avec un suffixe *ogner* qui n'exprime pas la grâce.

Plot, s. m. Bloc de bois d'une très forte épaisseur sur lequel les naigus coupent la viande. *Dormir comme un plot*. Les plots, en effet, ne doivent pas être des camarades de lit très bougeons. D'une racine *ploc*, qui se retrouve dans le celtique et dans le bas allemand, et qui signifie bloc de bois.

Poids gourmands, s. m. pl. Sorte de pois dont la cosse est tendre et se mange. Je crois qu'en français ils appellent cela des pois goulus. C'est la même idée que la nôtre. J'ignore si c'est parce que ces pois sont gourmands de fumier ou gourmands de beurre.

Polisse. *Faire la polisse,* jouer par les rues et sur les places quand on est petit gone. Subst. verbal de *polissonner.*

Ponteau. Voyez page 19, note 1.

Ponteler, v. a. Mettre des ponteaux.

Pontiaude, s. f. Grosse femme à chairs fermes. Peut-être de *pont.* On a eu l'idée de quelque chose de lourd et de serré comme un pont. A l'époque où le mot a été créé on ne faisait ni ponts suspendus ni ponts en fer, et un pont représente toujours une lourde masse de maçonnerie.

Poquer, v. a. Voyez page 85, ligne 13.

Portée, s. f. Division de la chaîne d'une étoffe, qui comprend 80 fils. Probablement fait par analogie avec la *portée* du cordier, c'est-à-dire le faisceau de fils que l'on peut étendre dans toute la longueur de l'atelier pour l'ourdir dans une opération unique.

Postume, s. f. C'est le vieux français *apostume,* que le français moderne a corrompu en *apostème. Une postume de neuf mois,* une grossesse.

Potringue, s. f. Chétif, de constitution maladive. De *pultem,* bouillie, puis médecine liquide, puis médicament en général. La seconde partie *ringa,* peut répondre au dauphinois *ringa,* diarrhée, de *rigare.*

Pouffiasse, s. f. Grosse femme à chairs flapes. D'un radical *pouf,* qui exprime l'enflure, comme le pont exprime au contraire, le serré, le tassé. D'où la différence entre la pontiaude et la pouffiasse.

Poule-grasse, s. f. La même chose que la bourcette. On donne aussi ce nom à une sorte de chou-rave. Comme le patois dit *grôssi-polailli,* je ne serais pas étonné que le mot primitif fût *engraisse-poulaille,* corrompu en *grasse-poulaille,* transformé pour les besoins de la syntaxe en *poule-grasse.* Se rappeler qu'en Beaujolais on engraisse la volaille avec de l'ortie pilée mêlée à de la pomme de terre. Si l'on a employé la mâche au même usage, le mot serait expliqué.

Poutrône, s. f. 1o Tête de carton sur laquelle les modistes font leurs bonnets. Par extension, grosse poupée. Se dit aussi des femmes légères, même si elles ne sont pas grosses. Du vieux français *poutre,* jument. Dont suit que le mot n'est pas une mignardise.

Presson, s. f. Pic ou pal en fer. Probablement métathèse de *perçon,* de *percer.*

Racine jaune. Pastonade.

Radice, s. f. Brioche. Vieilli. Peut-être de *radaticia*, de *radiata*, la radice, en Morvan, étant un gâteau rayé en quadrille, comme notre tourte.

Raffouler, v. n. Gongonner, ronchonner. Probablement une onomatopée. En Rouergue, *rofoleja* signifie grogner doucement, en parlant, par respect, des habillés de soies.

Ranche, s. f. Rang, rangée. Forme féminine de *rang*.

Rapsodage, s. m. Raccommodage. De *rapsoder*, fait sur *rapsodie*. Quoique cette source savante soit pour étonner, j'ai peine à croire que le mot ait été tiré directement de ῥάψω, de ῥάπτειν, coudre ensemble.

Rate-volage, s. f. Chauve-souris. Mot composé, équivalent à souris-volante.

Rentures. *Rentures de bas.* Pieds de bas neufs rentés (pour entés) sur de vieilles jambes.

Reprocher, v. n. Donner des renvois d'estomac. L'*ail me reproche.* Cette métaphore est très élégante. Pourtant il semble plutôt que ce soit l'estomac qui fasse des observations.

Revendeur. *Revendeur de gages.* Marchand de bric à brac. De ce qu'autrefois on rencontrait chez eux beaucoup d'objets mis en gage chez les usuriers.

Riclairo. C'est le mot patois. A Lyon *ricleur*. Celui-ci est fait sur *ricler*, qui est une gracieuse onomatopée.

Riote, s. f. Lien d'osier. De *retorta*, objet tordu.

Rite, s. f. Étoupe, filasse qu'on enroule autour du piston des seringues pour qu'elles ne perdent pas le liquide. Du moyen haut allemand *riste*, paquet de lin broyé.

Rognons. *Avoir les rognons couverts*, être riche. Métaphore empruntée au règne animal. Quant un cayon est bien gras, parlant par respect, il est immanquable qu'il ait les rognons couverts.

Ronchonner, v. n. Raffouler, grogner, gongonner, en y ajoutant l'idée de rabâcher. Fait sur l'onomatopée *ron*.

Rondin, s. m. Veste ronde.

Ronquille. *Jouer à ronquille.* Jeu d'enfants qui se joue avec des pesouts. Forme nasalisée, tirée de *roquer*.

Roquer, v. a. Heurter, choquer. Une dame : « J'ai débaroulé par les escaliers ; je me suis roqué le bas du dos si tellement fort que je m'en suis fait des bleus au front. » Probablement du picard *croker*, accrocher, saisir, de *croc*.

Rouennier, s. m. Marchand de mouchoirs de poche et autres toileries fabriquées à Rouen.

Rôtie, s. f. Tartine. *Une rôtie de mélasse, une rôtie de confiture.* Les rôties de crasse de beurre, quand on fondait du beurre à la maison, étaient délicieuses. De *rôtir*, parce que primitivement le nom s'appliquait à des tranches grillées; puis il s'est appliqué à toute espèce de tranches recouvertes de quelque chose de bon.

Roupe, s. f. 1º Grand et long pardessus à larges manches. 2º Manteau de roulier. On avait, au XVIe siècle, le mot *roupille*, même sens, qui fait remonter à un simple *roupe*, probablement de l'espagnol *ropa*, harde.

Sade, adj. des deux genres. Sain, salubre, bon au goût. *Une poire sade.* De *sapidum*.

Sansouiller, v. a. Agiter dans l'eau, spécialement dans l'eau sale. Du type qui a fait *souiller*, avec une particule *san, sen*, qui exprime l'idée d'agiter de côté et d'autre. Voy. *dessempillé*.

Sarron, s. m. Sciure de bois. On s'en sert pour sécher l'encre. De *serrare*, scier.

Saume, s. f. Anesse. Du bas latin *sagma*, bât ou paquet placé sur le bât.

Savoret, s. m. Os que le naigu ajoute à la viande pour augmenter le poids à payer. De *saporem*, parce que l'os donne censément de la saveur au bouillon.

Secoyu, secohu, s. m. Panier à salade. Répond à *succutatorium*.

Selles-de-Gobert. Sel de Glauber (historique). Il n'y a pas de mots qui soient plus facilement défigurés par nos canuts que les termes de médecine. Un de mes amis en avait relevé quelques-uns pendant qu'il était interne à l'hôpital de la Croix-Rousse : « Un vésicatoire sur l'os qui pue (occiput); cautériser avec de la mitraille d'argent (du nitrate d'argent); avec de la surface des Indes (du sulfate de zinc); avoir un cataplasme humiliant (émollient) sur le domaine (l'abdomen); prendre du sirop de pépins cuits à Naples (du sirop d'ipécacuanha). » Ces corruptions de termes inconnus, par rapprochement de son avec des mots connus, sont individuelles, mais la ressemblance des sons a aussi formé des mots qui ont pris rang dans le dialecte. Nous appelons âne-vieux, l'orvet (*anguis fragilis*). *Anwillum*, d'*anguis*, a donné *anwei, anivei, aniviu*, dont on a fait le français âne-vieux. A Craponne, la salamandre aquatique porte le nom bizarre d'*urina* par la transformation suivante : vieux français *halbran*, plongeon, *alabrena, alaurina, laurina, lourina, lurina* et l'*urina*.

Sempille, s. f. Guenille, au propre et au figuré. *As-te vu la Dodon avec ce sordat? — Ah, sempille!* Voyez *dessempillé*.

Sergent, s. m. Ustensile en fer qui sert à tenir serrés l'un contre l'autre deux morceaux de bois pendant le temps nécessaire au séchage de la colle qui les fait adhérer. De *sergent*, en vieux français serviteur, comme le *valet*, outil de menuiserie. *Sergent* est quelquefois corrompu en *serre-joints* par les ouvriers trop fins.

Servante, s. f. Ustensile en fer que l'on attache à la crémaillère et où l'on asseoit la poêle. Sur le choix de ce terme, comparez *sergent*.

Sévelée, s. f. Vieilli à Lyon, mais se dit encore dans toutes nos campagnes. Louis Garel a intitulé le recueil de ses poésies : *la Sévelée.* De *sepelata*, de *sepem.*

Soigner. v. a. Guetter. *Que fais-tu là ? — Je soigne venir l'omnibus.*

Soleil, s. m. *Hélianthos*, tournesol. De la forme rayonnante de la fleur, qui ressemble exactement au soleil tel qu'il est représenté sur nos vieilles gravures.

Solette, s. f. La partie du bas correspondant à la plante du pied. De *solea.*

Sommier, s. f. Grosse poutre. Fait sur *saume*, ânesse, parce que le sommier porte comme l'ânesse. Comp. *poutre*, jument.

Suspente, s. f. Soupente. On a nommé primitivement *soupente* le faux-plancher qui était *sous la pente* du toit. Le faux-plancher du canut étant au contraire au dessus du plancher de l'étage, il a pris naturellement le nom de *suspente*, la signification de pente ayant été perdue de vue.

———

Târâbâte, s. m. et f. Personne remuante, bouligante, turbulente. *Mon Dieu que c't enfant est donc târâbâte !* Du vieux français *rabast*, nom donné au bruit fait par les esprits et qui vient peut-être du latin du moyen âge *Rabes. Rabes* est une traduction du nom du lutin en Scandinavie.

Tavelle, s. f. 1º Bille de bois lisse sur laquelle les plieurs pour la soie enroulent les chaînes des pièces ; 2º Bille dont les voituriers se servent en façon de levier. De *tabella*, au sens d'ais, planchette longue.

Tinte-bien, s. m. Petit cadre en bois sur quatre pieds à roulettes, à l'aide de quoi marchent les mamis qui ne peuvent encore marcher sans lisières. Forme lyonnaise de *tiens-toi-bien.*

Tirpille, s. f. Parties musculaires de la viande, qu'il faut tirpiller pour les manger, si l'on peut. J'entendais un jour un bon canut crier par la fenêtre à sa femme qui allait à la boucherie : *Fêne, prins de porpe per nos et de tirpille per lo ʒēfants !* Subst. verbal de *tirpiller*, composé de *tirer* et *peille*, lambeau. Tirpiller, tirer de façon à mettre en lambeaux.

Topette, s. f. Petite fiole longue de pharmacie (agiter avant de s'en servir). Du vieux haut allemand *toph*, pot.

Toton, s. m. Petit joujou qu'on fait tourner avec deux doigts. Il était formé d'un dé, traversé par une tige. Le joueur gagnait le nombre de points marqués sur la face où le toton tombait. Sur une face il y avait un T, qui signifiait que le joueur gagnait tout : *totum*; d'où *toton.*

Trancanoir, s. m. Grand dévidoir horizontal, usité en fabrique. De *trancaner*, dévider, de l'ital. *stracannare*, mot à mot faire passer le fil sur une autre cannelle.

Traverse, s. f. Vent d'ouest. De ce qu'il passe en travers de la plaine du Forez.

Trois-pieds, s. m. Ustensile en fer pour placer la marmite. De ce qu'il n'a pas quatre pieds.

Truffes, s. f. pl. Pommes de terre. De *tubra* pour *tuber*. Le nom a été appliqué par suite de la ressemblance des pommes et des truffes.

———

Virolet, s. m. 1o Toton avec une rondelle au lieu d'un dé. 2o Petit moulin qui tourne sur une grosse noix où s'enroule un fil pour faire virer le moulin. 3o Autre sens que je ne puis honnêtement indiquer. Ici l'étymologie doit être le limousin *virol*, os sacrum, d'où la dépendance *virolet.*

Vourgines, vorgines, s. f. pl. Scions d'osiers et de saules au bord des eaux. Par extension les lieux où croissent des vourgines. De *virga.*

NOTES

Page 100, ligne 13. A propos du Petit Blanchard, l'ami Aimé Vingtrinier me fait connaître un curieux détail. Sous la Restauration, M. Vingtrinier père tenait un magasin de pelleteries, rue Saint-Dominique, à l'angle de la place des Jacobins. Son garçon de peine, Joseph Bal, s'intéressait à un enfant qui stationnait au coin de la cadette en qualité de décrotteur. Un jour l'enfant disparut. Au bout de quelques années, Bal voit entrer un jeune homme bien mis, qu'il ne reconnaissait pas. C'était le Petit Blanchard devenu le brillant lutteur, qui lui apportait, en lui témoignant toute sa reconnaissance pour ses anciens services, des billets pour les Arènes lyonnaises.

Page 100, note, ligne 4. La dédicace du temple était trop poétique et trop touchante pour ne pas la mentionner. Cela s'appelait *A la Fiancée.*

Page 105, note. Un obligeant correspondant, M. Bloch, ayant lu cette note, m'écrit à ce sujet, en ajoutant spirituellement qu'il ne réclamera pas même de timbre-poste pour me fournir le renseignement demandé : « C'est bien le vieux Marseille, dit le Meunier de la Palud, qui tient une baraque de lutteurs dans les fêtes foraines des environs de Paris. Je l'ai vu, il y a peu de temps, à la kermesse de l'Exposition, qu'on avait organisée pour les incendiés de Fort-de-France. La barbe est toujours noire comme au temps des luttes à l'Alcazar sous la direction de Rossignol, mais je ne vous réponds pas qu'elle ne soit pas teinte. Les Arènes Marseille, comme cela s'appelle ici, sont fréquentées par la belle jeunesse *masculine* et *féminine*, et sont très à la mode. On dit même que la première prend assidûment des leçons auprès du vieux lutteur. »

Page 102, ligne 12. Une singulière distraction m'a fait dire que Couchaud avait été l'inspecteur de l'architecte Horeau pour la construction du Jardin-d'hiver. Je savais certes bien que l'inspecteur était notre ami Gaspard Georges, alors à ses débuts.

L'idée créatrice d'un Jardin-d'hiver appartenait à M. James, alors receveur des contributions directes, place de la Miséricorde, mais en même temps grand dilettante et qui s'occupait fort de la Société des Amis des arts. C'est le succès d'un Jardin-d'hiver à Paris qui avait engagé à tenter la chose à Lyon.

Il y eut encore, dans une partie du bois de la Tête-d'Or, qui n'était pas alors un parc, un commencement de création d'un Jardin-d'été, sorte de pépinière placée sous la direction d'un M. de Beaufort, agronome, appelé à Lyon à cette occasion. C'était aussi une distraction fort agréable de mener des dames boire du lait à la ferme de la Tête-d'Or (quand elles étaient jolies).

Les grands travaux exécutés par M. Vaïsse ont fait depuis lors oublier toutes ces tentatives d'embellissement de la cité.

Page 235, ligne 18. Un lapsus m'a fait écrire que la garde fut transportée en poste à Boulogne et aux bords du Rhin. Je voulais dire qu'elle fut transportée de Boulogne aux bords du Rhin. Partie après les autres corps qui atteignirent le Rhin en occupant quatre routes nationales, la garde arriva à temps pour la grande concentration autour de Wurtzbourg avec les corps de Marmont et de Bernadotte qui venaient l'un de Hollande et l'autre de Westphalie (1805, Elchingen et Ulm). En 1809, la garde fut aussi transportée en poste jusqu'aux bords du Danube, entre Ulm et Ratisbonne.

Page 236, note. Lamartine, tout jeune, avait été singulièrement frappé de la beauté de la personne dont il est question. Alors jeune fille, et, dit-il,

« plus jeune que Mme Récamier, elle n'était pas moins accomplie en charmes. » Soixante ans plus tard, il se disait « encore ébloui de cette apparition céleste ». Il ajoute « qu'elle avait ébloui un maître du monde du même charme dont elle avait fasciné l'œil d'un enfant ».

Page 239, ligne 19. M. Mottard acquit en effet des terrains à Saint-Fons, en 1812, mais la poste et les maisons attenantes avaient été achetées en 1804.

Page 240, ligne 26. Charles Mottard vendit en 1838 la partie de son terrain qui se trouvait entre la rue Bourbon et la rue Saint-Joseph, et sur lequel s'élèvent les maisons n° 11 et 13 de la première rue. En 1841 il vendit la portion de terrain sur lequel est bâtie la maison n° 14 de la rue de Bourbon. C'est seulement en 1848 qu'il fit construire, sous la direction du père Benoît, l'excellent architecte, la maison portant le n° 9 sur la rue Boissac. Le terrain pour la rue de Bourbon avait été gratuitement abandonné à la ville.

TABLE DES MATIÈRES

ACHEVÉ D'IMPRIMER A MACON

Le 10 février mil huit cent quatre-vingt-onze

PAR

PROTAT FRÈRES

POUR

BERNOUX ET CUMIN

www.ingramcontent.com/pod-product-compliance
Lightning Source LLC
Chambersburg PA
CBHW050302030726
47505CB00003B/535